李白集校注

［唐］李　白　著
瞿蜕園　朱金城　校注

李白集校注卷十二

古近體詩二十五首

贈別舍人弟臺卿之江南

去國客行遠，還山秋夢長。梧桐落金井，一葉飛銀牀。覺罷攬明鏡，鬢毛颯已霜。良圖委蔓草，古貌成枯桑。欲道心下事，時人疑夜光。因爲洞庭葉，飄落之瀟湘。令弟經濟士，謫居我何傷？潛虬隱尺水，著論談興亡。客遇王子喬，口傳不死方。入洞過天地，登真朝玉皇。吾將撫爾背，揮手遂翱翔。

【校】

〔攬明〕兩宋本、繆本俱作把朝。王本注云：繆本作把朝。

〔飄落之〕此句兩宋本、繆本俱注云：一作流浪至瀟湘。王本注云：一作流浪至。
〔士〕兩宋本、繆本、王本俱注云：一作才。
〔謫居〕此句兩宋本、繆本、王本俱注云：一作出門見我傷。胡本作出門見我傷，注云：一作謫居見我傷。
〔尺水〕尺，兩宋本、繆本、王本俱注云：一作斗。
〔客遇〕客，兩宋本、繆本俱作玄。王本注云：一作玄。胡本作云見，似是。
〔揮手〕此句兩宋本、繆本、王本俱注云：一作攜手淩蒼蒼。

【注】

〔臺卿〕王云：按舊唐書永王璘傳云：璘以薛鏐、李臺卿、蔡𪻐爲謀主，其即此臺卿歟！太白之見辟於永王璘，想斯人爲之累也。按：詩意，李白已被罪謫居，而臺卿猶得之江南，必未受永王之累。今人詹鍈云：詩中又云：「吾將撫爾背，揮手遂翱翔。」知太白有請臺卿援引之意。李舍人臺卿與爲永王謀主者不知是否一人。設是一人，則臺卿亦必如季廣琛輩在永王尚未敗亡之前即已歸附王室矣。
〔銀牀〕王云：淮南王篇：「後園鑿井銀作牀，金瓶素綆汲寒漿。」庾肩吾詩：「銀牀落井桐。」韻會：井幹，井上木欄也。其形四角或八角，又謂之銀牀，皆井欄也。
〔夜光〕史記鄒陽列傳：明月之珠，夜光之璧，以闇投人於道路，人無不按劍相眄者。何則？無因而至前也。

〔瀟湘〕今人詹鍈云：詩話總龜卷十六引陶岳零陵總記云：瀟水在永州西三十步，（出）自道州營道縣九嶷山中。湘水在永州北十里，出自桂林海陽山中，至零陵北，與瀟水合。二水……自零陵合流謂之瀟湘。故零陵亦有蕭湘之稱。此乃乾元二年秋，太白至零陵所作詩。

〔令弟〕按：令弟猶賢弟。

〔經濟〕按：古人以經國濟世爲經濟。

〔潛虯〕文選謝靈運登池上樓詩：「潛虯媚幽姿。」李善注：虯以深潛而保真。按：此句謂潛虯無可藏身，故猶著論談興亡也。

〔王子喬〕水經注汳水：仙人王子喬碑曰：王子喬者，蓋上世之真人，聞其仙不知興何代也。博問（王引作聞）道家，或言潁川，或言產蒙。

醉後贈王歷陽

書禿千兔毫；詩裁兩牛腰。筆蹤起龍虎；舞袖拂雲霄。雙歌二胡姬。更奏遠清朝。舉酒挑朔雪，從君不相饒。

【校】

〔題〕兩宋本、繆本題下俱注云：歷陽。

〔筆蹤〕蹤，蕭本作縱。王本注云：蕭本作縱。

〔雙歌〕歌，兩宋本、繆本、王本俱注云：一作寄。

〔更奏〕奏，兩宋本、繆本、王本俱注云：一作唱。

【注】

〔王歷陽〕按：本卷有對雪醉後贈王歷陽，卷二十三有嘲王歷陽不肯飲酒詩，當同指一人。舊唐書地理志：淮南道和州歷陽：隋爲歷陽郡，國初復爲和州，皆治此縣。參見卷八歷陽壯士勤將軍名思齊歌注。

〔牛腰〕王云：蘇頌曰：詩裁兩牛腰，言其卷大如牛腰也。

〔龍虎〕王云：梁武帝書評：王右軍書，字勢雄強，如龍跳天門，虎卧鳳闕。

〔清朝〕按：郡府古稱郡朝，縣府亦可稱縣朝，遠清朝當是言歌舞之地，距其縣府尚遠，亦流連忘反之意。或清朝謂清晨，而遠爲誤字。觀下文不相饒，似無非言殢酒不肯遽散也。李詩辨疑云：遠清朝義疑，或曰曲名，未知是否。

贈歷陽褚司馬時此公爲稚子舞故作是詩也

北堂千萬壽，侍奉有光輝。先同稚子舞；更著老萊衣。因爲小兒啼，醉倒月下歸。人間無此樂，此樂世中稀。

【校】

〔故作是詩也〕兩宋本、繆本、咸本俱無此五字。

〔先同〕同，英華作教。

【注】

〔北堂〕詩衞風伯兮：焉得諼草，言樹之背。毛傳：背，北堂也。　按：後人以北堂指奉母之地，本此。

〔老萊〕太平御覽卷四一三：師覺授孝子傳曰：老萊子者楚人，行年七十，父母俱存。至孝蒸蒸，常著班蘭之衣。爲親取飲，上堂脚跌，恐傷父母之心，因僵仆爲小兒啼。

對雪醉後贈王歷陽

有身莫犯飛龍鱗；有手莫辮猛虎鬚。君看昔日汝南市，白頭仙人隱玉壺。子猷聞風動窗竹，相邀共醉杯中緑。歷陽何異山陰時，白雪飛花亂人目。君家有酒我何愁？客多樂酣秉燭遊。謝尚自能鸜鵒舞；相如免脱鷫鸘裘。清晨鼓棹過江去，千里相思明月樓。

【校】

〔緑〕咸本作醁，兩宋本、繆本俱作淥。

〔鼓棹〕兩宋本、繆本、咸本俱作興罷。兩宋本、繆本俱注云：一作鼓棹。王本注云：一作興罷。

〔千里〕此句兩宋本、繆本、咸本俱作他日相看却月樓。兩宋本、繆本俱注云：一作千里相思明月樓。故本、王本俱注云：一作他日西看却月樓。

【注】

〔虎鬚〕莊子盜跖篇：疾走料虎頭，編虎鬚，幾不免虎口哉！

〔玉壺〕參見卷九贈饒陽張司户璲詩注及卷二十二下途歸石門舊居詩注。

〔子猷〕見卷九淮海對雪贈傅靄詩注。

〔謝尚〕晉書卷七九謝尚傳：司徒王導……辟爲掾，……始到府通謁，導以其有勝會，謂曰：「聞君能作鸜鴿舞，一坐傾想，寧有此理否？」尚曰：「佳。」便著衣幘而舞。導令坐者撫掌擊節，尚俯仰在中，旁若無人。△鴿音浴。

〔鸘鸘裘〕見卷四白頭吟注。

〔明月樓〕王云：吴均詩：「相思自有處，春風明月樓。」太平寰宇記：江陵縣湘東苑有明月樓。顏之推詩云：「屢陪明月宴。」將軍扈羲所造。又鮑照吴歌：「夏口樊城岸，曹公却月樓。」

贈宣城宇文太守兼呈崔侍御

白若白鷺鮮；清如清唳蟬。受氣有本性，不爲外物遷。飲水箕山上；食雪首陽巔。迴車避朝歌；掩口去盜泉。岧嶢廣成子；倜儻魯仲連。卓絶二公外，丹心無間然。

【校】

〔題〕兩宋本、繆本題下俱注云：宣城。

【注】

〔宣城〕王云：唐時宣州亦謂之宣城郡，隸江南西道，今之寧國府也。

〔宇文太守〕按：卷十四有宣城九日聞崔四侍御與宇文太守遊敬亭余時登響山不同此賞醉後寄崔侍御二首，又王維集中有送宇文太守赴宣城詩，當即其人。

〔崔侍御〕按：當即崔成甫。今人詹鍈云：李華崔孝公文集序：長子成甫進士擢第，校書郎，陝縣尉，知名當時，不幸早世。顔真卿崔孝公宅陋室銘記：長子成甫，倜儻有才名。進士，校書郎。早卒。以上二文均記成甫爲崔沔之子，祐甫之兄。崔祐甫上宰相牋：……左右提攜，仰於兄姊。屬中夏覆没，舉家南遷，内外相從，百有餘口。長兄宰豐城（今江西豐城縣），間歲遭罹不淑。仲姊寓吉郡……。是成甫之卒當在至德元二載間，此詩必天寶中作無疑也。　並參見卷十四宣城九日聞崔四侍御與宇文太守遊敬亭余時登響山不同此賞醉後寄崔侍御二首、寄崔侍御、遊敬亭寄崔侍御、卷十五聞李太尉大舉秦兵百萬出征東南懦夫請纓冀申一割之用半道病還留别金陵崔侍御十九韻、卷十九酬崔侍御、翫月金陵城西孫楚酒樓達曙歌吹日晚乘醉著紫綺裘烏沙巾與酒客數人棹歌秦淮往石頭訪崔四侍御、卷二十一登敬亭北二小山余時客逢崔侍御並登此地等詩。

〔鷺鮮〕隋書食貨志：是歲翟雉尾一值十縑，白鷺鮮半之。

〔唳〕按：玉篇本訓鳥鳴，蟬鳴亦借用之。

〔箕山〕見卷十贈崔司户文昆季詩注。

〔首陽〕王云：元和郡縣志：首陽山在河南府偃師縣西北二十五里。太平寰宇記：首陽山在偃師縣西北三十五里。阮籍詩云：「步出上東門，北望首陽岑。下有採薇士，上有嘉樹林。」山上有夷齊祠。詩國風：采苓采苓，首陽之巔。食雪事無考。

〔朝歌〕漢書卷五一鄒陽傳：邑號朝歌，墨子迴車。晉灼曰：紂作朝歌之音，朝歌者不時也。注：師古曰：朝歌，殷之邑名也。淮南子云：墨子非樂，不入朝歌。

〔盜泉〕水經注洙水：盜泉……出卞城東北卞山之陰。尸子曰：孔子至於勝母，暮矣而不宿。於盜泉，渴矣而不飲。惡其名也。故論語撰考讖曰：水名盜泉，仲尼不漱，即斯泉矣。

〔間然〕論語泰伯篇：禹，吾無間然矣。正義：間謂間廁，……言已不復能間廁其間也。

昔攀六龍飛，今作百鍊鉛。懷恩欲報主，投佩向北燕。彎弓綠弦開，滿月不憚堅。閑騎駿馬獵，一射兩虎穿。回旋若流光，轉背落雙鳶。胡虜三嘆息，兼知五兵權。鎗鎗突雲將，却掩我之妍。多逢勦絶兒，先著祖生鞭。據鞍空矍鑠，壯志竟誰宣。蹉跎復來歸，憂恨坐相煎。無風難破浪，失計長江邊。危苦惜頹光，金波忽三圓。時游敬亭上，閑聽松風眠。或弄宛溪月，虛舟信洄沿。顏公二十萬，盡付酒家錢。興發每取之，聊向醉中仙。過此無一事，靜談秋水篇。

【校】

〔之妍〕此句下咸本注云：一本無此六句。
〔先著〕先，郭本、胡本俱作生。
〔壯志〕志，咸本作心，注云：一作志。
〔竟誰〕咸本作誰能，注云：一作竟誰。
〔二十萬〕兩宋本、繆本、咸本、胡本俱作三十萬。王本二下注云：繆本作三。
〔過此〕過，咸本作遂。

【注】

〔百鍊鉛〕王云：百鍊鉛言其柔，鉛性不能剛，經百鍊則益柔矣。　按：文選劉琨重贈盧湛詩：「何意百鍊剛，化爲繞指柔。」剛即鋼字。此句即反其意而用之。

〔投佩〕按：投佩有棄文就武之意。

〔滿月〕按：滿月形容張弓。

〔五兵〕周禮夏官：司兵：掌五兵五盾。　鄭注：鄭司農云：五兵者，戈、殳、戟、酋矛、夷矛。又云：車之五兵，鄭司農所云者是也，步卒之五兵，則無夷矛而有弓矢。

〔鎗鎗〕按：鎗鎗與鏘鏘近，皆形容聲音之疊字。

〔雲將〕莊子在宥篇：雲將東遊。司馬注：雲將，雲之主帥。　按：此句意頗難明，未知是用莊子雲將，抑讀爲突雲之將。杜詩：「翻身向天仰射雲，一箭正墜雙飛翼。」形容射獵亦可云突雲也。

〔勦絶〕書甘誓：天用勦絶其命。　按：此句意亦難明。

〔祖生〕晉書卷六二劉琨傳：與范陽祖逖爲友，聞逖被用，與親故書曰：「吾枕戈待旦，志梟逆虜，常恐祖生先吾著鞭。」其意氣相期如此。

〔坐相煎〕張相詩詞曲語辭匯釋云：坐，甚辭，猶深也，殊也。李白贈宣城太守兼呈崔侍御詩：「蹉跎復歸來，憂恨坐相煎。」坐相煎，猶云殊相逼也。又獨酌詩：「東風吹愁來，白髮坐相侵。」猶云殊相侵也。又閨情詩：「黄鳥坐相悲，緑楊誰更攀。」坐相悲猶云深相悲也。又長干行「感此傷妾心，坐愁紅顔老。」坐愁猶云深愁也。

〔破浪〕宋書卷七六宗慤傳：願乘長風破萬里浪。

〔金波〕漢書禮樂志：月穆穆以金波。顔師古注：言月光穆穆若金之波流也。

〔敬亭〕元和郡縣志：江南道宣州宣城縣：敬亭山在州北十二里，即謝脁賦詩之所。清一統志：安徽寧國府：敬亭山在宣城縣北，一名昭亭山。

〔宛溪〕王云：江南通志：宛溪在寧國府東，水至清澈。參見卷二十五題宛溪館詩注。

〔顔公〕宋書卷九三陶潛傳：先是顔延之爲劉柳後軍功曹，在尋陽與潛情款，後爲始安郡經過，日日造潛，每往必酣飲致醉。臨去留二萬錢與潛，潛悉送酒家，稍就取酒。

〔秋水〕莊子篇名。

君從九卿來，水國有豐年。魚鹽滿市井，布帛如雲烟。下馬不作威，冰壺照清川。霜眉邑中叟，皆美太守賢。時時慰風俗，往往出東田。竹馬數小兒，拜迎白鹿前。含笑問使君，日晚可迴旋？遂歸池上酌，掩抑清風絃。曾標横浮雲，下撫謝脁肩。樓高碧海出，樹古青蘿懸。

【校】

〔九卿〕卿，咸本作鄉。

〔日晚〕日，兩宋本、繆本、王本俱注云：一作早。

〔遂歸〕遂，兩宋本、繆本、王本俱注云：一作還。

〔横浮雲〕兩宋本、繆本、王本俱注云：一作遊雲端。

【注】

〔九卿〕王云：唐以太常、光禄、衞尉、宗正、太僕、大理、鴻臚、司農、太府爲九卿，見通典。

〔下馬〕按：下馬謂初到官。

〔東田〕王云：謝朓爲宣城太守，有游東田詩。

〔竹馬〕後漢書卷六一郭伋傳：……乃調伋爲并州牧，……始至行部，到西河美稷，有童兒數百各騎竹馬道次迎拜。伋問：「兒曹何自遠來？」對曰：「聞使君到喜，故迎。」伋辭謝之。及事訖，諸兒復送至郭外，問使君何日當還。伋謂别駕從事計日當告之。行部既還，先期一日，伋爲違信於諸兒，遂止於野亭，須期乃入。

〔白鹿〕太平御覽卷九〇六謝承後漢書曰：鄭弘爲臨淮太守行春，有兩白鹿隨車俠轂而行。弘怪問主簿黄國，鹿爲吉凶？國拜賀曰：「聞三公車轓畫作鹿，明府當爲宰相。」後弘果爲太尉。

〔曾標〕蕭云：曾標言其標致之高也。

光禄紫霞杯，伊昔忝相傳。良圖掃沙漠；別夢繞旌旃。富貴日成疎，願言杳無緣。登龍有直道；倚玉阻芳筵。敢獻繞朝策；思同郭泰船。何言一水淺，似隔九重天。崔生何傲岸，縱酒復談玄。身爲名公子，英才苦迍邅。鳴鳳托高梧，淩風何翩翩？安知慕羣客，彈劍拂秋蓮？

【校】

〔苦〕蕭本、郭本俱作若。

〔慕〕咸本作幕，注云：一作慕。

〔秋蓮〕秋，兩宋本、繆本、王本俱注云：一作青。

【注】

〔光禄〕按：顔延年官終金紫光禄大夫，後人稱爲顔光禄。李蓋以陶潛自比，而以字文比顔，故云「伊昔忝相傳」。

〔登龍〕後漢書卷九七李膺傳：膺獨持風裁，以聲名自高。士有被其容接者，名爲登龍門。章懷太子注：以魚爲喻也。龍門，河水所下之口，在今絳州龍門縣。辛氏三秦記曰：河津一名龍門，水險不通，魚鼈之屬莫能上。江海大魚薄集龍門下數千不得上，上則爲龍也。

〔倚玉〕世説容止篇：魏明帝使后弟毛曾與夏侯玄共坐，時人謂蒹葭倚玉樹。

〔繞朝〕左傳文十三年：士會……乃行，繞朝贈之以策，曰：「子無謂秦無人，吾謀適不用也。」杜預注：策，馬檛。臨别授之馬檛，並示己所策以展情。繞朝，秦大夫。

〔郭泰〕後漢書卷九八郭太傳：郭太（泰），字林宗，太原界休人也。……乃遊於洛陽，始見河南尹李膺，膺大奇之，遂相友善，於是名震京師。後歸鄉里，衣冠諸儒送至河上，車數千兩。林宗唯與李膺同舟而濟，衆賓望之以爲神仙焉。

〔九重〕楚辭天問：圜則九重，孰營度之？王逸注：言天圓而九重孰營度而知之乎？

〔崔生〕按：即題中之崔侍御，集中屢言及崔侍御，蓋即崔成甫，爲崔沔之子，崔祐甫之兄，故此詩有「身爲名公子」之句。唐詩紀事稱成甫再尉關輔，貶湘陰，故有「英才苦迍邅」之句。

〔迍邅〕王云：左思詩：「英雄有迍邅，由來自古昔。」韻會：迍邅，難行不進之貌。

〔慕羣〕按：慕羣客，李白自謂有攀援之意也。鮑照詩：「安知慕羣客，咨嗟戀景況。」

【評箋】

今人詹鍈云：詩云：「投佩向北燕……金波忽三圓。」則自燕薊來宣城，至此僅三月耳。王譜繫此詩於天寶十三載下，注云：玩詩意，宇文乃天寶中爲宣城太守，而非至德以後始官其地者也。據趙公西候新亭頌，天寶十四載，趙悦來爲宣城守，則宇文之守宣城在其前，可意度也。

按太白於天寶十二載初秋來宣城，今寓宣城僅及三月，其時當仍在天寶十二載，不當爲天寶十三載也。王譜微誤。

按：此詩當是初到宣城投贈郡守，與下一首意旨相同，皆有干乞之意，知其南游亦頗困頓矣。

贈宣城趙太守悦

趙得寶符盛，山河功業存。三千堂上客，出入擁平原。六國揚清風，英聲何喧喧？大賢茂遠業，虎竹光南藩。錯落千丈松，虬龍盤古根。枝下無俗草，所植唯蘭蓀。

【注】

〔趙太守悦〕按：卷二十八趙公西候新亭頌云：惟十有四載，皇帝以歲之驕陽，秋五不稔，乃慎擇明牧，恤南方凋枯，伊四月孟夏，自淮陰遷我天水趙公作藩於宛陵，祇明命也。又卷二十六有爲趙宣城與楊右相書亦指趙悦。勞格唐御史臺碑名考卷三所載，亦係同一人。

〔寶符〕史記趙世家：簡子乃告諸子曰：「吾藏寶符於常山上，先得者賞。」諸子馳之常山上求無所得。毋卹還曰：「已得符矣。」簡子曰：「奏之。」毋卹曰：「從常山上臨代，代可取也。」

簡子於是知毋卹賢，……而以毋卹爲太子。

〔三千〕史記平原君列傳：平原君趙勝者，趙之諸公子也。諸子中勝最賢，喜賓客，賓客蓋至者數千人。

〔大賢〕按：此句指趙能繼平原之風。

〔南藩〕王云：東方朔七諫：聞南藩樂而欲往。王逸注：南國諸侯爲天子藩蔽，故稱藩也。此用其字以稱宣城，宣城在南方，故曰南藩。

〔千丈松〕世説賞譽篇：庾子嵩目和嶠森森如千丈松，雖磊砢有節目，施之大廈有棟梁之用。

〔蘭蓀〕王云：沈約詩：「今守馥蘭蓀。」劉良注：蘭蓀，香草也。詩意以千丈松喻平原君，蘭蓀喻趙太守，謂英豪之後其子孫自多俊異也。按：詩意似以千丈松喻趙，蘭蓀則謂趙能培植人才，暗爲下文求其汲引張本。王説稍泥。

憶在南陽時，始承國士恩。公爲柱下史，脱繡歸田園。伊昔簪白筆，幽都逐游魂。持斧佐三軍，霜清天北門。差池宰兩邑，鶚立重飛翻。焚香入蘭臺，起草多芳言。夔龍一顧重，矯翼淩翔鵷。赤縣揚雷聲，強項聞至尊。驚飈摧秀木，跡屈道彌敦。出牧歷三郡，所居猛獸奔。

【校】

〔佐三軍〕佐，蕭本、胡本俱作冠。王本注云：蕭本作冠。按：文義指御史爲幕職，不當作冠。

〔芳言〕芳，郭本作方。

〔摧秀木〕摧，蕭本作頹。王本注云：蕭本作頹。

【注】

〔柱下史〕見卷十一贈潘侍御論錢少陽詩注。

〔田園〕按：此蓋趙初自御史免歸，值白居南陽，爲相識之始。

〔白筆〕王云：章懷太子後漢書注：武帝置繡衣御史。通典：魏置御史八人，當大會殿中，御史簪白筆側陛而坐。帝問左右：「此何官，何主？」辛毗曰：「此爲御史，舊時簪筆以奏不法，當如今者直備位，但耗筆耳。」

〔幽都〕王云：淮南子：南至交趾，北至幽都。漢書：天兵四臨，幽都先加。顔師古注：幽都北方，謂匈奴。太平寰宇記：晉地道記曰：幽州因幽都以爲名。山海經有幽都之山，今列於北荒矣。鄭樵爾雅注：幽都即幽州，在今燕。

〔游魂〕易繫辭：精氣爲物，游魂爲變，是故知鬼神之情狀。按：白筆以下四句蓋指趙曾佐幽州軍幕，逐游魂謂討寇也。

〔持斧〕漢書卷七一雋不疑傳：武帝末，郡國盜賊羣起，暴勝之爲直指使者，衣繡衣持斧逐捕盜賊，督課郡國，東至海，以軍興誅不從命者，威振州郡。

〔差池〕按：差池猶蹉跎，蓋謂趙未得高遷，僅爲縣令。

〔鶚立〕王云：埤雅：鶚性好跱，故每立更不移處，所謂鶚立，義取諸此。

〔蘭臺〕王云：漢書：御史中丞在殿中蘭臺，掌圖籍祕書，外督部刺史，内領侍御史。通典：御史所居之署，後漢以來謂之御史臺，亦謂之蘭臺寺。

〔赤縣〕王云：通典：大唐縣有赤、畿、望、緊、上、中、下七等之差。京都所治爲赤縣，京之旁邑爲畿縣，其餘則以户口多少資地美惡爲差。胡三省通鑑注：唐制，凡置都，其郭下縣爲赤縣，餘縣爲畿縣。通鑑辨誤：唐之西京以長安、萬年爲赤縣，東都以河南、洛陽爲赤縣。

〔强項〕後漢書卷一〇七董宣傳：後特徵爲洛陽令，時湖陽公主蒼頭白日殺人，因匿主家，吏不能得。及主出行而以奴驂乘，宣於夏門亭候之，……叱奴下車，因格殺之。主即還宫訴帝，……使宣叩頭謝主，宣不從，强使頓之。宣兩手據地，終不肯俯。……因敕强項令出。

〔跡屈〕按：此似指趙曾爲赤縣令而又罷黜。唐之赤縣令，秩爲正五品上，故雖罷黜而官資已顯，得再起爲郡守也。

〔猛獸奔〕按：此用後漢宋均事，見卷十一中丞宋公以吴兵三千……詩注。意亦謂殘暴斂迹也。

遷人同衛鶴，謬上懿公軒。自笑東郭履，側慚狐白温。閑吟步竹石，精義忘朝昏。鯨頞成醜士，風雲何足論？獮猴騎土牛；羸馬夾雙轅。願借羲和景，爲人照覆盆。溟海不震蕩，何由縱鵬鯤？所期要津日，倜儻假騰騫。

【校】

〔醜士〕士，兩宋本俱作土。

〔羲和〕和，蕭本、胡本俱作皇。王本注云：蕭本作皇。

〔要津日〕蕭本作玄津白。王本注云：蕭本作玄津白。

【注】

〔懿公〕左傳閔二年：衛懿公好鶴，鶴有乘軒者。杜預注：軒，大夫車也。按：遷人，李白自謂。此句意謂謬受趙之寵遇。

〔東郭履〕史記滑稽列傳（褚先生補）：東郭先生久待詔公車，貧困飢寒，衣敝履不完。行雪中，履有上無下，足盡踐地。道中人笑之。東郭先生應之曰：「誰能履行雪中？」令人視之，其上履也，其履下處乃似人足者乎？

〔狐白〕文選王微雜詩：「詎憶無衣苦？但知狐白温。」吕向注：狐白，謂狐腋之白毛以爲裘也。

〔精義〕易繫辭：精義入神，以致用也。按：此二句詩蓋謂雖遭趙之優禮，而閒散之餘，憂思轉甚，未能安此寂寞枯槁也。

〔土牛〕三國志魏志鄧艾傳注：世語曰：司馬宣王……辟(州)泰，泰頻喪考妣祖，九年居喪，宣王留缺待之。至三十六日，擢爲新城太守。宣王爲泰會，使尚書鍾繇調泰：「君釋褐登宰府，三十六日擁麾蓋，守兵馬郡，乞兒乘小車，一何駛乎！」泰曰：「誠有此。君名公之子，少有文采，故守吏職，獼猴騎土牛，又何遲也？」

〔要津〕文選古詩：「何不策高足，先據要路津？」吕向注：要路津謂仕宦居要職者。

【評箋】

按：以爲趙悦上楊右相書及趙公西候新亭頌證之，此詩當作於天寶十四年。此詩雖有「遷人同衛鶴」及「照覆盆」等語，不必泥爲在白被罪以後。白自北南來，亦可云遷人，無人援引亦可云覆盆也。

贈從弟宣州長史昭

淮南望江南，千里碧山對。我行倦過之，半落青天外。宗英佐雄郡，水陸相控帶。長川豁中流，千里瀉吴會。君心亦如此，包納無小大。摇筆起風霜；推誠結仁愛。訟庭垂桃李；賓館羅軒蓋。何意蒼梧雲，飄然忽相會？才將聖不偶；命與時俱背。獨立山海間；空老聖明代。知音不易得，撫劍增感慨。當結九萬期，中途莫先退。

【校】

〔淮南〕南，兩宋本、繆本、王本俱注云：一作北。

〔行倦〕倦，兩宋本、繆本、胡本、王本俱注云：一作盡。

〔過之〕過，咸本作逐。

〔感慨〕慨，兩宋本、繆本俱作槩。王本注云：繆本作槩。

【注】

〔長史〕王云：按宣州在唐爲上州，上州之長史爲從五品官。

〔李昭〕按：卷十四有書情寄邠州長史昭及寄從弟宣州長史昭二詩，當即一人。後一首似在貶謫後，此詩有「淮南望江南」之句，則當在尚未至宣州時。又卷三十（繆本卷二三）有宣城長史弟昭贈余琴溪中雙舞鶴詩。又按：今人詹鍈謂新書二表中名昭者甚多，不知何者爲是。（一）蔡王房五世孫昭，雙流令，涼武昭王十一世孫。（二）姑臧大房丞之七世孫昭，涼武昭王九世孫。（三）趙郡李氏東祖房系之九世孫名昭者二人，一爲武進丞。（四）又十世孫昭，金吾長史，於涼武昭王當爲十世孫。

〔淮南〕王云：唐時之淮南道、江南道皆古揚州之境，中隔一江，江之北爲淮南，江之南爲江南。

〔宗英〕漢書卷一〇〇叙傳：四國絶祀，河間賢明。禮樂是修，爲漢宗英。

〔吴會〕王云：三國志孫賁傳：時策已平吴、會二郡。又朱桓傳：使部伍吴、會二郡。知吴會者，是吴郡與會稽也。然此詩所稱吴會，專指吴地而言。蓋在春秋戰國時爲吴國，在秦漢爲會稽郡，後又分爲吴郡，合而言之曰吴會也。王云：吴會之會，古外切，音膾。相會之會本音。按：王氏注吴會采顧炎武日知録卷三一所引之施宿會稽志。然顧氏則歷引魏文帝詩等，斷言不得以爲會稽之會。云：蓋漢初元有此名，如云吴都云爾。又引胡三省通鑑辨誤：太史公謂吴爲江南一都會，故後人謂吴爲吴會。黄汝成注引錢大昕之説略云：莊子釋文：淛江注云：浙江今在餘杭郡，後漢以爲吴會分界，今在會稽錢塘。其言分界，則言兩地尤明。褚伯玉，吴郡錢塘人，隱居剡山，齊太祖即位，手詔吴、會二郡，以禮徵遣，此證尤切。其實以吴會爲兩郡者，記事之詞宜然，以吴會爲泛指吴地，亦行文之便，不必泥也。又趙翼陔餘叢考卷二一，則以西漢時會稽郡治本在吴縣，時俗以郡縣連稱，故云吴會。又引孟浩然詩「幸值西風吹，得與故人會。……别後能相思，浮雲在吴會。」然則唐人猶以吴會作會稽讀。今觀李此詩以會字兩押，更於孟詩之外得一證矣。

〔九萬〕莊子逍遥遊篇：搏扶摇羊角而上者九萬里。

於五松山贈南陵常贊府

爲草當作蘭，爲木當作松。蘭幽香風遠，松寒不改容。松蘭相因依；蕭艾徒丰茸。雞與雞並食；鸞與鸞同枝。揀珠去沙礫，但有珠相隨。遠客投名賢，真堪寫懷抱。若惜方寸心，待誰可傾倒？虞卿棄趙相，便與魏齊行。海上五百人，同日死田横。當時不好賢，豈傳千古名？願君同心人，於我少留情。寂寂還寂寂，出門迷所適。長鋏歸來乎！秋風思歸客。

【校】

〔蘭幽〕幽，兩宋本、繆本、胡本俱作秋。王本注云：繆本作秋。

〔豈傳〕傳，咸本作借。

〔長鋏〕此句兩宋本、繆本俱作長劍歸乎來，注云：一作歌歸來。胡本注云：一作長劍歌歸來。王本注云：繆本作長劍歸乎來，一作長劍歌歸來。

【注】

〔五松山〕輿地紀勝卷二二池州：五松山在銅陵，李太白名曰五松山，因作詩以美。今五松山有寶雲院及李翰林祠堂。

〔南陵〕王云：南陵縣，唐時隸江南西道之宣州。一統志五松山在池州銅陵縣南五里，銅陵在唐爲南陵縣之銅官治，南唐時始分置銅陵縣，隸昇州，宋改隸池州。

〔常贊府〕按：此與本卷書懷贈南陵常贊府、卷二十與南陵常贊府遊五松山兩詩中之「常贊府」爲同一人。又容齋隨筆卷一：唐人呼縣令爲明府，丞爲贊府。

〔丰茸〕文選司馬相如長門賦：羅丰茸之游樹兮。李善注：丰茸，衆飾貌。△茸音容。

〔礫〕音力。

〔虞卿〕史記范雎列傳：（秦）昭王乃遺趙王書曰：范君之仇魏齊在平原君之家，王使人疾持其頭來。不然，吾舉兵而伐趙，又不出王之弟於關。趙孝成王乃發卒圍平原君家急，魏齊夜亡出見趙相虞卿，虞卿度趙王終不可説，乃解其相印與魏齊亡。

〔田横〕史記田儋列傳：漢滅項籍，漢王立爲皇帝，……田横懼誅而與其徒屬五百餘人入海居島中。高帝聞之，以爲田横兄弟本定齊，齊人賢者多附焉，今在海中不收，恐後爲亂。乃使使赦田横罪而召之。……田横乃與其客二人乘傳詣洛陽，未至三十里，至尸鄉厩置……自剄，令客奉其頭，從使者馳奏之高帝，高帝爲之流涕，拜其二客爲都尉，發卒二千人，以王者禮葬田横。既葬，二客穿其冢旁孔皆自剄下從之。高帝聞之乃大驚，以田横之客皆賢，吾聞其餘尚五百人在海中，使使召之。至則聞田横死亦皆自殺，於是乃知田横兄弟能得士也。

〔長鋏〕按：史記孟嘗君列傳，馮驩彈劍而歌曰：長鋏歸來乎！無以爲家。此詩前後四語皆寂寞無聊，望其援引之意，皆寓居宣城時投贈長史之詩。

自梁園至敬亭山見會公談陵陽山水兼期同游因有此贈

我隨秋風來，瑶草恐衰歇。中途寡名山，安得弄雲月？渡江如昨日，黄葉向人飛。敬亭愜素尚，弭棹流清輝。冰谷明且秀，陵巒抱江城。粲粲吴與史，衣冠耀天京。水國饒英奇，潛光卧幽草。會公真名僧，所在即爲寶。開堂振白拂，高論横青雲。雪山掃粉壁，墨客多新文。爲余話幽棲，且述陵陽美。天開白龍潭，月映清秋水。黄山望石柱，突兀誰開張？黄鶴久不來，子安在蒼茫。東南焉可窮？山鳥飛絶處。稠疊千萬峯，相連入雲去。聞此期振策，歸來空閉關。相思如明月，可望不可攀。何當移白足，早晚凌蒼山？且寄一書札，令予解愁顔。

【校】

〔題〕兩宋本、繆本題下俱注云：宣州作。

〔天京〕咸本注云：一本無此四句。

〔爲余〕余，咸本注云：一作念。

〔黄山〕以下二句兩宋本、繆本、胡本、王本俱注云：一作白柱插星漢，西崖誰開張。

〔山鳥〕此句兩宋本、繆木、咸本俱作山鳥絶飛處。兩宋本、繆本俱注云：一作猿狖絶行處。王本注云：繆本作山鳥絶飛處，一作猿狖絶行處。

【注】

〔梁園〕見卷九淮海對雪贈傅靄詩注。

〔敬亭山〕元和郡縣志卷二八：敬亭山：（宣）州北十二里，即謝朓賦詩之所。

〔陵陽〕王云：江南通志：陵陽山自石埭縣西北迤邐而來，三峯連亘，東接宣州。西二峯下有黄鶴池，昔竇子明跨鶴飛昇於此。有丹池，即子明鍊丹處。參見卷十四涇溪東亭寄鄭少府諤詩注。

〔瑶草〕按：此瑶草猶言芳草，非指仙人之瑶草。

〔弭棹〕文選江淹雜體詩：「弭棹阻風雪」，李善注：毛萇詩傳曰：弭，止也。

〔吴與史〕按：吴、史二人蓋宣城士人，名不可考。

〔白拂〕王云：法華經：手執白拂，侍立左右。

〔粉壁〕王云：「雪山掃粉壁」，謂畫雪山於粉壁之上。「墨客多新文」，謂文墨之客多以新文贊美之。會公蓋工於繪事者也。

〔白龍潭〕楊云：九域志：陵陽山在宣州。仙傳：竇子明棄官學道，釣得白龍，放之於此，因名白龍潭。

〔黄山〕王云：江南通志：黄山在徽州歙縣西北二百八十里，寧國府太平縣南三十里。山當二郡之界，高一千三百七十丈，盤亘三百里。舊名黟山，唐天寶間勑改今名，以圖經稱爲軒轅棲真之所故也。上多古木靈藥，其泉香美清温，冬夏不變，沐浴飲之，百疾皆愈。有三十六峯、三十六泉。石柱山在寧國府旌德縣西六十里，雙石挺立，而一巨石承之，名豹子尖。

〔子安〕列仙傳：陵陽子明者，銍鄉人也。好釣魚，於旋溪釣得白龍。子明懼，解釣拜而放之。後得白魚，腹中有書，教子明服食之法。子明遂上黄山，採五石脂，沸水而服之，三年龍來迎去，止陵陽山上百餘年。山去地千餘丈，大呼山下人令上山半，告言溪中子安當來，問子明釣車在否。後二十餘年，子安死，人取葬石山下，有黄鶴來棲其塚邊樹，鳴呼子安云。參見本卷登敬亭山南望懷古贈竇主簿詩。

〔振策〕按：振策猶言舉杖。

〔白足〕法苑珠林卷二七：前魏太武時，沙門曇始甚有神異，常坐不卧，五十餘年，足不躡履，跣行泥穢中，奮足便浄，色白如面，俗呼曰白足阿練也。魏書釋老志：惠始到京都，……或時跣行，雖履泥塵，初不汙足，色愈鮮白，世號之曰白足師。

〔書札〕文選古詩：「客從遠方來，遺我一書札。」張銑注：札，筆也。王云：顏師古漢書注：札，木簡之薄小者也。古時未有紙，故書於札。以爲筆者恐未是。

贈友人三首

蘭生不當户，别是閑庭草。夙被霜露欺，紅榮已先老。謬接瑤華枝，結根君王池。顧無馨香美，叨沐清風吹。餘芳若可佩，卒歲長相隨。

【注】

〔瑤華〕楚辭大司命：折疎麻兮瑤華。王逸注：瑤華，玉華也。按：瑤華以喻高貴之草木，無所實指也。與瑤草同，見卷十八送郄昂謫巴中詩。

〔卒歲〕詩小雅采菽：優哉游哉，聊以卒歲。

其二

袖中趙匕首，買自徐夫人。玉匣閉霜雪，經燕復歷秦。其事竟不捷，淪落歸沙塵。持此願投贈，與君同急難。荆卿一去後，壯士多摧殘。長號易水上，爲我揚波瀾。鑿井當及泉，張帆當濟川。廉夫惟重義，駿馬不勞鞭。人生貴相知，何必金與錢？

【校】

〔沙塵〕此句下咸本注云：一本無此二句。

〔急難〕兩宋本、繆本、胡本、王本俱注云：一作歲寒。

〔濟川〕濟，咸本作涉。

【注】

〔匕首〕見卷五君子有所思行及卷十一贈武十七諤詩注。

其三

慢世薄功業，非無胸中畫。謔浪萬古賢，以爲兒童劇。立産如廣費，匡君懷長策。但苦山北寒，誰知道南宅？歲酒上逐風，霜鬢兩邊白。蜀主思孔明；晉家望安石。時來列五鼎，談笑期一擲。虎伏避胡塵；漁歌游海濱。弊裘恥妻嫂；長劍託交親。夫子秉家義，羣公難與鄰。莫持西江水；空許東溟臣。他日青雲去，黄金報主人。

【校】

〔誰知〕知，胡本注云：一作分。

〔時來〕來，蕭本作人。胡本作人，注云：一作來。王本注云：蕭本作人。

〔夫子〕夫，蕭本作犬，郭本作夫。

【注】

〔道南宅〕三國志吴志周瑜傳：堅子策與瑜同年，獨相友善，瑜推道南大宅以舍策。升堂拜母，有無通共。

〔五鼎〕漢書卷六四主父偃傳：丈夫生不五鼎食，死則五鼎烹耳。注：張晏曰：五鼎食，牛、羊、豕、魚、麋也。補注：沈欽韓曰：聘禮注：少牢鼎五，羊、豕、腸胃、魚、腊，是五鼎無牛也。少牢饋食禮：五鼎，羊、豕、膚、魚、腊，腊用麋。

〔妻嫂〕戰國策秦策：蘇秦……説秦王書十上而説不行，黑貂之裘敝，黄金百斤盡，資用乏絶，去秦而歸，……歸至家，妻不下紝，嫂不爲炊。

〔長劍〕王云：「長劍託交親」，用馮煖事。

〔西江水〕莊子外物篇：莊周家貧，往貸粟於監河侯。監河侯曰：「諾，我將得邑金，將貸子三百金可乎！」莊周忿然作色曰：「周昨來，有中道而呼者，周顧視車轍中有鮒魚焉。周問之曰：鮒魚來，子何爲者耶！對曰：我東海之波臣也，君豈有升斗之水而活我哉？周曰：諾，我且南游吴越之王，激西江之水而迎子，可乎！鮒魚忿然作色曰：吾失我常與，我無所處，吾得升斗之水然活耳。君乃言此，曾不如早索我於枯魚之肆！」

【評箋】

按：以上三首命意不倫，蓋編者任意置於一處。其三則乞貸之詞顯然可見，與下一首陳情贈友人爲近。

陳情贈友人

延陵有寶劍，價重千黄金。觀風歷上國，暗許故人深。歸來挂墳松，萬古知其心。懦夫感達節；壯士激青衿。鮑生薦夷吾，一舉致齊相。斯人無良朋，豈有青雲望？臨財不苟取，推分固辭讓。後世稱其賢，英風邈難尚。論交但若此，有道孰云喪？多君騁逸藻，掩映當時人。舒文振頹波，秉德冠彝倫。卜居乃此地，共井爲比鄰。清琴弄雲月；美酒娱冬春。薄德中見捐，忽之如遺塵。英豪未豹變，自古多艱辛。他人縱以疎，君意宜獨親。奈何成離居，相去復幾許？飄風吹雲霓，蔽目不得語。投珠冀有報；按劍恐相拒。所思采芳蘭，欲贈隔荆渚。沉憂心若醉；積恨淚如雨。願假東壁輝，餘光照貧女。

【校】

〔人深〕此句下咸本注云：一本無此二句。

〔青衿〕青，咸本作素，此句兩宋本、繆本俱作壯氣激素衿。胡本注云：一作壯士激青衿。王本注云：繆本作壯氣激素衿。

〔推分〕推，咸本、胡本俱作揣，注云：一作推。

〔青雲望〕此句下咸本注云：一本無此二句。

〔有道〕有，王本注云：當作友，咸本、胡本俱作友。

〔秉德〕德，咸本作義。

〔有報〕有，蕭本作相。王本注云：蕭本作相。

〔荆渚〕荆，兩宋本、繆本、王本俱注云：一作脩。胡本作修，注云：一作荆。

〔如雨〕此句下咸本注云：一本無此二句。

【注】

〔寶劍〕見卷十叙舊贈江陽宰陸調詩注。

〔青衿〕詩鄭風子衿：青青子衿。毛傳：青衿，青領也，學子之所服。

〔比鄰〕王云：周禮大司徒職云：五家爲比。遂人職云：五家爲鄰。鄭玄注：鄭司農云：田野之居，其比伍之名，與國中異制，故五家爲鄰。玄謂異其名者，示相變耳。釋名：五家爲伍，以五爲名也。又謂之鄰，鄰，連也，相連接也。又曰：比，相親比也。

〔豹變〕易革卦：君子豹變，小人革面。正義：君子處之，雖不能同九五革命創制，如虎文之彪炳，然亦潤色鴻業，如豹文之蔚縟，故曰君子豹變也。

〔飄風〕楚辭離騷：飄風屯其相離兮，帥雲霓而來御。王逸注：回風爲飄，飄風，無常之風，以興邪惡之象也。雲霓，惡氣也，以喻佞人。

〔貧女〕列女傳辯通傳：齊女徐吾者，齊東海上貧婦人也。與鄰婦李吾之屬會燭相從夜績。徐吾最貧而燭數不屬。李吾謂其屬曰：「徐吾燭數不屬，請無與夜。」徐吾曰：「是何言與？妾以貧，燭不屬之故，起常先，息常後，灑掃陳席以待來者，自與蔽薄，坐常處下，凡爲貧，燭不屬故也。夫一室之中，益一人燭不爲暗，損一人燭不爲明。何愛東壁之餘光，不使貧女得蒙見愛之恩，長爲妾役之事，使諸君常有惠施於妾，不亦可乎！」李吾莫能應，遂復與夜，終無後言。

【評箋】

按：此詩似入京以前，在安陸時作，故云：「卜居乃此地，共井爲比鄰。」此後似無卜居之事，且不得云「英豪未豹變」也。此友人必交道不終者。

贈從弟洌

楚人不識鳳，重價求山雞。獻主昔云是，今來方覺迷。自居漆園北；久別咸陽西。風飄落日去；節變流鶯啼。桃李寒未開，幽關豈來蹊？逢君發花萼，若與青雲齊。及此桑葉緑，春蠶起中閨。日出布穀鳴，田家擁鋤犂。顧余乏尺土，東作誰相攜？傅説降霖雨，公輸造雲梯。羌戎事未息，君子悲塗泥。報國有長策，成功羞執珪。無由謁明主，杖策還蓬藜。他年爾相訪，知我在磻溪。

【校】

〔鳳〕咸本注云：一作玉。

〔重價〕重，兩宋本、繆本、王本俱注云：一作高。

〔獻主〕獻，咸本注云：一作漢。

〔漆園北〕北，蕭本作地。王本注云：蕭本作地。

〔久別〕別，蕭本作識。咸本二字作別之，注云：一作久別。王本注云：蕭本作識。

〔布穀〕布，兩宋本、繆本、咸本俱作撥。王本注云：繆本作撥。

〔擁鋤〕擁，兩宋本俱作攘，恐非。

〔羌戎〕咸本作華戎。

〔明主〕主，宋甲本作王。

【注】

〔從弟冽〕按：新書世系表：李氏姑臧大房有冽，與卷十七送族弟單父主簿凝攝宋城主簿詩中之凝爲兄弟。

〔山雞〕見卷九贈范金鄉詩第一首注。

〔漆園〕王云：太平寰宇記：漆園城在曹州冤句縣北五十里，莊周爲吏之所，城北有莊周釣臺。又濠州定遠縣有漆園，在縣東三十里，其地東西南北約方三百步。唐天寶中，尚有漆樹一二十株，野火燔燒其樹，在故縣村西一百步，即楚國莊周爲吏之處，今爲隴畝。一統志：漆園在鳳陽府定遠縣東三十里，相傳即莊生爲吏之處。又云：漆園城在山東曹縣西北五十里，莊生爲漆園吏即此。又云：漆園城在大名府東明廢縣東北二十里，今名漆園村，内有莊子廟，蓋莊周爲吏之所。據二書漆園有三，此所云者當指曹州漆園也。

〔花萼〕文選謝瞻於安城答靈運詩：「華萼相光飾，嚶嚶悦同響。李善注：毛詩曰：棠棣之華，鄂不韡韡。鄭玄曰：興者，喻弟以敬事兄，兄以榮覆弟也。

〔布穀〕王云：禽經：鳲鳩戴勝，布穀也。張華注：揚雄曰：鳲鳩戴勝生樹穴中，不巢生。爾雅曰：鵖鴔戴鵀即首上勝也，頭上尾起，故曰戴勝。農事方起，此鳥飛鳴於桑間，云五穀可布種也，故曰布穀。又云，此鳥鳴時耕事方作，農人以爲候。

〔東作〕書堯典：平秩東作。孔傳：歲起於東而始就耕，謂之東作。

〔霖雨〕書説命：若歲大旱，用汝作霖雨。

〔雲梯〕淮南子脩務訓：公輸天下之巧士，作雲梯之械，設以攻宋。高誘注：雲梯，攻城具，高長上與雲齊，故曰雲梯。

〔執珪〕王云：呂氏春秋：得伍員者爵執圭。高誘注：周禮：侯執信圭，言爵之爲侯也。又高誘淮南子注：楚爵，功臣賜以圭，謂之執圭，比附庸之君也。漢書：遷爲執珪。張晏注：侯伯執珪，以朝位比之。

〔磻溪〕水經注渭水：渭水之右，磻溪水注之，水出南山兹谷，乘高激流，注于溪中。溪中有泉，謂之兹泉，泉水潭積，自成淵渚，即呂氏春秋所謂太公釣兹泉也。今人謂之丸谷，石壁深高，幽篁邃密，林障秀阻，人迹罕交。東南隅有一石室，蓋太公所居也。水次平石釣處，即太公垂釣之所也，其投竿跽餌兩膝遺跡猶存，是有磻溪之稱也。其水清泠神異，北流十二里注于渭。△磻音盤。

【評箋】

按：詩云：「久别咸陽西」，又云：「羌戎事未息。」似當在天寶九、十載間。

贈閭丘處士

賢人有素業，乃在沙塘陂。竹影掃秋月，荷衣落古池。閑讀山海經，散帙卧遥帷。且耽田家樂，遂曠林中期。野酌勸芳酒，園蔬烹露葵。如能樹桃李，爲我結茅茨。

【校】

〔荷衣〕衣，王本注云：霏玉本作花。郭本作花。胡本作花，注云：一作衣。

〔遂曠〕曠，兩宋本、繆本、王本俱注云：一作廣。二字咸本作逐日。注云：一作遂曠。

〔勸芳酒〕咸本注云：一作芳樽酒。

【注】

〔閭丘〕王云：江南通志：沙塘陂在宿松城外，唐閭丘處士築別業於此，李太白有詩贈之云云。按：通志但據李詩爲説，未必別有所本。參見卷十一贈閭丘宿松詩。又按：今人詹鍈引沈汾續仙傳云：隱化者二十人中有閭丘方遠，字大方，舒州宿松人也。不知是其人否。

〔山海經〕吴越春秋：（禹）巡行四瀆，與益、夔共謀，行到名山大澤，召其神而問之，山川脈理，金玉所有，鳥獸昆蟲之類，及八方之民俗，殊國異域土地里數，使益疏而記之，故名之曰山海經。

〔散帙〕王云：謝靈運詩：「散帙問所知。」劉良注：散帙，謂開書帙也。説文：帙，書衣也。按古時書卷必有帙包之，如裹袱之類，或以細竹爲簾，襲以薄繒，藏古書畫家尚存此製。

〔遥帷〕文選江淹雜體詩：鍊藥矚虚幌，汎瑟卧遥帷。

〔露葵〕王云：宋玉諷賦：炊彫胡之飯，烹露葵之羹。爾雅翼：古者葵稱露葵，今摘葵必待露解。語曰：觸露不掐葵，日中不剪韭，各有宜也。按本草：葵一名露葵，今謂之滑菜，古人以爲常饌，四時皆可食。六七月種者爲秋葵，八九月種者爲冬葵，正二月種者爲春葵，有紫莖、白莖二種。大葉小花，花紫黄色，其實大如指頭，皮薄而扁，今人不復食，種者亦鮮。

〔茅茨〕王云：漢書：茅茨不翦。顔師古注：屋蓋曰茨，茅茨，以茅覆屋也。釋名：屋以草蓋曰茨。茨，次也。次草爲之也。

贈錢徵君少陽

白玉一杯酒，緑楊三月時。春風餘幾日？兩鬢各成絲。秉燭唯須飲，投竿也未遲。如逢渭水獵，猶可帝王師。

【校】

〔題〕兩宋本、繆本、蕭本、王本題下俱注云：一作送趙雲卿。

〔渭水〕水，咸本作川。王本注云：許本作川。

【注】

〔秉燭〕文選古詩：「晝短苦夜長，何不秉燭遊？」

〔投竿〕王云：投竿謂投竿於水而釣也。按：詩意蓋謂如有知我者，亦可立即投竿而起，不復從事於釣，正起下二句之意。王説未合。

【評箋】

今人詹鍈云：贈錢徵君少陽（卷十二）、送趙雲卿（卷十八），此二篇無一字差異，蓋本是一詩，編者重入未删。按文苑英華此詩亦兩見，一題作贈錢徵君少陽，一題作送趙雲卿，疑是各本太白集所本。各家注雖曾指出此二詩雷同，但究以何題爲是，尚無明文。詩云：「白玉一杯酒，……」可見並無送别之意，且被贈者本爲一隱居不仕之老翁，而今方有出仕之心，故曰：「猶可帝王師」也。升庵全集卷五十六：趙蕤，梓州人，字雲卿。按新唐書藝文志三：蕤字太賓，著有長短經。與雲卿非一人，楊氏所記有誤。舊唐書趙曄（新唐書作驊）傳：曄字雲卿，鄧州穰人。……開元中舉進士，連擢科第。補太子正字，累授大理評事，貶北陽尉，移雷澤、河東二丞。河東採訪使韋陟……表爲賓僚。陟罷，陳留採訪使郭納復奏曄爲支使。及安禄山陷陳留，因没於賊。……乾元初，三司議罪，貶晉江尉。數年，改録事參軍。在宦途五十年，累經貶謫，蹇躓備至。入仕三十年方霑省官。建中四年……以疾終。可見曄一生仕宦，並非隱士。唐摭言：李華與趙曄、蕭穎士、邵軫未冠游太學，李、趙、蕭三人同年，與（當作於）開元二十三年及第。李華蕭穎士文集序云：十九進士及第。知趙曄開元二十三年（七三五）時不過十九歲，下推至太白卒年（寶應元年，七六二），曄方四十六歲，亦不得「兩鬢各成絲」也。贈潘侍御論錢少陽詩云：「雖無二十五老者，且有一翁錢少陽。」與此篇所稱年事正合，則此詩應題作贈錢徵君少陽明矣。

按：此詩當與卷十一贈潘侍御論錢少陽詩參看。

贈宣州靈源寺仲濬公

敬亭白雲氣，秀色連蒼梧。下映雙溪水，如天落鏡湖。此中積龍象，獨許濬公殊。風韻逸江左，文章動海隅。觀心同水月，解領得明珠。今日逢支遁，高談出有無。

【校】

〔仲濬〕仲，兩宋本、繆本、咸本俱作沖。王本注云：繆本作沖。

〔獨許〕許，咸本注云：一作診。

〔觀心〕觀，兩宋本、繆本、王本俱注云：一作了。

【注】

〔仲濬〕按：卷二十四有聽蜀僧濬彈琴詩，當與仲濬爲一人，其人爲蜀人，不妨駐錫於宣州也，又耿湋濬公院懷舊詩有「遠公傳教畢，身没向他方」之句，與蜀僧身世亦合，常即其人。又唐詩紀事卷二〇李頎題濬公山池（按：全詩卷一三四題作璿公，疑誤。）云：「遠公遁跡廬山岑，開士出居祇樹林。片石孤峯窺色相；清池白月點禪心。指揮如意天花落；坐卧閒房春草深。此外俗塵都不染，唯餘玄度得相尋。」△濬音峻。

〔龍象〕王云：釋子中能負荷大法者謂之龍象。翻譯名義大論云：那伽或名龍，或名象，是五千阿羅漢諸羅漢中最大力，以是故言如龍如象。水行中龍力最大，陸行中象力最大。中阿含經：佛告鄔陀夷若沙門等，從人至天不以身口意害我説彼是龍象。

〔江左〕按：古以今江蘇南部爲江左。自晉南渡後大率稱江左。

〔水月〕王云：水月謂水中月影，非有非無。了不可執，慧者觀心，亦復如是。

〔明珠〕王云：解領，解悟也。明珠喻菩提大道也。按：解悟不能與上句觀心爲偶，領疑頷字之誤。用莊子千金之珠必在九重之淵驪龍頷下語。

〔支遁〕世説言語篇注：高逸沙門傳曰：支遁字道林，河内林慮人，或曰陳留人，本姓關氏。少而任心獨往，風期高亮，家世奉法，嘗於餘杭山沈思道行，泠然獨暢。年二十五，始釋形入道，年五十三終於洛陽。

〔有無〕王云：僧肇維摩詰經注：不可得而有，不可得而無者，其唯大乘行乎！欲言其有，無相無名。欲言其無，萬德斯行。萬德斯行，故雖無而有。無相無名，故雖有而無。然則言有不乖無，言無不乖有，或説有行，或説無行，有無雖殊，其致一也。

贈僧朝美

水客淩洪波；長鯨湧溟海。百川隨龍舟，嘘吸竟安在？中有不死者，探得明月珠。高價傾宇宙；餘輝照江湖。苞卷金縷褐，蕭然若空無。誰人識此寶？竊笑有狂夫。了心何言説，各勉黄金軀。

【校】

〔嘘吸〕吸，兩宋本、繆本、咸本俱作噏。王本注云：繆本作噏。

【注】

〔長鯨〕見卷二古風第三首注。

【評箋】

王云：詩言水客泛舟大海，舟爲長鯨所嘘吸，遂遭溺没，其中乃有不死者，反於海中得明月之珠，卷而藏之，不自眩耀，人亦不識。以喻人在煩惱海中。爲一切嗜慾所汩没，醉生夢死，飄流無極，乃其中有不昧本來者，反於煩惱海中悟得如來法寶。其價則傾乎宇宙，其光則照乎江湖，卷而懷之，不自以爲有而若空無者。然人皆不能識此寶，而唯我能識之。夫心既明了，更無言説可以酬對，唯有勸勉珍重此軀而已。蓋人身難得，六道之中以人道爲最，是此軀之重等於黄金，未可輕忽。故曰「各勉黄金軀」也。又按後漢書：西方有神名曰佛，其形長丈六尺而黄金色。「各勉黄金軀」者，是勉以修道成佛之意。

贈僧行融

梁有湯惠休，常從鮑照游。峨眉史懷一，獨映陳公出。卓絶二道人，結交鳳與麟。行融亦俊發，吾知有英骨。海若不隱珠，驪龍吐明月。大海乘虚舟，隨波任安流。賦詩旃檀閣，縱酒鸚鵡洲。待我適東越，相攜上白樓。

【校】

〔梁有〕有，兩宋本、繆本、咸本俱作曰。王本注云：繆本作曰。

【注】

〔惠休〕王云：宋書：時有沙門釋惠休善屬文，辭采綺豔，徐湛之與之厚善。世祖命使還俗本姓湯，位至揚州從事史。鮑照有秋日示休上人及答休上人諸詩。

〔史懷一〕王云：盧藏用陳子昂别傳：友人趙貞固、鳳閣舍人陸餘慶、殿中侍御史畢構、監察御史王無競、亳州長史房融、右史崔泰之、處士郭襲微、道人史懷一皆篤歲寒之交。崔顥贈懷一上人詩：「法師東南秀，世實豪家子。削髮十二年，誦經峨嵋裏。」是史懷一爲峨嵋僧也。

〔海若〕按：海若爲海神，見莊子秋水篇。

〔驪龍〕莊子列禦寇篇：夫千金之珠必在九重之淵而驪龍頷下。陸德明注：驪龍，黑龍也。△驪音離。

〔虚舟〕文選謝靈運游赤石進帆海詩：「溟漲無端倪，虚舟有超越。」李周翰注：輕舟而進曰虚舟。

〔白樓〕見卷十贈僧崖公詩注。

贈黄山胡公求白鷴 并序

聞黄山胡公有雙白鷴，蓋是家雞所伏，自小馴狎，了無驚猜。以其名呼之，皆就掌取食。然此鳥耿介，尤難畜之。予平生酷好，竟莫能致。而胡公輟贈於我，唯求一詩，聞之欣然，適會宿意。因援筆三叫，文不加點以贈之。

請以雙白璧，買君雙白鷴。白鷴白如錦，白雪恥容顔。照影玉潭裏；刷毛琪樹間。夜棲寒月静；朝步落花閑。我願得此鳥，翫之坐碧山。胡公能輟贈，籠寄野人還。

【校】

〔容顔〕以上咸本注云：一本無此四句。

〔照影〕照，咸本注云：一作清。

〔朝步〕朝，蕭本作一，郭本作朝。

〔籠寄〕籠，咸本注云：一作寵。

【注】

〔白鷴〕王云：張華禽經注：白鷴似山雞而色白，行止閑暇。黄山志：白鷴性耿介難畜，雄采而文，素角玄英，二角壯時隆起出英上，有時靡縮，蓋因氣鼓而後壯也。觜爪皆赤，其羽末黑文如洒，戢若緣褧，又如界地錦，惟尾妥二莖無緇文班如也。志中亦載李白向黄山胡公求白鷴事，以胡公名暉，未詳何據，存之以廣異聞。

〔加點〕王云：郭璞爾雅注，以筆滅字爲點。南史：劉儒嘗在御座爲李賦，受詔便成，文不加點。

〔如錦〕王云：孔穎達禮記正義：素錦，白錦也。白鷴毛羽白質黑邊，有似錦文，故曰白如錦。

登敬亭山南望懷古贈竇主簿

敬亭一迴首，目盡天南端。仙者五六人，常聞此遊盤。谿流琴高水；石聳麻姑壇。白龍降陵陽；黄鶴呼子安。羽化騎日月；雲行翼鴛鸞。下視宇宙間，四溟皆波瀾。汰絶目下事，從之復何難？百歲落半途，前期浩漫漫。强食不成味，清晨起長歎。願隨子明去，鍊火燒金丹。

【校】

〔常聞〕常，英華作多，注云：集作常。

〔谿流〕流，英華作深，注云：集作流。

〔鴛鸞〕鴛，英華作鷗，注云：集作䳒。胡本亦注云：一作鷗。

〔皆波瀾〕皆，英華作空。注云：集作皆。

〔汰絶〕汰，兩宋本、繆本俱作決。王本注云：繆本作決。

〔百歲〕歲，英華作年。注云：集作歲。

【注】

〔竇主簿〕今人詹鍈云：溧陽瀨水貞義女碑銘謂有主簿扶風竇嘉賓，不知與此竇主簿是一人否。

〔琴高水〕王云：江南通志：琴高山在寧國府涇縣北二十里，昔琴高於此山修煉得道，故名。有隱雨巖，是其控鯉上昇之所。巖下有煉丹洞，洞旁有釣臺，臺下流水即琴溪也。每歲上已前後數日，溪中出小魚，謂之琴魚，傳爲仙人藥渣所化。

〔麻姑壇〕王云：九域志：宣州宣城郡有花姑山，亦謂之麻姑山，昔麻姑修道，於此上昇，有仙壇在焉。江南通志：麻姑山在寧國府城東三十五里，峯巒奇秀，作鎮郡東。昔麻姑修道，於此飈舉，有仙壇、丹竈、劍池、石棋枰、釣魚臺、天游亭諸跡。

〔子安〕水經注沔水：水出陵陽山下，徑陵陽縣西爲旋溪水，昔縣人陽子明釣得白龍處。後三年，龍迎子明上陵陽山，山去地千餘丈，後百餘年，呼山下人令上山半，與語谿中，子安問子明釣車所在。後二十年子安死，山下有黄鶴栖其塚樹，鳴常呼子安。

〔金丹〕王云：抱朴子：夫金丹之爲物，燒之愈久，變化愈妙。黄金入火，百鍊不消，埋之畢天不朽。服此二藥，鍊人身體，故能令人不老不死。一統志：丹臺在陵陽山中峯之半，平夷可容數人，相傳竇子明嘗煉丹其上。

經亂後將避地剡中留贈崔宣城

雙鵝飛洛陽，五馬渡江徼。何意上東門，胡雛更長嘯？中原走豺虎，烈火焚宗廟。太白晝經天，頹陽掩餘照。王城皆蕩覆，世路成奔峭。四海望長安，嚬眉寡西笑。蒼生疑落葉，白骨空相弔。連兵似雪山，破敵誰能料？我垂北溟翼，且學南山豹。崔子賢主人，歡娱每相召。胡牀紫玉笛，却坐青雲叫。楊花滿州城，置酒同臨眺。忽思剡溪去，水石遠清妙。雪晝天地明；風開湖山貌。悶爲洛生詠；醉發吴越調。赤霞動金光，日足森海嶠。獨散萬古意；閑垂一溪釣。猿近天上啼；人移月邊棹。無以墨綬苦；來求丹砂要。華髮長折腰，將貽陶公誚。

【注】

〔剡中〕見卷八秋浦歌第六首注。

〔崔宣城〕按：崔宣城名欽，見卷二十八趙公西候新亭頌。並參見卷十九江上答崔宣城詩。

〔雙鵝〕晉書五行志：孝懷帝永嘉元年二月，洛陽東北步廣里地陷，有蒼白二色鵝出，蒼者飛翔冲天，白者止焉。……陳留董養曰：步廣周之狄泉，盟會地也。白者金色，國之行也，蒼爲胡象，其可盡言乎？是後劉元海、石勒相繼亂華。

〔五馬〕晉書五行志：太安中童謡曰：「五馬游渡江，一馬化爲龍。」後中原大亂，宗藩多絶，惟琅琊、汝南、西陽、南頓、彭城同至江東，而元帝嗣統矣。

〔上東門〕晉書石勒載記：石勒……上黨武鄉羯人也。……年十四，隨邑人行販洛陽，倚嘯上東門。王衍見而異之，顧謂左右曰：「向者胡雛，吾觀其聲視有奇志，恐將爲天下之患。」

〔太白〕王云：漢書：太白經天，天下革政。孟康注：謂出東入西，出西人東也。太白陰星，出東當伏東，出西當伏西，過午爲經天。晉灼注：日陽也，日出則星亡，晝見午上爲經天。文獻通考：肅宗至德二載七月己酉，太白晝見經天，至於十一月戊午不見，歷秦、周、楚、鄭、宋、燕之分。

〔西笑〕桓譚新論：關東鄙語曰：「人聞長安樂，出門向西笑。」

〔南山豹〕列女傳賢明傳：陶答子妻……妾聞南山有玄豹，霧雨七日而不下食者何也？欲以澤其毛而成文章也，故藏而遠害。

〔胡牀〕王云：胡三省通鑑注：胡牀今謂之交牀，其制本自虜來。隋惡胡字，改曰交牀。唐猶謂之胡牀，今之交椅是也。

〔剡溪〕王云：薛方山浙江通志：剡溪在紹興府嵊縣南，一名戴溪，溪有二源，一出天台，一出武義。……晉王徽之雪夜由此溪訪戴逵。參見卷九淮海對雪贈傅靄詩注。

〔洛生詠〕世説輕詆篇：人問顧長康：何以不作洛生詠？答曰：「何至作老婢聲？」劉孝標注：洛下書生詠音重濁，故云老婢聲。

〔墨綬〕漢書百官公卿表：秩比六百石以上皆銅印黑綬。按：表又言，縣令秩千石至六百石，崔爲宣城縣令，故以墨綬爲言，墨即黑也。

〔折腰〕南史卷七五陶潛傳：爲彭澤令，……郡遣督郵至縣，吏白應束帶見之。潛嘆曰：「我不能爲五斗米折腰向鄉里小人。」即日解印綬去職，賦歸去來以遂其志。

獻從叔當塗宰陽冰

金鏡霾六國，亡新亂天經。焉知高光起，自有羽翼也？蕭曹安峴屼；耿賈摧欃槍。吾家有季父，傑出聖代英。雖無三台位；不借四豪名。激昂風雲氣，終協龍虎精。弱冠燕趙來，賢彦多逢迎。魯連善談笑；季布折公卿。

【校】

〔題〕兩宋本、繆本題下俱注云：當塗。

〔亡新〕新，兩宋本俱作秦，繆本與王本同。

〔不借〕借，蕭本作惜。王本注云：蕭本作惜。

〔善談〕善，兩宋本、繆本、咸本俱作擅。王本注云：繆本作擅。

【注】

〔當塗〕舊唐書地理志：江南西道宣州當塗：晉分丹陽置于湖縣，成帝以江北當塗縣流人寓居于湖，乃改爲當塗縣。

〔陽冰〕宣和書譜：李陽冰字少温，趙郡人，官至將作少監。善詞章，留心小篆，迨三十年。初見李斯嶧山碑與仲尼延陵季子字，遂得其法，乃能變化開合，自名一家。推原字學，作筆法論，以别其點畫。又嘗立説，謂於天地山川得其方員流峙之形，於日月星辰得其經緯昭回之度。近取諸身，遠取萬類，幽至鬼神情狀，細至於喜怒之舒慘，莫不畢載。後人不足以明此，於是誤謬滋多，義理掃地。雖李斯之博雅，以朿爲朿，蔡邕之知書，以豊作豐，故孔壁之餘文，汲冢之舊簡，所存無幾。幸天未喪斯文，宗旨在已。其自許慎至是作刊定説文三十卷，以紀其學，人指以爲蒼頡後身。方時顔真卿以書名世，真卿書碑必得陽冰題其額，欲以擅連璧之美，蓋其篆法妙天下如此。議者以蟲蝕鳥跡語其形，風行雨集語其勢，太阿龍泉語其利，嵩高華岳語其峻，實不爲過論。有唐三百年以篆稱者，唯陽冰獨步。

〔金鏡〕太平御覽卷七一七尚書考靈曜曰：「秦失金鏡，魚目入珠。」注：金鏡喻明道也。按：白居易詩：「一年十二月，每月有常令。君出臣奉行，謂之握金鏡。」

〔霾〕音埋。

〔亡新〕漢書卷九九王莽傳：……御王冠，即真天子位，定有天下之號曰新。

〔天經〕莊子在宥篇：亂天之經，逆物之情，玄天不成。

〔高光〕按：謂漢高帝及光武。

〔蕭曹〕按：指西漢初之功臣蕭何、曹參。

〔耿賈〕按：指東漢初之耿弇、賈復。

〔欃槍〕爾雅釋天：彗星爲欃槍。漢書天文志：歲星……縮西南，石氏見欃雲如牛，甘氏不出三月，乃生天槍，左右鋭，長數丈。縮西北，石氏見槍雲如馬，甘氏不出三月，乃生天欃，本類星，末鋭，長數丈。△欃，初銜切，槍音撐。

〔四豪〕漢書卷六二游俠傳：由是列國公子，魏有信陵，趙有平原，齊有孟嘗，楚有春申，……皆以取重諸侯，顯名天下，搤（扼）掔（腕）而游談，以四豪爲稱首。

〔風雲〕易乾卦：雲從龍，風從虎。正義：龍是水畜，雲是水氣，故龍吟則景雲出，是雲從龍也。虎是威猛之獸，風是震動之氣，此亦是同類相感，故虎嘯則谷風生，是風從虎也。

〔季布〕史記季布列傳：單于嘗爲書嫚呂后，呂后大怒，召諸將議之。上將軍樊噲曰：「臣願得十萬衆横行匈奴中。」諸將皆阿呂后意曰：「然。」季布曰：「樊噲可斬也。夫高帝將兵四十餘萬衆困於平城，今噲奈何以十萬衆横行匈奴中？面欺。且秦以事於胡，陳勝等起，今瘡痍未瘳，噲又面諛欲動揺天下。」是時殿上皆恐，太后罷朝，遂不復議擊匈奴事。

遥知禮數絶，常恐不合并。惕想結宵夢，素心久已冥。顧慚青雲器，謬奉玉樽傾。山陽五百年，緑竹忽再榮。高歌振林木，大笑喧雷霆。落筆灑篆文，崩雲使人驚。吐辭又炳焕，五色羅華星。秀句滿江國，高才掞天庭。

【注】

〔禮數〕文選任昉出郡傳舍哭范僕射詩：「平生禮數絶，式瞻在國楨。」李善注：左氏傳曰：名位不同，禮亦異數。李周翰注：禮數絶謂交道相得，雖品命有異，不爲禮數。

〔青雲器〕文選顔延年五君詠（阮咸）：「仲容青雲器。」李善注：青雲言高遠也。

〔山陽〕王云：三國志注：魏氏春秋曰：嵇康寓居河内之山陽縣，與陳留阮籍、河内山濤、河南向秀、籍兄子咸、琅邪王戎、沛人劉伶相與友善，游於竹林，號爲七賢。按阮籍叔姪與嵇康爲竹林之游，不知是何年，而康之死在魏景元二年以後，順數而下，至唐肅宗上元二年共得五百年，竹林之游，相去亦不過在此時。

〔高歌〕博物志：薛譚學謳於秦青，未窮青之旨，於一日遂辭歸。秦青不餞於郊衢，撫節悲歌，聲振林木，響遏行雲。

〔崩雲〕鮑照飛白書勢銘：輕如游霧，重似崩雲。

〔掞天庭〕文選左思蜀都賦：摛藻掞天庭。吕向注：掞猶蓋也。△掞，舒贍切。

辛邑艱難時，浮雲空古城。居人若薙草；掃地無纖莖。惠澤及飛走，農夫盡歸耕。廣漢水萬里，長流玉琴聲。雅頌播吴越，還如太階平。

【校】

〔太階〕太，咸本作泰。

【注】

〔薙〕説文：薙，除草也。△薙音替。

〔廣漢〕王云：詩國風：漢之廣矣，不可泳思。稱漢水曰廣漢本此，而非隴西之廣漢郡也。當塗之江與漢水殊遠，然漢水之下流亦由當塗而過。按：王説過於穿鑿，由當塗而過者又何止漢水？此廣漢當仍指漢以來治梓潼之廣漢。與李白家於綿州彰明之説頗相近。玩詩意似陽冰與白同爲蜀人。

〔玉琴〕王云：詩意取子賤彈琴而單父治之意，謂玉琴之聲與長流萬里漢水之聲相應，蓋亦倒裝句法也。

小子別金陵，來時白下亭。羣鳳憐客鳥，差池相哀鳴。各拔五色毛，意重太山輕。贈微所費廣，斗水澆長鯨。彈劍歌苦寒，嚴風起前楹。月銜天門曉；霜落牛渚清。長嘆即歸路，臨川空屏營。

【校】

〔相哀〕哀，王本注云：霏玉本作愛。郭本作愛。

【注】

〔白下亭〕王云：圖經：白下亭在上元縣北。景定建康志：舊志：白下亭，驛亭也。舊在城東門外。李白獻從叔當塗宰陽冰詩曰：「小子別金陵，來時白下亭。」留別金陵諸公詩曰：「五月金陵西，祖予白下亭。」又云：「驛亭三楊樹，正當白下門。」按此亭在府西，蓋新舊各在一處。舊志所指，是其新者耳。

〔差池〕詩邶風燕燕：燕燕于飛，差池其羽。鄭箋曰：差池其羽，謂張舒其尾翼也。

〔苦寒〕王云：苦寒行，古清商曲也，因行役遇寒而作。

〔天門〕〔牛渚〕元和郡縣志卷二八：博望山在宣州當塗縣西三十五里，與和州對岸江西岸山曰梁山，兩山相望如門，俗謂之天門山。山上皆有却月城。宋車騎將軍王玄謨所築。牛渚山在（宣州當塗）縣北三十五里，山突出江中，謂之牛渚圻，古津渡處也。參見卷七横江詞第二首注。

〔屏營〕王云：後漢書：夙夜屏營。章懷太子注：屏營，彷徨也。

【評箋】王云：詩云：「小子別金陵，來時白下亭。」知太白自金陵往當塗也。又云：「彈劍歌苦寒，嚴風起前楹。」則其時爲秋冬之交，非辛丑即壬寅二年中之作。（李太白年譜）

按：詩意亦是在金陵無所得，而乞援於陽冰。郭沫若李白與杜甫謂此詩係上元二年冬所作。

書懷贈南陵常贊府

歲星入漢年，方朔見明主。調笑當時人，中天謝雲雨。一去麒麟閣，遂將朝市乖。故交不過門，秋草日上階。當時何特達，獨與我心諧。置酒淩歊臺，歡娱未曾歇。歌動白紵山，舞迴天門月。問我心中事，爲君前致辭。君看我才能，何似魯仲尼？大聖猶不遇，小儒安足悲？雲南五月中，頻喪渡瀘師。毒草殺漢馬，張兵奪秦旗。至今西二河，流血擁僵屍。將無七擒略，魯女惜園葵。咸陽天下樞，累歲人不足。雖有數斗玉，不如一盤粟。賴得契宰衡，持鈞慰風俗。自顧無所用，辭家方未歸。霜驚壯士髮，淚滿逐臣衣。以此不安席，蹉跎身世違。終當滅衛謗，不受魯人譏。

【校】

〔秦旗〕秦，蕭本作雲。胡本注云：一作雲。

〔二河〕二，王本注云：當作洱。

〔天下〕下，兩宋本、繆本俱作地。

〔未歸〕未，咸本作求，蕭本作來。王本注云：蕭本作來。

〔身世〕身，蕭本作因。王本注云：蕭本作因。

【注】

〔常贊府〕按：見本卷於五松山贈南陵常贊府詩注。

〔淩歊臺〕王云：太平寰宇記：黄山在太平州當塗縣西北五里，上有宋淩歊臺，周圍五里一百步，高四十丈，石碑見存。參見卷十八登黄山淩歊臺……詩注。△歊音囂。

〔白紵山〕王云：太平寰宇記：白苧山在當塗縣東五里，本名楚山。桓温領妓游此山奏樂，好爲白苧歌，因改爲白苧山。

〔渡瀘〕文選諸葛亮出師表：故五月度瀘。李善注：蜀志曰：建興元年，南中諸部並皆叛亂，三年春，亮率衆征之，其秋悉平。漢書曰：瀘水出牂柯郡句町縣。

〔秦旗〕王云：關中之地，古秦地也，故謂關中兵旗曰秦旗。

〔西洱河〕王云：唐書：天寶十載四月壬午，劍南節度使鮮于仲通及雲南蠻戰于西洱河，敗績，大將王天運死之。十三載六月，劍南節度留後李宓及雲南蠻戰於西洱河，死之。按西洱河即葉榆河也。出雲南大理府之點蒼山，匯爲巨湖，周三百里，亦曰西洱海。傳云以形如人耳，故名。

〔七擒〕三國志蜀志諸葛亮傳：三年春，亮率衆南征……裴注：漢晉春秋曰：亮至南中，所在戰捷。聞孟獲者爲夷漢並所服，募生致之。既得，使觀於營陣之間，問曰：「此軍何如？」

獲對曰：「向者不知虛實，故敗。今蒙賜觀營陣，若祇如此，即定易勝耳。」亮笑，縱使更戰，七縱七擒而亮猶遣獲，獲止不去曰：「公，天威也，南人不復反矣。」

〔園葵〕列女傳仁智傳：魯漆室邑之女也，過時未適人。當穆公時，君老太子幼，女倚柱而嘯，……其鄰人婦從之游，謂曰：「何嘯之悲也？子欲嫁耶？吾爲子求偶。」漆室女曰：「嗟乎！吾豈爲不嫁不樂而悲哉？吾憂魯君老，太子幼。」鄰女笑曰：「此乃魯大夫之憂，婦人何與焉？」漆室女曰：「不然。……昔晉客舍吾家，繫馬園中，馬逸馳走，踐吾葵，使我終歲不食葵。……今魯君老悖，太子少愚，愚僞日起，夫魯國有患者，君臣父子皆被其辱，禍及衆庶。婦人獨安所避乎？吾甚憂之。子乃曰婦人無與者何哉？」鄰婦謝曰：「子之所慮，非妾所及。」三年魯果亂，齊楚攻之。魯連有寇，男子戰鬭，婦人轉輸不得休息。

〔不足〕王云：舊唐書：天寶十二載八月，京城霖雨米貴，令出太倉米十萬石，減價糶與貧人。十三載秋，霖雨積六十餘日，京城垣屋頹壞殆盡，物價暴貴，人多乏食，令出太倉米一百萬石，開場賤糶以濟貧民。

〔宰衡〕漢書卷九九王莽傳：采伊尹周公稱號加公爲宰衡。

〔衛謗〕蕭云：語：叔孫武叔毁仲尼，子貢曰：仲尼不可毁也。按：論語集解，叔孫武叔爲魯大夫，蕭氏以此釋衛謗，似未切。

贈汪倫

李白乘舟將欲行，忽聞岸上踏歌聲。桃花潭水深千尺，不及汪倫送我情。

【校】

〔題〕敦煌殘卷作桃花潭别汪倫。此下兩宋本、繆本俱注云：白游涇縣桃花潭，村人汪倫常醖美酒以待白。倫之裔孫至今寶其詩。

〔將欲行〕敦煌殘卷作欲遠行。

【注】

〔汪倫〕按：通鑑卷一八九：隋末！歙州賊汪華據黟、歙等五州，有衆一萬，自稱吴王，甲子，遣使來降，拜歙州總管。涇縣正其境内，汪氏當即其地之豪宗，汪倫或與汪華之族有關也。

〔踏歌〕通鑑卷二〇六：閻知微……爲虜蹋歌。……胡注：蹋歌者，連手而歌，蹋地以爲節。

〔桃花潭〕王云：一統志：桃花潭在寧國府涇縣西南百里，深不可測。輿地紀勝卷一九寧國府：桃花潭在南陵縣賞溪。

【評箋】

謝榛云：詩有四格：曰興，曰趣，曰意，曰理。太白贈汪倫曰：「桃花潭水深千尺，不及汪倫送我情。」此興也。陸龜蒙詠白蓮曰：「無情有恨何人覺，月白風清欲墮時。」此趣也。王建宮詞曰：「自是桃花貪結子，錯教人恨五更風。」此意也。李涉上于襄陽曰：「下馬獨來尋故事，逢人惟說峴山碑。」此理也。悟者得之；庸心以求，或失之矣。（四溟詩話）

沈德潛云：若說汪倫之情比於潭水千尺，便是凡語，妙境只在一轉換間。（唐詩別裁）

于源云：贈人之詩，有因其人之姓借用古人，時出巧思，若直呼其姓名，似逕直無味矣。不知唐人詩有因此而入妙者，如「桃花流（潭）水深千尺，不及汪倫送我情」，「舊人惟有何戡在，更與殷勤唱渭城」，「平生不解藏人善，到處逢人說項斯」，皆膾炙人口。（鐙窗瑣話）

按：卷二十三有過汪氏別業二首，王本附録四引寧國府志載胡安定先生石壁詩序，稱此詩作題涇川汪倫別業二章，當與贈汪倫詩有關，可參證。

李白集校注卷十三

古近體詩二十五首

安陸白兆山桃花巖寄劉侍御綰

雲卧三十年，好閑復愛仙。蓬壺雖冥絶，鸞鳳心悠然。歸來桃花巖，得憩雲窗眠。對嶺人共語，飲潭猿相連。時昇翠微上，邈若羅浮巔。兩岑抱東壑，一嶂横西天。樹雜日易隱，崖傾月難圓。芳草换野色，飛蘿摇春烟。入遠構石室，選幽開山田。獨此林下意，杳無區中緣。永辭霜臺客，千載方來旋。

【校】

〔題〕此下兩宋本、繆本俱注云：安陸，一作春歸桃花巖寄許侍御。

〔雲卧六句〕兩宋本、繆本、胡本、王本俱注云：一作幼採紫房談，早愛滄溟仙。心跡頗相誤，世事空徂遷。歸來丹巖曲，得憩青霞眠。惟胡本霞作雲。鸞鳳，兩宋本、繆本俱作鸞鶴。

〔霜臺〕兩宋本、繆本、王本俱注云：一作繡衣。

〔來旋〕咸本作來還。

【注】

〔白兆山〕王云：太平寰宇記：白兆山在安州安陸縣西三十里。一統志：白兆山在德安府城西三十里，下有桃花巖及李太白讀書堂。按：高僧傳三集卷四神楷傳，有於安陸白趙山撰疏語，蓋白兆亦作白趙。

〔桃花巖〕輿地紀勝卷七七德安府：桃花巖在白兆山，即太白讀書之處。

〔飲潭〕王云：埤雅：猿不踐土，好上茂木，渴則接臂而飲。爾雅翼：猿好攀援，其飲水輒自高崖或大木上纍纍相接下飲，飲畢復相收而上。

〔羅浮〕王云：太平寰宇記：廣州增城縣東有羅浮山，浮水出焉，是爲浮山與羅山並體，故曰羅浮，非羽化莫有登其極者。嶮尖之峯四百四十有二，同歸於羅山。上則三峯争竦，各五六千仞，其穴冥然，莫測其極。北通句曲之山。茅君内傳云：第七洞名朱明耀真之天，璿房瑶室，七十有一，峎崿穹窿，自然雲竦。（按：今本無此節。）參見卷八當塗趙炎少府粉圖山水歌注。

〔兩岑〕爾雅釋山：山小而高岑。邢昺疏：山形雖小而高嶔崟者名岑也。

〔區中〕文選謝靈運登江中孤嶼詩：「想像崑山姿，緬邈區中緣。」李善注：司馬相如大人賦曰：迫區中之隘狹。

〔霜臺〕王云：霜臺，御史臺也。

【評箋】

按：詩之首句云：「雲卧三十年」，當在三十歲以後。黄譜云：内有「歸來桃花巖，得憩雲窗眠」之句，此詩乃開元二十三年歷遊各處後至白兆山所作。

淮南卧病書懷寄蜀中趙徵君蕤

吴會一浮雲，飄如遠行客。功業莫從就，歲光屢奔迫。良圖俄棄捐，衰疾乃綿劇。古琴藏虚匣，長劍挂空壁。楚懷奏鍾儀，越吟比莊舃。國門遥天外，鄉路遠山隔。朝憶相如臺，夜夢子雲宅。旅情初結緝，秋氣方寂歷。風入松下清，露出草間白。故人不可見，幽夢誰與適？寄書西飛鴻，贈爾慰離析。

【校】

〔題〕兩宋本、繆本題下俱注云：淮南。咸本題中無淮南卧病書懷及蜀中等字。

〔首二句〕兩宋本、繆本、胡本、王本俱注云：一作萬里無主人，一身獨爲客。

〔楚懷〕此句蕭本、胡本俱作楚冠懷鍾儀。胡本注云：一作楚懷奏鍾儀。又以下二句兩宋本、繆本、胡本、王本俱注云：一作臥來恨已久，興發思逾積。（繆刻來誤作束，蓋宋乙本此字已壞之故。）

〔初結緝〕兩宋本、繆本、王本俱注云：一作如結骨。

〔不可見〕兩宋本、繆本俱作不在此，注云：一作不可見。

〔幽夢〕兩宋本、繆本俱作而我，注云：一作幽夢。此句下王本注云：一作故人不在此，而我誰與適。

〔離析〕析，宋甲本作柝。

【注】

〔淮南〕王云：唐書地理志：淮南道壽州壽春郡：本淮南郡，天寶元年更名。按：詩之首句云：「吴會一浮雲」，當是以淮南指揚州，王氏釋爲壽春，過泥。

〔趙徵君〕新唐書藝文志：趙蕤長短要術十卷。注云：字太賓，梓州人，開元中召之不赴。王云：北夢瑣言：趙蕤者，梓州鹽亭人。博學鈐韜，長於經世。夫妻俱有節操，不受交辟。撰長短經十卷，王霸之道見行於世。四川志：趙蕤，鹽亭人，隱於梓州郪縣長平山安昌巖。博考六經諸家同異，著長短經十卷，明王霸大略，其文亦申鑒論衡之流，凡六十三篇。又注闞朗易傳，明皇屢徵之不就，李白嘗造其廬訪焉。按：輿地紀勝卷一五四潼川府：趙蕤，字太賓，鹽亭人，今祠堂即其故宅，李白有懷趙證君詩，即蕤也。又：濯筆溪在郪縣西，古傳李太白訪趙徵君，習書於此，因名。

〔吴會〕文選魏文帝雜詩：「西北有浮雲，亭亭如車蓋。惜哉時不遇，適與飄風會。吹我東南行，行行至吴會。」參見卷十二贈從弟宣州長史昭詩注。

〔鍾儀〕左傳成九年：晉侯觀於軍府，見鍾儀，問之曰：「南冠而縶者誰也？」有司對曰：「鄭人所獻楚囚也。」使税之，……問其族，對曰「泠人也。」公曰：「能樂乎？」對曰：「先父之職官也，敢有二事？」使與之琴，操南音。……公語范文子，文子曰：……樂操土風，不忘舊也。杜預注：南音，楚聲。

〔莊舄〕史記張儀列傳：……秦惠王曰：「子去寡人之楚，亦思寡人不？」陳軫對曰：「王聞夫越人莊舄乎？」王曰：「不聞。」曰：「越人莊舄仕楚執珪，有頃而病。楚王曰：『舄故越之鄙細人也。今仕楚執珪，貴富矣，亦思越不？』中謝對曰：『凡人之思，故在其病也。彼思越則越聲，不思越則楚聲。』使人往聽之，猶尚越聲也。」

〔相如臺〕王云：初學記：王褒益州記曰：司馬相如宅在州西笮橋北百步許。李膺云：市橋西二百步得相如舊宅，今海安寺南有琴臺故墟。太平寰宇記：益部耆舊傳云：相如宅在少城中笮橋下北百餘步是也。有琴臺在焉，今爲金花寺。成都志：相如琴臺在城外浣花溪之海安寺南，今爲金花寺。元魏伐蜀，下營於此，掘塹得大甕二十餘口，蓋所以響琴也。

〔子雲宅〕王云：太平御覽：成都記曰：成都縣南百步有揚雄宅，今草玄亭遺跡尚存。太平寰宇記：子雲宅在益州少城西南角，一名草玄堂。一統志：揚雄宅在成都府城内西南，内有草玄堂及墨池，……今成都縣治即其地也。

〔寂歷〕文選江淹雜體詩：「寂歷百草晦。」李善注：寂歷，凋疎貌。

〔離析〕論語季氏篇：邦分崩離析而不可守也。何晏集解：不可會聚曰離析。

【評箋】

今人詹鍈云：蘇頲薦西蜀人才疏云，趙蕤術數，李白文章，則蕤定爲白居蜀時所交之友人。詩中云：「吴會一浮雲，飄如遠行客。功業莫從就，歲光屢奔迫。……國門遥天外，鄉路遠山隔，朝憶相如臺，夜夢子雲宅。」是白功業未就而思鄉矣，當是天寶以前初遊淮揚時作。

寄弄月溪吴山人

嘗聞龐德公，家住洞湖水。終身棲鹿門，不入襄陽市。夫君弄明月，滅景清淮裏。高蹤邈難追，可與古人比。清揚杳莫覿，白雲空望美。待號辭人間，攜手訪松子。

【校】

〔洞〕兩宋本、蕭本、咸本、胡本俱作洞。王本注云：蕭本作洞。

〔滅景〕景，王本作影，非，今依各本改。

〔待號〕號，兩宋本同。繆本、胡本俱作我，似是。

【注】

〔龐德公〕後漢書卷一一三逸民傳：龐公者，南郡襄陽人也。居峴山之南，未嘗入城府。夫妻相敬如賓，荆州刺史劉表數延請，不能屈，乃就候之。後遂攜其妻子登鹿門山，因採藥不反。章懷太子注：襄陽記曰：司馬德操……年小德公十歲，兄事之，呼作龐公，故俗人遂謂龐公是德公名，非也。……鹿門山舊名蘇嶺山。建武中，襄陽侯習郁立神祠於山，刻二石鹿夾神道口，俗因謂之鹿門廟，遂以廟名山也。

〔洞湖〕王云：洞湖事無所考證。孟浩然詩亦有「聞就龐公隱，移居近洞湖」之句。按酈道元水經注：蔡洲大岸西有洄湖，停水數十畝，長數里，廣減百步，水色常緑。楊儀居上洄，楊顒居下洄，與蔡洲相對。在峴山南廣昌里云云。與後漢書峴山之南相合，豈洞湖即洄湖之訛與！然道元不言洄湖爲德公所居，而以魚梁洲爲德公所居，則又未敢據也。

〔清揚〕詩鄭風野有蔓草：有美一人，清揚婉兮。毛傳：清揚，眉目之間。

〔松子〕王云：松子，赤松子也。又抱朴子：赤松子以玄蟲血漬玉爲水而服之，能乘烟上下。真誥：我之所師，南岳松子。松子爲太虚真人左仙公。

秋山寄衞尉張卿及王徵君

何以折相贈？白花青桂枝。月華若夜雪，見此令人思。雖然剡溪興；不異山陰時。明發懷二子，空吟招隱詩。

【校】

〔題〕兩宋本、繆本題下俱注云：會稽。

【注】

〔剡溪〕見卷九淮海對雪贈傅靄詩注。

〔明發〕見卷二古風第三十二首注。

【評箋】

今人詹鍈云：當作於玉真公主别館詩之後。

按：玉真公主别館苦雨一詩蓋作於與張卿往還之時，此詩則已别去。又卷十九有酬張卿夜宿南陵見贈詩，張蓋亦無官守而漫游者。又岑參集有留題太常徐卿草堂詩，是在蜀時所作。高適集有崔司録宅燕大理李卿詩，有「飲醉欲言歸剡溪」之句。知唐人稱人之官不必見任，李白詩中衛尉張卿正其比。又按：據郁賢皓李白與張垍交游新證（南京師院學報一九七八年第一期）一文考證，此詩作于開元間初入長安居終南山時，在玉真公主別館苦雨贈衛尉張卿二首之後。「衛尉張卿」指張垍。題中之「秋山」指終南山。

望終南山寄紫閣隱者

出門見南山，引領意無限。秀色難爲名，蒼翠日在眼。有時白雲起，天際自舒卷。心中與之然，託興每不淺。何當造幽人，滅跡棲絶巘？

【校】

〔題〕兩宋本、繆本題下俱注云：長安。

【注】

〔終南山〕王云：史記正義：括地志云：終南山一名中南山，一名太乙山，一名南山，一名橘山，一名楚山，一名秦山，一名周南山，一名地肺山，在雍州萬年縣南五十里。圖書編：終南乃關中南山，西起隴鳳，東踰商洛，綿亘千里有餘，其南北亦然。隨地異名，總言之則曰南山耳。

〔紫閣〕見卷五君子有所思行注。

〔絶巘〕文選張協七命：發絶巘，遡長風。張銑注：絶巘，高峯也。△巘，語蹇切。

【評箋】

沈德潛云：因白雲舒卷，念及幽人。偕隱之思與之俱遠。（唐詩别裁）

劉熙載云「有時白雲起，天際自舒卷」，「卻顧所來徑，蒼蒼横翠微」，即此四語，想見太白詩境。（藝概）

夕霽杜陵登樓寄韋繇

浮陽滅霽景，萬物生秋容。登樓送遠目；伏檻觀羣峯。原野曠超緬；關河紛錯重。清暉映竹日；翠色明雲松。蹈海寄遐想；還山迷舊蹤。徒然迫晚暮；未果諧心胸。結桂空佇立；折麻恨莫從。思君達永夜，長樂聞疎鐘。

【校】

〔浮陽〕此句英華陽霽二字互易，而注云集作某，則與此本文同。

〔紛錯〕錯，蕭本、胡本俱作雜。胡本注云：一作錯。王本注云：蕭本作雜。

〔竹日〕兩宋本、繆本、王本俱注云：一作水竹。

〔晚暮〕晚，英華作秋，注云：集作晚。

〔結桂〕以下二句，兩宋本、繆本、王本俱注云：一作采菊竟誰舉，游蘭恨莫從。

【注】

〔杜陵〕王云：元和郡縣志：杜陵在京兆府萬年縣東南二十里。胡三省通鑑注：自漢宣帝起杜陵邑，至後漢爲縣，屬京兆。隋遷京城，并杜陵入大興縣，唐改大興曰萬年。

〔浮陽〕文選張協雜詩：「浮陽映翠林。」吕向注：浮陽，日光也。

〔蹈海〕史記魯仲連列傳：彼即肆然而爲帝，過而爲政於天下，則連有蹈東海而死耳。

〔結桂〕楚辭九歌大司命：結桂枝兮延佇。王逸注：延，長也。佇，立也。……猶結木爲誓，長立而望。

〔折麻〕楚辭九歌大司命：折疏麻兮瑶華，將以遺兮離居。

〔長樂〕王云：徐陵玉臺新詠序：厭長樂之疎鐘。三輔黄圖：長樂宫本秦之興樂宫也。高皇帝始居櫟陽，七年，長樂宫成，徙居長安城。三輔舊事、宫殿疏皆云：興樂宫，秦始皇造，漢修飾之，周迴二十里。

秋夜宿龍門香山寺奉寄王方城十七丈奉國瑩上人從弟幼成令問

朝發汝海東，暮棲龍門中。水寒夕波急，木落秋山空。望極九霄迥，賞幽萬壑通。目皓沙上月；心清松下風。玉斗横網户；銀河耿花宫。興在趣方逸；歡餘情未終。鳳駕憶王子；虎溪懷遠公。桂枝坐蕭瑟；棣華不復同。流恨寄伊水，盈盈焉可窮？

【校】

〔題〕兩宋本、繆本題下俱注云：洛陽。又咸本於奉字下注云：一本無此七字。

〔國瑩〕瑩，蕭本作營。王本注云：蕭本作營。

〔松下〕下，兩宋本、繆本、王本俱注云：一作裏。

〔玉斗横〕横，咸本作生。兩宋本、繆本亦作生，注云：一作横。王本注云：一作生。

〔興在〕以下二句兩宋本、繆本、胡本、王本俱注云：一作咫尺世喧隔，微冥真理融。

〔蕭瑟〕兩宋本、繆本、王本俱注云：一作銷歇。

〔流恨〕恨，兩宋本、繆本、王本俱注云：一作浪。

【注】

〔香山寺〕王云：河南通志：龍門山在河南府城西南三十里。兩山對峙，東曰香山，西曰龍門。石壁峭立，伊水出其間，故又名伊闕。左氏傳：晉趙鞅納王，使女寬守闕塞。服虔謂南山伊闕是也。杜預注：洛陽西南伊闕口也，而今謂龍門矣。壁間石佛大小數百，皆後魏及唐時所鑿。香山寺在龍門山上，後魏時建。白居易修香山寺記：洛陽四郊山水之勝，龍門首焉。龍門十寺游觀之勝，香山首焉。

〔方城〕王云：唐山南東道之唐州有方城縣。

〔瑩上人〕按：卷二十四有瑩禪師房觀山海圖，當即一人。

〔幼成〕按：卷十九有答從弟幼成過西園見贈詩，當爲同一人。

〔令問〕按：卷二十七有冬日於龍門送從弟京兆參軍令問之淮南覲省序，當爲同一人。

〔汝海〕王云：劉琨詩：「朝發廣莫門，暮宿丹水山」，枚乘七發：南望荆山，北望汝海。李善注：汝稱海，大言之也。郭璞山海經注：汝水出南陽魯陽縣大孟山東北，至河南梁縣東南，經襄城、潁川、汝南至汝陰褒信縣入淮。參見卷二十五題元丹丘潁陽山居詩注。

〔玉斗〕王云：玉斗即北斗，色明朗如玉，故曰玉斗。

〔網户〕王云：網户，門扉上刻爲方目如羅網狀，若今之隔亮也。楚辭：網户朱綴，刻方連些。

〔花宫〕王云：花宫，佛寺也。佛説法處天雨衆花，故詩人以佛寺爲花宫。詳見明堂賦注。

〔王子〕楊云：王子即周靈王太子晉也。王云：王子謂仙人王子喬。

〔虎溪〕王云：一統志：虎溪在九江府城南，晉僧惠遠送客過此，虎輒鳴號，因名。道書以虎溪山爲七十二福地之一。參見卷十五別東林寺僧詩注。

〔棣華〕王云：棣華詳見卷七注。王子以喻王方城，遠公以比國瑩上人，棣華謂幼成、令問二弟。

〔伊水〕王云：水經注：伊水出南陽縣西蔓渠山，東北過伊闕中，又東北至洛陽縣南，北入於洛。元和郡縣志：伊闕山在河南府伊闕縣北四十五里，兩山相對，望之若闕，伊水流其間，故名。

【評箋】

葛立方云：李白詩云：「朝發汝海東，暮棲龍門中。」又云：「朝别淩煙樓，暝投永華寺。」又云：「朝别朱雀門，暮棲白鷺洲。」又云：「雞鳴發黄山，暝投蝦湖宿。」可見其常作客也，范傳正言，白偶乘扁舟，一日千里，或遇勝境，終年不移。往來牛斗之間，長江遠山，一泉一石，無往而不自得也。則白之長作客乃好游爾，非若杜子美爲衣食所驅者也。李陽冰論白云：王公趨風，列嶽結軌，羣賢翕習，如鳥歸鳳。魏顥論白云：攜駿馬美妾，所適二千石郊迎，飲數斗徑醉，夫豈有衣食之迫哉？（韻語陽秋）

按：范晞文對牀夜話云：子建云：「朝遊江北岸，日夕宿湘沚。」潘安仁云：「朝發晉京陽，夕次金谷湄。」劉越石云：「朝發廣莫門，暮宿丹水山。」謝靈運云：「旦發清溪陰，暝投剡中宿。」鮑明遠云：「朝遊雁門山，暮還樓煩宿。」皆本楚辭朝發軔於蒼梧兮，夕予至於元圃。此論較葛說尤明通。

春日獨坐寄鄭明府

鷰麥青青遊子悲，河堤弱柳鬱金枝。長條一拂春風去，盡日飄揚無定時。我在河南别離久，那堪對此當窗牖？情人道來竟不來，何人共醉新豐酒。

【校】

〔對此當〕咸本、蕭本俱作坐此對。王本注云：蕭本作坐此對。

〔鄭明府〕按：此與卷十戲贈鄭溧陽，卷二十遊水西簡鄭明府兩詩所指，均當即卷二十九溧陽瀨水貞義女碑銘序中之鄭晏。

【注】

〔鷰麥〕爾雅釋草：蘥，雀麥。郭注：即燕麥也。王云：本草云：生故墟野林下，苗似小麥而弱，實似穬麥而細，在處有之。本草綱目：燕麥，野麥也。燕雀所食，故名。宗奭曰：苗與麥同，但穗細長而疎。唐劉夢得所謂菟葵燕麥摇蕩春風者也。

〔鬱金〕楊云：本草：鬱金似薑黄，言柳枝似鬱金之黄耳。

〔情人〕按：唐人謂摯友爲情人，此例不勝枚舉。本集卷十一贈漢陽輔録事云：「漢口雙魚白錦鱗，令傳尺素寄情人。」以情人指輔，與此詩以情人指鄭正同。本卷寄韋南陵冰詩：「聞君攜妓訪情人」，亦此類。

寄淮南友人

紅顔悲舊國，青歲歇芳洲。不待金門詔，空持寶劍游。海雲迷驛道，江月隱鄉樓。復作淮南客，因逢桂樹留。

【注】

〔青歲〕楊云：青歲猶言青春也。

〔金門〕見卷二古風第三十首注。

〔桂樹〕文選劉安招隱士詞：桂樹叢生兮山之幽。王逸注：桂樹芬香，以興屈原之忠良也。

【評箋】

按：「復作淮南客」句當指第二次游揚州，又據詩意，當作於少年時。

沙丘城下寄杜甫

我來竟何事？高卧沙丘城。城邊有古樹，日夕連秋聲。魯酒不可醉，齊歌空復情。思君若汶水，浩蕩寄南征。

【校】

〔題〕兩宋本、繆本題下俱注云：齊魯。

【注】

〔沙丘〕王云：楊齊賢曰：趙有沙丘宮在鉅鹿，此沙丘當在魯。琦按：在鉅鹿者乃沙丘臺，趙於其地作宮，故有沙丘宮，非沙丘城也。太平寰宇記：萊州掖縣有沙丘城，殷紂所築，始皇崩處。夫紂所築，始皇崩處，古今皆指在鉅鹿者是，不云在萊州。樂史所證亦誤。據此詩而約其地，當與汶水相近。

〔杜甫〕新唐書卷二〇一杜甫傳：杜甫，字子美，襄陽人。少貧不自振，客吴、越、齊、趙間，李邕奇其才，先往見之。舉進士不中第，困長安。天寶十三載，玄宗朝獻太清宫，饗廟及郊，甫奏賦三篇。帝奇之，使待制集賢院。……擢河西尉不拜，改右衛率府胄曹參軍。至德二年……拜右拾遺，……出爲華州司功參軍。……嚴武節度劍南東西川，……表爲參謀、檢校工部員外郎。按：集中涉及杜甫者，尚有卷十七魯郡東石門送杜二甫及卷三十戲贈杜甫等詩。

〔汶水〕王云：一統志：汶水其源有三：一發泰山之旁仙臺嶺，一發萊蕪縣原山之陽，一發萊蕪縣寨子村，至泰安州静封鎮合焉，名曰塹汶。西南流，與徂徠山之陽小汶河合，又西南流注洸河入濟。按水經有五汶：北汶、嬴汶、柴汶、浯汶、牟汶，名雖有五而其流則同。

【評箋】

唐宋詩醇云：白與杜甫相知最深，飯顆山頭一絕，本事詩及酉陽雜俎載之，蓋流俗傳聞之說，白集無是也。鮑、庾、陰、何，詞流所重，李、杜實嘗宗之，特所成就者大，不寄其籬下耳。安得以爲譏議之詞乎？甫詩及白者十餘見，白詩亦屢及甫，即此結語，情亦不薄矣。世俗輕誣古人，往往類是，尚論者當知之。

聞丹丘子於城北山營石門幽居中有高鳳遺迹僕離羣遠懷亦有棲遁之志因叙舊以贈之

春華滄江月，秋色碧海雲。離居盈寒暑，對此長思君。思君楚水南，望君淮山北。夢魂雖飛來，會面不可得。疇昔在嵩陽，同衾卧羲皇。緑蘿笑簪紱，丹壑賤巖廊。晚塗各分析，乘興任所適。僕在鴈門關，君爲峨嵋客。心懸萬里外，影滯兩鄉隔。長劍復歸來，相逢洛陽陌。陌上何喧喧！都令心意煩。迷津覺路失，託勢隨風翻。以兹謝朝列，長嘯歸故園。

【校】

〔題〕蕭本、胡本城北下俱無山字。

〔春華〕華，兩宋本、繆本、王本俱注云：一作弄。

〔風翻〕此句下咸本注云：一本無此二句。

【注】

〔丹丘子〕按：卷七有西嶽雲臺歌送丹丘子，與此詩皆以丹丘子爲稱。卷七元丹丘歌，卷十五潁陽别元丹丘之淮陽，卷十九以詩代書答元丹丘、酬岑勛見尋就元丹丘時對酒相待……，卷二十三與元丹丘方城寺談玄作、尋高鳳石門山中元丹丘，卷二十四觀元丹丘坐巫山屏風，卷二十五題元丹丘山居、題元丹丘潁陽山居、題嵩山逸人元丹丘山居等篇，皆前後同爲一人所作。

〔疇昔〕禮記檀弓：予疇昔之夜。鄭注：疇，發聲也；昔猶前也。

〔巖廊〕王云：漢書：游於巖廊之上。文穎曰：巖廊，殿下小屋也。晉灼曰：廊堂邊廡，巖廊謂巖峻之廊也。韻會：巖廊，殿旁高廡。

〔雁門關〕王云：太平寰宇記：雁門關在憲州東南六十里，屬天池縣雁門鄉。其關東臨汾水，西倚高山，接嵐朔州。一統志：雁門關在山西馬邑縣東南七十里，東西山巖峭拔，中有路盤旋崎嶇，絶頂置關，南通代州。

〔峨嵋〕王云：元和郡縣志：峨眉山在嘉州峨眉縣西七里。蜀都賦云：抗峨眉於重阻。兩山相對，望之如蛾眉，故名。此山亦有洞天石室，高七十六里。參見卷三蜀道難注及卷八當塗趙炎少府粉圖山水歌注。

故園恣閑逸，求古散縹帙。久欲入名山，婚娶殊未畢。人生信多故，世事豈惟一？念此憂如焚，悵然若有失。聞君卧石門，宿昔契彌敦。方從桂樹隱，不羨桃花源。高風起遐曠，幽人跡復存。松風清瑶瑟，溪月湛芳樽。安居偶佳賞，丹心期此論。

【校】

〔欲入〕入，兩宋本、繆本、王本俱注云：一作尋。

〔婚娶〕娶，胡本作嫁。

〔殊未畢〕咸本注云：一本作未云畢。

〔有失〕此句下咸本注云：一本無此四句。

〔高風〕風，兩宋本、繆本、咸本俱作鳳。王本注云：繆本作鳳。

【注】

〔縹帙〕徐陵玉臺新詠序：開兹縹帙，散此緗編。説文：縹，帛青白色。

〔婚娶〕後漢書卷一一三逸民傳：向長字子平，……隱居不仕，……建武中，男女娶嫁既畢，勑斷家事勿相關，當如我死也。於是遂肆意與同好北海禽慶俱游五岳名山，不知所終。

〔湛〕音牀減切，又直禁切，又子禁切。

【評箋】

按：此詩當與卷九鄴中王大勸入高鳳石門山居及卷二十三尋高鳳石門山中元丹丘二詩參看。疑此爲第一首，卷二十三則已與結鄰，卷九乃將舍之而去也。

淮陰書懷寄王宋城

沙墩至梁苑，二十五長亭。大舶夾雙艣，中流鵝鸛鳴。雲天掃空碧；川岳涵餘清。飛鳧從西來，適與佳興并。眷言王喬舄，婉孌故人情。復此親懿會；而增交道榮。沿洄且不定，飄忽悵徂征。暝投淮陰宿，欣得漂母迎。斗酒烹黄雞，一餐感素誠。予爲楚壯士；不是魯諸生。有德必報之，千金恥爲輕。緬書羈孤意，遠寄棹歌聲。

【校】

〔題〕兩宋本、繆本題下俱注云：再至淮南。王宋城，兩宋本、蕭本、繆本、咸本俱作王宗成。兩宋本、蕭本、繆本俱注云：一作王宋城。王本注云：一作宗城，繆本作宗成。

【注】

〔淮陰〕〔宋城〕王云：唐書地理志淮南道楚州淮陰郡有淮陰縣，河南道宋州睢陽郡有宋城縣。

〔長亭〕王云：按通典：宋城縣即漢睢陽縣，其地有漢梁孝王兔園、平臺、雁鶩池。長亭即斥堠也，古制十里一長亭。二十五長亭，則二百五十里矣。

〔鶂鷁〕王云：唐書釋音：舶，大舟，艕與櫓同，鶂鷁鳴謂舟人喧聒，有似鶂鷁之聲耳。

〔婉孌〕王云：後漢書：婉孌龍章。章懷太子注：婉孌猶親愛也。△孌音戀。

〔壯士〕楊云：韓信爲楚王，都下邳。至國，召所從食漂母，賜千金，召辱己少年，以爲中尉，曰：此壯士也。王云：琦按：太白因在淮陰，故用淮陰古事爲喻，所謂楚壯士者，正指韓信而言，楊氏以淮陰侯傳中辱信少年當之，未是。

【評箋】

按：詩意殊隱約，疑先遇王，旋別去，至淮陰寄此，暗寓求援之意。又「不是魯諸生」句意當與卷二十五嘲魯儒詩互參。

聞王昌齡左遷龍標遥有此寄

楊花落盡子規啼，聞道龍標過五溪。我寄愁心與明月，隨風直到夜郎西。

【校】

〔楊花〕此下四字兩宋本、繆本俱作揚州花落，注云：一作楊花落盡。王本注云：一作揚州花落。

〔隨風〕風，兩宋本、繆本俱作君。王本注云：繆本作君。

【注】

〔王昌齡〕新唐書卷二〇三文藝傳下：王昌齡，字少伯，江寧人。第進士，補校書郎，又中宏辭，遷汜水尉。不護細行，貶龍標尉。以世亂還鄉里，爲刺史閭丘曉所殺。昌齡工詩，緒密而思清，時謂王江寧云。按：卷十七有同王昌齡送族弟襄歸桂陽詩，可參證。

〔龍標〕舊唐書地理志：江南西道巫州龍標：武德七年置，屬辰州，貞觀八年置巫州爲理所。按：新唐書叙州潭陽郡下云：貞觀八年析置夜郎、郎溪、思微三縣。二書叙次均不明晰。輿地紀勝卷七一沅州：唐詩人王昌齡嘗尉是邑，李白以詩送云云。注：龍標在古夜郎東南，今辰溪縣乃隋之夜郎，此云西者，以隋地理志言之也。

〔五溪〕王云：通典、五溪：一辰溪、二酉溪、三巫溪、四武溪、五沅溪，今黔中道謂之五溪。又云：五溪中地歸漢以後，列代開拓，今播川、涪川、夜郎、義泉、龍溪、溱溪等郡地。

【評箋】

桂長祥云：太白絶句，篇篇只與人別，如寄王昌齡、送孟浩然等作，體格無一分相似。奇節

風格，萬世一人。（李詩選）

劉繼莊云：茹紫庭曰：王昌齡爲龍標尉，龍標即今沅州也。又有古夜郎縣，故有夜郎西之句，若以夜郎爲漢夜郎王地者，則相去遠甚，不可解矣。甚矣古人之詩不易讀也。（廣陽雜記）

今人詹鍈云：昌齡之卒當在天寶十五載間，其貶龍標尉究在何年，史無明文。按殷璠河嶽英靈集謂王昌齡「奈何晚節不矜細行，謗議沸騰，垂歷遐荒，使知音者嘆惜」。（唐詩紀事引作晚節謗議沸騰，言行相背，及淪落竄謫，竟未減才名。固知善毁者不能毁西施之美也。）當指昌齡貶龍標尉而言。又常建鄂渚招王昌齡張僨詩云：「楚山隔湘水，湖畔落日曛。……謫居未爲歎，讒枉何由分？」似亦在昌齡貶龍標尉時。常建此詩既已選入河嶽英靈集，則昌齡之左遷龍標當在天寶十二載前。本詩起句云「楊花落盡子規啼」，疑是天寶八載春夏間於揚州作。

寄王屋山人孟大融

我昔東海上，勞山餐紫霞。親見安期公，食棗大如瓜。中年謁漢主，不愜還歸家。朱顔謝春暉，白髮見生涯。所期就金液，飛步登雲車。願隨夫子天壇上，閑與仙人掃落花。

【注】

〔王屋〕王云：河南通志：王屋山在懷慶府濟源縣西北九十里，接山西平陽府垣曲縣及澤州陽城縣界，山有三重，其狀如屋。或曰：以其山形如王者車蓋，故名。或曰：山空其中，列仙居之，其内廣闊如王者之宫也。其絶頂曰天壇，山峯突兀，即濟水發源處，常有雲氣覆之，輪囷紛郁，雷雨在其下，相傳古仙靈朝會之所。其東峯曰日精，其西峯曰月華，道書謂之清虚小有洞天，唐司馬承禎修道於此。

〔勞山〕王云：太平寰宇記：萊州即墨縣有大勞山、小勞山。按郡國志云：吴王夫差登之，得靈寶度人經。晏謨齊記云：太山雖言高，不如東海勞。昔鄭康成領徒於此，山高二十五里，周迴八十里，在縣東南三十八里。山東通志：勞山在萊州府即墨縣東南六十里海濱。山有二，其一高大曰大勞山，其一差小曰小勞山，二山相聯，又名牢盛山。秦始皇登牢盛山望蓬萊即此處。

〔紫霞〕文選顔延年五君詠：「本自餐霞人。」李周翰注：餐霞，仙者之流。王云：真誥：九華真妃曰：日者霞之實，霞者日之精。君惟聞服日之法，未知餐霞之精也。夫餐霞之經甚祕，致霞之道甚易，此謂體生玉光霞映上清之法也。

〔如瓜〕史記孝武本紀：少君言於上曰：……臣嘗游海上，見安期生，食巨棗大如瓜。

〔金液〕抱朴子卷四金丹篇：金液太乙所服而仙者也，不減九丹矣。合之用古秤黄金一斤，并用玄明龍膏太乙旬首中石冰石紫游女玄水液金化石丹砂封之，百日成水。真經云：金液入口，則其身皆金色。參見卷五來日大難詩注。

憶舊遊寄譙郡元參軍

憶昔洛陽董糟丘，爲余天津橋南造酒樓。黄金白璧買歌笑，一醉累月輕王侯。海内賢豪青雲客，就中與君心莫逆。迴山轉海不作難，傾情倒意無所惜。

【校】

〔題〕寄譙郡元參軍六字，英華作贈譙。兩宋本、繆本題下俱注云：金陵。

〔累月〕月，英華作日，注云：集作月。

〔海内〕英靈作四海。

〔就中與君〕兩宋本、繆本、王本俱注云：一作與君一見。與君二字，英華注云：一作一遇，一作一見。英靈作與君一遇。

【注】

〔譙郡〕舊唐書地理志：河南道亳州：天寶元年改爲譙郡。

〔董糟丘〕未詳，諸家皆未注。

〔天津橋〕見卷二古風第十八首注。

〔莫逆〕莊子大宗師篇：子桑户、孟子反、子琴張三人相與友，曰：孰能相與於無相與，相爲於無相爲，孰能登天游霧，撓挑無極，相忘以生，無所終窮？三人相視而笑。莫逆於心，遂相與友。

我向淮南攀桂枝，君留洛北愁夢思。不忍别，還相隨。相隨迢迢訪仙城，三十六曲水迴縈。一溪初入千花明，萬壑度盡松風聲。銀鞍金絡到平地，漢東太守來相迎。紫陽之真人，邀我吹玉笙。餐霞樓上動仙樂，嘈然宛似鸞鳳鳴。袖長管催欲輕舉，漢中太守醉起舞。手持錦袍覆我身，我醉横眠枕其股。當筵意氣淩九霄，星離雨散不終朝。分飛楚關山水遥。余既還山尋故巢，君亦歸家度渭橋。

【校】

〔松風聲〕咸本注云：一作遺松聲。英華作唯松聲。

〔管催〕催，英華作吹。

〔漢中〕此句兩宋本、繆本、王本俱注云：一作漢東太守酣歌舞。胡本、英華亦俱作東，注云：集作中。按：作東是，詳見下。

〔錦袍〕袍，兩宋本、繆刻俱誤作抱。

〔意氣〕咸本注云：一作歌吹。

〔歸家〕英華注云：一作思歸。

〔楚關〕關，咸本作闕，注云：一作關。

【注】

〔桂枝〕文選劉安招隱士：攀援桂枝兮聊淹留。

〔金絡〕陌上桑古辭：「驄馬金絡頭。」

〔漢東〕王云：唐時漢東郡即隨州也，隸山南東道。漢中郡即梁州也，本名漢川，天寶元年，始更名漢中，隸山南西道。按：李白蹤跡未嘗至梁州，此詩前後兩漢東太守語意一貫，作漢中者顯爲訛誤。隨州稱漢東，出左傳：漢東之國隨爲大。

〔紫陽〕王云：紫陽先生於隨州苦竹院置餐霞樓。詳見卷三十紫陽碑銘。

君家嚴君勇貔虎，作尹并州遏戎虜。五月相呼渡太行，摧輪不道羊腸苦，行來北涼歲月深，感君貴義輕黄金。瓊杯綺食青玉案，使我醉飽無歸心。時時出向城西曲，晉祠流水如碧玉。浮舟弄水簫鼓鳴，微波龍鱗莎草緑。興來攜妓恣經過，其若楊花似雪何。紅妝欲醉宜斜日，百尺清潭寫翠娥。翠娥嬋娟初月輝，美人更唱舞羅衣。清風吹歌入空去，歌曲自繞行雲飛。

【校】

〔貔虎〕虎，英華注云：一作武。

〔渡〕咸本作淩。

〔北涼〕英華作京北，注云：一作北京。咸本注同。英靈作北京。王本涼下注云：當作京。

〔城西〕英華作西城，注云：集作城西。

〔紅妝〕紅，兩宋本、繆本、王本俱注云：一作鮮。

〔宜斜日〕兩宋本、繆本、王本俱注云：一作如花落。

〔翠娥〕下翠娥，咸本注云：一本無此二字。

【注】

〔嚴君〕易家人卦：家人有嚴君焉，父母之謂也。

〔貔虎〕書牧誓：勗哉夫子，尚桓桓，如虎如貔，如熊如羆，於商郊。△貔音皮。

〔并州〕王云：唐書百官志：開元十一年，太原府置尹及少尹，以尹爲留守，少尹爲副留守。舊唐書：開元十一年改并州爲太原府。

〔太行〕王云：史記正義：括地志云：太行山在懷州河内縣北二十五里，有羊腸坂。又云：羊腸坂道在太行山上，南口懷州，北口潞州。李善文選注：羊腸，其山盤紆如羊腸。魏武帝詩：「北上太行山，艱哉何巍巍！羊腸坂詰屈，車輪爲之摧。」

〔北涼〕王云：北涼即張掖郡。按漢武帝始置張掖郡，魏晉時隸涼州。及沮渠蒙遜立國於此，號爲北涼，以涼州五郡，張掖在其北也。唐時爲甘州，又謂之張掖郡。然上文言并州太行，下文言晉祠，中間忽言北涼不合。當是北京之訛耳。蓋天寶之初，號太原爲北京也。

按：王説甚確，英靈集及英華亦不作北涼。黄庭堅手書此詩即作北京，不作北涼。黄書今爲吴縣吴氏所藏。又按：翁方綱復初齋文集卷二十九：右黄山谷草書太白憶舊遊詩，前闕八十字，沈跋云：後有闕文，後字乃前字之誤也。篇内銀鞍金勒到平地，集本作倒，非。行來北京歲月深，集本作涼，非。漢中太守句應作漢東，其作中者，板本誤耳。集本既不加訂正，而山谷此書亦尚仍其訛也。

〔青玉案〕王云：楊升菴曰：古詩青玉案，即盤也，今以爲桌，非矣。孟光舉案，即舉盤也，若桌安事舉乎？琦按周禮玉人，案有十二寸。史記：高祖過趙，趙王自持案進食。萬石君對案不食，皆指椀禁之類而言，不謂几案也。

〔晉祠〕王云：元和郡縣志：晉祠一名王祠，周唐叔虞祠也，在太原府晉陽縣西南十二里。山西通志：唐叔虞祠在太原府太原縣西南十里懸甕山之麓，乃晉水發源處。今謂之晉祠。叔虞始受封爲唐侯，後改國號曰晉，祠亦以名。魏地形志云：晉陽有晉王祠即此。水經注：山海經曰：懸甕之山，晉水出焉，今在縣之西南，昔智伯之遏晉水以灌晉陽，其川上溯，後人踵其遺跡，蓄以爲沼。沼西際山枕水，有唐叔虞祠，水側有涼堂，結飛梁於水上，左右雜樹交蔭，希見曦景。至有淫朋密友，羈游宦子，莫不尋梁契集，用相娱慰，於晉川之中最爲勝處。

此時行樂難再遇，西遊因獻長楊賦。北闕青雲不可期，東山白首還歸去。渭橋南頭一遇君，酇臺之北又離羣。問余别恨今多少，落花春暮争紛紛。言亦不可盡，情亦不可及。呼兒長跪緘此辭，寄君千里遥相憶。

【校】

〔行樂〕行，兩宋本、繆本、王本俱注云：一作歡。英華作歡。

〔白首〕首，兩宋本、繆本、王本俱注云：一作髮。

〔渭橋南頭〕兩宋本、繆本、王本俱注云：一作渦水橋南。英華作渭水橋南，注云：集作渭橋南頭。

〔今多少〕今，蕭本作知。王本注云：蕭本作知。

〔紛紛〕以上二句，兩宋本、繆本、王本俱注云：一作鸎飛求友滿芳樹，落花送客何紛紛。

〔言亦〕言，兩宋本、繆本、王本俱注云：一作情。

〔情亦〕情，兩宋本、繆本俱注云：一作言。英華注云：集作情亦不可盡，言亦不可極。

【注】

〔長楊賦〕見卷一大獵賦注。

〔北闕〕漢書高帝紀：蕭何治未央宫，立東闕北闕。顔師古注：未央殿雖南嚮，而上書奏事謁見之徒皆詣北闕。公車司馬亦在北焉，是以北闕爲正門。

〔酇臺〕王云：太平寰宇記：酇縣，漢縣，屬沛郡。古今地名：即酇亭是也。輿地志云：魏以酇縣屬譙郡，漢封蕭何爲酇侯。茂陵書云：何封國在南陽。姚崇曰：兩縣同作酇字，南陽酇音贊，沛郡酇音嵯。班固泗水亭高祖碑云：文昌四友，漢有蕭何。序功第一，受封於酇。以韻而言，則非南陽者音贊也。錦繡萬花谷：酇有二縣，音字多亂，其屬沛郡者音嵯，屬南陽者音贊，此所云酇臺者屬於譙郡，當作嵯音讀。

【評箋】

唐宋詩醇云：白詩天才縱逸。至於七言長古，往往風雨争飛，魚龍百變，又如大江無風，波浪自湧，白雲從空，隨風變滅，可謂怪偉奇絶者矣。此篇最有紀律可循。歷數舊遊，純用叙事之法。以離合爲經緯，以轉折爲節奏，結構極嚴而神氣自暢。至於奇情勝致，使覽者應接不暇，又其才之獨擅者耳。

沈德潛云：叙與參軍情事，離離合合，結構分明，才情動盪，不止以縱逸見長也。老杜外誰堪與敵？（唐詩别裁）

今人詹鍈云：按此詩已見於河岳英靈集，當爲天寶十二載以前所作。詩中自叙與元參軍四會四别之經過，於入京以前游蹤最爲詳明。求闕齋讀書録云：君留洛北以上，洛陽相會，旋即相别。我醉横眠以上，漢陽（應作漢東）相會，旋又相别。歌曲自繞以上，晉（當作并）州相會，旋又相别。酇臺之北以上，關中相會，旋又相别。詩中稱「北闕青雲不可期，東山白首還歸去」，當指去朝還家而言。此詩繆本題下注云金陵，蓋因白集中醉過謝安東山、憶東山等詩之東山皆在金陵，今此詩亦稱「東山白首還歸去」，故曾子固以爲在金陵作也。按詩又云：「呼兒長跪緘此辭，寄君千里遥相憶。」白於去朝以後，實未嘗攜子女寓家金陵，則詩中所稱東山當非指謝安東山而言。少陵先生年譜會箋，天寶四年下云：公詩曰：「余亦東蒙客。」白寄東魯二稚子詩曰：「我家寄東魯，誰種龜陰田？」憶舊游寄元參軍詩曰：「北闕青雲不可期，東山白首還歸去。」曰東蒙，曰龜陰，曰東山，實即一處。續山東考古録：元和以蒙與東蒙爲二山。余謂蒙在魯東，故曰東蒙。……合言之曰東山，分言之曰龜蒙。東山既指東蒙山，則此時當是去朝未久寓家東魯時作。詩中又云：「問余别恨知多少，落花春暮争紛紛。」其時蓋在天寶五載暮春。

按：此詩所載蹤跡：（一）李、元在洛陽相遇，李旋赴淮南，（二）隨州再遇，（三）元招李赴太原，（四）李入京。以上皆舊事。自長安别後，今又在山東相遇爲近事。此時李蓋出京未久。游山東各處，黄譜誤以李曾到譙郡，其實詩題既云寄譙郡，則人不在譙郡可知。

月夜江行寄崔員外宗之

飄飖江風起，蕭颯海樹秋。登艫美清夜，挂席移輕舟。月隨碧山轉，水合青天流。杳如星河上，但覺雲林幽。歸路方浩浩，徂川去悠悠。徒悲蕙草歇，復聽菱歌愁。岸曲迷後浦，沙明瞰前洲。懷君不可見，望遠增離憂。

【校】

〔飄飖〕蕭本、英華俱作飄飄。王本注云：蕭本作飄飄。

〔杳如〕如，兩宋本、繆本、王本俱注云：一作然。

〔不可〕不，英華作未。

【注】

〔崔員外〕按：卷十有贈崔郎中宗之，卷十九有酬崔五郎中，卷二十三有憶崔郎中宗之遊南陽……等篇，皆可參證。

〔登艫〕王云：鮑照詩：「登艫眺淮甸。」李善注：李斐曰：艫，船前頭刺櫂處也。

宿白鷺洲寄楊江寧

朝別朱雀門，暮棲白鷺洲。波光摇海月，星影入城樓。望美金陵宰，如思瓊樹憂。徒令魂作夢，翻覺夜成秋。緑水解人意，爲余西北流。因聲玉琴裏，蕩漾寄君愁。

【校】

〔波光〕波，兩宋本、繆本、王本俱注云：一作沙。

〔作夢〕作，蕭本作入。王本注云：蕭本作入。

〔余〕英華作餘。

【注】

〔白鷺洲〕王云：太平御覽：丹陽記曰：白鷺洲在縣西三里隔江中心，南邊新林浦，西邊白鷺洲，洲上多聚白鷺，因名。

〔楊江寧〕按：卷二十有春日陪楊江寧及諸官宴北湖感古作。據卷二十八江寧楊利物畫讚，知其名爲利物。

〔江寧〕舊唐書地理志：江南東道潤州上元：貞觀……九年，改爲江寧縣。

〔朱雀門〕楊云：朱雀門，建康南門。又有朱雀橋、賞心亭，舊名二水亭，其前曰白鷺亭，在水西門城上。史正字碑云：秦淮源句容、溧水兩山間，自方山合流至建康，貫城中而西，以達于江。秦淮於府之左分爲二支：一支入城，一支繞城外，共夾一洲曰白鷺，即太白所謂二水中分白鷺洲者也。王云：六朝事跡：晉咸康二年，作朱雀門，新立朱雀浮航，在縣城東南四里，對朱雀門，南渡淮水，亦名朱雀橋。地志云：朱雀門北對吴都城宣陽門，相去六里。又云：朱雀門，晉都城南門也。按晉作新宫，立三門於南，而正中曰宣陽，與朱雀門相對。

新林浦阻風寄友人

潮水定可信；天風難與期。清晨西北轉；薄暮東南吹。以此難挂席，佳期益相思。海月破圓景，菰蔣生綠池。昨日北湖梅，開花已滿枝。今朝白門柳，夾道垂青絲。歲物忽如此，我來定幾時？紛紛江上雪；草草客中悲。明發新林浦，空吟謝朓詩。

【校】

〔題〕兩宋本、繆本、蕭本、王本俱注云：一作金陵阻風雪寄懷楊江寧。

〔以此〕此下二句，兩宋本、繆本俱注云：一本云：以此難挂席，迴沿頗淹遲，使索金陵書，又叨賢宰知，絃歌止過客，惠化聞京師。王本相思下注云：一本作迴沿頗淹遲，其下又多使索金陵書，又叨賢宰知，絃歌止過客，惠化聞京師，四句。

〔圓景〕圓，兩宋本、繆本、王本俱注云：一作團。

〔昨日〕此下二句，兩宋本、繆本、王本俱注云：一作昨日北湖花，初開未滿枝。

〔今朝〕朝，兩宋本、繆本、王本俱注云：一作看。

〔白門〕白，咸本、蕭本、胡本俱作東。王本注云：蕭本作東。

〔垂〕英華作拂。

〔定〕兩宋本、繆本、王本俱注云：一作復。英華作復。

〔新林浦〕兩宋本、繆本、王本俱注云：一作板橋浦。

【注】

〔新林浦〕王云：景定建康志：新林浦在城西南二十里，闊三丈，深一丈，長十二里。源出牛頭山，西七里入大江，秋夏勝五十石舟，春冬涸。一統志：新林浦在應天府西南二十里，一名新林港。

〔菰蔣〕楊云：説文：雕菰一名蔣，或作菰。爾雅翼：菰首者菰蔣，三年以上，心中生孔如藕，至秋如小兒臂，可蒸食，其有黑點者名烏鬱，即今茭也。

〔北湖〕王云：徐爰釋問：晉大興三年，始創北湖，築長堤以壅北山之水，東自覆舟山，西至宣武城六里。宋元嘉中，有黑龍見，因改名玄武湖。江南通志：玄武湖在江寧府太平門外，一名蔣陵湖。晉元帝始名北湖，宋文帝改名習武湖，元嘉中又名玄武湖。參見卷二十春日陪楊江寧及諸官宴北湖感古作詩注。

〔新林浦〕王云：謝朓有之宣城出新林浦向板橋浦詩。

寄韋南陵冰余江上乘興訪之遇尋顔尚書笑有此贈

南船正東風，北船來自緩。江上相逢借問君，語笑未了風吹斷。聞君攜妓訪情人，應爲尚書不顧身。堂上三千珠履客，甕中百斛金陵春。恨我阻此樂，淹留楚江濱。月色醉遠客，山花開欲然。春風狂殺人，一日劇三年。乘興嫌太遲，焚却子猷船。夢見五柳枝，已堪挂馬鞭。何日到彭澤，長歌陶令前？

【校】

〔自緩〕自，咸本作相，注云：一作自。

〔語笑〕笑，兩宋本、繆本、王本俱注云：一作聲。

〔聞君〕聞，咸本注云：一作昨。

〔楚江〕楚，兩宋本、繆本、胡本、王本俱注云：一作此。

〔長歌〕長，兩宋本、繆本、王本俱注云：一作狂。

【注】

〔韋南陵〕案：岑仲勉讀全唐文札記云：卷五〇六唐故太常卿贈刑部尚書韋公墓誌銘：父永，著作郎，兼蘇州司馬。按元和姓纂及載之集均作冰，亦即太白集之韋南陵冰，此作永，訛。參見卷十一江夏贈韋南陵冰詩注，蓋李白自貶所遇赦還即遇韋冰，今又欲訪之。

〔顏尚書〕新唐書卷一五三顏真卿傳：至德元載十月，棄郡度河，間關至鳳翔謁帝，詔授憲部尚書，……貶饒州刺史，乾元二年拜浙江西道節度使。按：舊傳不如新傳年月詳析。

〔身〕王云：身猶我也，魏晉後多自稱曰身。

〔金陵春〕王云：金陵春，酒名也。唐人名酒多以春。杜子美詩云：「聞道雲安麴米春」，韓退之詩：「且須勤買抛青春」，劉夢得詩：「鸚鵡杯中若下春」，白樂天詩注云：杭州釀酒，趁梨花時熟，號爲梨花春。國史補云：酒則有滎陽之土窟春，富平之石凍春，劍南之燒春，裴鉶傳奇有松醪春之類。

【評箋】

今人詹鍈云：王譜繫乾元二年下，注云：考肅宗時尚書而顏姓者惟魯公一人，則所尋之顏尚書必魯公也。按唐書，乾元元年，顏真卿由工部尚書出爲饒州刺史，充浙江西道節度使，此詩應在是時前後之作。按留元剛顔魯公年譜：至德三載十月除饒州刺史。乾元二年六月爲昇州刺史、浙江西道節度使。上元元年二月，追爲刑部尚書。詩云：「恨我阻此樂，淹留楚江瀕。……山花開欲燃，春風狂殺人。」賦詩之地當在江夏一帶。但乾元二年春間，太白在流夜郎途中，尚未歸至江夏。此詩蓋上元元年春季作，時顔真卿由金陵返京，途出江夏，韋南陵乃於江上尋之也。

按：古楚境包括今江、皖一帶，非必指江夏。詹説尚未可即以爲據。玩詩題，李、韋、顔三人必相去不甚遠。

題情深樹寄象公

腸斷枝上猿；淚添山下樽。白雲見我去，亦爲我飛翻。

【校】

〔白雲〕雲，蕭本作虎。王本注云：蕭本作虎，誤。按：蕭注引周處事爲釋，知其所見本確爲虎字。

【注】

〔情深樹〕未詳，諸家均未注。

〔腸斷〕見卷十一贈武十七諤詩注。

【評箋】

唐宋詩醇云：古意，然必有所謂，不必强解。或以白雲爲白虎，引周處射虎事實之，更屬紕繆。

北山獨酌寄韋六

巢父將許由，未聞買山隱。道存跡自高，何憚去人近？紛吾下兹嶺；地閑諠亦泯。門横羣岫開；水鑿衆泉引。屏高而在雲，竇深莫能準。川光晝昏凝；林氣夕淒緊。於焉摘朱果；兼得養玄牝。坐月觀寶書；拂霜弄瑶軫。傾壺事幽酌，顧影還獨盡。念君風塵遊，傲爾令自哂。

【校】

〔念君〕以下二句，兩宋本、繆本俱注云：一作安知世上人，名利空蠢蠢。

【注】

〔將〕見卷一大鵬賦注。

〔買山〕世説排調篇：支道林就深公買印山，深公曰：未聞巢由買山而隱。

〔玄牝〕老子：谷神不死，是謂玄牝。玄牝之門，是爲天地根。河上公注：玄，天也，在人爲鼻。牝，地也，於人爲口。夫五炁從鼻歸五臟，出入於口也。

〔寶書〕文選江淹雜體詩休上人：寶書爲君掩。李善注：道學傳曰：夏禹撰真靈之玄要，集天官之寶書。李周翰注：寶書，真經也。

〔瑶軫〕王云：琴下繫絃之柱謂之軫，或以玉爲之，故曰瑶軫。

寄當塗趙少府炎

晚登高樓望，木落雙江清。寒山饒積翠，秀色連州城。目送楚雲盡，心悲胡雁聲。相思不可見，迴首故人情。

【注】

〔趙少府炎〕按：卷八有當塗趙炎少府粉圖山水歌，卷十六有送當塗趙少府赴長蘆詩，同指一人。

寄東魯二稚子

吴地桑葉緑，吴蠶已三眠。我家寄東魯，誰種龜陰田？春事已不及，江行復茫然。南風吹歸心，飛墮酒樓前。樓東一株桃，枝葉拂青烟。此樹我所種，别來向三年。桃今與樓齊，我行尚未旋。嬌女字平陽，折花倚桃邊。折花不見我，淚下如流泉。小兒名伯禽，與姊亦齊肩。雙行桃樹下，撫背復誰憐？念此失次第，肝腸日憂煎。裂素寫遠意，因之汶陽川。

【校】

〔題〕兩宋本、繆本、王本題下俱注云：在金陵作。

〔我所〕我，咸本作昔，注云：一作我。

〔嬌女〕此下胡本作嬌女字平陽，有弟與齊肩。雙行桃樹下，折花倚桃邊。折花不見我，淚下如流泉。注云：一作嬌女字平陽云云，與王本同。

〔與姊〕姊，王本誤作姐，今依各本改。

【注】

〔三眠〕楊云：荀卿賦篇曰：三俯三起，事乃大已，夫是之謂蠶理。注：俯爲卧而不食，乃三眠也。王云：蠶將蜕，輒卧不食，古人謂之俯。荀卿蠶賦：三俯三起，事乃大已是也。後人謂之眠。本草：蠶三眠三起二十七日而老，是也。

〔龜陰田〕春秋定十年：齊人來歸鄆、讙、龜陰田。杜注：泰山博縣北有龜山。陰，田在其北也。

〔酒樓〕見後評箋。

〔伯禽〕按：卷十一贈武十七諤詩序云：余愛子伯禽在魯，許將冒胡兵以致之。又卷十七有送蕭三十一之魯中兼問稚子伯禽詩，均可參證。

〔裂素〕王云：鄭康成禮記注：素，生帛也。顔師古急就篇注：素謂絹之精白者，即所用寫書之素也。

【評箋】

今人詹鍈云：本事詩：初白自幼好酒，於兗州習業，平居多飲。又於任城構酒樓，日與同志荒宴其上，少有醒時。邑人皆以白重名，望其樓而加敬焉。（太平廣記卷二〇一引）蓋即此酒樓也。詩又云：「嬌女字平陽，……小兒名伯禽，與姊亦齊肩。」魏顥李翰林集序曰：白始娶於許，生一女一男，曰明月奴。女既嫁而卒。……次合於魯一婦人，生子曰頗黎。王注曰：太白後只一子伯禽，未知其明月奴與，其頗黎與！按頗黎之生，當在白元配許氏卒後，今既言「與姊亦齊肩」，則伯禽與平陽相去不數歲，其爲明月奴而非頗黎明矣。湖北通志流寓傳謂夫人許氏生一女一男，男曰明月奴，女既嫁而卒。以爲魏顥序曰字上脱一男字，不爲無見。按南陵別兒童入京詩謂：兒女嬉笑牽人衣。度其時白之兒女蓋在三五歲間，今兒女齊肩，則已届十齡左右矣。白之去魯南游，約在天寶六載春間，此詩蓋天寶九載春作，故得云別來向三年也。

獨酌清溪江石上寄權昭夷

我攜一樽酒，獨上江祖石。自從天地開，更長幾千尺？舉杯向天笑，天迴日西照。永願坐此石，長垂嚴陵釣。寄謝山中人，可與爾同調。

【校】

〔題〕江字下王本注云：似缺一祖字。兩宋本、繆本題下俱注云：秋洼。據蕭本洼是浦字之壞。

〔清溪〕清，兩宋本、繆本俱作青。

〔永願〕願，蕭本作賴。王本注云：蕭本作賴。

〔權昭夷〕按：權昭夷見卷二十七金陵與諸賢送權十一序。又卷十九有答高山人兼呈權顧二侯，亦或即此人。

【注】

〔江祖〕見卷八秋浦歌第九首注。

禪房懷友人岑倫

嬋娟羅浮月，摇豔桂水雲。美人竟獨往，而我安能羣？一朝語笑隔，萬里懽情分。沉吟綵霞没；夢寐羣芳歇。歸鴻度三湘；遊子在百越。邊塵染衣劍；白日凋華髮。春氣變楚關；秋聲落吴山。草木結悲緒；風沙凄苦顔。朅來已永久，頽思如循環。飄飄限江裔，想像空留滯。離憂每醉心；别淚徒盈袂。坐愁青天末；出望黄雲蔽。目極何悠悠！梅花南嶺頭。空長滅征鳥；水闊無還舟。寶劍終難託；金囊非易求。歸來儻有問，桂樹山之幽。

【校】

〔題〕王本題下注云：太白自注：時南游羅浮，兼泛桂海，自春徂秋不返，僕旅江外，書情寄之。此注，兩宋本、繆本、胡本俱作原題，無時字。又題下兩宋本、繆本俱注云：尋陽。

〔羣芳〕羣，繆本作瓊。王本注云：繆本作瓊。

〔百越〕越，蕭本作粤。王本注云：蕭本作粤。

〔春氣〕氣，蕭本作風。王本注云：蕭本作風。

〔飄飄〕王本注云：一作飄颻。胡本作飄颻，注云：一作飄飄。

〔梅花〕此下郭本脱南字。

【注】

〔羅浮〕見卷八當塗趙炎少府粉圖山水歌注。

〔桂水〕王云：唐六典注：桂水出桂州臨源縣，歷昭、富、梧三州界入鬱水。江淹詩：「文軫薄桂海。」李善注：南海有桂，故曰桂海。是以南海爲桂海。太白所云桂海，雖襲其文，而實則指桂州之桂水也。亦猶枚乘七發稱汝水爲汝海，其義一也。

〔百越〕王云：通典：自嶺而南，當唐、虞、三代爲蠻夷之國，是百越之地亦謂之南越，古謂之雕題。漢書高帝紀：從百粤之兵。服虔注：非一種，若今言百蠻也。

〔朅來〕王云：蜀都賦：殆而朅來相與。劉淵林注：朅，去也。韻會：朅，去也，又發語辭。

李白集校注卷十四

古近體詩二十六首

廬山謡寄盧侍御虛舟

我本楚狂人，鳳歌笑孔丘。手持緑玉杖，朝别黄鶴樓。五岳尋仙不辭遠，一生好入名山游。廬山秀出南斗旁，屏風九疊雲錦張，影落明湖青黛光。金闕前開二峯長，銀河倒挂三石梁。香爐瀑布遥相望，迴崖沓嶂淩蒼蒼。翠影紅霞映朝日，鳥飛不到吴天長。登高壯觀天地間，大江茫茫去不還。黄雲萬里動風色；白波九道流雪山。好爲廬山謡，興因廬山發。閑窺石鏡清我心。謝公行處蒼苔没。早服還丹無世情，琴心三疊道初成。遥見仙人綵雲裏，手把芙蓉朝玉京。先期汗漫九垓上，願接盧敖遊太清。

【校】

〔笑〕兩宋本、繆本俱注云：一作哭。王注云：一作哭，非。

〔杖〕兩宋本、繆本、王本俱注云：一作枝。

〔長〕兩宋本、繆本俱作帳。王本注云：繆本作帳。

〔挂〕兩宋本、繆本、王本俱注云：一作瀉。文粹作瀉。

〔淩〕兩宋本、繆本俱作崚，注云：一作何。王本注云：一作何，繆本作崚。

〔映朝日〕兩宋本、繆本、王本俱注云：一作照千里。

〔謝公〕此句兩宋本、繆本、王本俱注云：一作緑蘿開處懸明月。

【注】

〔盧山〕太平寰宇記卷一一一：盧山在江州南，高三千三百六十丈，周迴二百五十里，其山九疊，川亦九派。郡國志云：盧山疊嶂九層，崇巖萬仞，山海經所謂三天子鄣，亦曰天子都也。周武王時，匡俗字子孝，兄弟七人皆有道術，結盧於此，仙去空廬尚存，故曰廬山。參見卷十一贈王判官……詩注。

〔謡〕爾雅釋樂：徒歌謂之謡。

〔盧侍御〕高步瀛唐宋詩舉要卷二云：李遐叔（華）三賢論（全唐文三一七）曰：范陽盧虛舟幼直質方而清。賈幼鄰（至）有授盧虛舟殿中侍御史制（全唐文三六七）。今人詹鍈云：按新唐書賈至傳：玄宗幸蜀，拜起居舍人，知制誥，歷中書舍人。則虛舟之爲侍御史當在至德以後。按：卷八有和盧侍御通塘曲，當即其人。

〔楚狂〕莊子人間世篇：孔子適楚，楚狂接輿游其門，曰：鳳兮鳳兮，何如德之衰也！來世不可待，往世不可追也。天下有道，聖人成焉。天下無道，聖人生焉。方今之時，僅免刑焉。福輕乎羽，莫之知載。禍重乎地，莫之知避。已乎已乎，臨人以德。殆乎殆乎！畫地而趨。迷陽迷陽，無傷吾行，却曲却曲，無傷吾足。

〔屏風〕王云：周省齋曰：宋陳令舉廬山記：舊志云：漢武帝過九江，築羽章館於屏風疊，下臨相思澗。今五老一峯疊石如屏嶂，蓋其故地。輿地紀勝卷二五南康軍：九疊屏在五老峯之側，唐李林甫女學道此山，山九疊如屏。

〔金闕〕輿地紀勝卷三〇江州：金闕巖：李白詩云：「金闕前開二峯長。其巖正對天子障。」

〔石梁〕王云：水經注：廬山之北有石門水，水出嶺端，有雙石高竦，其狀若門，因有石門之目焉。水導雙石之中，懸流飛瀑。近三百步許，散漫數十步，上望之連天，若曳飛練於霄中矣。尋陽記曰：廬山上有三石梁，長數十丈，廣不盈尺，杳然無底。查悔餘曰：元李洞言三石梁在開先寺西，黎眘言在五老峯上，或云在簡寂觀及上霄、紫霄二峯間，桑喬廬山紀事則竟以爲無，如竹林之幻境。衆説紛然，莫知所指。今三疊泉在九疊屏之左，水勢三折而下，如銀河之挂石梁，與太白詩句正相脗合，非此外别有三石梁也。後人必欲求其地以實之，失之鑿矣。

〔瀑布〕楊云：廬山記：南北有瀑布無慮十餘處，香爐峯與雙劍峯在瀑布之旁，水源在山頂。或曰：西入康王谷，爲水簾，東爲開元禪院之瀑布。王云：釋慧遠廬山記：其山大嶺凡七重，圓基周迴垂五百里。其南嶺臨宫亭湖，下有神廟，七嶺會同，莫有升之者。東南有香爐峯，游氣籠其上，氤氲若香烟。西南有石門山，其形似雙闕，壁立千餘仞，而瀑布流焉。其中鳥獸草木之美，靈藥芳林之奇，所稱名代。△瀑音僕。

〔九道〕王云：尚書：九江孔殷。孔安國注：江於此州界分爲九道。尚書音釋：九江，潯陽記云：一曰烏白江，二曰蜯江，三曰烏江，四曰嘉靡江，五曰畎江，六曰源江，七曰廩江，八曰提江，九曰箘江。張須元緣江圖云：一曰三里江，二曰五州江，三曰嘉靡江，四曰烏土江，五曰白蚌江，六曰白烏江，七曰箘江，八曰沙提江，九曰廩江，參差隨水長短，或百里，或五十里。始於鄂陵，終於江口，會於桑落洲。太康地記曰：九江，劉歆以爲湖漢九水入彭蠡澤也。太平寰宇記：潯陽記云：九江在潯陽，去州五里，名白馬江，是大禹所疏，會於桑落洲，上下三百餘里合流，昔秦皇漢武並登廬山以望九江也。琦按：太史公曰：予南登廬山，觀禹疏九江。淮南子曰：禹鑿江而通九路。應劭曰：江自尋陽分爲九。郭璞江賦曰：流九派於尋陽。自西漢迄東晉皆言大江至尋陽分爲九江。尋陽記、緣江圖又備列其名，而朱子九江辯獨闢之，不從其説。林少穎曰：九江之名與地勢，久遠不可强通。然各自别源而下流入江，則可以意臆也。當由水道通塞離合古今各異之故。斯言當矣。

〔石鏡〕王云：藝文類聚：宫亭湖邊旁山間有石數枚，形圓若鏡，明可以鑑，人謂之石鏡。太平寰宇記：石鏡在東山懸崖之上，其狀團圓，近之則照見形影。一統志：石鏡峯在南康府西二十六里，有一員石懸崖，明浄照人見影，隱見無時。謝靈運詩：「攀崖照石鏡」，即此。

〔還丹〕抱朴子金丹篇：第四之丹名曰還丹，服一刀圭百日仙也。

〔三疊〕黄庭内景經：琴心三疊舞胎仙。梁丘子注：琴，和也，三疊三丹田，謂與諸宫重疊也。

〔盧敖〕淮南子道應訓：盧敖遊於北海，經乎太陰，入乎玄闕，至於蒙轂之上。見一士焉，深目而玄鬢，淚注而鳶肩，豐上而殺下，軒軒然方迎風而舞，顧見盧敖，慢然下其臂，遯逃乎碑下。盧敖就而視之，方倦龜殼而食蛤梨。盧敖與之語曰：「惟敖爲背羣離黨，窮觀於六合之外者，非敖而已乎？敖幼而好遊，至長不渝，周行四極，惟北陰之未闚，今卒覩夫子於是，子殆可與敖爲友乎！」若士者齤然而笑曰：「……吾與汗漫期於九垓之外，吾不可以久駐。」若士舉臂而竦身，遂入雲中。高誘注：盧敖燕人，秦始皇召以爲博士，使求神仙，亡而不反也。

〔太清〕太平御覽卷六五九太真科曰：……三清之間各有正位，聖登玉清，真登上清，仙登太清。

【評箋】

朱諫云：辭有純駁，強弱不一，爲可疑也。（李詩辨疑）

梅鼎祚云：朱諫删入辨疑，非。（李詩鈔）

方東樹云：廬山以下正賦，早服數句應起處，而提筆另起，是以不平。章法一線乃爲通，非亂雜無章不通之比。（昭昧詹言）

下尋陽城汎彭蠡寄黄判官

浪動灌嬰井，尋陽江上風。開帆入天鏡，直向彭湖東。落景轉疎雨；晴雲散遠空。名山發佳興，清賞亦何窮？石鏡挂遥月；香爐滅彩虹。相思俱對此，舉目與君同。

【校】

〔黄判官〕黄，咸本作董。

〔尋陽〕王本注云：一作吾知。

〔落景〕景，王本誤作影，據兩宋本、繆本、蕭本、胡本改正。又落景以下三句，兩宋本、繆本、王本俱注云：一作返景（王本作影，誤）照疎雨，輕煙澹遠空，中流得佳興。

〔石鏡〕以下二句，兩宋本、繆本、王本俱注云：一作瀑布灑青壁，遥山挂彩虹。

【注】

〔尋陽〕舊唐書地理志：江南西道江州：天寶元年，改爲潯陽郡。

〔彭蠡〕王云：元和郡縣志：彭蠡湖在江州都昌縣西六十里。按彭蠡湖今江西之鄱陽湖是也，在南昌府城東北一百五十里，饒州府城西四十里，南康府城東五里，九江府城東南九十里，四州諸水皆入焉。周圍四百五十里，春水漲時，茫無涯畔，足配洞庭。又北歷星子、都昌、德化、湖口，注於大江。

〔灌嬰井〕元和郡縣志卷二八：（江州城）古之湓口城也。漢高帝六年灌嬰所築。建安中，孫權經此城，自標井地，令工掘之，正得古井，銘曰：漢六年潁陰侯開，卜云三百年當塞，塞後不滿百年當爲應運者所開。權以爲己瑞。井極深，大江中風浪，井水輒自動。

【評箋】

王云：陸放翁入蜀記：泛彭蠡口，四望無際，乃知太白「開帆入天鏡」之妙。

今人詹鍈云：按判官本採訪使及節度使屬員。中原之置節度使始於至德年間，而採訪使之設置則在開元二十二年。此詩之黄判官倘是節度判官，定爲上元中汎彭蠡時作，若是採訪使判官，則詩之作亦當在天寶以後矣。

按：唐制凡奉使之大臣皆有判官，判官非固定官職，詹説過泥。據詩之末聯，則黄當即在尋陽。尋陽非節度採訪使治所，此判官未必即是節度採訪使之判官。參見本卷涇溪南藍山下……寄何判官昌浩詩評箋。

書情寄從弟邠州長史昭

自笑客行久，我行定幾時？緑楊已可折，攀取最長枝。翩翩弄春色，延佇寄相思。誰言貴此物？意願重瓊蕤。昨夢見惠連，朝吟謝公詩。東風引碧草，不覺生華池。臨玩忽云夕，杜鵑夜鳴悲。懷君芳歲歇，庭樹落紅滋。

【校】

〔翩翩〕兩宋本、繆本、王本俱注云：一作翻翻。

〔意願〕願，兩宋本、繆本、王本俱注云：一作厚。胡本作厚。

【注】

〔瓊蕤〕文選陸機擬古詩：「玉顔侔瓊蕤」張銑注：瓊蕤，玉花也。

〔惠連〕鍾嶸詩品：謝氏家録云：康樂每對惠連，輒得佳語。後在永嘉西堂思詩，竟日不就，寤寐間忽見惠連，即得「池塘生春草」，故常云此語有神助，非我語也。

〔杜鵑〕王云：埤雅：杜鵑一名子規，苦啼啼血不止，一名怨鳥。夜啼達旦，血漬草木，凡鳴皆北向，啼苦則倒懸於樹。説文所謂蜀王望帝化爲子巂，今謂之子規是也。華陽風俗録：杜鵑大如鵲而羽烏，聲哀而吻有血，春至則鳴。臨海異物志：杜鵑至三月鳴，晝夜不止。參見卷三蜀道難注。

【評箋】

按：卷十二有贈從弟宣州長史昭詩，本卷又有寄從弟宣州長史昭詩，當即一人。先佐宣州抑先佐郊州，殊不可知。

寄王漢陽

南湖秋月白，王宰夜相邀。錦帳郎官醉；羅衣舞女嬌。笛聲誼沔鄂；歌曲上雲霄。別後空愁我，相思一水遥。

【校】

〔嬌〕兩宋本、繆本俱作驕。王本注云：繆本作驕。

【注】

〔王漢陽〕按：卷十一有贈王漢陽，本卷又有望漢陽柳色寄王宰及早春寄王漢陽，卷二十三有醉題王漢陽廳，各詩皆即一人。本卷自漢陽病酒歸寄王明府，亦當指此人。

〔漢陽〕舊唐書地理志：江南西道鄂州漢陽縣：武德四年，置沔州，治漢陽縣。

〔沔鄂〕王云：唐之沔州即漢陽郡，今爲漢陽府。唐之鄂州即江夏郡，今爲武昌府，二郡相對，中間隔江七里。

【評箋】

王云：此詩是泛沔州城南郎官湖之後所作。王宰謂漢陽令王公，郎官謂尚書郎張謂。

按：此詩當參看卷二十泛沔州城南郎官湖詩。

春日歸山寄孟浩然

朱紱遺塵境，青山謁梵筵。金繩開覺路，寶筏度迷川。嶺樹攢飛栱，嵒花覆谷泉。塔形標海日，樓勢出江烟。香氣三天下，鐘聲萬壑連。荷秋珠已滿，松密蓋初圓。鳥聚疑聞法，龍參若護禪。媿非流水韻，叨入伯牙絃。

【校】

〔題〕孟浩然，兩宋本、繆本俱作孟六浩然。王本注云：繆本作孟六浩然。

〔海日〕日，蕭本作月。王本注云：蕭本作月。

【注】

〔浩然〕王云：胡震亨曰：玩詩意乃偕一顯者游禪寺和詩，疑題有誤。琦按孟六浩然恐是孟贊府之訛。按：卷九贈孟浩然，卷十五黄鶴樓送孟浩然之廣陵，與此詩意味全不相類。

〔金繩〕王云：法華經：國名離垢，琉璃爲地，有八交道，黄金爲繩，以界其側。

〔覺路〕王云：法苑珠林：涉迷津於曩識，微塵之數易窮；返覺路於初心，僧祇之期難滿。

〔寶筏〕王云：翻譯名義功德施論云：如欲濟川，先應取筏。至彼岸已，舍之而去。韻會：筏，説文：海中大船。廣韻：大曰筏，小曰桴。方言：簰謂之筏，編竹木浮河以運物，南土名簰，北土名筏。

〔三天〕王云：三天即三界也，謂欲界、色界、無色界。

〔鳥聚〕王云：法苑珠林：舍衛國祇樹精舍衆集之時，獼猴飛鳥羣類數千悉來聽法，寂寞無聲，事竟即去，各還所止。犍椎適鳴，已復來集。

〔伯牙絃〕吕氏春秋：孝行覽本味：伯牙鼓琴，鍾子期聽之，志在流水。鍾子期曰：「善哉乎鼓琴，湯湯乎若流水。」

【評箋】

瀛奎律髓云：太白負不羈之才，樂府大篇翕忽變化，而律詩工夫縝密如此，與杜審言、宋之問相伯仲，別有贈浩然詩曰：「醉月頻中聖，迷花不事君。」雖飄逸不如此詩之端整。

按：此詩風格已入大歷時期，絶非開元、天寶中體製。且朱紱云云亦不合李、孟二人口吻。疑是他人之作溷入李集，而題中浩然亦當爲一僧徒之名，誤加孟字，詳詩意爲寄僧之作無疑。

流夜郎永華寺寄潯陽羣官

朝别凌烟樓，暝投永華寺。賢豪滿行舟，賓散予獨醉。願結九江流，添成萬行淚。寫意寄廬岳，何當來此地！天命有所懸，安得苦愁思？

【校】

〔題〕兩宋本、繆本題下俱注云：流夜郎。

〔首四句〕兩宋本、繆本、胡本俱作朝别凌烟樓，賢豪滿行舟。暝投永華寺，賓散予獨醉。王本注云：繆本作朝别凌烟樓，賢豪滿行舟。暝投永華寺，賓散予獨醉。胡本注一作與王本同。

〔願結〕結，英華作借。

〔萬行〕萬，英華注云：一作兩。

〔天命〕命，胡本作地。

【注】

〔凌烟樓〕王云：凌烟樓，宋臨川王造。鮑照凌烟樓銘序云：伏見所製凌烟樓，樓置崇迥，延瞰平寂。即秀神臯，因基地勢。東臨吴甸，西眺楚關。奔江永寫，鱗嶺相葺。重樹窮天，通原盡目。

【評箋】

按：永華寺未詳何地，淩烟樓爲宋臨川王義慶所造，義慶鎮江州，則淩烟樓與永華寺必皆在沿江，去尋陽不遠。

流夜郎至西塞驛寄裴隱

揚帆借天風，水驛苦不緩。平明及西塞，已先投沙伴。迴巒引群峯，横蹙楚山斷。砯衝萬壑會，震沓百川滿。龍怪潛溟波，候時救炎旱。我行望雷雨，安得霑枯散？鳥去天路長，人愁春光短。空將澤畔吟，寄爾江南管。

【校】

〔題〕兩宋本、繆本題下俱注云：上峽。

〔候〕王本注云：許本作俟。胡本作俟，注云：一作候。

〔愁〕兩宋本、繆本、咸本俱作悲。胡本作悲，注云：一作愁。王本注云：繆本作悲。

【注】

〔西塞〕王云：西塞驛當在西塞山邊。元和郡縣志：西塞山在鄂州武昌縣東八十五里。太平御覽：江夏風俗記曰：西塞山高一百六十丈，周迴三十七里。峻崿横江，危峯斷岸，長波阻以東注，高浪爲之西翻。袁宏東征賦云：沿西塞之峻崿，是也。

〔裴隱〕王云：裴隱疑亦當時逐臣，故用賈誼投沙事。謝靈運詩：「投沙理既迫。」

〔硃〕王云：廣韻：硃，水擊山巖聲也。△硃音烹。

〔澤畔吟〕楚辭漁父：屈原既放游於江潭，行吟澤畔，顏色憔悴，形容枯槁。

〔江南管〕謝朓詩：「要取洛陽人，共命江南管。」

【評箋】

今人詹鍈云：繆本題下注上峽二字，蓋以爲西塞驛在三峽附近，誤。

按：舊本詩題下注在何地所作，類多後人臆度之詞，此即一證。

自漢陽病酒歸寄王明府

去歲左遷夜郎道，琉璃硯水長枯槁。今年勅放巫山陽，蛟龍筆翰生輝光。聖主還聽子虛賦，相如却欲論文章。願掃鸚鵡洲，與君醉百場。嘯起白雲飛七澤；歌吟淥水動三湘。莫惜連船沽美酒，千金一擲買春芳。

【校】

〔題〕兩宋本、繆本題下俱注云：回江夏。

〔却欲〕欲，蕭本作與。王本注云：蕭本作與。

【注】

〔王明府〕按：卷十一有贈王漢陽，本卷有寄王漢陽、望漢陽柳色寄王宰及早春寄王漢陽，卷二十三有醉題王漢陽廳，皆當即此王明府。

〔左遷〕王云：史記周昌傳：高祖曰：吾極知其左遷。索隱曰：地道尊右，右賢左賤，故謂貶秩爲左遷。演繁露：古人得罪下遷者皆曰左遷，太白無官而用左遷字，蓋借作竄逐字用。

〔巫山〕見卷二古風第五十八首注。

〔子虛賦〕史記司馬相如列傳：蜀人楊得意爲狗監侍上，上讀子虛賦而善之，曰：「朕獨不得與此人同時哉！」得意曰：「臣邑人司馬相如自言爲此賦。」上驚，乃召問相如，相如曰：「有是，然此乃諸侯之事，未足觀也。請爲天子游獵賦」，賦成奏之，上許令尚書給筆札。相如以子虛虛言也，爲楚稱。烏有先生者，烏有此事也，爲齊難。無是公者無是人也，明天子之義。故空藉此三人爲辭，以推天子諸侯之苑囿，其卒章歸之於節儉，因以風諫，奏之天子，天子大説。

望漢陽柳色寄王宰

漢陽江上柳，望客引東枝。樹樹花如雪，紛紛亂若絲。春風傳我意，草木度前知。寄謝絃歌宰，西來定未遲。

【校】

〔度前知〕兩宋本、繆本俱注云：一作發前墀。王本注云：一作别前知，一作發前墀。郭本作别前知。

【評箋】

按：集中爲漢陽令王某所作詩有數首，皆當在赴貶前後。其與王宴於郎官湖是八月間事，則赴貶在秋間，無由於春間先寄此詩。且語意充悦，似爲次年（乾元二年）春間赦還時作。所謂引東枝者，引枝由東而西。所謂西來者，從西而來也。李詩辨疑謂本卷早春寄王漢陽一首即答此詩者，不爲無見。王譜亦繫於乾元二年。一年之春而寄此二首，誠不能無疑也。參看早春寄王漢陽評箋。

江夏寄漢陽輔録事

誰道此水廣？狹如一匹練。江夏黄鶴樓，青山漢陽縣。大語猶可聞，故人難可見。君草陳琳檄，我書魯連箭。報國有壯心，龍顔不迴眷。西飛精衛鳥，東海何由填？鼓角徒悲鳴，樓船習征戰。抽劍步霜月，夜行空庭徧。長呼結浮雲，埋没顧榮扇。他日觀軍容，投壺接高宴。

【校】

〔抽劍〕抽，咸本作拽，注云：一作抽。

【注】

〔輔録事〕按：卷十一有贈漢陽輔録事二首，皆有罷官語，此詩云：「君草陳琳檄」，蓋罷官後又入軍幕者。

〔陳琳〕三國志魏志王粲傳：太祖並以（陳）琳、（阮）瑀爲司空軍謀祭酒，管記室，軍國書檄多琳、瑀所作也。

〔魯連〕史記魯仲連鄒陽列傳：燕將攻下聊城，聊城人或讒之燕，燕將懼誅，因保守聊城不敢歸。齊田單攻聊城歲餘，士卒多死，而聊城不下。魯連乃爲書約之矢，以射城中，遺燕將書曰：……燕將見魯連書泣三日，……喟然嘆曰：「與人刃我寧自刃。」乃自殺。

〔鼓角〕通典卷一四九：軍城及野營行軍在外，日出日没時撾鼓千搥，三百三十三搥爲一通。鼓音止，角音動，吹十二聲爲一疊。角音止，鼓音動。如此三角三鼓而昏明畢之。

〔顧榮〕晉書卷六八顧榮傳：（陳）敏率萬餘人出不獲濟，榮麾以羽扇，其衆潰散。

〔投壺〕後漢書卷五〇祭遵傳：遵爲將軍，取士皆用儒術，對酒設樂，必雅歌投壺。

【評箋】今人詹鍈云：泛沔州城南郎官湖詩序云：席上文士輔翼、岑静以爲知言，翼蓋即漢陽輔録事也。詩云：「報國有壯心，龍顔不迴眷。」疑是流夜郎歸後作。又云：「鼓角徒悲鳴，樓船習征戰。抽劍步霜月，夜行空庭徧。……他日觀軍容，投壺接高宴。」乾元二年八月，襄州賊將康楚元、張嘉延反，輔録事等所以習水軍者，蓋爲防康、張輩。太白又有九日登巴陵置酒望洞庭水軍詩，可以證之。

早春寄王漢陽

聞道春還未相識，走傍寒梅訪消息。昨夜東風入武昌，陌頭楊柳黄金色。碧水浩浩雲茫茫，美人不來空斷腸。預拂青山一片石，與君連日醉壺觴。

【校】

〔武昌〕昌，兩宋本、繆本、咸本俱作陽，注云：一作昌。胡本作昌，注云：一作陽。王本注云：一作陽。

【評箋】

梅鼎祚云：此雖非太白極致，朱諫删入辨疑，未的。（李詩鈔）

今人詹鍈云：王譜繫乾元二年下，蓋以自漢陽病酒歸寄王明府詩爲乾元二年作，隨以類相屬也。按乾元二年早春，太白方在流夜郎途中，尚未遇赦，此詩之作應在上元元年。李詩辨疑曰：辭意詳玩乃是王漢陽寄李白者，當附於望漢陽柳色寄王宰之下，以見彼此贈答之意。今乃另題作李白寄王漢陽詩，輯録者之誤也。按太白擬約王漢陽度水而來，乃有此寄，朱氏以爲王漢陽酬答太白之詩，似失其旨。

按：當參看本卷望漢陽柳色寄王宰評箋。

江上寄巴東故人

漢水波浪遠，巫山雲雨飛。東風吹客夢，西落此中時。覺後思白帝，佳人與我違。瞿塘饒賈客，音信莫令稀。

【注】

〔巴東〕舊唐書地理志：山南東道歸州：天寶元年改爲巴東郡。

〔白帝〕見卷四荆州歌注。

【評箋】

按：此詩爲出夔州後作，但不知爲初出蜀時，抑爲夜郎遇赦東歸時。

江上寄元六林宗

霜落江始寒，楓葉緑未脱。客行悲清秋，永路苦不達。滄波眇川汜；白日隱天末。停棹依林巒，驚猿相叫聒。夜分河漢轉，起視溟漲闊。涼風何蕭蕭！流水鳴活活。浦沙浄如洗；海月明可掇。蘭交空懷思；瓊樹詎解渴？勗哉滄洲心，歲晚庶不奪。幽賞頗自得，興遠與誰豁。

【校】

〔與誰〕咸本作誰與，似是。

【注】

〔元六林宗〕按：卷十有秋日鍊藥院鑷白髮贈元六兄林宗詩云：「投分三十載，榮枯同所歡。」知與李白爲舊交。

〔川汜〕王云：爾雅：水決復入爲汜。邢昺疏：凡水決之歧流復還大水者名汜。説文：汜，水別復入水也。一曰，汜，窮瀆也。△汜音祀。

〔活活〕詩衛風碩人：河水洋洋，北流活活。毛傳：活活，流也。△活音括。

〔掇〕文選魏武帝詩：明明如月，如何可掇？李善注：掇，拾取也。

寄從弟宣州長史昭

爾佐宣城郡，守官清且閑。常誇雲月好，邀我敬亭山。五落洞庭葉，三江游未還。相思不可見，嘆息損朱顏。

【校】

〔宣城〕城，蕭本作州，誤。王本注云：蕭本作州。

【注】

〔三江〕王云：水經注：巴陵城跨岡嶺，濱阻三江。巴陵西對長洲，其洲南旁湘浦，北對大江，故曰三江也。三水所會，亦或謂之三江口矣。一統志：三江在岳州府城下，岷江爲西江，澧江爲中江，湘江爲南江，皆會於此，故名。

【評箋】

按：據詩意蓋白於天寶亂後來往江上已及五年，當在乾元二年赦還時作。

涇溪東亭寄鄭少府諤

我遊東亭不見君，沙上行將白鷺羣。白鷺閑時散飛去，又如雪點青山雲。欲往涇溪不辭遠，龍門蹙波虎眼轉。杜鵑花開春已闌，歸向陵陽釣魚晚。

【校】

〔題〕兩宋本、繆本題下俱注云：宣城。

〔閑時〕閑，蕭本作行。王本注云：蕭本作行。

〔眼轉〕蕭本作轉眼。

【注】

〔涇溪〕清一統志：賞溪在寧國府涇縣西，一名涇溪。源出石埭，支流出太平縣，流至涇縣、南陵、宣城入於江。△涇音京。

〔東亭〕楊云：東亭在宣州。郡國圖經云：涇縣在宣州西一百五里。

〔龍門〕王云：江南通志：龍門山在寧國府太平縣西北四十里。林麓幽深，巖壁峭拔。中有石竇若門，産茶及諸藥草。

〔虎眼〕王云：「虎眼轉」謂水波旋轉有光相映，若虎眼之光。劉禹錫詩「汴水東流虎眼文」，是也。

〔杜鵑花〕王云：杜鵑花一名紅躑躅，一名山石榴，一名映山紅，處處山谷有之。高二三尺，春時蕊葉齊出，一枝數萼。花色紅麗，二三月中徧滿山谷，爛然若火，入夏方歇。

〔陵陽〕王云：太平寰宇記：陵陽山在涇縣西南百三十里，石埭縣北三里。按輿地志：陵陽令竇子明於溪側釣魚，一日釣得白龍，子明懼而放之。又數年釣得一白魚，剖其腹，中乃有書，教子明服餌之術，三年後，白龍來迎子明，遂得上昇。溪環遶山足，今有仙壇，祭醮不絕。參見卷十二自梁園至敬亭山……詩注。

宣城九日聞崔四侍御與宇文太守遊敬亭余時登響山不同此賞醉後寄崔侍御二首

九日茱萸熟，插鬢傷早白，登高望山海，滿目悲古昔。遠訪投沙人，因爲逃名客。故交竟誰在？獨有崔亭伯。重陽不相知，載酒任所適。手持一枝菊，調笑二千石。日暮岸幘歸，傳呼隘阡陌。彤襜雙白鹿，賓從何輝赫！夫子在其間，遂成雲霄隔。良辰與美景，兩地方虛擲。晚從南峯歸，蘿月下水壁。却登郡樓望，松色寒轉碧。咫尺不可親，棄我如遺舄。

【校】

〔宣城〕城，蕭本作州。王本注云：蕭本作州。

〔逃名〕咸本注云：一作名山。英華注云：集作名山。

〔一枝〕枝，英華作把，注云：集作枝。

〔調笑〕調，英華作談，注云：一作調。

〔隘〕英華注云：集作溢。

〔咫尺〕兩宋本、繆本、王本俱注云：一作望美。

【注】

〔崔四侍御〕按：當即崔成甫。見本卷遊敬亭寄崔侍御詩注。

〔宇文太守〕按：卷十二有贈宣城宇文太守兼呈崔侍御，似是同時所作。

〔響山〕王云：潛確居類書：響山在宣城縣，當鰲峯之前，兩崖對峙，下瞰響潭，潭上有釣臺。

〔茱萸〕王云：藝文類聚：風土記曰：茱萸，樧也，九月九日熟，色赤，可採時也。太平御覽：風土記曰：九月九日律中無射而數九，俗尚此日，以茱萸氣烈成熟，可折其房以插頭，言辟惡氣而禦初寒。

〔崔亭伯〕後漢書卷八二崔駰傳：崔駰，字亭伯，涿郡安平人也。博學有偉才，盡通古今訓詁百家之言。善屬文，少游太學，與班固、傅毅同時齊名。

〔岸幘〕通鑑卷九二：劉隗岸幘大言，意氣自若。胡三省注：岸幘，幘微脱額也。

〔襜〕王云：毛詩正義：以幃障車之旁如裳爲容飾，故或謂之幃裳，或謂之童容。其上有蓋四旁垂而下謂之幨。章懷太子後漢書注：襜，帷也。車上施帷以屏蔽者。白帖：刺史彤幨皂蓋朱幡。

〔白鹿〕見卷十二贈宣城宇文太守兼呈崔侍御詩注。

【評箋】

按：卷十二有贈宣城宇文太守兼呈崔侍御詩。今人詹鍈據趙公西候亭頌，天寶十四載趙悦爲宣城太守，則宇文任當在其前。詩中有「遠訪投沙人，因爲逃名客」之句，疑是失意後之作。

其二

九卿天上落，五馬道傍來。列戟朱門曉，褰帷碧帳開。登高望遠海，召客得英才。紫綬歡情洽，黄花逸興催。山從圖上見，溪即鏡中迴。遥羡重陽作，應過戲馬臺。

【校】

〔碧帳〕帳，兩宋本、繆本、咸本俱作幛。王本注云：繆本作幛。

〔得英才〕得，英華作來。

〔紫綬〕綬，兩宋本、繆本俱作絲。王本注云：繆本作絲，誤。英華作綬。

〔山從〕從，英華注云：集作依。咸本作依，注云：一作從。

〔溪即〕即，兩宋本、繆本、王本俱注云：一作向。

【注】

〔褰帷〕後漢書卷六一賈琮傳：……爲冀州刺史。舊典傳車驂駕，垂赤帷裳，迎於州界。及琮之部，升車言曰：「刺史當遠視廣聽，糾察美惡，何有反垂帷裳以自掩塞乎？」乃命御者褰之，百城聞風，自然竦震。

〔戲馬臺〕王云：太平寰宇記：戲馬臺在彭城縣南三里，項羽所築，戲馬於此。宋武北征至彭城，遣長史王虞等立第舍於項羽戲馬臺，起齋作閣橋度池，重九日公引賓佐登此臺，令將佐百僚賦詩以觀志，作者百餘人。獨謝靈運詩最工，……太白詩意蓋謂崔侍御重陽之作過於謝公戲馬臺之作也。

寄崔侍御

宛溪霜夜聽猿愁，去國長如不繫舟。獨憐一雁飛南海；却羨雙溪解北流。高人屢解陳蕃榻；過客難登謝朓樓。此處别離同落葉，明朝分散敬亭秋。

【校】

〔長如〕如，兩宋本、繆本、咸本俱作爲。王本注云：繆本作爲。

〔謝朓樓〕樓，兩宋本、蕭本俱作舟，誤。王本注云：蕭本作舟。

〔明朝〕兩宋本、繆本俱作朝朝，非。

【注】

〔崔侍御〕見本卷遊敬亭寄崔侍御詩注。

〔宛溪〕王云：宛溪在寧國府城東，雙溪以二水合流而名，環遶寧國府城而北去。參見卷十二贈宣城宇文太守兼呈崔侍御詩注。

〔陳蕃〕後漢書卷八三徐穉傳：……陳蕃爲太守，以禮請署功曹，穉不就之，既謁而退。蕃在郡不接賓客，唯穉來特設一榻，去則懸之。

〔謝朓樓〕王云：江南通志：謝公樓在寧國府城内郡治之後，因山爲基，即謝朓爲宣城太守時之高齋地。一名北樓。唐咸通間，刺史獨孤霖改建，易名疊嶂樓。

【評箋】

今人詹鍈云：唐詩合解：崔宗之在金陵，李太白時將去宣城，故寄詩別之。按此説非也。詩云：「宛溪霜夜聽猿愁」又云：「此處别離同落葉，明朝分散敬亭秋。」疑是暮秋於宣城别崔侍御而之金陵，唐詩合解所云，適得其反。

涇溪南藍山下有落星潭可以卜築余泊舟石上寄何判官昌浩

藍岑聳天壁，突兀如鯨額。奔蹙横澄潭，勢吞落星石。沙帶秋月明，水摇寒山碧。佳境宜緩棹，清輝能留客。恨君阻歡游，使我自驚惕。所期俱卜築，結茅鍊金液。

【校】

〔聳〕兩宋本、繆本俱作竦。王本注云：繆本作竦。

【注】

〔涇溪〕〔落星潭〕王云：江南通志：涇溪在寧國府涇縣西南一里，一名賞溪，其源有三：一出石埭縣舒姑泉，一出太平黄山，一出績溪，下有賞溪橋沙堤，其西爲新河。藍山在涇縣西五十里，高千仞，李白詩：「藍岑聳天壁，突兀如鯨額」，即此。落星潭在涇縣西五十里藍山下，晉有陳霸兄弟捕魚於此，見一星落潭中，故名。參見本卷涇溪東亭……詩注。

〔何昌浩〕按：卷九有贈何七判官昌浩詩，語意相關，似係一時之作。

【評箋】

今人詹鍈云：何判官當去涇溪不遠，蓋亦居宣城者也。按判官爲採訪使及節度使屬員，江南東道採訪使不駐宣城，而浙江西道節度使則自上元二年正月始徙治宣城，則詩之作當在上元二年秋季。

按：詹説似泥，判官非必爲節度採訪使判官也。凡使皆有判官，通鑑卷二一一：御史大夫李傑護橋陵作，判官王旭犯贓。同書卷二三六：（武）元衡爲山陵儀仗使，劉禹錫求爲判官。其例不勝枚舉。

早過漆林渡寄萬巨

西經大藍山，南來漆林渡。水色倒空青，林煙横積素。漏流昔吞翕，沓浪競奔注。潭落天上星，龍開水中霧。嶢巖注公栅，突兀陳焦墓。嶺峭紛上干，川明屢迴顧。因思萬夫子，解渴同瓊樹。何日覩清光，相歡詠佳句。

【校】

〔嶢〕兩宋本、繆本、咸本俱作巉。王本注云：繆本作巉。

【注】

〔萬巨〕按：盧綸、韓翃皆有送萬巨詩，玩翃詩意，巨尚爲江南幕職，若即是此人，則李白與之往還時必年事甚少也。

〔藍山〕見前一首涇溪南藍山下有落星潭可以卜築余泊舟石上寄何判官昌浩詩注。

〔注公栅〕胡云：注公疑是左公。隋末左難當築城栅，拒輔公祏於涇，與大藍山近。

〔陳焦〕王云：江南通志：晉陳焦墓在涇縣五城山左。三國志：永安四年，安吴民陳焦埋之六日更生，穿土中出。按安吴縣名，舊屬宣城郡，隋時併入涇縣。

遊敬亭寄崔侍御

我家敬亭下，輒繼謝公作。相去數百年，風期宛如昨。登高素秋月，下望青山郭。俯視鴛鷺羣，飲啄自鳴躍。夫子雖蹭蹬，瑶臺雪中鶴。獨立窺浮雲，其心在寥廓。時來一顧我，笑飯葵與藿。世路如秋風，相逢盡蕭索。腰間玉具劍，意許無遺諾。壯士不可輕。相期在雲閣。

【校】

〔題〕兩宋本、繆本、王本題下俱注云：一本作登古城望府中奉寄崔侍御。

〔我家〕以下二句，兩宋本、繆本、王本俱注云：一作我登謝公樓，輒繼敬亭作。

〔登高〕此句兩宋本、繆本、王本俱注云：一作高城素秋日。

〔俯視〕此句兩宋本、繆本俱作府中鴻鷺羣，注云：一作俯視鴛鷺羣。王本注云：一作府中鴻鷺羣。

〔時來〕此二句兩宋本、繆本、王本俱注云：一作時來顧我笑，一飯與葵藿。胡本與一作同。

〔腰間〕此二句兩宋本、繆本、胡本、王本俱注云：一作願爲經冬柏，不逐天霜落。

〔玉具〕具，兩宋本、繆本俱作巨。王本注云：玉具劍繆本作玉巨劍。

〔可輕〕輕，兩宋本、繆本、王本俱注云：一作疎。

〔相期〕此句兩宋本、繆本俱注云：一作相隨集雲閣。王本期在下注云：一作隨集。

【注】

〔崔侍御〕按：本卷又有寄崔侍御及遊敬亭寄崔侍御二詩，崔四侍御、崔侍御均即崔成甫。此外如：卷九有寄崔侍御二詩，卷十二有贈宣城宇文太守兼呈崔侍御，卷十五有聞李太尉……

留別金陵崔侍御十九韻，卷十九有酬崔侍御及宣城九日聞崔四侍御……二首及翫月城西……訪崔四侍御，卷二十一有登敬亭北二小山余時客逢崔侍御……等篇，皆可參證。

〔謝公作〕王云：元和郡縣志：敬亭山在宣州宣城縣北十二里，即謝脁賦詩之所。脁詩云：「茲山亘百里，合沓與雲齊。隱淪既已託，靈異居然棲。上干蔽白日，下屬帶回谿。交藤荒且蔓，樛枝聳復低」云云。

〔玉具劍〕漢書卷九四匈奴傳：賜以……玉具劍。注：孟康曰：標首鐔衛，盡用玉爲之也。師古曰：鐔，劍口旁橫出者也；衛，劍鼻也。又卷九九王莽傳：進其玉具寶劍。……莽因曰：誠見君面有瘢，美玉可以滅瘢，欲獻其瑑耳。按：顏注以瑑爲璏之誤，璏即劍鼻，尤足爲玉具劍之確釋。

【評箋】

按：卷二十一有詩，題云：登敬亭北二小山余時客逢崔侍御並登此地。唐詩紀事於崔成甫下注曰：李白詩崔侍御是也。與此詩及本卷之寄崔侍御詩當是皆與崔成甫同在宣城所作。

三山望金陵寄殷淑

三山懷謝脁，水澹望長安。燕没河陽縣，秋江正北看。盧龍霜氣冷，鳷鵲月光寒。耿耿憶瓊樹，天涯寄一歡。

【校】

〔水澹〕兩宋本、繆本、胡本、王本俱注云：一作緑水。按：水澹二字必誤，疑是水涘之訛，蓋草書涘與澹相似也。

〔一歡〕歡，郭本作顔，誤。

【注】

〔三山〕太平寰宇記卷九〇：三山在（昇州江寧）縣西南五十七里，周迴四里，其山孤絶，面東西絶大江。輿地志云：其山積石，濱於大江，有三峯南北接，故曰三山，舊爲吴津所。謝玄暉晚登三山還望京邑詩云：「灞涘望長安，河陽視京縣。白日麗飛甍，參差皆可見。餘霞散成綺，澄江静如練。」即此地也。

〔盧龍〕王云：太平寰宇記：盧龍山在昇州上元縣西北二十里，周迴五里，西臨大江。按舊經：晉元帝初渡江，北地盡爲虜寇所有，以其山連石頭爲固，關塞以盧龍名焉。六朝事跡：盧龍山，圖經云：在城西北十六里。周迴五里，高三十六丈，東有水下注平陸，西臨大江。舊經云：晉元帝初渡江到此，見山嶺綿延，遠接石頭城。真江上之關塞，以比北地盧龍山，因以爲名。一統志：獅子山在應天府西二十里，與馬鞍山接，晉元帝初渡江見此山綿連，以擬北地盧龍山，故易名盧龍山。

〔鳷鵲〕梅鼎祚李詩鈔卷四云：漢書注：鳷鵲觀在雲陽甘泉宫。謝朓詩：「金波麗鳷鵲」，此並長安事。南齊時都金陵，故朓以長安擬之。白用其語。參見卷八永王東巡歌第四首注。

【評箋】按：卷十七有送殷淑三首，與此詩當爲前後之作。又卷二十二有夜泊黄山聞殷十四吴吟詩，殷十四亦疑即殷淑。

自金陵泝流過白壁山翫月達天門寄句容王主簿

滄江泝流歸，白壁見秋月。秋月照白壁，皓如山陰雪。幽人停宵征，賈客忘早發。進帆天門山，迴首牛渚没。川長信風來，日出宿霧歇。故人在咫尺，新賞成胡越。寄君青蘭花，惠好庶不絶。

【校】

〔白壁〕兩宋本、繆本俱作白璧。

【注】

〔白壁山〕王云：江南通志：白壁山在太平府城北三十里，有三峯，中峯最峻，赤壁在其北。一統志無白壁山而有白壁水，蓋字誤也。太平府志：白壁山一名石壁，在郡治北二十五里化洽鄉。濱江三峯，中拔起如垔，有石似龜狀，俗名龜山。傳言上有白玉，采之者衆，遂絶。

李白與崔宗之乘舟月夜自金陵泝流，過白壁山玩月，白衣宮錦袍坐舟中，兩岸觀者如堵，白笑傲自若，旁若無人。今按白詩「秋月照白壁，皓如山陰雪」十字，殆不可方，真興會所到也。按：輿地紀勝卷一八太平州：白壁水在當塗縣北三十里，東北又名石壁山。李白有過石壁山翫月詩。其山三峯，中峯最高，向西山面峭峻如壁。

〔天門〕王云：一統志：天門山在太平府城西南三十里，二山夾大江，東曰博望，西曰梁山，對峙如門，亦名蛾眉山，又名東梁山、西梁山。

〔句容〕舊唐書地理志：江南東道潤州句容縣：乾元元年屬昇州，寶應元年，州廢屬潤州。

〔主簿〕王云：唐制，每縣設主簿一人，九品官，京縣則二人，八品官。

〔山陰雪〕世説任誕篇：王子猷居山陰，夜大雪，眠覺，開室命酌酒，四望皎然。

〔牛渚〕王云：一統志：牛渚山在太平府城北二十五里，下有磯曰牛渚磯，去采石磯近一里，舊爲險要備禦之地，亦名燃犀浦。

【評箋】

唐宋詩醇云：白寄人之詩，大致泛濫於元嘉以還，此前諸篇皆是也。白嘗謂建安以來，綺麗非珍，蓋亦大概言之；至其間表表諸人，曷嘗不歷閫入室，相與周旋出入乎！特才實邁古，故大而化之，其淵源有自來矣。杜甫亦復如是。詞人落筆，往往過當，甫嘗云：「陶謝不枝梧。」他日則云：「安得思如陶謝手，令渠述作與同遊。」後人過尊二家。或欲盡薄從前，非通論也。

寄上吴王三首

淮王愛八公，攜手緑雲中。小子忝枝葉，亦攀丹桂叢。謬以詞賦重，而將枚馬同。何日背淮水？東之觀土風。

【校】

〔枚馬〕枚，咸本注云：一作犬。

【注】

〔吴王〕王云：按唐書：吴王祗，太宗第三子吴王恪之孫，張掖郡王琨之子，襲封嗣吴王，出爲東平太守。安禄山反，河南、陳留、滎陽、靈昌相繼陷，祗募兵拒戰。玄宗壯之，累遷陳留太守，持節河南道節度採訪使，歷太僕宗正卿，其爲廬江太守無考，蓋史失載也。

〔八公〕太平廣記卷八：漢淮南王劉安……方術之士不遠千里，卑辭重幣請致之。於是有八公詣門，皆鬚眉皓白。門吏先密以白王，王使閽人自以意難問之曰：「我王上欲求延年長生不老之道，……今先生年已耆矣，似無駐衰之術。」……八公笑曰：「聞王尊禮賢士，……故遠致其身，……何以年老而逆見嫌耶？王必若見年少則謂之有道，皓首則謂之庸叟，……薄吾老，今則少矣。」言未竟，八公皆變爲童子，年可十四五，角髻青絲，色如桃花。門吏大

驚，走以白王。王聞之，足不履，跣而迎，登思仙之臺，……執弟子之禮，北面叩首。……八童子乃復爲老人。……（出神仙傳）

〔丹桂〕王云：淮南王招隱士：攀援桂枝兮聊淹留。沈約詩：「岸側青莎被，巖間丹桂叢。」南方草木狀：桂有三種，葉如柏葉皮赤者爲丹桂，葉似柿葉者爲菌桂，葉似枇杷葉者爲牡桂。

其二

坐嘯廬江静，閑聞進玉觴。去時無一物，東壁挂胡牀。

【注】

〔坐嘯〕後漢書卷九七黨錮列傳：南陽太守成瑨亦委功曹岑晊，二郡又爲謡曰：……南陽太守岑公孝，弘農成瑨但坐嘯。

〔胡牀〕三國志魏志裴潛傳注：魏略曰：又潛爲兖州時，嘗作一胡牀，及其去也，留以挂柱。

其三

英明廬江守，聲譽廣平籍。灑掃黄金臺，招邀青雲客。客曾與天通，出入清禁中。襄王憐宋玉，願入蘭臺宮。

【校】

〔灑掃〕兩宋本、繆本俱作掃灑。王本注云：繆本作掃灑。

【注】

〔廣平〕文選謝脁新亭渚别范零陵詩：「廣平聽方籍。」李善注：言范同廣平而聲聽方向籍，王隱晉書曰：鄭袤……爲中郎散騎常侍，會廣平太守缺，宣帝謂袤曰：「賢叔大匠渾垂稱於平陽、魏郡，蒙惠化，且盧子家、王子邕繼踵此郡，欲使世不乏賢，故復相屈。」在郡先以德化，善爲條教，百姓愛之。

【評箋】

按：詩意當是白出長安後，至廬江有干謁吴王祇之舉。應與卷十七送楊燕之東魯詩參看。

李白集校注卷十五

古近體詩三十五首

秋日魯郡堯祠亭上宴别杜補闕范侍御

我覺秋興逸，誰云秋興悲？山將落日去，水與晴空宜。魯酒白玉壺，送行駐金羈。歇鞍憩古木，解帶挂横枝。歌鼓川上亭，曲度神飇吹。雲歸碧海夕，雁没青天時。相失各萬里，茫然空爾思。

【校】

〔題〕兩宋本、繆本題下俱注云：魯中。

〔歌鼓〕兩宋本、繆本、蕭本、王本俱注云：一本無歌鼓川上亭二句，其下增入南歌憶郢客，東轉見齊姬，清波忽淡蕩，白雲紛逶迤，一隔范杜遊，此歡各棄遺三韻。

【注】

〔魯郡〕舊唐書地理志：河南道兗州：天寶元年改兗州爲魯郡。

〔堯祠〕元和郡縣志卷一〇：堯祠在兗州瑕丘縣南七里洙水之右。

〔補闕〕王云：通典：武太后垂拱中，置補闕、拾遺二官以掌供奉諷諫。自開元以來，尤爲清選。唐書百官志：門下省有左補闕六人，中書省有右補闕六人，從七品。

〔曲度〕王云：後漢書：多聚聲樂曲度比諸郊廟。章懷太子注：曲度謂曲之節度也。

【評箋】

王云：酉陽雜俎：衆言李白惟戲杜考功「飯顆山頭」之句，成式偶見李白祠亭上宴别杜考功詩，今録首尾曰：「我覺秋興逸，誰言秋興悲。山將落日去，水共晴空宜。烟歸碧海夕，雁度青天時。相失各萬里，茫然空爾思。」琦按：成式此則謂杜考功即子美也，然子美未嘗爲考功，且與太白同游時尚爲布衣，未登仕籍，而詩題又微有不同，疑成式所見另是一本。

胡云：太白慣押宜字，如「山將落日去，水與晴空宜」，「月色不可盡，空天交相宜」。又「謔浪偏相宜」，「置酒正相宜」，「春風與醉客，今日乃相宜」。凡五用，而前兩韻尤佳。

按：容齋四筆：李太白、杜子美在布衣時，同遊梁宋，爲詩酒會心之友。以杜集考之，其稱太白及贈懷之篇甚多，凡十四五篇，至於太白與子美詩，略不見一句。或謂堯祠亭别杜補闕者是也，乃殊不然。杜但爲右拾遺，不曾任補闕。是宋人已知其非。仇兆鰲注杜詩云：公遇李時尚爲布衣，其授拾遺在至德乾元間。尤爲中肯。

别魯頌

誰道太山高，下却魯連節？誰云秦軍衆，摧却魯連舌？獨立天地間，清風灑蘭雪。夫子還倜儻，攻文繼前烈。錯落石上松，無爲秋霜折。贈言鏤寶刀，千歲庶不滅。

【校】

〔題〕兩宋本、繆本俱作留别魯頌。王本注云：繆本題上多一留字。

【注】

〔下却魯連節〕張相詩詞曲語辭匯釋云：却猶於也。下却猶云低於也。言魯連有高節，太山雖高，低於魯連之節也。摧却猶云挫於也。言秦軍雖衆，挫於魯連三寸之舌也。李咸用早秋游山寺詩：「静於諸境静，高却衆山高。」却與於互文，言高於衆山之高也。杜荀鶴長安春感詩：「此時情景愁於雨，是處鶯聲苦却蟬。」却與於互文，言苦於蟬也。

【評箋】

按：李詩辨疑以首四句本謂仲連之節高於泰山，仲連之舌能摧秦軍，意圓語滯，不善於文辭。其實李詩飄逸亢傲，是其本色，此詩但云：泰山雖高，豈能使魯連爲之下，秦軍雖衆，豈能使魯連爲之摧？語意極明。朱氏不解古人之詩有上下句并爲一句讀者，故譏爲語滯。此以後世之習慣疑古人也。參以張相所釋（見注中），尤可破朱氏之疑。

别中都明府兄

吾兄詩酒繼陶君，試宰中都天下聞。東樓喜奉連枝會，南陌愁爲落葉分。城隅渌水明秋日，海上青山隔暮雲。取醉不辭留夜月，雁行中斷惜離羣。

【校】

〔中都〕咸本作割雞，注云：一作中都。

〔愁爲〕愁，兩宋本、繆本俱作還。王本注云：繆本作還。

〔城隅〕兩宋本、繆本、王本俱注云：一作江城。

【注】

〔中都〕舊唐書地理志：河南道兖州中都：漢平陸縣。……天寶元年改爲中都。

〔陶君〕楊云：陶君指淵明。

〔東樓〕按：卷二十三有魯中都東樓醉起作，蓋東樓爲中都名勝之地。

〔連枝〕文選蘇武詩：「況我連枝樹，與子同一身。」吕向注：兄弟如木，連枝而同本。

夢遊天姥吟留别

海客談瀛洲，烟濤微茫信難求。越人語天姥，雲霞明滅或可覩。天姥連天向天横，勢拔五岳掩赤城。天台四萬八千丈，對此欲倒東南傾。我欲因之夢吴越，一夜飛度鏡湖月。湖月照我影，送我至剡溪。謝公宿處今尚在，渌水蕩漾清猿啼。脚著謝公屐，身登青雲梯。半壁見海日，空中聞天雞。千巖萬轉路不定，迷花倚石忽已暝。熊咆龍吟殷巖泉，慄深林兮驚層巔。雲青青兮欲雨；水澹澹兮生烟。列缺霹靂，丘巒崩摧。洞天石扇，訇然中開。青冥浩蕩不見底，日月照耀金銀臺。霓爲衣兮風爲馬，雲之君兮紛紛而來下。虎鼓瑟兮鸞回車，仙之人兮列如麻。忽魂悸以魄動，怳驚起而長嗟。惟覺時之枕席，失向來之烟霞。世間行樂亦如此，古來萬事東流水。别君去兮何時還，且放白鹿青崖間。須行即騎訪名山。安能摧眉折腰事權貴，使我不得開心顔？

【校】

〔題〕兩宋本、繆本、王本俱注云：一作别東魯諸公。英靈作夢遊天姥山别東魯諸公。

〔微茫〕兩宋本、繆本、王本俱注云：一作瀰漫。

〔信難求〕英靈作不易求。

〔語〕兩宋本、繆本、咸本、王本俱注云：一作道。

〔或可〕或，兩宋本、繆本、王本俱注云：一作安。英靈作如何，恐非。

〔拔〕兩宋本、繆本、王本俱注云：一作枝。

〔四萬〕四，王本注云：當作一。按：王文公詩集卷四八送僧游天台詩李壁注云：真誥：桐柏山高一萬八千丈，今天台亦然。太白云四萬，字誤。

〔欲〕兩宋本、繆本、王本俱注云：一作絶。英靈作絶。

〔因之〕兩宋本、繆本、王本俱注云：一作冥搜。英靈作冥搜。

〔脚著〕英靈作脚穿。

〔倚石〕倚，咸本作失，注云：一作倚。

〔雲青〕雲，兩宋本、繆本、王本俱注云：一作楓。英靈作楓。

〔扇〕兩宋本、繆本、王本俱注云：一作扉。

〔中開〕中，兩宋本、繆本、王本俱注云：一作而。英靈中上有而字。

〔浩蕩〕英靈作濛鴻。
〔爲衣〕英靈作爲裳。
〔風爲〕風，兩宋本、繆本俱作鳳。王本注云：繆本作鳳。
〔雲之〕之，胡本作中。
〔君兮〕咸本注云：一本兮下有飄字。
〔鼓瑟〕英靈作鼓琴。
〔以魄動〕英靈作兮目裛。
〔而長嗟〕而，英靈作兮。
〔惟覺時〕惟，咸本作遺。
〔亦如此〕英靈作皆如是。
〔去兮〕咸本無兮字，蕭本兮作時。王本注云：蕭本作時。
〔訪名山〕訪，英靈作向。
〔使我〕此句英靈作暫樂酒色凋朱顔，注云：一作使我不得開心顔。

【注】

〔天姥〕王云：太平寰宇記：天姥山在越州剡縣南八十里。名山志云：山有楓千餘丈蕭蕭然。後吴録云：剡縣有天姥山，傳云登者聞天姥歌謡之響。謝靈運詩云：「暝抵剡中宿，明登天姥岑。高高入雲霓，還期那可尋？」即此也。一統志：天姥峯在台州天台縣西北，與天台山相對，其峯孤峭，下臨嵊縣，仰望如在天表。△姥音母。

〔瀛洲〕王云：十洲記：瀛洲在東海中，地方四千里，大抵是對會稽去西岸七十萬里，上生神芝仙草。又有玉石，高且千丈，出泉如酒味甘，名之爲玉醴泉，飲之數升輒醉，令人長生。洲上多仙家，風俗似吴人，山川如中國也。

〔赤城〕王云：太平廣記：章安縣西有赤城山，周三十里，一峯特高，可三百餘丈。海録碎事：顧野王輿地志云：赤城山有赤石羅列，長里餘，遥望似赤城。參見卷七同族弟金城尉叔卿燭照山水壁畫歌注及卷十六送王屋山人魏萬歸王屋詩注。

〔天台〕雲笈七籤：天台山高一萬八千丈，洞周圍五百里，名上玉清平之天，即桐柏王真人所理。葛仙翁錬丹得道處，上應台宿，故曰天台，在台州天台縣。參見卷十一贈王判官……及卷十六送王屋山人魏萬歸王屋詩注。

〔東南傾〕楚辭天問：康回馮怒，地何故以東南傾？

〔鏡湖〕王云：薛方山浙江志：鑑湖又曰鏡湖，在會稽縣西南三十里，故南湖也。圖經曰：後漢馬臻爲太守，創立鑑湖，在會稽、山陰二縣界。

〔剡溪〕元和郡縣志卷二六：剡溪出（越州剡）縣西南，北流入上虞縣界，爲上虞江。清一統志：紹興府：曹娥江在會稽縣東南七十里，上流曰剡溪。自嵊縣入縣北界曰曹娥江，又北入上虞縣界，一名上虞江。

〔謝公屐〕南史卷一九謝靈運傳：尋山陟嶺，必造幽峻，巖嶂數十重，莫不備盡登躡，常著木屐，上山則去其前齒，下山去其後齒。

〔青雲梯〕文選謝靈運登石門最高頂詩：「共登青雲梯。」劉良注：仙者因雲而升，故曰雲梯。

〔天雞〕述異志：東南有桃都山，上有大樹名曰桃都，枝相去三千里，上有天雞，日初出照此木，天雞則鳴，天下之雞皆隨之鳴。

〔列缺〕文選揚雄羽獵賦：霹靂列缺，吐火施鞭。李善注：應劭曰：霹靂，雷也；烈（五臣作列）缺，閃隙也。

〔金銀臺〕王云：郭璞游仙詩：「神仙排雲出，但見金銀臺。」

〔如麻〕王云：傅玄吴楚歌：雲爲車兮風爲馬。西京賦：總會仙倡，戲豹舞羆。白虎鼓瑟，蒼龍吹篪。太平御覽：太微天帝登白鸞之車。上元夫人步元曲：「忽過紫微垣，真人列如麻。」

【評箋】

王云：范德機云：夢吴越以下，夢之源也，以次諸節，夢之波瀾也。其間顯而晦，晦而顯，至「失向來之煙霞」，夢極而與人接矣，非太白之胸次筆力，亦不能發此。「枕席」「烟霞」二句最有力。結語平衍，亦文勢當如此。

吴山民云：「天台四萬八千丈」，形容語，「白髮三千丈」同意，有形容天姥高意。「千巖萬轉」句，語有包括。下三句，夢中危景。又八句，夢中奇景。又四句，夢中所遇。「唯覺時之枕席」二語，篇中神句，結上啓下。「世間行樂」二句，因夢生意。結超。（唐詩選脈會通）

唐宋詩醇云：七言歌行，本出楚騷樂府。至於太白，然後窮極筆力，優入聖域。昔人謂其「以氣爲主，以自然爲宗，以俊逸高暢爲貴，詠之使人飄揚欲仙」。而尤推其天姥吟遠别離等篇，以爲雖子美不能道。蓋其才横絶一世，故興會標舉，非學可及，正不必執此謂子美不能及也。此篇夭矯離奇，不可方物，然因語而夢，因夢而悟，因悟而别，節次相生，絲毫不亂，若中間夢境迷離，不過詞意偉怪耳。胡應麟以爲「無首無尾，窈冥昏默」，是真不可以説夢也。特謂非其才力，學之立見顛踣，則誠然耳。

方東樹云：陪起令人迷，「我欲」以下正叙夢，愈唱愈高，愈出愈奇，「失向」句收住。「世間」二句入作意，因夢遊推開，見世事皆成虚幻也，不如此則作詩之旨無歸宿。留别意只末後一點，韓記夢之本。（昭昧詹言）

今人詹鍈云：陳沆詩比興箋云：此篇昔人皆不論，一若無可疑議者。……蓋此篇即屈子遠游之旨，亦即太白梁甫吟：「我欲攀龍見明主，雷公砰訇震天鼓，……閶闔九門不可通，以額扣關閽者怒」之旨也。太白被放以後，回首蓬萊宫殿，有若夢遊，故託天姥以寄意。首言求仙難必，遇主或易，故「我欲因之夢吴越，一夜飛渡鏡湖月」，言欲乘風而至君門也。「身登青雲梯，半壁見海日」以下言金鑾召見，置身雲霄，醉草殿廷，侍從親近也。「忽魂悸以魄動」以下言一旦被放，君門萬里。故云「惟覺時之枕席，失向來之烟霞」也。「世間行樂亦如此，古來萬事東流水。……須行即騎訪名山，安能摧眉折腰事權貴」云云，所謂「平生不識高將軍，手汙吾足乃敢嗔」也。題曰留別，蓋寄去國離都之思，非徒酬贈握手之什。按陳氏説亦間有是處，但以留别二字爲寄去國離都之思，則左矣。仇注杜集春日憶李白詩下，引顧宸曰：天寶五載春，公歸長安，白被放浪遊，再入吴。按杜甫之去魯在天寶五載秋，已見前，其歸至長安似應在本年冬季。至白別東魯諸公再遊吴越，亦在是時，翌年春則已達會稽，故杜甫有詩懷之也。

留別曹南羣官之江南

我昔釣白龍，放龍溪水傍。道成本欲去，揮手凌蒼蒼。時來不關人，談笑游軒皇。獻納少成事，歸休辭建章。十年罷西笑，攬鏡如秋霜。閉劍琉璃匣；鍊丹紫翠房。身佩豁落圖，腰垂虎盤囊。仙人借綵鳳，志在窮遐荒。戀子四五人，徘徊未翺翔。東流送白日，驟歌蘭蕙芳。仙宫兩無從，人間久摧藏。范蠡脱句踐；屈平去懷王。飄飄紫霞心，流浪憶江鄉。愁爲萬里別，復此一銜觴。淮水帝王州，金陵繞丹陽。樓臺照海色；衣馬摇川光。及此北望君，相思淚成行。朝雲落夢渚，瑶草空高唐。帝子隔洞庭，青楓滿瀟湘。懷歸路緜邈；覽古情淒涼。登岳眺百川，杳然萬恨長。却戀峨眉去，弄景偶騎羊。

【校】

〔虎盤〕盤，胡本作鞶。

〔借綵鳳〕借，蕭本、咸本、胡本俱作駕。王本注云：蕭本作駕。

〔脱句踐〕脱，兩宋本、繆本、蕭本、咸本、胡本俱作説。王本注云：蕭本作説。

〔淮水〕淮，兩宋本俱作渌。

〔高唐〕唐，蕭本、咸本、胡本俱作堂。王本注云：蕭本作堂，非。

〔懷歸〕歸，蕭本、咸本俱作君。王本注云：蕭本作君，非。

〔却戀〕却，蕭本、咸本俱作知。王本注云：蕭本作知。

〔峨眉去〕去，繆本作云，誤。

【注】

〔曹南〕按：獨孤及有送李白之曹南序，中有云：「出車桐門，將駕於曹。」曹南蓋唐人指曹州之通稱。

〔白龍〕王云：陵陽子明於旋溪釣得白龍，解而放之。見卷十二自梁園至敬亭山……詩注。

〔西笑〕見卷十二經亂後將避地剡中留贈崔宣城詩注。

〔紫翠房〕王云：十洲記：又有墉城金臺玉樓相鮮如流精之闕，光碧之堂，瓊華之室，紫翠丹房，錦雲燭日，朱霞九光，西王母之所治也。

〔豁落圖〕王云：道經：凡欲修行，大洞真經三十九章、雌一玉檢五老寶經、元母簡、十二上願，佩神虎金虎符、豁落七元流金火鈴。

〔盤囊〕王云：神仙傳：王遠冠遠遊冠，朱衣虎頭鞶囊五色綬，帶劍。通典：按漢代著鞶囊者側在腰間，或云旁囊，或云綬囊，然則以此囊盛綬也，或盛或散各有其時。

〔淮水〕王云：太平寰宇記：淮水發源於華山，在丹陽姑熟之界，西北流經建康、秣陵二縣之間，縈紆京邑之内，至於石頭入江，緜流三百餘里。景定建康志：祥符江寧圖經曰：淮水去縣一里，其源從宣州東南溧水縣烏刹橋西入百五十里。丹陽記云：建康有淮源出華山入江。輿地志云：秦始皇巡會稽，鑿山阜，此淮即所鑿也。亦名秦淮。

〔丹陽〕見卷九贈丹陽横山周處士惟長詩注。

〔帝子〕見卷一惜餘春賦注。

〔青楓〕楚辭招魂：湛湛江水兮上有楓，目極千里兮傷春心。

〔騎羊〕搜神記：前周葛由，蜀羌人也。周成王時好刻木作羊賣之，一旦乘木羊入蜀中，蜀中王侯貴人追之，上綏山，綏山多桃，在峨眉山西南，高無極也。隨之者不得還，皆得仙道。

【評箋】

按：詩有「十年罷西笑」之句，則白於出長安後十年左右從曹南赴江南，此遊蹤之可據者。

留別于十一兄逖裴十三遊塞垣

太公渭川水，李斯上蔡門。釣周獵秦安黎元，小魚鵕兔何足言？天張雲卷有時節，吾徒莫嘆羝觸藩。于公白首大梁野，使人悵望何可論？既知朱亥爲壯士，且願束心秋毫裏。秦趙虎争血中原，當去抱關救公子。裴生覽千古，龍鸞炳天章。悲吟雨雪動林木，放書輟劍思高堂。勸爾一杯酒，拂爾裘上霜。爾爲我楚舞，吾爲爾楚歌。且探虎穴向沙漠，鳴鞭走馬凌黄河。恥作易水别，臨岐淚滂沱。

【校】

〔秦趙〕秦，郭本作蔡，誤。

〔龍鸞〕鸞，胡本作鸞。按：此用班固答賓戲語，似是。

〔天章〕天，蕭本作文。王本注云：蕭本作文。

〔悲吟〕悲，兩宋本、繆本、王本俱注云：一作高。

〔思高堂〕思，兩宋本、繆本、王本俱注云：一作悲。

【注】

〔于十一〕王云：蕭穎士蓮蕊散序：友生于逖、張南容在大梁。唐詩紀事：于逖，獨孤及、李白皆有詩贈之，蓋天寶間人也。

〔觸藩〕易大壯：羝羊觸藩羸其角。正義：藩，藩籬也。

〔龍鸞〕文選吴質答魏太子牋：摛藻下筆，鸞龍之文奮矣。李善注：鸞龍，鱗羽之有五彩，故以喻焉。

〔雨雪〕藝文類聚卷二琴操曰：曾子耕太山之下，天雨雪凍，旬日不得歸，思其父母，作梁山歌。

〔虎穴〕三國志吴志卷九吕蒙傳：吕蒙年十五六，竊隨（鄧）當擊賊，當顧見大驚，呵叱不能禁止，歸以告蒙母。母恚，欲罰之。蒙曰：「貧賤難可居，脱誤有功，富貴可致。且不探虎穴，安得虎子？」

〔楚舞〕史記留侯世家：戚夫人泣，上曰：「爲我楚舞，吾爲若楚歌。」

【評箋】

今人詹鍈云：李詩辨疑曰：此詩雖無顛放鄙俗之病，而辭意輕淺牽強，如云：「且願東心秋豪裏」，及「秦趙虎争血中原」，「悲吟雨雪動林木」，「且探穴虎向沙漠」等句，皆不穩當，爲可疑也。以白之留别曹南羣官與别王司馬諸篇較之可見。大抵效李白者，開口便欲開張，中間細微曲折，殊少滋味，或至於猖狂自恣，而無法度之可守也。……文章力量，局於氣稟，況白之天授者乎？奚禄詒曰：輕亂不堪，竟是宋元俗人之作，太白豈有此乎？又：與洗兵馬氣同，必是王安石僞作。按于逖之名一見於獨孤及詩，王昌齡有答高三十五留别便呈于十一詩，當亦指逖而言，設是後人僞造，何以如此巧合？又奚氏以爲出王安石之手，安石與宋敏求爲同僚，今傳李集既爲敏求改編，倘是王安石作，敏求豈有不知之理邪？

按：此詩正是李白本色，奇偉鬱勃，非但不似宋人所作，抑且不似唐時他人所作，更不似王安石所作。朱氏徒以秦、趙虎争等語疑之，不知李詩中此類語氣常見，古人不以爲嫌也。即以詩格而論，朱氏全似門外漢語。奚氏之説尤非，本不足辨。但詹氏引朱、奚之語，往往不加深論，恐滋疑誤，特舉此以概其餘，總之二人皆疑所不當疑也。

又按：據詩意，遊塞垣乃白自謂，正即贈江夏韋太守詩所謂「十月到幽州」。黄譜云：天寶十一年秋，白從梁苑遊河北道，途徑大梁作，近是。又李頎有答高三十五留别便呈于十一詩末四句云：「寄書寂寂於陵子，蓬蒿没身胡不仕？藜羹被褐環堵中，歲晚將貽故人恥。」與白詩中之「于公白首大梁野，使人悵望何可論」之語意全相符合。因此亦可推知白作此詩在梁宋也。詹氏以李頎詩爲王昌齡詩，未知所據，詩格亦不類王。獨孤及有夏中酬于逖畢耀問病見贈詩，及自云天寶中尉華陰鄭縣，而詩有「薄宦恥降志」之語，知其與于逖往還亦不在安史亂後，與李白此時行蹤亦正合。

留別王司馬嵩

魯連賣談笑，豈是顧千金？陶朱雖相越，本有五湖心。余亦南陽子，時爲梁甫吟。蒼山容偃蹇，白日惜頹侵。願一佐明主，功成還舊林。西來何所爲？孤劍託知音。鳥愛碧山遠，魚遊滄海深。呼鷹過上蔡，賣畚向嵩岑。他日閑相訪，丘中有素琴。

【校】

〔鳥愛〕此句兩宋本、繆本、王本俱注云：一作鳳集碧梧秀。

〔滄海〕滄，胡本作江。

【注】

〔王司馬〕王云：按唐書百官志：王府官屬及都督、都護、刺史之佐職，皆有司馬。有從四品、正五品、從五品、正六品、從六品之不同。不知嵩爲何官。按：卷十九有酬坊州王司馬與閻正字對雪見贈，語意相似，當即一人。

〔魯連〕王云：魯連談笑而却秦軍，平原君以千金爲壽，魯連辭而去，范蠡乘扁舟以浮於五湖，止於陶，爲陶朱公，諸葛亮躬耕南陽，好爲梁父吟，俱見前注。

〔呼鷹〕李斯事。詳見卷三行路難第三首注。

〔賣畚〕王云：十六國春秋：王猛少貧賤，以鬻畚爲業。嘗貨畚於洛陽，乃有一人貴買其畚，而云無直，自言家去此無遠，可隨我取直。猛利其貴而從之，行不覺遠，忽至深山，其人止猛且住樹下，當先啓道君來。須臾猛進見，一老公踞胡牀而坐，鬚髮悉白，侍從十許人，有一人引猛曰：大司馬可進。猛因進拜，老公曰：「王公何緣拜也？」乃十倍償畚直，遣人送之。既出，顧視乃嵩高山也。春秋經傳集解：畚以草索爲之，筥屬。△畚音本。

還山留别金門知己

好古笑流俗，素聞賢達風。方希佐明主，長揖辭成功。白日在青天，迴光矚微躬。恭承鳳凰詔，欻起雲蘿中。清切紫霄迴；優游丹禁通。君王賜顏色，聲價凌烟虹。乘輿擁翠蓋，扈從金城東。寶馬驟絶景，錦衣入新豐。倚巖望松雪；對酒鳴絲桐。方學揚子雲，獻賦甘泉宫。天書美片善，清芳播無窮。歸來入咸陽，談笑皆王公。一朝去金馬，飄落成飛蓬。賓友日疎散，玉樽亦已空。長才猶可倚，不慙世上雄。閑來東武吟，曲盡情未終。書此謝知己，扁舟尋釣翁。

【校】

〔題〕兩宋本、繆本、王本題下俱注云：一本作出金門後書懷留別翰林諸公。

〔矚微躬〕矚，兩宋本、繆本、王本俱注云：一作照。

〔欻〕兩宋本俱作欲。

〔雲蘿〕兩宋本、繆本俱作雲羅，注云：一作藤蘿。王本雲下注云：一作藤。

〔縣絶景〕縣，兩宋本、繆本俱注云：一作麗。

〔方學〕方，兩宋本、繆本俱注云：一作因。

〔清芳〕芳，兩宋本、繆本俱注云一作芬。蕭本作芬。

〔賓友〕友，兩宋本、繆本、王本俱注云：一作從。

〔亦已〕亦，兩宋本、繆本、王本俱注云：一作尋。

〔長才〕兩宋本、繆本俱注云：一作才力。

〔扁舟〕兩宋本、繆本俱注云：一作滄波。王本注云：一作滄波。

【評箋】

王云：此篇即卷五之東武吟也，句字互有同異，今仍舊本兩存，注不重出。

夜别張五

吾多張公子，别酌酣高堂。聽歌舞銀燭，把酒輕羅霜。横笛弄秋月，琵琶彈陌桑。龍泉解錦帶，爲爾傾千觴。

【校】

〔秋月〕月，英華作水，注云：集作月。

【注】

〔張五〕按：岑仲勉唐人行第録疑爲張垍之弟張埱。

〔多〕漢書卷四九爰盎傳：諸公聞之，皆多盎。顏注：多猶重也。

〔張公子〕按：此借用漢書張公子時相見之語，以切張姓。但據詩意，張五似亦豪家貴族。

〔琵琶〕王云：宋書：傅玄琵琶賦曰：漢遣烏孫公主嫁昆彌，念其行道思慕，故使工人裁箏筑，爲馬上之樂。欲從方俗語，故曰琵琶，取其易傳於外國也。風俗通曰：以手琵琶，因以爲名。杜摯云：長城之役，絃鼗而鼓之。未詳孰是。樂府雜録：琵琶古曲有陌上桑。

〔龍泉〕見卷十一在水軍宴贈幕府諸侍御詩注。

魏郡别蘇明府因北游

魏都接燕趙，美女誇芙蓉。淇水流碧玉，舟車日奔衝。青樓夾兩岸，萬室喧歌鐘。天下稱豪貴，遊此每相逢。洛陽蘇季子，劍戟森詞鋒。六印雖未佩，軒車若飛龍。黄金數百鎰，白璧有幾雙？散盡空掉臂，高歌賦還邛。落魄乃如此，何人不相從？遠別隔兩河，雲山杳千重。何時更杯酒，再得論心胸？

【校】

〔題〕咸本作魏郡别蘇因。宋乙本北游二字作旁注。

〔明府〕明，兩宋本、繆本俱作少。王本注云：繆本作少。

〔每相逢〕每，咸本作忽，注云：一作每。以上二句，兩宋本、繆本、王本俱注云：一作天下豪貴游，此中每相逢。

〔六印〕此句兩宋本、繆本、王本俱注云：一作説秦復過趙。

〔還邛〕還，兩宋本、繆本、王本俱注云：一作臨。此下兩宋本、繆本、咸本有合從又連横，其意未可封二句。王本注云：繆本此下多合從又連横，其意未可封二句。

〔落魄〕魄，兩宋本、繆本俱作拓。

〔何人〕何，兩宋本、繆本、王本俱注云：一作誰。

〔雲山〕此句兩宋本、繆本、王本俱注云：一作雲天滿愁容。

【注】

〔魏郡〕舊唐書地理志：河北道魏州：天寶元年改爲魏郡。

〔淇水〕：水經注淇水：山海經曰：淇水出沮洳山，水出山側，頽波崩注衝激横山，山上合下開，可減六七十步，巨石磥砢交積，隍澗傾瀾漭湓，勢同雷轉，激水散氛，曖若霧合。

〔蘇季子〕史記蘇秦列傳：蘇秦者，東周洛陽人也。……説趙肅侯，……六國從親以賓（擯）秦。趙王……乃飾車百乘，黄金千鎰，白璧百雙，錦繡千純，以約諸侯。……於是六國從合而并力焉。蘇秦爲從約長，并相六國，……喟然嘆曰：「……使我有洛陽負郭田二頃，豈能佩六國相印乎？」裴駰注：譙周曰：蘇秦字季子。

〔還邛〕王云：史記：司馬相如家徒四壁立，與文君俱之臨邛。「還邛」蓋用此事也。

留别西河劉少府

秋髮已種種，所爲竟無成。閑傾魯壺酒，笑對劉公榮。謂我是方朔，人間落歲星。白衣千萬乘，何事去天庭？君亦不得意，高歌羨鴻冥。世人若醯雞，安可識梅生？雖爲刀筆吏，緬懷在赤城。余亦如流萍，隨波樂休明。自有兩少妾，雙騎駿馬行。東山春酒緑，歸隱謝浮名。

【校】

〔秋髮〕秋，兩宋本、繆本、王本俱注云：一作我。胡本作我，注云：一作秋。

【注】

〔西河〕舊唐書地理志：河東道汾州西河：隋爲隰城縣，上元元年九月改爲西河縣。

〔種種〕左傳昭三年：余髮如此種種，子奚能爲？杜預注：種種，短也。

〔公榮〕世説任誕篇：劉公榮與人飲酒，雜穢非類，人或譏之，答曰：「勝公榮者不可不與飲，不如公榮者亦不可不與飲，是公榮輩者又不可不與飲，故終日共飲而醉。」

〔歲星〕見卷十贈崔司户文昆季詩注。

〔醯雞〕莊子田子方篇：丘之於道也，其猶醯雞與！郭象注：醯雞者，甕中之蠛蠓。

〔刀筆〕王云：史記：堯年少刀筆吏耳。正義曰：古用簡札，書有錯謬，以刀削之，故號曰刀筆吏。漢書：蕭何、曹參皆起秦刀筆吏。顔師古注：刀所以削書也，古者用簡牘，故吏皆以刀筆自隨也。

〔赤城〕按：赤城指天台山，見卷七同族弟金城尉叔卿燭照山水壁畫歌等注。

【評箋】

今人詹鍈云：王譜繫此詩於天寶三載下，謂是三載以後之十年中所作，並注云：太白在開元時嘗遊晉矣，於太原南柵餞飲一序見之。天寶改元以後，復遊晉地，於留別西河劉少府一詩見之。所謂「秋髮已種種，所爲竟無成」，知非壯年時語。又有：「謂我是方朔，人間落歲星。白衣千萬乘，何事去天庭？」是不得於朝而去後之作也。按太白於天寶中遊晉，史無明文，以贈江夏韋太守良宰詩度之，當在是時。曾子固次此首於魏郡別蘇明府西北遊詩之後，良是，詩云：「余亦如流萍，隨波樂休明。自有兩少妾，雙騎駿馬行。」按魏顥李翰林集序曰：白始娶於許，生一女一男，曰明月奴，女既嫁而卒，又合於劉，劉訣，次合於魯一婦人，生子曰頗黎，終娶於宋。則詩中所謂二少妾者，或即劉氏及魯一婦人歟？

按：此詩不見與汾州有關一語，而西河縣據新書地理志亦云肅宗上元元年更名。（云肅宗者，辨明非高宗之上元也。）則西河二字已有可疑。王氏遽據此而云天寶改元後遊晉地，殊未可信。詹氏又引贈江夏韋太守詩，度其在此時，然彼詩亦未有涉於遊晉之語也。又李之蹤跡恒在魯之中都，東阿爲其鄰縣，西河或爲東阿之訛，亦未可知。且依唐時習慣，西河劉少府者，謂其人注官得西河尉，未必即已赴官西河也。

潁陽別元丹丘之淮陽

吾將元夫子，異姓爲天倫。本無軒裳契，素以烟霞親。嘗恨迫世網，銘意俱未伸。松柏雖寒苦，羞逐桃李春。悠悠市朝間，玉顏日緇磷。所共重山岳，所得輕埃塵。精魄漸蕪穢，衰老相憑因。我有錦囊訣，可以持君身。當餐黃金藥，去爲紫陽賓。萬事難並立，百年猶崇晨。別爾東南去，悠悠多悲辛。前志庶不易，遠途期所遵。已矣歸去來，白雲飛天津。

【校】

〔題〕兩宋本、繆本題下俱注云：河南。

〔所共〕共，王本注云：當作失。

【注】

〔潁陽〕舊唐書地理志：河南道河南府潁陽：載初元年，析河南、伊闕、嵩陽三縣置武臨縣，開元十五年改爲潁陽縣。

〔元丹丘〕按：卷二十五有題元丹丘潁陽山居及題嵩山逸人元丹丘山居詩，皆與此詩有關。其他卷七西嶽雲臺歌送丹丘子、元丹丘歌，卷十三聞丹丘子於城北山營石門幽居……，卷十九以詩代書答元丹丘、酬岑勛見尋就元丹丘對酒相待……，卷二十三與元丹丘方城寺談玄作、尋高鳳石門山中元丹丘，卷二十四觀元丹丘坐巫山屏風，卷二十五題元丹丘山居等篇，皆可互參。

〔淮陽〕舊唐書地理志：河南道陳州：天寶元年，改陳州爲淮陽郡。

〔將〕見卷一大鵬賦注。

〔錦囊〕太平御覽卷七〇四漢武内傳曰：帝見王母有一卷書，盛以紫錦之囊，母曰：「此吾真形圖也。」

〔黄金〕楊云：陰長生聞馬明生得度世之道，乃尋見之，明生與俱入青城山，煮黄土爲金以示之。乃立壇以太清神丹經授之，長生歸合之，丹成，服半劑不盡即升天。

〔紫陽〕王云：周氏冥通記：第一紫陽左真人治葛衍山周君，第二紫陽右真人治嶓冢山王君。楊云：紫陽真人周義山，字季通，汝陰人，常以平旦日出面東嗽日服氣。按：紫陽當指憶舊遊寄譙郡元參軍詩中之「紫陽之真人」，楊、王注似未合。

【評箋】

今人詹鍈云：詩云：「本無軒裳契，素以烟霞親。」此詩之作當在尚未入京以前。又云：「當餐黄金藥，去爲紫陽賓」，知白之去淮南或爲訪胡紫陽也。

按：詩題云淮陽，不云淮南。又詩有「悠悠市朝間，玉顔日緇磷」之句，已寓失意之感。詹説仍似未諦。又「所共重山岳」句，王氏謂共當作失，似非詩意。詩意自謂與元志尚相共，即首段「異姓爲天倫，素以烟霞親」等句之意。非必得失對舉。

留别廣陵諸公

憶昔作少年，結交趙與燕。金羈絡駿馬；錦帶横龍泉。寸心無疑事，所向非徒然。晚節覺此疎，獵精草太玄。空名束壯士；薄俗棄高賢。中迴聖明顧，揮翰淩雲烟。騎虎不敢下，攀龍忽墮天。還家守清真，孤潔勵秋蟬。煉丹費火石；採藥窮山川。卧海不關人，租税遼東田。乘興忽復起，棹歌溪中船。臨醉謝葛強，山公欲倒鞭。狂歌自此别，垂釣滄浪前。

【校】

〔題〕兩宋本、繆本題下俱注云：淮南，一作留别邯鄲故人。王本注云：一作留别邯鄲故人。

〔棹歌〕歌，兩宋本、繆本俱作我。王本注云：繆本作我。

【注】

〔錦帶〕楊云：曹植結客篇曰：「結客少年場，報怨洛北邙。」鮑照結客少年場行云：「驄馬金絡頭，錦帶佩吴鈎。」按：楊氏所引，足證白詩意所從出。

〔太玄〕王云：漢書揚雄傳：時雄方草太玄，有以自守，泊如也。論衡：揚子雲作太玄經，造於助思，極杳冥之深，非庶幾之才，不能成也。

〔聖明顧〕楊云：乃太白供奉翰林時也。

〔秋蟬〕王云：蟬出自土壤，升於高木之上，吟風飲露，不見其食。故郭璞蟬贊：蟲之精潔，可貴惟蟬。潛蜕棄穢，飲露恒鮮。

〔遼東田〕文選謝朓郡内登望詩：「言税遼東田。」李善注：魏志曰：管寧聞公孫度令行海外，遂至于遼東。皇甫謐高士傳曰：人或牛暴寧田者，寧爲牽牛飼之。其人大慚。

〔葛強〕晉書卷四三山簡傳：出爲征南將軍、都督荆湘交廣四州諸軍事，假節鎮襄陽，優游卒歲，惟酒是耽。諸習氏荆土豪族，有佳園池，簡……每出游嬉，多之池上，置酒輒醉，名之曰高陽池。時有童兒歌曰：「山公出何許？往至高陽池。日夕倒載歸，酩酊無所知。時時能騎馬，倒著白接䍦。舉鞭向葛彊，何如并州兒？」彊家在并州，簡愛將也。

【評箋】

宋長白云：太白留别詩：「空名束壯士，薄俗棄高賢。」送族弟詩：「空手無壯士，窮居使人低。」前句束字，後句低字，合看始見憤世嫉俗之情。（柳亭詩話）

今人詹鍈云：繆本題下注云淮南，蓋曾鞏以爲在廣陵作也。詩云：「中迴聖明顧，揮翰淩雲烟。騎虎不敢下，攀龍忽墮天。還家守清真，孤潔勵秋蟬。」當指去朝家居而言。又云：「乘興忽復起，棹歌溪中船。」則又南遊也。

廣陵贈别

玉瓶沽美酒，數里送君還。繫馬垂楊下；銜盃大道間。天邊看緑水；海上見青山。興罷各分袂，何須醉别顔？

【校】

〔玉瓶〕玉，郭本作金。

〔醉别顔〕咸本、蕭本俱作别醉顔。

【評箋】

今人詹鍈云：疑是初至揚州時作。

感時留别從兄徐王延年從弟延陵

天籟何參差！噫然大塊吹。玄元包橐籥，紫氣何逶迤！七葉運皇化；千齡光本支。仙風生指樹，大雅歌螽斯。諸王若鸞虬，肅穆列藩維。哲兄錫茅土，聖代羅榮滋。九卿領徐方，七步繼陳思。伊昔全盛日，雄豪動京師。冠劍朝鳳闕；樓船侍龍池。鼓鐘出朱邸；金翠照丹墀。君王一顧眄，選色獻蛾眉。列戟十八年，未曾輒遷移。大臣小喑嗚，謫竄天南垂。長沙不足舞，貝錦且成詩。佐郡浙江西，病閑絶趨馳。階軒日苔蘚，鳥雀噪簷帷。時乘平肩輿，出入畏人知。北宅聊偃憩，歡愉恤惸嫠。羞言梁苑地，烜赫耀旌旗。兄弟八九人，吴秦各分離。大賢達機兆，豈獨慮安危？小子謝麟閣，雁行忝肩隨。令弟字延陵，鳳毛出天姿。清英神仙骨，芬馥茝蘭蕤。夢得春草句，將非惠連誰？深心紫河車，與我特相宜。金膏猶罔象；玉液尚磷緇。伏枕寄賓館，宛同清漳湄。藥物多見饋，珍羞亦兼之。誰道溟渤深？猶言淺恩慈。鳴蟬游子意，促織念歸期。驕陽何火赫，海水爍龍龜。百川盡凋枯，舟檝閣中逵。策馬摇涼月，通宵出郊圻。泣別目眷眷；傷心步遲遲。願言保明德，王室佇清夷。摻袂何所道，援毫投此辭。

【校】

〔延年〕兩宋本、繆本、王本俱注云：一作延平。

〔包〕兩宋本、繆本俱作苞。王本注云：繆本作苞。

〔逶迤〕兩宋本、繆本、王本俱注云：一作融怡。

〔本支〕支，兩宋本、繆本俱作枝。王本注云：繆本作枝。

〔指樹〕指，咸本作桂，注云：一作指。

〔羅〕兩宋本、繆本、咸本俱作含。胡本作含，注云：一作羅。王本注云：繆本作含。

〔徐方〕方，咸本注云：一作王。

〔全盛〕全，兩宋本俱作金，誤。

〔趨馳〕趨，蕭本、胡本俱作驅。王本注云：蕭本作驅。

〔平肩〕平，蕭本、胡本俱作小。王本注云：蕭本作小。

〔火赫〕火，咸本、胡本俱作太。

〔摇涼月〕摇，兩宋本、繆本俱作採。咸本注云：一作採。王本注云：繆本作採。

〔郊圻〕圻，兩宋本、繆本、咸本俱作岐。王本注云：繆本作岐。

〔摻〕咸本注云：一作操。

〔援毫〕毫，胡本作筆。

【注】

〔延年〕王云：按舊唐書，延年乃高祖第十子徐王元禮之後，元禮子茂，茂子璀，璀之子則延年也。開元二十六年，封嗣徐王，徐員外，洗馬。天寶初，拔汗那王入朝，延年將嫁女與之，爲右相李林甫所奏，貶文安郡別駕、彭城長史，坐贓貶永嘉司士。至德初，爲餘杭郡司馬，卒。按：劉長卿集中有簡同遊李延年詩，當即其人。據新書世系表，延年爲高祖子徐王元禮之曾孫。

〔天籟〕莊子齊物論篇：子綦曰：「……汝聞人籟而未聞地籟，汝聞地籟而未聞天籟夫！」子游曰：「敢問其方。」子綦曰：「夫大塊噫氣，其名爲風，是唯無作，作則萬竅怒呺。」

〔橐籥〕王云：通典：乾封元年，追號老君爲太上玄元皇帝。老子：大地之間，其猶橐籥乎！

〔紫氣〕史記老莊申韓列傳：莫知其所終。索隱：列異傳：老子西遊，關令尹喜望見其上有紫氣浮關，而老子果乘青牛而過。

〔逶迤〕說文：逶迤，邪去貌。△逶音威，迤音夷。

〔本支〕詩大雅文王：文王孫子，本支百世。毛傳：本，本宗也，支，支子也。

〔指樹〕史記老莊申韓列傳：姓李氏。索隱：按葛玄云：李氏女所生，因母姓也。又云：生而指李樹，因以爲姓。

〔螽斯〕詩周南螽斯：螽斯羽，詵詵兮。宜爾子孫，振振兮。鄭箋：凡物有陰陽情慾者，無不妒忌。惟蚣蝑不爾，各得受氣而生子，故能詵詵然衆多，后妃之德如是則宜然也。王云：埤雅：螽斯蟲之不妒忌，一母百子者也。故詩以爲子孫衆多之況。一名春黍，亦或謂之春箕。草木疏云：蝗類，青色長角長股，股鳴者也。或曰：似蝗而小，股黑有文，五月中以股相切作聲聞數步者是也，江東謂之蚱蜢。朱子集傳：螽斯一生九十九子。詩紀：蘇氏曰：螽斯一生八十一子，數雖不同，言其多子則均也。

〔藩維〕詩大雅板：价人維藩。毛傳：藩，屛也。

〔茅土〕後漢書祭祀志注：獨斷曰……封諸侯者，取其土，苞以白茅，授之以立社其國，故謂之受茅土。

〔徐方〕王云：胡三省通鑑注：古語多謂州爲方，故八州八伯謂之方伯。書曰：惟彼陶唐，有此冀方。詩曰：徐方不庭，是也。

〔七步〕王云：世説：文帝嘗令東阿王七步中作詩，不成者行大法。應聲便爲詩曰：「煮豆持作羹，漉枝以爲汁。萁在釜下然，豆在釜中泣。本是同根生，相煎何太急？」帝深有慚色。東阿王即曹植也。太和三年，徙封東阿王。六年，以陳四縣封爲陳王。思者其謚也。

〔鳳闕〕史記孝武本紀：於是作建章宫，其東則鳳闕高二十餘丈。索隱：三輔黄圖曰：武帝營建章起鳳闕，高二十五丈。三輔故事云：北有圜闕高二十丈，上有銅鳳凰，故曰鳳闕也。

〔龍池〕見卷七侍從宜春苑……聽新鶯百囀歌注。

〔朱邸〕演繁露：後世諸侯王及達官所居之屋，皆飾以朱。故曰朱門，又曰朱邸。

〔丹墀〕文選張衡西京賦：青瑣丹墀。李善注，漢官典職曰：丹漆地故稱丹墀。吕向注：丹墀，堦也，以丹漆塗之。

〔列戟〕王云：唐制，嗣王、郡王，皆列棨戟於門。李涪刊誤：凡戟天子二十四，諸侯十。通典：天寶六年四月，勑改儀制令，嗣王、郡王門十六戟。

〔長沙〕史記五宗世家：長沙定王發……以其母微無寵，故王卑濕貧國。集解：應劭曰：景帝後二年，諸王來朝，有詔更前稱壽歌舞。定王但張袖小舉手，左右笑其拙。上怪問之，對曰：「臣國小地狹，不足迴旋。」帝以武陵、零陵、桂陽屬焉。

〔貝錦〕詩小雅巷伯：萋兮斐兮，成是貝錦。彼譖人者，亦已太甚。鄭箋：錦文者，文如餘泉餘蚳之貝文也。興者喻讒人集作己過以成於罪，猶女工之集采色以成錦文。

〔大臣小喑嗚四句〕王云：「大臣小喑嗚，謫竄天南垂」，言其爲李林甫所奏而遭貶謫也。彭城在南方，故曰「天南垂」。「長沙不足舞」，謂爲長史不足展其才也。「貝錦且成詩」，謂又以贓而貶永嘉也。

〔浙江西〕司馬爲郡守之輔佐，故曰佐郡。餘杭郡即杭州也，其地在浙江之西。

〔北宅〕南齊書卷二二豫章文獻王嶷傳：自以地位隆重，深懷退素，北宅舊有田園之美，乃盛脩理之。

〔惸嫠〕惸音瓊，嫠音離。

〔旌旗〕史記梁孝王世家：於是孝王築東苑，方三百餘里，廣睢陽城七十里，大治宮室，爲複道，自宮連屬於平臺五十餘里。得賜天子旌旗，出從千乘萬騎，出言趩，入言警，擬於天子。

〔鳳毛〕世説容止篇：王敬倫風姿似父，作侍中，加授桓公公服，從大門入。桓公望之曰：「大奴固自有鳳毛。」

〔茝〕王云：廣韻：茝，香草。字林云：蘼蕪別名。△茝音止。

〔金膏〕穆天子傳：天子之寶玉果璿珠燭銀黄金之膏。郭璞注：金膏亦猶玉膏，皆其精汋也。

〔罔象〕文選張衡思玄賦：沛以罔象。李善注：罔象，即仿像也。楚辭曰：沛罔象而自浮。

〔淺恩慈〕按：淺即淺於，猶横江詞「牛渚由來險馬當」句中險於馬當之意。

〔促織〕王云：爾雅翼：蟋蟀似蝗而小，正黑有光澤，一名蛬，一名蜻蛚，一名促織。以夏生，秋初鳴。其聲如急織，故幽州謂之促織。其時正織之候，故以戒婦功。春秋説題辭曰：趣織爲言趣織也，織興事遽，故趣織鳴，女作兼。又里語曰：趣織鳴，嬾婦驚。詩意言鳴蟬促織之候，已動游子之意而念歸期矣。

〔舟檝〕檝與楫同。音接。

〔眷眷〕楚辭九嘆：志蛩蛩而懷顧兮，魂眷眷而獨逝。王逸注：眷眷，顧貌。

〔摻袂〕詩鄭風遵大路：遵大路兮，摻執子之袪兮。毛傳：摻，擥也；袪，袂也。鄭箋：欲擥持其袂而留之。△摻音衫上聲。

【評箋】

今人詹鍈云：……又叙延年云：「佐郡浙江西，病閑絶趨馳。」知是時延年方爲餘杭郡司馬，則留别之地定在餘杭無疑矣。

按：詩有「伊昔全盛日」及「王室佇清夷」之句，似已在亂後，白或曾往杭州依之。

别儲邕之剡中

借問剡中道，東南指越鄉。舟從廣陵去，水入會稽長。竹色溪下緑，荷花鏡裏香。辭君向天姥，拂石卧秋霜。

【注】

〔儲邕〕按：卷十八有送儲邕之武昌詩。

〔剡中〕舊唐書地理志：江南東道越州剡：漢縣，屬會稽郡。

〔天姥〕王云：太平御覽：郡國志曰：天姥山與括蒼山相連，石壁上有刊字科斗形，高不可識。春月樵者聞簫鼓笳吹之聲聒耳。元嘉中，遣名畫寫狀於團扇，即此山也。施宿會稽志：天姥山在新昌縣東南五十里，東接天台華頂峯，西北聯沃洲山，上有楓千餘丈。道藏經云：沃洲、天姥，福地也。

【評箋】

今人詹鍈云：詩云：「借問剡中道，東南指越鄉。」是初入會稽前作。又云：「舟從廣陵去，水入會稽長。竹色溪下緑；荷花鏡裏香。」知其地在廣陵，時當初秋。

留別金陵諸公

海水昔飛動，三龍紛戰争。鍾山危波瀾，傾側駭奔鯨。黄旗一掃蕩，割壤開吴京。六代更霸王，遺跡見都城。至今秦淮間，禮樂秀羣英。地扇鄒魯學；詩騰顔謝名。五月金陵西，祖余白下亭。欲尋廬峯頂，先繞漢水行。香爐紫烟滅，瀑布落太清。若攀星辰去，揮手緬含情。

【校】

〔題〕兩宋本、繆本題下俱注云：金陵。

〔遺跡〕此句兩宋本、繆本、王本俱注云：一作遺都見空城。胡本與一作同。

【注】

〔三龍〕王云：劇秦美新：海水羣飛。李善注：海水喻萬民，羣飛言亂。三龍蜀、吳、魏也。

〔鍾山〕王云：太平寰宇記：蔣山在昇州上元縣東北十五里，周迴六十里，面南顧東，東連青龍雁門等山，西臨青溪。絶山南面有鍾浦水流下入秦淮，北連雉亭山。按輿地志云：蔣山古曰金陵山，縣之名因此而立。漢輿地圖名鍾山，吳大帝時有蔣子文發神驗於此，封子文爲蔣侯，改曰蔣山。　參見卷七金陵歌送別范宣注。

〔都城〕王云：景定建康志：古都城。按宮苑記，吳大帝所築，周迴二十里一十九步，在淮水北五里。晉元帝過江，不改其舊。宋、齊、梁、陳皆都之。輿地志曰：晉琅邪王渡江，鎮建業，因吳舊都，修而居之。宋、齊而下，宮室有因有革，而都城不改。東南利便書曰：孫權雖據石頭，以扼江險，然其都邑，則在建業，歷代所謂都城也。東晉、宋、齊、梁因之，雖時有改築，而其經畫皆吳之舊。

〔顔謝〕宋書卷七三顔延之傳：與陳郡謝靈運俱以詞采齊名，自潘岳、陸機之後，文士莫及也。江左稱顔、謝焉。所著並傳於世。

〔白下〕景定建康志卷二二：白下亭，驛亭也。舊在城東門外，李白獻從叔當塗宰陽冰詩云：「小子别金陵，來時白下亭。」又留别金陵諸公詩云：「五月金陵西，祖余白下亭。」又云：「驛亭三楊樹，正當白下門。」按此亭在府西。參見卷十二獻從叔當塗宰陽冰詩注。

〔廬峯〕王云：廬峯即廬山也。江西通志：廬山在南康府治北二十里，九江府城南二十五里。脈接衡陽，由武功來，古南障山也。高三千三百六十丈，或云七千三百六十丈，凡有七重，周迴五百里。山無主峯，横潰四出，嶢嶢嵺嵺，各爲尊高，不相拱揖，異於武當、太岳諸名山。出風降雨，抱異懷靈，道書稱爲第八洞天。香爐峯在開先文殊寺後，其形圓聳如爐，山南山北，皆見峯上常出雲氣，有似香烟，故名。太平寰宇記：廬山瀑布在山東，亦名白水，源出高峯，挂流三百許丈，遠望如匹布，故名瀑布。參見卷十四廬山謡注。

【評箋】

今人詹鍈云：詩云：「五月金陵西，祖余白下亭。欲尋廬峯頂，先繞漢水行。」知白是年五月將有廬山之行，金陵諸友送别於白下亭，因有此詩。

口號

食出野田美，酒臨遠水傾。東流若未盡，應見別離情。

【校】

〔題〕絶句作留別金陵諸公。

【注】

〔口號〕見卷九口號贈楊徵君詩注。

金陵酒肆留別

風吹柳花滿店香，吴姬壓酒喚客嘗。金陵子弟來相送，欲行不行各盡觴。請君試問東流水，别意與之誰短長？

【校】

〔風吹〕兩宋本、繆本俱作白門。蕭本、王本俱注云：一作白門。

〔滿〕兩宋本、繆本、王本俱注云：一作酒。

〔喚〕王本注云：許本作使，一本作勸。按：蕭本作使，郭本作勸。

〔試問〕兩宋本、繆本俱作問取。胡本注云：一作問取。王本注云：繆本作問取。

【評箋】

胡仔云：詩眼云：好句須要好字，如李太白詩：「吴姬壓酒唤客嘗」，見新酒初熟，江南風物之美。工在壓字。（苕溪漁隱叢話）

趙彦衛云：李太白詩：「吴姬壓酒勸客嘗」，説者以爲工在壓字上，殊不知乃吴人方言耳。至今酒家有旋壓酒子相待之語。（雲麓漫鈔）

魏慶之云：李太白詩：「吴姬壓酒勸客嘗」，見新酒初熟，江南風物之美，正在壓字。（詩人玉屑）

又云：山谷言：學者不見古人用意處，但得其皮毛，所以去之更遠。如「風吹柳花滿店香」，若人復能爲此句，亦未是太白。至於「吴姬壓酒勸客嘗」，壓酒二字他人亦難及。「金陵子弟來相送，欲飲不飲各盡觴」，益不同。「請君試問東流水，别意與之誰短長」，至此乃真太白妙處，當潛心焉。（同上）

謝榛云：太白金陵留别詩：「請君試問東流水，别意與之誰短長」，妙在結語。使坐客同賦，誰更擅場？謝宣城夜發新林詩：「大江流日夜，客心悲未央。」陰常侍曉發金陵詩：「大江一浩蕩，悲離足幾重。」二語突然而起，造語雄深，六朝亦不多見。太白能變化爲法，令人叵測，奇

哉！（四溟詩話）

又云：詩有簡而妙者，若劉楨「仰視白日光，皎皎高且懸」，不如傅玄「日月光太清，……」。亦有簡而弗佳者，若劉禹錫「欲問江深淺，應如遠别情」，不如太白「請君試問東流水，别意與之誰短長。」（同上）

徐文靖云：太白詩：「風吹柳花滿店香」，解者謂柳花不可言香。按唐書南蠻傳：訶陵國以柳花椰子爲酒，飲之輒醉。太白「風吹柳花滿店香」，亦以酒言。如七命：豫北竹葉，竹葉亦酒名也。又梁書：頓遜國酒樹似安石榴，取花汁貯杯中，數日成酒。宋史外國傳：闍婆國，其酒出於椰子蝦蟂及丹樹。一統志：浡泥國有加蒙樹，其樹心可爲酒。瓊州有嚴樹，搗皮葉浸水和以釀，數日成酒，皆此類也。（管城碩記）

金陵白下亭留别

驛亭三楊樹，正當白下門。吴烟暝長條，漢水齧古根。向來送行處，迴首阻笑言。别後若見之，爲余一攀翻。

【注】

〔白下亭〕楊云：白下亭在今建康東門外。按：詳見本卷留别金陵諸公詩注。

【評箋】沈家本云：一統志江寧府古蹟建康故城引舊志：南朝故都城周二十里，有門十二，……正西曰西明門，一名白門。……太白此詩之白下門殆泛言白下之門，非西明門亦名白門者也。（日南隨筆）

别東林寺僧

東林送客處，月出白猿啼。笑别廬山遠，何煩過虎谿？

【注】

〔東林〕王云：一統志：東林寺在廬山，晉僧慧遠與同門慧永居西林，學徒日衆，别居林之東，謝靈運爲鑿池種蓮。

〔虎谿〕王云：楊齊賢曰：廬山在江州南三十里，東林、西林二寺在山之南五里許。小嶺可到，兩寺相鄰，規制廣袤，若一大縣。水石深怪，古跡無窮。東林是遠法師所居，三門内有小渠名虎谿，遠師送客未嘗過谿，西林是永法師所居，規制稍不及東林。蓮社高賢傳：遠法師居東林，其處流泉匝寺下入於谿，每送客過此，輒有虎號鳴，因名虎谿。後送客未嘗過，獨陶淵明、陸修静至，語道契合，不覺過溪，因相與大笑，世傳爲三笑圖。按：輿地紀勝卷三〇江州：東林寺，晉武帝太和十年建，唐號太平興龍寺，最爲廬山之古刹。寺有遠公袈裟，梁武帝鉢囊，謝靈運翻經貝葉五六片。參見卷十三秋夜宿龍門香山寺……詩注。

竄夜郎於烏江留別宗十六璟

君家全盛日，台鼎何陸離！斬鰲翼媧皇，鍊石補天維。一迴日月顧，三入鳳凰池。失勢青門旁，種瓜復幾時？猶會衆賓客，三千光路岐。皇恩雪憤懣，松柏含榮滋。我非東牀人，令姊忝齊眉。浪跡未出世，空名動京師。適遭雲羅解，翻謫夜郎悲。拙妻莫邪劍，及此二龍隨。慚君湍波苦，千里遠從之。白帝曉猿斷，黃牛過客遲。遙瞻明月峽，西去益相思。

【校】

〔題〕兩宋本、繆本注云：疑烏江及宗字誤。按：繆氏蓋未知烏江之非必在和州，又未知白之續娶宗氏，故疑之。又咸本無璟字。

〔衆賓〕衆，兩宋本、繆本、咸本俱作舊。王本注云：繆本作舊。

〔翻謫〕謫，兩宋本、繆本、王本俱注云：一作遣。

【注】

〔烏江〕王云：唐淮南道有烏江縣，隸和州歷陽郡。按潯陽記載九江之名，一曰烏白江，三曰烏江，張須元緣江圖載九江之名，四曰烏土江，六曰白烏江。太平寰宇記引潯陽記云：九江在潯陽，去州五里，名曰烏江，是大禹所疏。知此詩所謂烏江者，指潯陽江耳，非和州之烏江縣也。

〔璟〕胡云：舊注以太白娶許相圉師女，謂詩題别宗十六爲誤。今考詩中「斬鰲翼媧皇，三入鳳凰池」，是言相武后，又入相三次者。而圉師爲高宗相，又只入相一次，與此不合。此正是宗楚客耳，安得謂贈别其後人爲誤哉？白凡四娶，始娶許，終娶宗，皆相門女，見魏顥白集序中，舊注失考往往如是。

〔懣〕音門上聲。

〔東牀〕世説雅量篇：郗太傅在京口，遣門生與王丞相書求女壻。丞相語郗信，君往東廂任意選之。門生歸白郗曰：「王家諸郎亦皆可嘉，聞來覓壻，咸自矜持，惟有一郎在東牀上坦腹卧，如不聞。」郗公曰：「此正好。」訪之乃是逸少，因嫁女與焉。

〔齊眉〕後漢書卷一一三梁鴻傳：每歸，妻爲具食，不敢於鴻前仰視，舉案齊眉。

〔莫邪〕見卷十一贈潘侍御論錢少陽詩注。

〔白帝〕見卷四荆州歌注。

〔黄牛〕水經注江水：江水又東徑黄牛山下。有灘名曰黄牛灘，南岸重嶺疊起，最外高崖間有石色如人，負刀牽牛，人黑牛黄，成就分明，既人跡所絶，莫得究焉。此巖既高，加以江湍紆迴，雖途徑信宿，猶望見此物，故行者謠曰：朝發黄牛，暮宿黄牛。三朝三暮，黄牛如故。言水路迂深，迴望如一矣。

〔明月峽〕太平御覽卷五三：李膺益州記曰：廣陽州東七里水南有遮要二塠石，石東二里至明月峽，峽前南岸壁高四十丈，其壁有圓孔，形如滿月，因以爲名。

【評箋】

王云：琦按：唐書宗楚客本傳及宰相表，楚客，字叔敖，蒲州人。武后從姊子。長六尺八寸，明皙美鬚髯。進士及第，累遷户部侍郎，坐贓流嶺外，歲餘得還。神功元年六月，由尚方少監檢校夏官侍郎同鳳閣鸞臺平章事。聖曆元年正月罷爲文昌左丞，爲武懿宗所劾，貶播州司馬，稍爲豫州長史，遷少府少監，岐、陝二州刺史。長安四年三月，復以夏官侍郎同鳳閣鸞臺平章事。七月，坐事貶原州都督。神龍初，爲太僕卿。武三思引爲兵部尚書。景龍元年九月，同中書門下三品。韋后安樂公主親賴之，尋遷中書令。韋氏敗，與誅。傳又言其冒於權利，外附韋氏，内蓄逆謀，故卒以敗。其行跡若此，乃太白有「斬鰲翼媧皇，錬石補天維」之褒，誅後亦未聞放罪之辭，贈葬之典，乃太白有「皇恩雪憤懣，松柏含榮滋」之美。在詩人固多溢頌之辭，又爲親者諱，不得不然。若深叙情親，少序家世，更爲得體矣。

留别龔處士

龔子棲閑地，都無人世喧。柳深陶令宅，竹暗辟疆園。我去黄牛峽，遥愁白帝猿。贈君卷施草，心斷竟何言？

【注】

〔辟疆園〕王云：世説：王子猷自會稽經吴門，聞顧辟疆有名園。劉孝標注：顧氏譜曰：辟疆，吴郡人，歷郡功曹平北參軍。范成大吴郡志：辟疆園自東晉以來傳之，池館林泉之勝，號吴中第一。辟疆姓顧氏，晉唐人題詠甚多。陸羽詩云：「辟疆舊林園，怪石紛相向。」陸龜蒙云：「吴之辟疆園，在昔勝槩敵。」皮日休云：「更葺園中景，應爲顧辟疆。」本朝張伯玉云：「于公門館辟疆園，放蕩襟懷水石間。」今莫知遺跡所在。考龜蒙之詩，則在唐爲任晦園亭，今任園亦不可考矣。唐詩紀事：吴門有辟疆園。按陸龜蒙詩：「吴之辟疆園，在昔勝槩敵。前聞富修竹，後説紛怪石。」張南史詩：「深竹閑園暗辟疆。」蓋其地饒修竹，多怪石，往往見於題詠。

〔卷施〕爾雅釋草：卷施草，拔心不死。注：宿莽也。邢昺疏：卷施草一名宿莽，拔其心亦不死也。

【評箋】

今人詹鍈云：按竄夜郎於烏江留別宗十六璟云：「白帝曉猿斷，黄牛過客遲。」知此詩之作亦當在流夜郎途中。

贈别鄭判官

竄逐勿復哀，慚君問寒灰。浮雲本無意，吹落章華臺。遠别淚空盡，長愁心已摧。二年吟澤畔，顦顇幾時迴？

【校】

〔本無〕兩宋本、繆本俱作無本。王本注云：繆本作無本。

〔二年〕二，兩宋本、繆本、蕭本、胡本俱作三。王本注云：蕭本作三。

【注】

〔寒灰〕按：史記韓長孺列傳：其後安國坐法抵罪，蒙獄吏田甲辱安國，安國曰：「死灰獨不復然乎？」寒灰即用此意。

〔章華臺〕見卷一明堂賦注。

〔澤畔〕史記屈原列傳：屈原至於江濱，被髮行吟澤畔。

【評箋】

按：詩題云贈別鄭判官，詩又有「慚君問寒灰」之句，自是竄夜郎時留別江漢友人之一。

今人詹鍈云：杜甫有纜船苦風戲題四韻奉簡鄭十三判官詩，黄鶴注云：此大曆三年冬在岳陽作。疑此鄭判官即鄭十三也。

黄鶴樓送孟浩然之廣陵

故人西辭黄鶴樓，烟花三月下揚州。孤帆遠影碧山盡，唯見長江天際流。

【校】

〔題〕兩宋本、繆本題下俱注云：江夏、岳陽。咸本無黄鶴樓三字。敦煌殘卷之廣陵三字作下惟揚。絶句本作送孟君之廣陵。

〔碧山〕山，蕭本、郭本、胡本俱作空。王本注云：蕭本作空。

〔孤帆〕此句敦煌殘卷作孤帆遠暎緑山盡。兩宋本、繆本、王本影下俱注云：一作映。

【注】

〔廣陵〕舊唐書地理志：淮南道揚州：天寶元年改爲廣陵郡。

【評箋】

陸游云：太白登此樓送孟浩然詩云：「征帆遠映碧山盡，唯見長江天際流。」蓋帆檣映遠山

尤可觀，非江行久不能知也。（入蜀記）

將遊衡岳過漢陽雙松亭留別族弟浮屠談皓

秦欺趙氏璧，却入邯鄲宫。本是楚家玉，還來荆山中。符彩照滄溟；清輝凌白虹。青蠅一相點，流落此時同。卓絶道門秀，談玄乃支公。延蘿結幽居；剪竹繞芳叢。涼花拂户牖，天籟鳴虚空。憶我初來時，蒲萄開景風。今兹大火落，秋葉黄梧桐。水色夢沅湘，長沙去何窮？寄書訪衡嶠，但與南飛鴻。

【校】

〔符彩照〕蕭本作丹彩瀉。胡本作丹彩照。王本注云：蕭本作丹彩瀉。

〔清輝〕清，兩宋本、繆本俱作精。王本注云：繆本作精。

〔天籟〕籟，兩宋本、繆本、王本俱注云：一作樂。

【注】

〔雙松亭〕王云：一統志：雙松亭在湖廣漢陽府秋興亭東。

〔浮屠〕王云：册府元龜：浮屠正號曰佛陀，其聲相近，皆西方言。華言譯之，則謂淨覺。

〔趙氏璧〕史記廉頗藺相如列傳：趙惠文王時，得楚和氏璧。秦昭王聞之，使人遺趙王書，願以十五城請易璧。……趙王於是遂遣藺相如奉璧西入秦，秦王坐章臺見相如，相如奉璧奏秦王，秦王大喜，傳以示美人及左右，左右皆呼萬歲。相如視秦王無意償趙城，乃前曰：「璧有瑕，請指示王。」王授璧，相如因持璧却立倚柱，怒髮上衝冠，謂秦王曰：「……臣觀大王無意償趙王城邑，故臣復取璧。大王必欲急臣，臣頭與璧俱碎於柱矣。……」秦王恐其破璧，乃辭謝，固請，召有司按圖指從此以往十五都予趙，相如度秦王特以詐佯爲予趙城，實不可得。乃謂秦王曰：「……趙王送璧時，齋戒五日，今大王亦宜齋戒五日。……」秦王……遂許齋五日，……相如乃使其從者衣褐懷璧，從徑道亡歸璧于趙。

〔白虹〕禮記聘義：氣如白虹，天也。孔穎達正義云：白虹謂天之白氣，言玉之白氣似天白氣也。

〔青蠅〕見卷九雪讒詩贈友人詩注。

〔支公〕見卷十二贈宣州靈源寺仲濬公詩注。

〔沅湘〕王云：漢書：窺九疑，浮沅湘。顔師古注：沅水出牂牁，湘水出零陵，二水皆入江。一統志：湘江至沅州，與沅水合，曰沅湘。古長沙郡，秦始皇置，在古荆州之域。唐時之長沙、巴陵、衡陽、零陵、江華、桂陽、邵陽、連山八郡皆其地也。衡山及沅湘二水俱在境中。

〔嶠〕音轎。

【評箋】

今人詹鍈云：詩云：「青蠅一相點，流落此時同。」疑指流夜郎事而言。又云：「憶我初來時，葡萄開景風。今兹大火落，秋葉黄梧桐。」知太白夏居江夏，至梧桐葉黄之時去之衡岳。

按：此爲遇赦後之行蹤無疑。

留别賈舍人至二首

大梁白雲起，飄颻來南洲。徘徊蒼梧野，十見羅浮秋。鼇抃山海傾，四溟揚洪流。意欲託孤鳳，從之摩天遊。鳳苦道路難，翱翔還崑丘。不肯銜我去，哀鳴慚不留。遠客謝主人，明珠難暗投。拂拭倚天劍，西登岳陽樓。長嘯萬里風，掃清胸中憂。誰念劉越石，化爲繞指柔。

【校】

〔南洲〕洲，胡本作州，是。

〔鼇抃〕抃，蕭本、咸本俱作挾。王本注云：蕭本作挾。

〔孤鳳〕鳳，王本注云：世本作雁，誤。

〔不留〕留，兩宋本、繆本俱作周。王本注云：繆本作周。胡本作周，注云：一作留。按：不周疑爲周周之誤，周周鳥名，見韓非子。

【注】

〔賈舍人〕見卷十一巴陵贈賈舍人詩。

〔蒼梧〕見卷三遠别離注。

〔羅浮〕王云：名山志：羅浮山在廣東增城、博羅二縣之境，本二山也。在西者爲羅山，在東者爲浮山，二山合體，故總稱羅浮。舊記曰：山高三千六百丈，周圍二百七十七里。舊説浮山從會稽來，博於羅山，故又稱博羅。今羅浮山上獨有東方草木，或云浮山乃蓬萊之一島，堯時洪水浮至，依羅山而止焉。二山斷處有石磴相聯接，狀如橋梁，號曰鐵橋。奇禽靈卉不可勝紀。參見卷八當塗趙炎少府粉圖山水歌及卷十三禪房懷友人岑倫詩注。

〔鼇抃〕王云：楚辭：鼇戴山抃。王逸注：鼇，大龜也，擊手曰抃。列仙傳曰：有巨靈之鼇，背負蓬萊之山而抃滄海之中。爾雅翼：天問曰：鼇戴山抃，何以安之？抃者，兩手相擊也，言鼇以首戴山，儻用前兩手相擊，則山上之仙聖何以安乎？張衡思玄賦：登蓬萊而容與兮，鼇雖抃而不傾。吕延濟注：言巨鼇負蓬萊山，雖抃擊而不傾側。太白引此，蓋以喻禄山之亂也。

〔岳陽樓〕王云：岳陽風土記：岳陽樓，城西門樓也，下瞰洞庭，景物寬闊。唐開元四年，中書令張説除守此州，每與才士登樓賦詩，自爾名著。

〔劉越石〕文選劉琨重贈盧諶詩：「何意百鍊剛，化爲繞指柔？」吕延濟注：百鍊之鐵堅剛，而今可繞指，自喻今破敗而至柔弱也。

【評箋】王云：琦按賈之謫在岳陽，去羅浮甚遠，而太白行跡亦未嘗至廣、惠間，何云「徘徊蒼梧野，十見羅浮秋」耶？又太白旅寓岳州約計只一二年。而賈之謫在至德中，召還故官在寶應初，約計首尾亦不至十年之久。所云十見，更指何人耶？恐是他人之作而誤入集中者，否則筆字之訛歟。

其二

秋風吹胡霜，凋此簷下芳。折芳怨歲晚，離別悽以傷。謬攀青瑣賢，延我於此堂。君爲長沙客，我獨之夜郎。勸此一杯酒，豈唯道路長？割珠兩分贈，寸心貴不忘。何必兒女仁，相看淚成行？

【校】

〔此堂〕此，咸本作北，注云：一作此。

〔貴不忘〕貴，蕭本作久。王本注云：蕭本作久。

【注】

〔青瑣〕王云：劉昭後漢書補：宫閣簿，青瑣門在南宫。衞瓘注吴都賦曰：青瑣，户邊青鏤也。一曰，天子門内有楣格再重，裏青畫曰瑣。章懷太子後漢書注：青瑣謂刻爲瑣文而以青飾之也。西京賦：青瑣丹墀。吕向注：青瑣窗也，以青飾之。吴都賦：青瑣丹楹。劉淵林注：瑣户内邊以青畫爲瑣文。吕延濟注：青瑣門窗欒刻爲瑣文，染以青色。

【評箋】

今人詹鍈李詩辨僞云：吴縝新唐書糾繆卷十一：……肅宗紀云：乾元二年三月，九節度之師潰於滏水，東京留守崔圓、河南尹蘇震、汝州刺史賈至奔於襄鄧，……賈至有初至巴陵與李十二白裴九同泛洞庭湖詩云：「江畔楓葉初帶霜，渚邊菊花亦已黄。」則賈舍人之抵巴陵，當在乾元二年九月。此詩第二首起句云：「秋風吹胡霜，凋此簷下芳」，其時已届深秋。太白於乾元元年流夜郎，次年三月放歸，今詩云：「君爲長沙客，我獨之夜郎」，明是去夜郎途中留别賈至之詞，自爲乾元元年所作，不當在二年也。但賈至之貶岳州司馬在乾元二年秋間，乾元元年尚在京師，故集中凡與賈舍人贈答詩皆乾元二年以後所作，兩相抵牾。王氏誤以賈至之貶岳州在至德中，故於第二首未嘗致疑，實則此詩二首俱爲僞也。

渡荊門送别

渡遠荊門外，來從楚國遊。山隨平野盡；江入大荒流。月下飛天鏡；雲生結海樓。仍憐故鄉水，萬里送行舟。

【校】

〔題〕兩宋本、繆本題下俱注云：荊州。

〔仍憐〕憐，蕭本、咸本俱作連。王本注云：許本作連。

【注】

〔荊門〕楊云：荊門軍有山名荊門，蜀之諸山至此不復見矣。

〔海樓〕王云：史記：海旁蜃氣象樓臺。國史補：海上居人時見飛樓，如締搆之狀，甚壯麗。

【評箋】

陸時雍云：詩太近人，其病有二。淺而近人者率也，易而近人者俗也。如荊門送别詩便不免此病。（唐詩鏡）

王夫之云：明麗果如初日。結二語得象外於圜中。飄然思不窮，唯此當之。汎濫鑽研者，正由思窮於本分耳。（唐詩評選）

王云：丁龍友曰：胡元瑞謂「山隨平野盡，江入大荒流」，此太白壯語也。子美詩：「星隨平野闊，江入大荒流」二語，骨力過之。予謂李是晝景，杜是夜景；李是行舟暫視，杜是停舟細觀，未可概論。（按：杜詩「月湧大江流」，王氏作「江入大荒流」或誤。）

翁方綱云：太白云：「山隨平野盡，江入大荒流。」少陵云：「星隨平野闊，月湧大江流。」此等句皆適興手會，無意相合；固不必謂相爲倚傍，亦不容區分優劣也。（石洲詩話）

聞李太尉大舉秦兵百萬出征東南懦夫請纓冀申一割之用半道病還留別金陵崔侍御十九韻

秦出天下兵，蹴踏燕趙傾。黄河飲馬竭，赤羽連天明。太尉杖旄鉞，雲騎繞彭城。三軍受號令，千里肅雷霆。函谷絶飛鳥，武關擁連營。意在斬巨鰲，何論鱠長鯨？恨無左車略，多愧魯連生。拂劍照嚴霜，彫戈鬘胡纓。願雪會稽恥，將期報恩榮。半道謝病還，無因東南征。亞夫未見顧，劇孟阻先行。天奪壯士心，長吁別吴京。金陵遇太守，倒屣欣逢迎。羣公咸祖餞，四座羅朝英。初發臨滄觀，醉栖征虜亭。舊國見秋月，長江流寒聲。帝車信迴轉，河漢復縱横。孤鳳向西海，飛鴻辭北溟。因之出寥廓，揮手謝公卿。

【校】

〔題〕兩宋本、繆本題下俱注云：復至金陵。

〔雲騎〕騎，兩宋本、繆本、咸本俱作旗。王本注云：繆本作旗。

〔鱠長鯨〕兩宋本、繆本、王本俱注云：一作鯢與鯨。胡本作鯢與鯨，注云：一作膾長鯨。

〔嚴霜〕霜，咸本注云：一作席，誤。

〔鬘〕王本注云：當作縵。

〔無因〕因，兩宋本、繆本、王本俱注云：一作由。

〔欣逢〕欣，兩宋本、繆本、王本俱注云：一作相。蕭本、胡本與一作同。

〔舊國〕舊，咸本作别，注云：一作歸。

〔帝車〕車，兩宋本、繆本俱注云：一作居。王本注云：一作居，誤。

〔復縱横〕兩宋本、繆本、咸本俱作縱復横。王本復縱下注云：繆本作縱復。

【注】

〔請纓〕漢書卷六四終軍傳：遣終軍使南越，説其王欲令入朝，比内諸侯。軍自請願受長纓，必羈南越王而致之闕下。軍遂往説越王，越王聽許，請舉國内屬。

〔一割〕後漢書卷七七班超傳：昔魏絳列國大夫，尚能和輯諸戎，况臣奉大漢之威，而無鉛刀一割之用乎？

〔崔侍御〕按：卷九有贈崔侍御二首，卷十二有贈宣城宇文太守兼呈崔侍御，卷十四有寄崔侍御及遊敬亭寄崔侍御、宣城九日聞崔四侍御……二首，卷十九有酬崔侍御及翫月城西……訪崔四侍御，卷二十一有登敬亭北二小山余時客逢崔侍御等篇，皆可參證。

〔赤羽〕家語：由願得白羽若月，赤羽若日。

〔太尉〕舊唐書卷一一〇李光弼傳：俄復拜太尉充河南淮南山南東道、荆南等副元帥，侍中如故，出鎮臨淮。史朝義乘邙山之勝，寇申、光等十三州，自領精騎圍李岑於宋州，將士皆懼，請南保揚州。光弼徑赴徐州以鎮之，遣田神功擊敗之。浙東賊首袁晁攻剽郡縣，浙東大亂，光弼分兵除討，尅定江左，人心乃安。……光弼未至河南也，田神功平劉展後，逗遛於揚府，尚衡、殷仲卿相攻於兗、鄆，來瑱旅距於襄陽，朝廷患之。及光弼輕騎至徐州，史朝義退走，神功遽歸河南，尚衡、殷仲卿、來瑱皆懼其威名，相繼赴闕。

〔函谷〕元和郡縣志卷六：函谷故城在（陝州靈寶）縣南十里。秦函谷關城，漢弘農縣也。西征記曰：函谷關城，路在谷中，深險如函，故以爲名。其中劣通行路，東西四十里，絶岸壁立，巖上柏林，陰映谷中，殆不見日。關去長安四百里，日入則閉，雞鳴則開，秦法也。東自殽山，西至潼津，通名函谷。號曰天險，所謂秦得百二也。

〔武關〕王云：史記集解：應劭曰：武關，秦南關，通南陽。文穎曰：武關在淅西百七十里弘農界。太平寰宇記：武關在商州商洛縣東南九十里。春秋時少習也。左氏傳曰：將通於少習以聽命。注：少習，商縣武關是也。

〔左車〕史記淮陰侯列傳：趙王、成安君陳餘聞漢且襲之也，聚兵井陘口，號稱二十萬。廣武君李左車説成安君曰：……願足下假臣奇兵三萬人，從間路絶其輜重，足下深溝高壘堅營勿與戰。……不至十日而兩將之頭可致於戲下。……成安君……不聽。……韓信斬成安君泜水上，禽趙王歇。信乃令軍中毋殺廣武君，有能生得者購千金。於是有縛廣武君而致戲下者，信乃解其縛東鄉坐，西鄉對，師事之。

〔縵胡〕莊子説劍篇：垂冠縵胡之纓。司馬彪曰：縵胡之纓謂粗纓無文理也。

〔亞夫〕見卷三梁甫吟注。

〔吴京〕楊云：吴京，建康也。

〔臨滄觀〕王云：太平寰宇記：臨滄觀在勞勞山上，有亭七間，名曰新亭。吴所築，宋改爲臨滄觀。周顗與王導等當春日登之會宴，顗曰：「風景不殊，舉目有江山之異。」即此處也。謂之勞勞亭。古送別之所。胡三省曰：臨滄觀在江寧縣南十五里。按：景定建康志卷二二：臨滄觀，今城南顧家寨大路東即其所。輿地志：丹陽郡秣陵新亭隴上有望遠樓，又名勞勞亭，宋改爲臨滄觀，行人送別之所。

〔征虜亭〕世説雅量篇：支道林還東，時賢並送於征虜亭。注云：丹陽記曰：太安中，征虜將軍謝石立此亭，因以爲名。通鑑卷一四一胡注：征虜亭在方山南，自元武湖頭大路北出至征虜亭。

〔帝車〕王云：史記：斗爲帝車，運於中央，臨置四方。晉書：斗爲帝車，取乎運動之義也。

【評箋】

按：「金陵遇太守」，太守似當指崔侍御。然據地理志：上元二年已廢昇州，殊未得其解。

別韋少府

西出蒼龍門；南登白鹿原。欲尋商山皓，猶戀漢皇恩。水國遠行邁；仙經深討論。洗心句溪月；清耳敬亭猿。築室在人境；閉關無世諠。多君枉高駕；贈我以微言。交乃意氣合；道因風雅存。別離有相思，瑶瑟與金樽。

【校】

〔題〕兩宋本、繆本題下俱注云：宣州。

〔商山〕商，兩宋本、繆本、王本俱作南，注云：一作商。

〔句溪〕蕭本作向秋。咸本作向溪。王本注云：蕭本作向秋。

【注】

〔蒼龍門〕王云：史記集解：關中記曰：東有蒼龍闕，北有玄武闕。吴均詩：「已蔽蒼龍門。」

〔白鹿原〕王云：元和郡縣志：白鹿原在京兆府萬年縣東二十里，亦謂之霸上。漢文帝葬其上，謂之霸陵。王仲宣詩曰：「南登霸陵岸，回首望長安」，即此也。太平寰宇記：白鹿原在藍田縣西六里。按三秦記云：周平王東遷之後有白鹿游此，原是以得名。長安志：白鹿原在萬年縣東南二十里，自藍田縣界至滻水川，盡東西一十五里。南接終南，北至灞川，盡南北一十里。亦謂之灞上。雍録：白鹿原者，自南山分支而下，行乎藍田縣以及漢城之東。古志云：原接南山西北入萬年界抵滻水，其東西可十五里，南北可二十里也。

〔句溪〕王云：江南通志：句溪在寧國府城東五里，溪流迴曲，形如句字，源出籠叢天目諸山，東北流二百餘里，合衆流入江。李白詩：「洗心句溪月」，蓋謂其清也。按：輿地紀勝卷一九寧國府：句溪在宣城縣東五里。謝玄暉有將之湘中尋句溪詩，唐人多留詠。

【評箋】

按：此詩似出長安未久至宣城所作，詹氏繫於天寶十二載，近是。

南陵別兒童入京

白酒新熟山中歸，黄雞啄黍秋正肥。呼童烹雞酌白酒，兒女嬉笑牽人衣。高歌取醉欲自慰，起舞落日争光輝。遊説萬乘苦不早，著鞭跨馬涉遠道。會稽愚婦輕買臣，余亦辭家西入秦。仰天大笑出門去，我輩豈是蓬蒿人？

【校】

〔題〕兩宋本、繆本、王本俱注云：一作古意。英靈、又玄俱作古意。

〔新熟〕新，兩宋本、繆本俱注云：一作初。英靈作初。

〔兒女〕又玄作男女。

〔嬉笑〕兩宋本、繆本俱作歌笑。嬉，王本注云：繆本作歌。

〔光輝〕此句下咸本注云：一本無此二句。

〔西入〕西，兩宋本、繆本、王本俱注云：一作方。

【注】

〔買臣〕漢書卷六四朱買臣傳：家貧，好讀書，不治産業。常刈薪樵，賣以給食，擔束薪行且誦書。其妻亦負擔相隨，數止買臣毋歌謳道中。買臣愈益疾歌，妻羞之求去。買臣笑曰：「我年五十當富貴，今已四十餘矣。汝苦日久，待我富貴報汝功。」妻恚怒曰：「如公等終餓死溝中耳，何能富貴？」買臣不能留，即聽去。

【評箋】

今人詹鍈云：蓋白由會稽入京，行至南陵，乃與妻子相別也，其時當在天寶二年之秋。

别山僧

何處名僧到水西？乘舟弄月宿涇溪。平明别我上山去，手攜金策踏雲梯。騰身轉覺三天近，舉足迴看萬嶺低。謔浪肯居支遁下，風流還與遠公齊。此度别離何日見？相思一夜暝猿啼。

【校】

〔題〕兩宋本、繆本題下俱注云：涇縣作。咸本作：别山僧涇川作。

〔乘舟〕舟，兩宋本、繆本、胡本、王本俱注云：一作盃。

〔金策〕金，咸本注云：一作重。

【注】

〔水西〕王云：江南通志：水西山在寧國府涇縣西五里。林壑邃密，下臨涇溪，舊建寶勝、崇慶、白雲三寺，浮屠對峙，樓閣參差，碧水浮烟，咫尺萬狀。晉葛洪、劉遺民，唐李白、杜牧之，皆常游憩於此。寶勝寺即水西寺，白雲寺即水西首寺，崇慶寺即天宫水西寺也。

〔支遁〕見卷十二贈宣州靈源寺仲濬公詩注。

【評箋】

高棅云：七言排律唐人不多見，如太白別山僧，高適宿田家等作，雖聯對精密，而律調未純，終是古詩體段。（唐詩品彙）

今人詹鍈云：按杜牧念昔遊詩云：「李白題詩水西寺。」馮集梧注以爲指遊水西簡鄭明府詩而言。按簡鄭明府之詩不當題於水西寺中。又據江南通志，有水西寺、水西首寺、天宮水西寺，皆在涇縣西五里之水西山中。簡鄭明府詩云：「天宮水西寺」，與杜牧詩亦不合。太白集中涉及水西寺者，除簡鄭明府詩外，只有別山僧一首，詩云：「何處名僧到水西？乘舟弄月宿涇溪。平明別我上山去，手攜金策踏雲梯。」則題於水西寺者蓋即此詩。

按：杜牧詩意只謂李白有詠水西寺之詩耳，豈必留詩於寺方爲題詩？且別山僧詩亦非題於寺者也。此說似泥。要之可見水西寺爲唐時勝地，三寺皆可稱爲水西，不必過爲分別。

贈別王山人歸布山

王子析道論，微言破秋毫。還歸布山隱，興入天雲高。爾去安可遲？瑤草恐衰歇。我心亦懷歸，屢夢松上月。傲然遂獨往，長嘯開巖扉。林壑久已蕪，石道生薔薇。願言弄笙鶴，歲晚來相依。

【校】
〔松上月〕月，蕭本、咸本俱作衣。必誤。王本注云：許本作衣。

江夏別宋之悌

楚水清若空，遥將碧海通。人分千里外，興在一杯中。谷鳥吟晴日，江猿嘯晚風。平生不下淚，於此泣無窮。

【注】
〔楚水〕陸游入蜀記：自鸚鵡洲以南爲漢水，……水色澄澈可鑑。太白云：「楚水清若空」，蓋言此也。

【評箋】
胡應麟云：太白云：「人分千里外，興在一杯中。」達夫「功名萬里外，心事一杯中」，甚類。然高雖渾厚易到，李則超逸入神。（詩藪内編）

按：入蜀記引此詩首句，似陸氏之意亦以此爲溯江入峽之作。今人亦繫此詩于乾元元年，謂係流夜郎途中經江夏時作。俱誤。據郁賢皓李白詩江夏別宋之悌系年辨誤（南京師院學報一九七八年第三期）一文考證，宋之悌爲之問弟，若思父。此詩非白流夜郎途中作，乃開元十九年後一二年内，在江夏送别之悌流朱鳶時作。

李白集校注卷十六

古近體詩二十一首

南陽送客

斗酒勿爲薄，寸心貴不忘。坐惜故人去，偏令遊子傷。離顔怨芳草，春思結垂楊。揮手再三别，臨岐空斷腸。

【校】

〔題〕兩宋本、繆本題下俱注云：楚漢。

〔勿爲〕爲，兩宋本、繆本俱作與。王本注云：一作與。

【注】

〔斗酒〕文選古詩：「斗酒相娱樂，聊厚不爲薄。」

〔爲薄〕張相詩詞曲語辭匯釋云：與猶謂也，語也，請也。李白南陽送客詩：「斗酒勿與薄，寸心貴不忘。」勿與，勿謂也，言勿謂酒薄也。按：張氏不從王本。

【評箋】

梅鼎祚云：此詩舊列五言古，然實律耳。（李詩鈔）

按：此詩當與卷七之南都行，卷二十之游南陽白水及游南陽清泠泉諸篇爲同時之作。

送張舍人之江東

張翰江東去，正值秋風時。天清一雁遠；海闊孤帆遲。白日行欲暮；滄波杳難期。吴洲如見月，千里幸相思。

【校】

〔題〕兩宋本、繆本題下俱注云：淮南。

〔天清〕清，兩宋本、繆本、王本俱注云：一作晴。文粹亦作晴。

〔白日〕此二句兩宋本、繆本、王本俱注云：一作白日行已晚，欲暮杳難期。

〔滄波〕波，英華作海。

〔如見〕如，兩宋本、繆本俱作好，注云：一作如。王本注云：一作好。

【注】

〔張翰〕晉書卷九二張翰傳：翰任心自適，不求當世。或謂之曰：「卿乃可縱適一時，獨不爲身後名邪？」答曰：「使我有身後名，不如即時一杯酒。」時人貴其曠達。

【評箋】

王夫之云：讀太白詩乃悟風華不由粉黛，温飛卿、楊大年殊郎當不俚賴。「天清一雁遠」與「大江流日夜」、「亭皋木葉下」，自挾飛仙之氣。賈島「落葉滿長安」，妝排語耳，無才而爲有才，欺天乎？（唐詩評選）

送王屋山人魏萬還王屋 并序

王屋山人魏萬云：自嵩宋沿吴相訪，數千里不遇，乘興游台越，經永嘉，觀謝公石門，後於廣陵相見。美其愛文好古，浪跡方外，因述其行而贈是詩。

仙人東方生，浩蕩弄雲海。沛然乘天遊，獨往失所在。魏侯繼大名，本家聊攝城。卷舒入元化，跡與古賢并。十三弄文史，揮筆如振綺。辯折田巴生；心齊魯連子。西涉清洛源，頗驚人世喧。採秀臥王屋，因窺洞天門。朅來遊嵩峯，羽客何雙雙！朝攜月光子；暮宿玉女窗。鬼谷上窈窕；龍潭下奔潨。東浮汴河水，訪我三千里。逸興滿吴雲，飄飖浙江汜。揮手杭越間，樟亭望潮還。濤卷海門石；雲横天際山。白馬走素車，雷奔駭心顔。

【校】

〔題〕兩宋本、繆本題下俱注云：魏詩附。

〔相訪〕訪，兩宋本、繆本、咸本俱作送。王本注云：繆本作送。

〔美其〕其，蕭本作而。王本注云：蕭本作而。

〔序文全部〕兩宋本、繆本、蕭本、王本俱注云：一作見王屋山（王注引山下有人字）。魏萬云：自嵩歷兗游梁入吴，計程三千里，相訪不遇，因下江東，尋諸名山，往復百越，後於廣陵一面，遂乘興共過金陵，美（王注引無此字，非。）此公愛奇好古，獨往物表，因述其行李，遂有此贈（王注引贈作作）。按：共過金陵之語與魏萬詩意尤合。

〔仙人〕以下四句，兩宋本、繆本、胡本、王本俱注云：一作東方不辭家，獨訪紫泥海。時人少相逢，往往失所在。

〔魏侯〕侯，胡本作萬。

〔入元化〕兩宋本、繆本、王本俱注云：一作雜仙隱。

〔樟亭〕樟，咸本注云：一本作章。蕭本作章。郭本作章臺。王本注云：蕭本作章。

〔雲橫〕雲，兩宋本、繆本、咸本俱作雪。王本注云：繆本作雪。

【注】

〔魏萬〕王云：唐詩紀事：魏萬後名顥，上元初登第，始見李白於廣陵。白曰：爾後必著大名於天下，無忘老夫與明月奴。因盡出其文，命顥集之。詳見附録三魏顥序中。

〔大名〕左傳閔元年：卜偃曰：畢萬之後必大。萬盈數也，魏大名也，以是始賞，天啓之矣。

〔聊攝〕左傳昭二十年：聊、攝以東，姑尤以西。杜預注：聊、攝，齊西界也，平原聊城縣東北有攝城。王云：路史：聊攝故博平是。今聊城東北三十里有故攝城，或以聊、攝爲一城，誤。一統志：聊城在東昌府城西北十五里，攝城在博平縣西南二十里。

〔田巴〕太平御覽卷四六四：魯連子曰：齊之辯者田巴辯於狙丘，議於稷下。毀五帝，罪三王，訾五伯，離堅白，合同異，一日而服千人。有徐劫者，其弟子曰魯連，謂徐劫曰：「臣願得當田子，使之不敢復談可乎？」徐劫言之田巴曰：「劫弟子年十二耳，然千里駒也。願得侍議於前可乎？」田巴曰：「可。」於是魯連往見曰：「臣聞堂上之糞不除，郊草不芸，白矢交前，不救流矢。何者？急者不救，緩者非務。今楚軍南陽，趙伐高唐，燕人十萬之衆在聊城而不去，國亡在旦暮耳，先生將奈何？」田巴曰：「無奈何。」魯連曰：「危不能爲安，亡不能爲存，則無爲貴學士矣。今臣將罷南陽之師，還高唐之兵，却聊城之衆，所貴談説者，爲若此也。如先生之言，有似梟鳴，出聲而人皆惡之，願先生勿復談也。」田巴曰：「謹受教。」明日見徐劫曰：「先生之駒，乃飛兔騕褭也，豈特千里哉！」於是杜口易業，終身不復談。

〔清洛〕王云：潘岳藉田賦：清洛濁渠，引流激水。史記正義：括地志云：洛水出商州洛南縣西冢嶺山，東北流入河。

〔採秀〕楚辭山鬼：采三秀兮於山間。王逸注：三秀謂芝草也。

〔王屋〕王云：元和郡縣志：王屋山在河南府王屋縣北十五里，周圍一百三十里，高三十里。尚書禹貢：底柱析城至於王屋，是也。太平寰宇記：王屋山在澤州陽城縣南五十里。仙經云：王屋山有仙宫洞天，廣三千步，號小有清虚洞天，山高八千丈，廣數百里，太行、析山爲佐命，中條、古鐘爲輔翼，三十六洞，小有爲羣洞之尊；四十九山，王屋爲重山之最。實不死之靈鄉，真人之洞境也。

〔天門〕王云：以上美萬之愛文好古而隱居王屋之事。

〔揭來〕張相詩詞曲語辭匯釋云：揭來猶云去也。李白送王屋山人魏萬還王屋詩：「西涉清洛源，頗驚人世喧。採秀卧王屋，因窺洞天門。揭來遊嵩峯，羽客何雙雙！朝攜月光子，暮宿玉女窗。」言去而遊嵩峯也。據詩序，此時白與魏萬相見於廣陵，贈詩以歷叙其遊蹤。又題嵩山逸人元丹丘故居詩：「家本紫雲山，道風未淪落。況懷丹丘志，沖賞歸寂寞。揭來遊閬荒，捫涉窮禹鑿。夤緣汎潮海，偃蹇陟廬霍。」言去而遊閬，汎海陟廬霍也。

〔月光子〕藝文類聚卷七：仙經云：嵩高山東南大巖下石孔方圓一丈，西方北入五六里有大室，高三十餘丈，周圍三百步，自然明燭，相見如日月無異。中有十六仙人，云月光童子常在天台，時亦往來此中，人非有道，不得望見。

〔玉女窗〕王云：五色線：圖經云：嵩山有玉女窗，漢武帝於窗中見玉女。謝絳游嵩山書云：進窺玉女窗擣衣石，石誠異，窗則亡。是玉女窗在宋時已無之矣。

〔鬼谷〕王云：元和郡縣志：鬼谷在河南府告成縣北五里，即六國時鬼谷先生所居也。一統志：鬼谷在河南府登封縣北五里。史記：蘇秦，洛陽人，師事於齊而習於鬼谷，即此。史記集解：徐廣曰：潁川陽城有鬼谷。

〔龍潭〕王云：尉遲汾狀嵩高靈勝詩自注：九龍潭在寺側，崇崖對聳，壁立千仞，九曲分蓄，緘黑不測。一統志：龍潭在登封縣東二十五里，嵩頂之東，九潭相接，其深莫測。登封縣志：九龍潭在太室東巖，山巔有水流下，激衝成潭，盈坎而出，復作一潭，共有九潭，遞相灌輸。水色洞黑，其深無際，崖礐險峻，波濤怒激，登臨者至此，輒凜然生畏焉。有石記戒人游龍潭者勿語笑以黷龍神，神怒則有雷恐。

〔潨〕王云：毛萇詩傳：潨，水會也。說文：小水入大水曰潨。△潨音叢。

〔汴河〕王云：玉海：汴河蓋古莨蕩渠也。首受黄河水，隋開浚以通江淮漕運，兼引汴水，亦曰通濟渠。一統志：汴河源出滎陽縣大周山，合東、溹、須、鄭四水，東南至中牟縣北入於黄河。

〔浙江〕王云：聶心湯錢塘縣志：錢塘江在縣之東南，本名浙江。虞喜云：潮水投浙江下折而曲，一云江有反濤水勢折歸，故云浙江。盧肇曰：浙者折也，蓋取其潮出海屈折而倒流也，一名折河。山海經云：禹治水至於折河。又名曲江。枚乘七發曰：觀濤於廣陵之曲江。今名錢塘江，其源發黟縣，曲折而東，以入於海。潮水晝夜再上，奔騰衝擊，聲撼地軸。陸機詩：「願假歸鴻翼，翻飛浙江汜。」

〔杭越〕王云：杭謂杭州餘杭郡，古時爲越國西境。越謂越州會稽郡，古時爲越國都城。二郡中隔浙江，江之北爲杭州，江之南爲越州。

〔樟亭〕咸淳臨安志卷五五：樟亭驛，晏公輿地志云：在錢塘縣舊治之南五里，今爲浙江亭。參見卷二十與從姪杭州刺史良遊天竺寺詩注。

〔海門〕王云：西溪叢語：浙江夾岸有山，南曰龕，北曰赭，二山相對，謂之海門。岸狹勢逼，湧而爲濤。枚乘七發：觀濤於廣陵之曲江。其始起也，洪淋淋焉若白鷺之下翔。其少進也，浩浩溰溰如素車白馬帷蓋之張。陵赤岸，篲扶桑，横奔似雷行。

〔心顔〕王云：以上叙其自嵩宋沿吴相訪之事。

遥聞會稽美，一弄耶溪水。萬壑與千巖，崢嶸鏡湖裏。秀色不可名，清輝滿江城。人游月邊去，舟在空中行。此中久延佇，入剡尋王許。笑讀曹娥碑，沉吟黄絹語。天台連四明，日入向國清。五峯轉月色，百里行松聲。靈溪恣沿越，華頂殊超忽。石梁横青天，側足履半月。眷然思永嘉，不憚海路賒。挂席歷海嶠，迴瞻赤城霞。赤城漸微没，孤嶼前嶢兀。水續萬古流，亭空千霜月。縉雲川谷難，石門最可觀。瀑布挂北斗，莫窮此水端。噴壁灑素雪，空濛生晝寒。却思惡溪去，寧懼惡溪惡。咆哮七十灘，水石相噴薄。路創李北海，巖開謝康樂。松風和猿聲，搜索連洞壑。徑出梅花橋，雙溪納歸潮。落帆金華岸，赤松若可招。沈約八詠樓，城西孤岧嶢。岧嶢四荒外，曠望羣川會。雲卷天地開，波連浙西大。亂流新安口，北指嚴光瀨。釣臺碧雲中，邈與蒼嶺對。

【校】

〔一弄〕兩宋本、繆本、王本俱注云：一作且度。蕭本作且度。

〔恣沿越〕恣，蕭本作咨。王本注云：蕭本作咨。

〔眷然〕眷，兩宋本、繆本、王本俱注云：一作忽。

〔却思〕却，兩宋本、繆本俱作尋。王本注云：繆本作尋。

〔寧懼〕寧，郭本作事，誤。

〔北海〕此下兩宋本、繆本俱注云：李公邕昔爲括州，開此嶺路。

〔康樂〕以上二句兩宋本、繆本俱注云：惡溪有謝康樂題詩處，一作嶺路始北海，巖詩題康樂。王本注云：一作嶺路始北海，巖詩題康樂。楊升庵引此詩作遠尋惡溪去，不憚惡溪惡。途傳李北海，灘聞謝康樂。以巖字爲誤。又兩宋本、繆本、咸本於北海下俱注云：李公昔開此嶺路。咸本於康樂下注云：有謝康樂題詩處。

〔徑出〕兩宋本、繆本、王本俱注云：一作岸接。

〔天地〕王本注云：繆本作池。按：繆刻仍作地不作池。蓋當云蕭本作池，偶然筆誤也。

〔蒼嶺〕嶺，兩宋本、繆本俱作梧。王本注云：繆本作梧。

【注】

〔耶溪〕見卷四採蓮曲注。

〔鏡湖〕王云：施宿會稽志：鏡湖在會稽縣東二里，故南湖也，一名長湖，又名太湖。通典云：東漢永和五年，太守馬臻始築塘立湖，周三百一十里，溉田九千餘頃，人獲其利。王逸少有云：山陰路上行，如在鏡中游。鏡湖之得名以此。輿地志云：山陰南湖，縈帶郊郭，白水翠巖，互相暎發，若鏡若圖。

〔王許〕晉書卷八〇王羲之傳：羲之既去官，與東土人士盡山水之游，弋釣爲娛。又與道士許邁共修服食、採藥石，不遠千里，徧游東中諸郡，窮諸名山，泛滄海。

〔曹娥〕太平寰宇記卷九六：曹娥碑：地志云：餘姚有孝女曹娥，父泝濤而死，娥年十四，號痛入水，因抱父屍出而死。縣令度尚使門生邯鄲子禮爲碑文。後蔡邕過讀碑，乃題八字曰：黄絹幼婦外孫虀臼。此碑今在上虞縣水濱。世説：魏武嘗過曹娥碑下，楊修從，碑背上見題作黄絹幼婦外孫虀臼八字。魏武謂修曰：「解否？」答曰：「解。」魏武曰：「卿未可言，待我思之。」行三十里，魏武乃曰：「吾已得」，令修別記所知。修曰：「黄絹色絲也，於字爲絶。幼婦少女也，於字爲妙。外孫女子也，於字爲好。虀臼受辛也，於字爲辭。所謂絶妙好辭也。」魏武亦記之與修同。

〔天台〕〔四明〕王云：太平寰宇記：天台山在台州西一百一十里。臨海記云：天台山超然秀出，山有八重，視之如一，凡高一萬八千丈，周圍八百里，又有飛泉懸流千仞似布。登真隱訣注云：此山在桐柏山後四明山東南三百里。啓蒙記注云：天台山去天不遠，路經油溪，水深險清泠，前有石橋，路徑不盈尺，長數十丈，下臨絶冥之澗。惟忘其身，然後能躋，躋者梯巖壁，援蘿葛之莖，度得平路，見天台山蔚然綺秀，列雙嶺於青霄，上有瓊樓玉闕天堂碧林醴泉仙物畢具也。晉隱士帛道猷得過之，獲醴泉紫芝靈藥。今石橋名相山，又道書所謂玉堂，天台山其山八重，視之如一，中有金庭不死之鄉。許邁與王逸少書云：自山陰至臨海，多有金庭玉堂仙人芝草也。四明山在越州餘姚縣西南一百里。會稽記云：縣南有四明山，高峯軼雲，連岫蔽日。孫綽天台賦序云：涉海則有方丈、蓬萊，登陸則有四明、天台。寧波府志：四明山發自天台，屹峙於郡治之坤隅，上有二百八十峯，綿亘明、越、台三州之境，爲三十六洞天之一。

〔國清以下四句〕王云：九域志：景德寺舊名國清寺，隋煬帝在藩日，爲智顗禪師所建。唐會昌五年廢，大中五年冉建，柳公權書額。時以齊州靈巖、荆州玉泉、潤州棲霞、台州國清爲四絶。天台山志：國清寺在天台縣北十里，舊名天台寺。昔智者大師初入天台，游歷山水，宿石橋。有一老僧謂之曰：「仁者若欲造寺，山下有皇太子寺基，捨以仰給。」智者曰：「正如今日，草舍尚難，當於何時能辦此寺？」老僧曰：「今非其時，三國成一，大勢力人能起此寺。寺若成，國即清，當呼爲國清寺。」後將滅時，復標杙山下，又畫殿堂爲圖以作樣式，後晉王命司馬王弘依圖造寺，高敞秀麗，方之釋宮，呼爲國清寺。五峯在國清寺側，其峯有五：正北曰八桂，東北曰靈禽，東南曰祥雲，西南曰靈芝，西北曰映霞。前有雙澗合流，南注大溪。鑿字巖在縣北三里，巖上有萬松徑三字，相傳昔時由巖至國清寺大松成列，今無矣。靈溪在縣北十五里福聖觀前，今縣東三十里亦有靈溪，蓋其名適類也。孫綽賦云：過靈溪而一濯，疏煩想於心胸。華頂峯在縣東北六十里，乃天台第八重最高處，高一萬八千丈，周圍一百里。少晴多晦，夏有積雪。中有黄金洞，石色光明。登降魔塔，東望滄海，瀰漫無際，號望海尖，可觀日之出没。下瞰衆山，如龍虎蟠踞旗鼓布列之狀，草木薰郁，殆非人世。天台九峯崒嵂，猶如蓮花，此爲華心之頂，故名華頂。

〔半月〕王云：以上敘其乘興遊台越之事。

〔永嘉〕舊唐書地理志：江南東道温州：天寶元年改爲永嘉郡。

〔赤城〕太平寰宇記卷九八：赤城山在（天台）縣北六里。孔靈符會稽記云：赤城山土色皆赤，狀似雲霞。登真隱訣云：此山下有洞在三十六小洞天數，其山是赤城，丹洞周迴三百里，名上玉清平天也。孫綽天台賦云：赤城霞起而建標，瀑布飛流以界道。又述異記云：赤城山一峯特高，可三百丈，丹壁爍日。參見卷七同族弟金城尉叔卿燭照山水壁畫歌注及卷十五夢遊天姥吟注。

〔孤嶼〕王云：一統志：孤嶼山在温州府城北，有東西二峯，峯上各有塔。薛方山浙江通志：永嘉縣北曰孤嶼山，在永寧江中，東西兩峯相峙。△嶼音序。

〔縉雲〕王云：太平寰宇記：處州縉雲縣有縉雲山。名山記云：孤石干雲，高可三百丈，黄帝鍊丹於此。郡國志云：縉雲有瀑布，日照如晴虹，風吹如細雨，即此山。

〔石門〕王云：方輿勝覽：石門洞在處州青田縣西七十五里，兩峯壁立，高數十丈，相對如門，因名。有瀑布直瀉至天壁，凡三百尺，自天壁飛洒至下潭，凡四百尺，有亭曰噴雪。道書載青田山元鶴洞天即此。薛方山浙江通志：處州青田縣有石門山，在石蓋山之西十里，兩峯對峙如門，中有洞曰石門洞，道書所謂元鶴洞天，乃三十六洞天之第三十也。西南高谷有瀑布泉，自上潭奔流至天壁三十餘丈，自天壁至下潭四十餘丈，舊在榛莽間。至劉宋時，永嘉守謝靈運性好游覽，始覓此洞。

〔惡溪〕王云：元和郡縣志：處州麗水縣，有麗水，本名惡溪，以其湍流岨嶮，九十里間五十九瀨，名爲大惡。開皇中，改爲麗水，皇朝因之，以爲縣名。太平寰宇記：惡溪出處州麗水縣東北大甕山，西南二百一十五里至括州城下。謝靈運與從弟惠連書云：出惡溪至大江，水清如鏡。輿地志云：惡溪道間九十里而有五十九瀨，兩岸連雲，高巖壁立。諸書皆云五十九灘，而此云七十灘，所未詳也。太白自注：李公邕昔爲括州，開此嶺路。唐書李邕傳：開元二十三年，起爲括州刺史，後歷淄、滑二州刺史，上計京師，出爲汲郡、北海太守，時稱李北海。又太白自注：惡谿有謝康樂題詩處。方輿勝覽：謝公巖在好溪上，亦名康樂巖。一統志：謝公巖在縉雲縣南十里，一名康樂巖，謝靈運游宴之地。

〔梅花橋〕王云：梅花橋今無考，當在梅花溪之上。薛方山浙江通志：金華縣東石碕巖高十餘丈，俯瞰大溪，巖下有洞曰梅花洞，又名梅花溪。雙溪在金華縣南，一曰東港，一曰南港。東港之源出東陽之大盆山，過義烏合衆流西行入縣境。又合杭慈溪、白溪、東溪、西溪、坦溪、玉泉溪、赤松溪之水，經馬鋪嶺石碕巖下與南港會。南港之源出縉雲之黄碧山，過永康、武義入縣境，又合松溪、梅溪之水，經屏山西北行，與東港會於城下，故曰雙溪，又名瀫溪。西行受白沙溪、桐溪、盤溪之水，入於蘭溪，會衢水北折於桐江，同新安之水東流於浙江，放於海。

〔金華〕王云：元和郡縣志：金華山在婺州金華縣北二十里，赤松子得道處。太平寰宇記：金華縣有赤松澗，赤松子游金華山，以火自燒而化。故山上有赤松之祠，澗自山而出，故曰赤松澗。薛方山浙江通志：金華縣北有赤松山，相傳黄初平叱石成羊處。初平號赤松，故山以是名，後人爲之立祠，名赤松宫。

〔八詠樓〕王云：一統志：八詠樓在金華府治西南隅，舊名玄暢樓，南齊太守沈約建。有「登臺望秋月，會圃臨春風，秋至愍衰草，寒來悲落桐，夕行聞夜鶴，晨征聽曉鴻，解珮去朝市，被褐守山東」八詠詩。金華府志：南齊隆昌元年，沈約以吏部郎出爲東陽太守，題八詩於玄暢樓，後人更爲八詠樓云。方輿勝覽：八詠樓在婺州子城西，即沈隱侯玄暢樓。至道間，郡守馮伉更今名。琦按：自太白詩外，崔顥有題沈隱侯八詠樓詩，及嚴維「明月雙溪水，清風八詠樓」之句。八詠之名，蓋不始於宋矣。

〔嚴光瀨〕王云：唐六典注，浙江水有三源：一出歙州，一出衢州，一出婺州。歷睦、杭、越三州界入海。薛方山浙江通志：新安江一名清溪，出徽州，自歙經淳安縣界至嚴州府城南，合婺港東入浙江。富春山在嚴州桐廬縣西三十五里，一名嚴陵山。清麗奇絶，號錦峯繡嶺，前臨大江，乃漢嚴子陵釣處也，人稱爲嚴陵瀨。有東西二釣臺，各高數百丈。西征記云：自桐君而西，羣山蜿蜒，如兩蛇對走於平野之上。三江之水並流於其間，驚波間馳，秀壁雙峙，上有嚴子陵釣臺，孤峯特操，聳立千仞，奔走名利汩没塵埃者，一過其下，清風襲人，毛髮豎立，使人有遺世獨立之意。又西曰七里灘。太平寰宇記：嚴子陵釣臺在桐廬縣南大江側，壇下連七里瀨。按東觀漢記云：光武與子陵友舊，及登位望之，陵隱於孤亭山，垂釣爲業。時知天文者奏：每日出，常有客星同流。帝曰：「嚴子陵耳。」訪得之，陵不受封，今郡有臺并壇，亦謂嚴陵瀨。一統志：釣臺在嚴州府城東五十里，東西二臺，各高數百丈。漢嚴子陵垂釣處。避暑録話：嚴陵灘東西二釣臺，各在山巔，與灘不相及，突然石出峯外略如臺，上平可坐數十人，因以名耳。參見卷十書情贈蔡舍人雄詩注。

〔蒼嶺〕王云：薛方山浙江通志：蒼嶺在台州仙居縣西北九十里，高五千丈，周迴八十里，界於縉雲，重岡複徑，隨勢高下，其險峭峻絶爲東浙之最，行者病焉。又云：處州縉雲縣有括蒼山，一名蒼嶺，圖經載十六洞天括蒼爲第十，名成德隱真洞天，周三百里，東跨仙居，南控臨海。吴録云：括蒼山登之俯視雷雨，高一萬六千丈，棠溪、赤溪、管溪三水分流環遶其下。

〔蒼嶺對〕王云：以上叙其自台州泛海至永嘉偏遊縉雲金華諸名勝之事。

稍稍來吴都，徘徊上姑蘇。烟緜横九疑，漭蕩見五湖。目極心更遠，悲歌但長吁。迴橈楚江濱，揮策揚子津。身著日本裘，昂藏出風塵。五月造我語，知非佁儗人。相逢樂無限，水石日在眼。徒干五諸侯，不致百金産。吾友楊子雲，絃歌播清芬。雖爲江寧宰，好與山公羣。乘興但一行，且知我愛君。君來幾何時？仙臺應有期。東窗緑玉樹，定長三五枝。至今天壇人，當笑爾歸遲。我苦惜遠別，茫然使心悲。黄河若不斷，白首長相思。

【校】

〔漭蕩〕兩宋本、繆本俱作㳬蕩，注云：一作盪㳬。王本注云：一作蕩㳬，繆本作㳬蕩。按：㳬爲字書所無，疑當作莽蕩，莽蕩爲疊韻字。

〔日本裘〕此下兩宋本、繆本俱注云：裘則朝卿所贈日本布爲之。按：此爲白自注之語。胡本有自注二字。

〔佁〕兩宋本、繆本、咸本俱作儓。胡本注云：一本作佁，非。王本注云：繆本作儓。

〔至今〕至，兩宋本、繆本、王本俱注云：一作如。

〔心悲〕兩宋本此下注字壞。繆本缺二格。

【注】

〔姑蘇〕〔九疑〕王云：藝文類聚：吴地記曰：吴王闔閭十一年，起臺於姑蘇山，因山爲名，西南去國三十五里，春夏游焉。後夫差復高而飾之，越伐吴，遂見焚。太史公云：余登姑蘇望五湖，五湖去此臺二十餘里。吴地記：姑蘇臺在吴縣西南三十五里，闔閭造，經營九年始成。其臺高三百丈，望見三百里外，作九曲路以登之。宋范至能曰：與客登蘇臺山頂正平，有坳堂蘚石可列坐，相傳爲吳故宮閑臺別館，其前湖光接松陵，獨見孤塔之尖，少北點墨一螺爲崑山，其後西山競秀，攢青叢碧，與洞庭林屋相賓。大約目力踰百里，具登高臨遠之勝。琦按：登姑蘇以望五湖，自是實景。若九疑遠在湖廣南垂，相去數千里，豈目力所能及？或者是設爲想像之辭耳，否則是其所望見之山，其時亦有冒九疑之名者，因指而入咏，亦未可定。陸羽慧山寺記曰：慧山古華山也。顧歡吳地記云：在吳城西北一百里，其山有九隴，俗謂之九隴山，或云九龍山，或曰鬭龍山。九龍者，言山隴之形，若蒼虬縹螭合沓然。鬭龍者，相傳隋大業末山上有龍鬭六十日，因名。此山當太湖之西北隅。縈竦四十餘里，惟中峯有叢篁灌木，餘盡古石嵌崒而已。凡烟嵐所集，發於蘿薜，今石山横亘，濃翠可掬。周柱史伯陽謂之神山，豈虚言哉？九疑或是指此耳。

〔五湖〕王云：江南通志：五湖在吳郡西南三十餘里，禹貢謂之震澤，周禮謂之具區，左氏謂之笠澤，史記謂之五湖。今之太湖也。其大三萬六千頃，東西二百餘里，南北一百二十里，延袤五百餘里。湖中有七十二山，跨蘇、湖、常三州。北有百瀆，納建康、常、潤數郡之水，南有諸漊，納宣、歙、臨安、苕、霅諸溪之水，東南巨浸，無大於此。

〔揚子〕王云：江南通志：揚子津在揚州府城南十五里，一名揚子渡，唐高宗永淳間楊子縣也。舊時建康有四津，横江爲建康之西津，揚子爲建康之東津。參見卷七横江詞第三首注。

〔日本裘〕王云：太白自注：裘則朝卿所贈日本布爲之。按：兩宋本、蕭本、繆本皆以自注列本句之下，王注雜入總注中，非是。朝卿事，見卷二十五哭晁卿衡詩注。

〔楊子雲〕王云：楊子雲謂楊利物，太白有江寧宰楊利物畫贊，即是此人。

〔愛君〕王云：以上叙其自姑蘇至廣陵相見之事。

〔天壇〕王云：一統志：天壇山在懷慶府濟源縣西一百二十里王屋山北。山峯突兀，其東曰日精，西曰月華，絶頂有石壇，名清虚小有洞天。旦夕有五色影，夜有仙燈。按天壇山即王屋山中之一峯也。

〔黄河〕王云：「黄河若不斷，白首長相思」，此是倒裝句法。謂白首相思，若黄河之水，終無斷絶時耳。又云：以上叙其還山而相别也。

【評箋】

按：朝衡以天寶十二載自長安經揚州歸國，於途中遇風，傳言被難。此詩注中有「裘則朝卿所贈日本布爲之」一語，頗足資探索，疑白與魏萬相遇於揚州亦即與朝衡相遇於揚州之時。朝衡與白是否宿識不可知，然贈布則以此時爲最合情事，朝衡留華多年，久與其本國隔絶，至是始有本國使節來華，攜土物必多，足以分贈也。果爾，則白之由揚州至江寧以及寄家東魯皆是年之事，而哭朝卿一詩（見卷二十五）亦即作於次年矣。

金陵酬翰林謫仙子

王屋山人魏萬

君抱碧海珠，我懷藍田玉。各稱希代寶，萬里遥相燭。長卿慕藺久，子猷意已深。平生風雲人，暗合江海心。去秋忽乘興，命駕來東土。謫仙遊梁園，愛子在鄒魯。二處一不見，拂衣向江東。五兩挂淮月，扁舟隨海風。南游吴越徧，高揖二千石。雪上天台山，春逢翰林伯。宣父敬項橐，林宗重黄生。一長復一少，相看如弟兄。惕然意不盡，更逐西南去。同舟入秦淮，建業龍盤處。楚歌對吴酒，借問承恩初。宫買長門賦，天迎駟馬車。才高世難容，道廢可推命。安石重攜妓，子房空謝病。金陵百萬户，六代帝王都。虎石踞西江，鍾山臨北湖。湖山信爲美，王屋人相待。應爲岐路多，不知歲寒在。君遊早晚還，勿久風塵間。此别未遠别，秋期到仙山。

【校】

〔項橐〕橐，兩宋本、繆本俱作託。王本注云：一作託。

〔虎石〕石字，兩宋本、繆本俱殘缺。

【注】

〔藍田〕長安志卷一六：藍田山在藍田縣東南三十里，其山産玉，亦名玉山。

〔長卿〕漢書卷五七司馬相如傳：司馬相如字長卿，……少時名犬子，相如既學，慕藺相如之爲人也，更名相如。

〔子猷〕世説任誕篇：王子猷居山陰，夜大雪，眠覺，開室命酌酒，四望皎然。……忽憶戴安道，時戴在剡。即便夜乘小船就之，經宿方至，造門不前而返。人問其故，王曰：「吾本乘興而行，興盡而返，何必見戴？」

〔宣父〕王云：唐書：貞觀十一年詔尊孔子爲宣父。史記：項槖生七歲爲孔子師。

〔林宗〕後漢書卷八三黄憲傳：郭林宗少游汝南，先過袁閎，不宿而退。進往從憲，累日方還。或以問林宗，林宗曰：「奉高之器，譬諸泛濫，雖清而易挹。叔度汪汪若千頃陂，澄之不清，淆之不濁，不可量也。」

〔秦淮〕方輿勝覽卷一四：秦淮在（上元）縣南三里，始皇時，望氣者言金陵有天子氣。使朱衣鑿山爲瀆，以斷地脈，以秦開，故曰秦淮。或曰：淮水發源屈曲，不類人工。

〔建業〕晉書地理志：丹陽郡建鄴：本秣陵，孫氏改爲建業。

〔安石〕晉書卷七九謝安傳：安雖放情丘壑，然每游賞必以妓女從。參見卷七東山吟、卷十書情贈蔡舍人雄等詩注。

〔子房〕史記留侯世家：留侯性多病，即道引不食穀，杜門不出。

〔虎石〕王云：太平御覽：丹陽記曰：石頭城，吳時悉土塢，義熙初始加磚甓，因山以爲城，因江以爲池，地形險固，尤有奇勢。故諸葛亮云：鍾山龍蟠，石城虎踞，良有之矣。六朝事跡：吳孫權於江岸必争之地築城，名曰石頭，常以腹心大臣鎮守之。今石城故基，乃楊行密稍遷近南，夾淮帶江以盡地利，其形勢與長干山連接。輿地志云：環七里一百步，在縣西五里，去臺城九里，南抵秦淮口，今清涼寺之西是也。諸葛亮論金陵地形云，鍾阜龍蟠，石城虎踞，真帝王之宅，正謂此也。參見卷七金陵歌送别范宣注。

〔鍾山〕景定建康志卷一七：鍾山一名蔣山，在城東北一十五里。……漢末有秣陵尉蔣子文逐盜死事于此，吳大帝爲之立廟，封曰蔣侯，大帝祖諱鍾，因改曰蔣山。

〔北湖〕景定建康志卷一八：玄武湖亦名蔣陵湖、秣陵湖、後湖，在城北二里。又云：大興三年，始創北湖，築長隄以壅北山之水，東自覆舟山，西至玄武城六里餘。宋元嘉中，有黑龍見，因改玄武湖。參見卷十三新林浦阻風寄友人詩注。

【評箋】

王云：此詩楊、蕭本不載，今從繆本補録。

今人詹鍈云：詩云：「去秋忽乘興，命駕來東土。謫仙遊梁園，愛子在東魯。二處不一見，拂衣向江東。」知天寶十二載秋，萬曾訪白於梁園，未遇，又訪之於東魯，僅見伯禽，始拂衣向江東也。證之留別曹南羣官之江南、自梁園至敬亭山見會公談陵陽山水詩，正相吻合。按：李頎集中有送魏萬之京一詩，以時代論，即此魏萬無疑。又劉長卿集中有題魏萬成江亭一首，有「才出時人右，家貧湘水頭」之句，據白詩「本家聊攝東」一語，知魏爲齊魯人，與長卿詩未合。

送當塗趙少府赴長蘆

我來揚都市，送客迴輕舠。因誇楚太子，便覩廣陵濤。仙尉趙家玉，英風凌四豪。維舟至長蘆，目送烟雲高。摇扇對酒樓；持袂把蟹螯。前途儻相思，登嶽一長謡。

【校】

〔楚太子〕楚，兩宋本、繆本俱作吳。王本注云：繆本作吳。

【注】

〔趙少府〕見後評箋。

〔長蘆〕王云：唐時有二長蘆。一是長蘆縣，隸河北道之滄州。一是長蘆鎮，在淮南道揚州之六合縣南二十五里。陸放翁入蜀記曰：發真州，過瓜步山，望長蘆寺，樓塔重複，江面渺瀰無際，殊可畏。李太白詩云：「維舟至長蘆，目送烟雲高。」是也。則謂是六合之長蘆也。

〔楚太子〕文選枚乘七發：楚太子有疾而吴客往問之，……客曰：將以八月之望，與諸侯遠方交游兄弟，並往觀濤乎廣陵之曲江。

〔仙尉〕王云：漢梅福爲南昌尉，人傳以爲仙去，稱尉曰仙尉本此。

〔四豪〕見卷十二獻從叔當塗宰冰詩注。

〔蟹螯〕世説任誕篇：畢茂世云：一手持蟹螯，一手持酒杯，拍浮酒池中，便足了一生。

〔長謡〕文選趙景真與嵇茂齊書：昔李叟入秦，及關而嘆。梁生適越，登岳長謡。夫以嘉遁之舉，猶懷戀恨，況乎不得已者哉？李善注：……然老子之嘆不爲入秦，梁鴻長謡不由適越，且復以至郊爲及關，升邙爲登岳，斯蓋取意而略文也。

【評箋】

今人詹鍈云：詩云：「我來揚都市，送客迴輕舠。」又云：「摇扇對酒樓，持袂把蟹螯。」當是夏季於揚州作。按：趙炎於天寶十五載春間流往炎方，太白有春於姑熟送趙四流炎方序，以上二詩之作當在其前。

按：卷八有當塗趙炎少府粉圖山水歌，卷十三有寄當塗趙少府炎，當同指一人。此詩當是在揚州作。

送友人尋越中山水

聞道稽山去，偏宜謝客才。千巖泉灑落；萬壑樹縈迴。東海橫秦望；西陵遶越臺。湖清霜鏡曉；濤白雪山來。八月枚乘筆；三吳張翰杯。此中多逸興，早晚向天台。

【校】

〔泉灑落〕咸本作雲錯莫，注云：一作泉灑落。

〔霜鏡〕霜，王本注云：許本作雙，誤。英華亦訛作雙，傅校作霜。

【注】

〔謝客〕鍾嶸詩品：初，錢塘杜明師夜夢東南有人來入其館，是夕即（謝）靈運生于會稽，旬日而謝玄亡，家以子孫難得，送靈運於杜治養之，十五方還都，故名客兒。

〔秦望〕王云：水經注：秦望山在州城正南，爲衆峯之傑，陟境便見。史記云：秦始皇登之以望南海，自平地以取山頂七里，懸磴孤危，徑路險絶，攀蘿捫葛，然後能升。山上無草木，當由地迴多風所致。施宿會稽志：秦望山在會稽縣東南四十里。舊經云：衆嶺最高者。

〔西陵〕王云：水經注：浙江又徑固陵城北，昔范蠡築城於浙江之濱，言可以固守，謂之固陵，今之西陵也。有西陵湖，亦謂之西城湖，湖西有湖城山，東有夏架山，湖水上承妖皋谿而下注浙江。嘉泰會稽志：西陵城在蕭山縣西一十二里。方輿勝覽：西興渡在蕭山縣西十二里，本名西陵，吴越武肅王以非吉語，改曰西興。

〔越臺〕王云：述異記：勾踐延四方之士，作臺於外而館之。今會稽山有越王臺。一統志：越王臺舊在種山東北，越王勾踐登眺之所，宋汪綱復建，在山之西麓。

〔八月〕按：王鳴盛十七史商榷卷七九：朱先生彝尊文集第三卷謁廣陵侯廟詩序，辨枚乘七發：八月之望，觀濤於廣陵之曲江。世疑廣陵國爲今揚州府治。然曾子固撰越郡趙公救災記，中有廣陵斗門，合之伍子之山胥母之場，疑義可析云云。又第二十六卷滿江紅錢唐觀潮詞自注，亦引七發。又第三十一卷與越辰六書：七發廣陵之曲江，即浙江。水經注：浙江水流兩山間，江川急濬，兼濤水晝夜再來，是以枚乘曰：海水上潮，江水逆流，其詮釋最確。曾鞏序鑑湖圖，有廣陵斗門，在今山陰縣六十里，去浙江不遠，而錢唐郭外有廣陵侯廟，今猶存。若江都之更名廣陵，在元狩三年，時乘已卒，不應先見之於文，是七發之廣陵非江都明矣。世人以廣陵二字遂誣曲江在揚州，可笑也。比見足下榜門書廣陵濤字，流俗相沿無足怪，特不宜誤自足下云云，愚謂先生考證之學世所共推，……但李善注七發，於廣陵引漢書地志，廣陵國屬吴。淩赤岸注引山謙之南徐州記曰：京江，禹貢北江，春秋分朔，輒有大濤至江，乘北激赤岸，尤更迅猛。山謙之，宋文帝時人，酈道元，魏末當南之梁末人，山在鄺前甚遠。況鄺北人，説南水每多誤。山，南人，記南水似更可信，……蕭子顯南齊書州郡志云：南兗州鎮廣陵，漢故王國，有江都浦水，刺史每以秋月出海陵觀濤與京口對岸，江之壯闊處也。子顯，齊梁間人，亦在鄺前，而生長南方，所言不謬。至廣陵之名，據吴越春秋，夫差時已有，非起於元狩。且枚乘，淮陰人，爲吴王郎中，正宜就近説，觀濤事恐當仍舊解。李白集第十六卷（原誤作十四卷）送友人尋越中山水詩：「湖清霜鏡曉，濤白雪山來。八月枚乘筆，三吴張翰杯。」此似足證廣陵濤在錢唐，朱先生未引。但此上文則有送當塗趙少府赴長蘆詩：「我來揚都市，送客迴輕舠。因誇吴太子，便覩廣陵濤。」則此詩仍以廣陵濤在淮南矣。又按：閻若璩潛丘劄記卷三云：枚乘七發云：將以八月之望，與諸侯遠方交游，兄弟並往，觀濤乎廣陵之曲江。近解者多知以曲江爲浙江，八月之望即俗所云潮生日，濤最迅猛，闔郡往觀之事。然終無以爲廣陵二字解。案：李善曰：枚乘事梁孝王，恐孝王反，故作七發以諫之。孝王薨於景帝中六年丁酉，則此七作於丁酉前。考爾時會稽郡省併入江都國，是江都之所統，不獨至錢塘江，且遠至今建寧福州古名治縣者，其疆域如此。作者本欲云江都之曲江，但以二江字相犯，易古地名曰廣陵。唐代尚詞章，兼嫻地志，故李善據文勢已云：赤岸當在遠方，非指廣陵。李太白送友人尋越中山水云：「濤白雪山來」，又云：「八月枚乘筆」，孟浩然初下浙江舟中口號云：「八月觀潮罷」，僧皎然送劉司法之越州云：「八月欲觀濤」，至昌黎謂李翺觀濤江，翺自言暮宿濤江，皆錢塘江也。

其疑似而誤，翻在南齊書州郡志、山謙之南徐州記耳。

〔張翰〕見本卷送張舍人之江東詩注。

送族弟凝之滁求婚崔氏

與爾情不淺，忘筌已得魚。玉臺挂寶鏡，持此意何如？坦腹東牀下，由來志氣疎。遥知向前路，擲果定盈車。

【注】

〔族弟凝〕見後評箋。

〔滁〕舊唐書地理志：淮南道滁州：隋江都之清流縣，武德三年杜伏威歸國，置滁州。

〔忘筌〕王云：筌與荃同。莊子：荃者所以在魚，得魚而忘荃。蹄者所以在兔，得兔而忘蹄。言者所以在意，得意而忘言。吾安得夫忘言之人而與之言哉？陸德明注：荃，七全反，崔音孫，香草也，可以餌魚。或云：積柴水中，使魚依而食焉。一云魚笱也。

〔玉臺〕世説假譎篇：温公喪婦，從姑劉氏家值亂離散，唯有一女，甚有姿慧。姑以屬公覓婿，公密有自婚意。答曰：「佳壻難得，但如嶠比云何？」姑曰：「喪亂之餘，乞粗存活，便足慰吾餘年。何敢希汝比？」卻後少日，公報姑曰：「已覓得婚處，門第粗可，壻身名宦，盡不減嶠。」因下玉鏡臺一枚，姑大喜。既婚交禮，女以手披紗扇，拊掌笑曰：「我固疑是老奴。」玉鏡臺，是公爲劉越石長史北征劉聰所得。

〔擲果〕世説容止篇注：語林曰：潘安仁至美，每行，老嫗以果擲之滿車。

【評箋】

按：本卷有送族弟凝至晏嵎詩。又單父東樓秋夜送族弟沈（況）之秦，自注：時凝弟在席。卷十七有送族弟單父主簿凝攝宋城主簿……，均可參看。

送友人遊梅湖

送君遊梅湖，應見梅花發。有使寄我來，無令紅芳歇。暫行新林浦，定醉金陵月。莫惜一雁書，音塵坐胡越。

【注】

〔梅湖〕王云：初學記：始興有梅湖。北堂書鈔：地里志云：梅湖者昔有梅筏沉於此湖，有時浮出，至春則開花流滿湖矣。玩詩内新林浦、金陵月之句，此地當與金陵相近。

〔有使〕太平御覽卷九七荆州記曰：陸凱與范曄友善，自江南寄梅花一枝詣長安與曄，并贈詩曰：「折梅逢驛使，寄與隴頭人。江南無所有，聊贈一枝春。」

〔新林〕王云：胡三省通鑑注：新林浦去今建康城二十里，西值白鷺洲。參見卷十三新林浦阻風寄友人詩注。

送崔十二遊天竺寺

還聞天竺寺，夢想懷東越。每年海樹霜，桂子落秋月。送君游此地，已屬流芳歇。待我來歲行，相隨浮溟渤。

【注】

〔天竺寺〕王云：咸淳臨安志：天竺寺者，餘杭之勝刹也。飛來峯者，武林之奇巘也。晉時梵僧慧理指此山，乃靈鷲之一小嶺，不知何年飛來，至此拄錫置院，初曰翻經。隋開皇中，法師真觀廣之，改爲天竺寺。琦按：杭州天竺寺有三：上天竺寺創自石晉天福間，道翊禪師得異木，刻以爲大士像。吴越忠懿王即其地創佛廬奉之，號天竺觀音看經院者是也。中天竺寺，創自宋太平興國元年，吴越王即寶掌禪師道場舊址改建，號崇壽院者是也。下天竺寺，創自隋開皇中，真觀法師即慧理之翻經院改建，號南天竺寺者是也。上中二寺皆唐以後所建，其始亦無天竺寺之名，唐之天竺寺乃今之下天竺也。

〔東越〕王云：杭州春秋時爲越地而在東方，故曰東越，與史、漢稱東甌爲東越者不同。

〔桂子〕王云：咸淳臨安志：舊俗所傳月墜桂子，惟天竺素有之。唐天寶中，寺前一子成樹，今月桂峯在焉。刺史白居易詩云：「宿因月桂落，醉爲海榴開。」注云：天竺嘗有月中桂子落。……又東城桂詩云：「子墮本從天竺寺，根盤今在闔閭城。」注云：舊説杭州天竺寺每歲秋中有月桂子墜。

送楊山人歸天台

客有思天台，東行路超忽。濤落浙江秋，沙明浦陽月。今游方厭楚；昨夢先歸越。且盡秉燭歡；無辭凌晨發。我家小阮賢，剖竹赤城邊。詩人多見重；官燭未曾然。興引登山屐；情催汎海船。石橋如可度，攜手弄雲煙。

【注】

〔浦陽〕王云：元和郡縣志：浦陽江在婺州浦陽縣西北四十里，出桑溪山嶺，東入越州諸暨縣。施宿會稽志：浦陽江源出婺州浦陽，北流一百二十里入諸暨縣，溪又東北流，由峽山直入臨浦灣以至海，俗名小江，一名錢清江。

〔小阮〕王云：小阮謂阮籍之姪阮咸也，後人謂姪曰小阮本此。參見卷二十陪侍郎叔遊洞庭醉後詩第一首注。

〔詩人〕王云：文獻通考：唐李嘉祐，別名從一，趙州人。天寶七年進士，爲祕書正字，袁、台二州刺史。善爲詩，綺靡婉麗，有齊梁之風，時以比吴均、何遜云。唐詩紀事：李嘉祐上元中嘗爲台州刺史，大曆間刺袁州，與嚴維、劉長卿、冷朝陽友善。嘉祐有送從叔陽冰寄從弟紓及姪端詩，蓋三子之族也。

〔官燭〕太平御覽卷四二五謝承後漢書曰：巴祗字敬祖，爲揚州刺史，在官不迎妻子，暗坐不然官燭。

〔汎海船〕晉書卷七九謝安傳：嘗與孫綽等汎海，風起浪湧，諸人並懼。安吟嘯自若，舟人以安爲悦，猶去不止。風轉急，安徐曰：「如此將何歸耶？」舟人承言即回。衆咸服其雅量。

〔石橋〕法苑珠林卷五二：東晉初，天台山寺者，昔有沙門帛道猷，或云竺道猷，統涉山水，窮枯奇異，承天台石梁終古無度，乃慷慨曰：「彼何人斯！獨無貞操，故使聖寺密爾，對面千里。」遂揭錫獨往而趣石梁。又卷一〇〇：……天台懸崖峻峙，峯嶺切天，古老相傳云：上有往時精舍，得道者居之。雖有石橋跨澗，而横石斷人，且莓苔青滑，自終古以來無得至者。

【評箋】

今人詹鍈云：王注引唐詩紀事云：李嘉祐上元中嘗爲台州刺史，……嘉祐有送從叔陽冰寄從弟紓及姪端詩，蓋三子之族也。按白於陽冰亦稱族從叔，自不當以嘉祐爲姪，王説非也。小阮當指杭州刺史李良而言，詳見前（按見二十卷）。詩中稱山人今遊方厭楚，昨夢先歸越，蓋白赴京途中於楚地遇楊山人，因贈之也。

送温處士歸黄山白鵝峯舊居

黄山四千仞，三十二蓮峯。丹崖夾石柱，菡萏金芙蓉。伊昔昇絶頂，下窺天目松。仙人鍊玉處，羽化留餘蹤。亦聞温伯雪，獨往今相逢。採秀辭五岳，攀巖歷萬重。歸休白鵝嶺，渴飲丹沙井。鳳吹我時來，雲車爾當整。去去陵陽東，行行芳桂叢。迴谿十六度，碧嶂盡晴空。他日還相訪，乘橋躡綵虹。

【校】

〔温伯雪〕雪，兩宋本、繆本、王本俱注云：一作雲。

〔陵陽〕陵，咸本作陟，注云：一作陵。

【注】

〔黄山〕王云：黄山志：江以南諸山最黄山，其高四千仞。按：黄山諸峯最高者，志稱九百仞止矣。四千仞者，大抵自山麓平地而准擬之。諸書皆言黄山之峯三十有六，而白詩只言三十有二，蓋四峯唐以前未有名也。山志云：羣峯聳秀，羅列當前，曰青鸞，曰朱砂，曰天都，曰老人，曰鉢盂，盡作蓮花蓮蕊狀。參見卷十二贈黄山胡公求白鷴詩注。

〔白鵝峯〕王云：方輿勝覽：黄山舊名黟山，在徽州歙縣西北一百二十八里，高一千一百八十仞。郡志：其山有摩天戛日之高，宣、歙、池、饒、江等州山，並是此山之支脈矣。諸峯有如削成，烟嵐無際，雷雨在下，其霞城洞室，巖竇瀑泉，則無峯不有。信靈仙之窟宅。山勢西北中坼，望之類太華山，有峯三十六，其水源亦三十六，溪二十四，洞十有二，巖八。水流而下合揚之水爲浙江之源。第四峯有泉沸如湯，常湧硃砂，世傳黄帝嘗命駕，與容成子浮丘公同游，合丹於此。其後又有仙人曹、阮之屬。琦按黄山圖：白鵝峯在石門峯、烏泥嶺之間。志云：吟嘯橋在白鵝嶺下，名最著。錢牧齋曰：李白有送温處士歸黄山白鵝峯詩，今白鵝峯不在三十六峯之列，蓋三十六峯皆高七百仞以上，其外諸峯高二三百仞者不與焉。白鵝峯亦諸峯之一也。

〔芙蓉〕王云：按山志：蓮花峯在硃砂峯北，高九百仞，石蕊中尊，千葉簇簇如瓣，並峙諸山皆及肩而止，無敢争高者。汪晉穀云：峯巍然中立，環視萬峯，面面皆蓮，而此峯爲衆蓮母。石柱峯在碁石峯西北，高七百九十仞，亭亭獨上，刺日撑霄，其形儼如天幹。芙蓉峯在松林峯西，高七百五十仞，巃嵸峭拔，如菡萏一枝，向天而開。青天削出芙蓉，惟此足當之。是蓮花、石柱、芙蓉皆黄山峯名，而詩意則謂黄山三十二峯皆如蓮花，丹崖夾峙中，植立若柱然，其頂之圓平者如菡萏之未舒，其頂之開敷者如芙蓉之已秀。未嘗專指三峯而言也。

〔天目〕王云：太平寰宇記：杭州於潛縣有天目山，上有兩湖若左右目，故名天目也。山極高峻，上多美石泉水名茶。咸淳臨安志：天目山在臨安縣西五十里，高三千九百丈，周迴八百里，有三十六洞，爲仙靈所居。水經注：於潛縣北天目山，山極高峻，崖嶺竦疊，西臨後澗，山上有霜木，皆是數百年樹，謂之翔鳳林。山志引郡國志云：浙江天目山高一萬八千丈，僅及黄山之麓。蓋地勢自高而下，有如建瓴，黄山上峙於高原，天目峭拔乎卑壤，以卑擬高，則天目之頂僅及黄山之阯。太白所謂「昇絶頂而下窺天目松」者，良有以也。

〔錬玉〕王云：鮑照詩：「至哉錬玉人，處此長自畢。」山志：錬丹峯高八百七十仞，相傳浮丘公錬丹峯頂，經八甲子，丹始成。黄帝服七粒，不藉雲靄，昇空游戲。石室内丹竈杵臼儼然尚存，峯前有晒藥臺，臺下深黝不可測。

〔温伯雪〕王云：莊子：温伯雪子適齊，反舍於魯，仲尼見之而不言。子路曰：「吾子欲見温伯雪子久矣，見之而不言何耶？」仲尼曰：「若夫人者，目擊而道存矣，亦不可以容聲矣。」太白借其名以喻温處士，若所謂「河東郭有道」「吾友揚子雲」「洛陽蘇季子」「笑對劉公榮」之類，集中甚多，皆借古人之名以謂今人，而黄山志遽以伯雪爲温處士之名，失其解矣。

〔丹沙井〕王云：苕溪漁隱叢話：湯泉多作硫黄氣，浴之則襲人肌膚，惟新安之黄山是硃砂泉。圖經云：黄山東峯下有硃砂湯泉，熱可點茗，春時即色微紅。江南通志：黄山硃砂泉自硃砂峯來，依巖連二小池，上池瑩澈，廣可七尺，深半之，豪髮可鑒。泉出石底，纍纍如貫珠不絶，氣馝馞若湯，酌之甘芳，蓋非他硫黄泉比也。浴者垢旋流出，纖塵不留，令人心境清廓，氣爽體舒，相傳沉痾者澡雪立差。

〔陵陽〕見卷十二自梁園至敬亭山……詩注。

〔乘橋〕王云：山志：天橋在鍊丹臺，一名仙人橋，一名仙石橋，爲黄山最險。兩峯絶處，各出峭石，彼此相抵，有若筍接，接而不合，似續若斷，登者莫不嘆爲奇絶。若圖經載唐開元中見於鍊丹峯側，長三十餘丈，近代謂見於蓮花峯西南，又謂有採藥人宿橋下，聞橋上笙歌聲，天明覓橋不見，皆虚誕不信。石橋固真境，非幻境也。方拱乾游黄山記：過獅子峯，登清涼臺，瞰天橋如長虹亘於巖上下。而親至橋側，三石合成，兩石如橋柱，一石覆之，柱下無所著，可以繩度，上脊不盈五寸，下大闃如都城闉，俯視嗚絃泉恰覆之，不知去此四十里也。「乘橋躡彩虹」，蓋指天橋如彩虹耳。又武夷山記：武夷君於八月十五日大會村人，於武夷山上置幔亭，化虹橋通山下，是以彩虹爲橋可以乘躡者，又一説也。

送方士趙叟之東平

長桑晚洞視，五藏無全牛。趙叟得祕訣，還從方士游。西過獲麟臺，爲我弔孔丘。念別復懷古，潸然空淚流。

【注】

〔方士〕王云：方士謂方術之人。史記封禪書：燕齊海上之方士傳其術。

〔東平〕舊唐書地理志：河南道鄆州：天寶元年，改鄆州爲東平郡。

〔長桑〕史記扁鵲倉公列傳：扁鵲者，渤海郡鄭（集解、索隱均云當作鄚）人也，姓秦氏，名越人。少時爲人舍長，舍客長桑君過，扁鵲獨奇之，常謹遇之。長桑君亦知扁鵲非常人也。出入十餘年，乃呼扁鵲私坐，間與語曰：「我有禁方，年老欲傳與公，公毋泄。」扁鵲曰：「敬諾。」乃出其懷中藥予扁鵲，飲是以上池之水，三十日當知物矣。乃悉取其禁方書盡與扁鵲，忽然不見。殆非人也。扁鵲以其言飲藥三十日，視見垣一方人，以此視病，盡見五藏癥結，特以診脈爲名耳。

〔全牛〕莊子養生主篇：庖丁……曰：「……始臣解牛之時，所見無非牛者。三年之後未嘗見全牛也。方今之時，臣以神遇而不以目視。」

〔獲麟臺〕王云：左傳：西狩於大野，叔孫氏之車子鉏商獲麟，以爲不祥，以賜虞人。仲尼觀之曰：「麟也」，然後取之。史記正義：括地志云：獲麟堆在鄆州鉅野縣東十二里。春秋哀十四年經云：西狩獲麟。國都城記云：鉅野故城東十里澤中有土臺，廣輪四五十步，俗云獲麟堆，去魯城可三百餘里。一統志：獲麟臺在鉅野縣東南五十里，即西狩獲麟之所，後人於此築臺。

送韓準裴政孔巢父還山

獵客張兔罝，不能挂龍虎。所以青雲人，高歌在巖户。韓生信英彦；裴子含清真。孔侯復秀出，俱與雲霞親。峻節淩遠松，同衾卧盤石。斧冰漱寒泉，三子同二屐。時時或乘興，往往雲無心。出山揖牧伯，長嘯輕衣簪。昨宵夢裏還，云弄竹溪月。今晨魯東門，帳飲與君別。雪崖滑去馬，蘿徑迷歸人。相思若烟草，歷亂無冬春。

【校】

〔題〕兩宋本、繆本俱注云：魯中。

〔韓準〕準，咸本作淮，注云：一作準。王本注云：一作正。

〔裴政〕政，兩宋本、咸本、繆本俱注云：一作正。

〔高歌〕歌，兩宋本、繆本、王本俱注云：一作卧。

〔英彦〕英，兩宋本、繆本、王本俱注云：一作豪。

〔俱與〕與，咸本注云：一作以。

〔同二屐〕同，兩宋本、繆本、王本俱注云：一作傳。

〔往往〕兩宋本、繆本、王本俱注云：一作去去。

〔今晨〕晨，兩宋本俱作辰。

【注】

〔孔巢父〕舊唐書卷一五四孔巢父傳：孔巢父，冀州人，字弱翁。早勤文史，少時與韓準、裴政李白、張叔明、陶沔隱於徂徠山，時號竹溪六逸。永王璘起兵江淮，聞其賢，以從事辟之。巢父知其必敗，側身潛遁，由是知名。……德宗幸奉天，遷給事中，河中、陝、華等州招討使，……尋兼御史大夫，充魏博宣慰使，……遇害。

〔兔罝〕詩周南兔罝：肅肅兔罝。毛傳：兔罝，兔罟也。

〔牧伯〕王云：尚書正義：曲禮曰：九州之長曰牧。王制曰：十里之外設方伯，八州八伯。然則牧、伯一也。伯者言一州之長，牧者言牧養下民。鄭玄曰：殷之州牧曰伯，虞夏及周曰牧。後人稱太守曰牧伯本此。

〔帳飲〕文選江淹別賦：帳飲東都，送客金谷。王云：帳飲謂於曠地張帳而飲也。

【評箋】

按：李白與同隱竹溪諸人酬唱必多，僅見此作，可知李詩多散逸也。又其居徂徠山爲時必不久，蓋仍寓家魯郡。即韓、裴、孔等亦非真隱者，觀此詩知干謁不遂而又還山耳。

送楊少府赴選

大國置衡鏡，準平天地心。羣賢無邪人，朗鑒窮清深。吾君詠南風，衮冕彈鳴琴。時泰多美士，京國會纓簪。山苗落澗底，幽松出高岑。夫子有盛才，主司得球琳。流水非鄭曲，前行遇知音。衣工剪綺繡，一誤傷千金。何惜刀尺餘，不裁寒女衾？我非彈冠者，感别但開襟。空谷無白駒，賢人豈悲吟？大道安棄物，時來或招尋。爾見山吏部，當應無陸沉。

【校】

〔清深〕清，蕭本、咸本俱作情。王本注云：蕭本作情。

〔遇知音〕遇，咸本注云：一作邁。

【注】

〔流水〕吕氏春秋孝行覽：伯牙鼓琴，鍾子期聽之，……方鼓琴而志在泰山，鍾子期曰：「善哉乎鼓琴，巍巍乎若泰山。」少選之間而志在流水。鍾子期曰：「善哉乎鼓琴，湯湯乎若流水。」

〔彈冠〕漢書卷七二王吉傳：吉與貢禹爲友，世稱王陽在位，貢公彈冠，言其取舍同也。顔注：彈冠者且入仕也。

〔山吏部〕晉書卷四三山濤傳：……爲吏部尚書，前後選舉，周徧内外，而並得其才。……濤所奏甄拔人物各爲題目，時稱山公啓事。

〔陸沉〕莊子則陽篇：是陸沉者也。郭象注：人中隱者，譬無水而沉也。

對雪奉餞任城六父秩滿歸京

龍虎謝鞭策，鵷鸞不司晨。君看海上鶴，何似籠中鶉？獨用天地心，浮雲乃吾身。雖將簪組狎，若與烟霞親。季父有英風，白眉超常倫。一官即夢寐，脱屣歸西秦。竇公敞華筵，墨客盡來臻。燕歌落胡雁，郢曲迴陽春。征馬百度嘶，游車動行塵。躊躇未忍去，戀此四座人。餞離駐高駕，惜别空慇懃。何時竹林下，更與步兵鄰？

【注】

〔任城〕舊唐書地理志：河南道兖州任城：漢縣。

〔鵷鸞〕抱朴子博喻篇：四靈翳逸，而爲隆平之符，幽人嘉遁，而爲有國之寶，何必司晨而銜鑣羈紲於憂責哉？按：詩意本此。

〔白眉〕三國志蜀志馬良傳：馬良，字季常，兄弟五人並有才名。鄉里爲之諺曰：馬氏五常，白眉最良。良眉中有白毛，故以稱之。

〔竇公〕按：當即次二首題中之竇明府，蓋方爲任城令也。

〔燕歌〕王云：古樂府有燕歌行。李善文選注：歌録曰：燕，地名，猶楚、宛之類。樂府古題要

〔解〕燕歌行，晉樂奏魏文帝「秋風蕭瑟天氣涼」、「別日何易會日難」二篇，言時序遷换而行役不歸，佳人怨曠無所訴也。

〔竹林〕王云：晉書：阮咸任達不拘，與叔父籍爲竹林之游。

魯郡堯祠送吳五之琅琊

堯没三千歲，青松古廟存。送行奠桂酒，拜舞清心魂。日色促歸人，連歌倒芳樽。馬嘶俱醉起，分手更何言。

【校】

〔分手〕手，兩宋本、繆本俱作首。王本注云：繆本作首。

【注】

〔堯祠〕太平寰宇記卷二一：堯祠在（兗州瑕丘）縣東南七里。

〔琅琊〕舊唐書地理志：河南道沂州：天寶元年改爲琅邪郡。

〔桂酒〕楚辭九歌：奠桂酒兮椒漿。王逸注：桂酒，切桂置酒中也。

魯郡堯祠送竇明府薄華還西京

朝策犂眉騧，舉鞭力不堪。强扶愁疾向何處？角巾微服堯祠南。長楊掃地不見日，石門噴作金沙潭。笑誇故人指絶境，山光水色青於藍。廟中往往來擊鼓，堯本無心爾何苦？門前長跪雙石人，有女如花日歌舞。銀鞍繡轂往復迴，簸林蹶石鳴風雷。遠烟空翠時明滅，白鷗歷亂長飛雪。紅泥亭子赤欄干，碧流環轉青錦湍。深沉百丈洞海底，那知不有蛟龍蟠？君不見，緑珠潭水流東海，緑珠紅粉沉光彩。緑珠樓下花滿園，今日曾無一枝在。昨夜秋聲閶闔來，洞庭木落騷人哀。遂將三五少年輩，登高遠望形神開。生前一笑輕九鼎，魏武何悲銅雀臺？我歌白雲倚窗牖，爾聞其聲但揮手。長風吹月渡海來，遥勸仙人一杯酒。酒中樂酣宵向分，舉觴酹堯堯可聞。何不令皋繇擁篲横八極，直上青天掃浮雲。高陽小飲真瑣瑣，山公酩酊何如我？竹林七子去道賒，蘭亭雄筆安足誇？堯祠笑殺五湖水，至今憔悴空荷花。爾向西秦我東越，暫向瀛洲訪金闕。藍田太白若可期，爲余掃灑石上月。

【校】

〔題〕兩宋本、繆本、王本題下俱注云：時久病初起作。

〔微服〕服，兩宋本、繆本、王本俱注云：一作步。胡本作步。

〔笑誇〕以下四字兩宋本、繆本、王本俱注云：一作笑詭伯明。

〔銀鞍〕鞍，兩宋本、繆本俱作鞭。王本注云：繆本作鞭。

〔赤欄〕赤，兩宋本、繆本、王本俱注云：一作朱。

〔蟠〕兩宋本、繆本俱作盤。

〔緑珠〕此句兩宋本、繆本、王本俱注云：一作白首同歸翳光彩。

〔木落〕木，蕭本作水。

〔遠望〕兩宋本、繆本俱作送遠，注云：一作遠望。王本注云：繆本作送遠。

〔倚窗牖〕兩宋本、繆本、王本俱注云：一作大開口。

〔繇〕王本注云：一作陶。

〔掃浮雲〕掃，兩宋本、繆本、咸本、胡本俱作揮，注云：一作掃。王本注云：一作揮。

〔五湖〕五，咸本作鏡。兩宋本、繆本、王本俱注云：一作鏡。

【注】

〔犂眉騧〕王云：十六國春秋：姚襄所乘駿馬曰黧眉騧，日行千里。説文：騧，黄馬黑喙也。

䵙，黑也。䵙眉騧則黄馬而黑眉者矣。古犂、䵙字通用。

〔角巾〕王云：胡三省通鑑注：幅巾以横幅爲之，角巾則巾之有角者。郭林宗遇雨巾一角墊，則角巾也。

〔緑珠〕王云：洛陽伽藍記：昭儀寺有池，京師學徒謂之翟泉。後隱士趙逸云：此地是晉侍中石崇家池。池南有緑珠樓，於是學徒始悟，經過者想見緑珠之容也。太平寰宇記：洛陽縣石崇宅有緑珠樓，今謂之狄泉是也。

〔閶闔〕史記律書：閶闔風居西方。

〔銅雀臺〕文選陸機弔魏武帝文：魏武帝遺令曰：吾婕妤妓人皆著銅雀臺，於臺堂上施八尺牀，張繐帳，朝晡上脯糒之屬，月朝十五，輒向帳作伎，汝等時時登銅雀臺，望吾西陵墓田。

〔山公〕水經注沔水：又東入侍中襄陽侯習郁魚池，郁依范蠡養魚法，作大陂。陂長六十步，廣四十步。又作石洑，逗引大池水，於宅北作小魚池，池長七十步，廣二十步，西枕大道，東北二邊限以高堤，楸竹夾植，蓮芡覆水，是游宴之名處也。山季倫之鎮襄陽，每臨此池，未嘗不大醉而還，恒言此是我高陽池。故時人爲之歌曰：「山公出何去？往至高陽池。日暮倒載歸，酩酊無所知。」參見卷五襄陽曲第二首注。

〔竹林〕晉書卷四九嵇康傳：所與神交者惟陳留阮籍、河内山濤，豫其流者河内向秀、沛國劉伶、籍兄子咸、琅邪王戎，遂爲竹林之游。世所謂竹林七賢也。

〔蘭亭〕王云：何延之蘭亭始末記：蘭亭者，晉右將軍會稽内史瑯琊王羲之所書之序也。右軍聯綿美胄，蕭散名賢，雅好山水，尤善草隸。以晉穆帝永和九年暮春三月三日，宦游山陰，與太原孫統、孫綽、廣漢王彬之、陳郡謝安、高平郄曇、太原王藴、釋支遁并其子凝之、徽之、操之等四十有二人，修祓禊之禮於山陰之蘭亭。揮毫製序，興樂而書，用蠶繭紙，鼠鬚筆，遒媚勁健，絶代更無。凡二十八行，三百二十四字，字有重者，皆構别體，就中之字最多乃有二十許箇，變轉悉異，遂無同者。其時乃有神助。及醒後，他日更書數十百本，終無及者，右軍亦自珍愛寶重此書，留付子孫。

〔藍田〕太平寰宇記卷二六：藍田山在（藍田）縣西三十里，一名玉山，一名覆車山。

〔太白〕見卷二古風第五首及卷三胡無人注。

金鄉送韋八之西京

客自長安來，還歸長安去。狂風吹我心，西挂咸陽樹。此情不可道，此别何時遇？望望不見君，連山起烟霧。

【校】

〔狂風〕狂，兩宋本、繆本、王本俱注云：一作秋。

〔可道〕道，兩宋本、繆本、王本俱注云：一作論。

【注】

〔金鄉〕舊唐書地理志：河南道兗州金鄉：後漢縣，武德四年，於縣置金州。……貞觀十七年，州廢，以金鄉方輿屬兗州。

【評箋】

胡云：劉辰翁云：同是瞻望不及之意，能者自然。

送薛九被讒去魯

宋人不辨玉，魯賤東家丘。我笑薛夫子，胡爲兩地遊？黄金消衆口，白璧竟難投。梧桐生蒺藜，緑竹乏佳實。鳳凰宿誰家？遂與羣雞匹。田家養老馬，窮士歸其門。蛾眉笑躄者，賓客去平原。却斬美人首，三千還駿奔。毛公一挺劍，楚趙兩相存。孟嘗習狡兔，三窟賴馮諼。信陵奪兵符，爲用侯生言。春申一何愚，刎首爲李園。賢哉四公子，撫掌黄泉裏。借問笑何人，笑人不好士。爾去且勿諠，桃李竟何言。沙丘無漂母，誰肯飯王孫？

【校】

〔我笑薛〕兩宋本、繆本、王本俱注云：一作而我笑。

〔田家〕田，兩宋本、繆本、王本俱注云：一作方。

〔習狡兔〕習，兩宋本、繆本、王本俱注云：一作悦。蕭本、咸本、胡本俱作悦。

〔信陵〕以下二句，兩宋本、繆本、王本俱注云：一作朱生擊晉鄙，爲感信陵恩。

〔勿諠〕諠，兩宋本、繆本、王本俱注云：一作論。

〔桃李〕李，兩宋本、繆本俱作花。

【注】

〔宋人〕見卷二古風第五十首注。

〔東家丘〕王云：沈約辯聖論：當仲尼在世之時，世人不言爲聖人也，伐樹削跡，干七十君而不一值，或以爲東家丘，或以爲喪家犬。五臣文選注：魯人不識孔子聖人，乃曰彼東家丘者，吾知之矣。言輕孔子也。

〔黄金〕王云：國語：衆口鑠金。韋昭注：鑠，消也，衆口所毁，雖金石猶可消之也。太平御覽：風俗通曰：衆口鑠金，俗説有美金於此，衆人咸共詆訾，言其不純，賣金者欲其售，因取煅燒以見真，此爲衆口鑠金。

〔緑竹〕王云：鄭康成毛詩箋：鳳凰之性，非梧桐不棲，非竹實不食。

〔老馬〕見卷三天馬歌注。

〔蛾眉〕史記平原君列傳：平原君家樓臨民家，民家有躄者，盤散行汲。平原君美人居樓上，臨見大笑之。明日躄者至門請曰：「……臣不幸有罷癃之病，而君之後宫臨而笑臣，臣願得笑臣者頭。」平原君笑應曰：「諾。」躄者去，平原君笑曰：「豎子乃欲以一笑之故殺吾美人，不亦甚乎！」終不殺。居歲餘，賓客門下舍人引去者過半。平原君怪之曰：「勝所以待諸君者，未嘗敢失禮，而去者何多也？」門下一人前對曰：「以君之不殺笑躄者，以君爲愛色而賤士，士即去耳。」於是平原君斬笑躄者美人頭，自造門進躄者，因謝焉，門下乃復稍稍來。

〔駿奔〕詩周頌清廟：駿奔走在廟。鄭箋：駿，大也。疏：大者，多而疾來之意。

〔毛公〕史記平原君列傳：秦之圍邯鄲，趙使平原君求救，合從於楚，約與食客門下有勇力文武備具者二十人偕。……得十九人。……門下有毛遂者，前自贊於平原君曰：「……願君即以遂備員而行矣。」……平原君與楚合從，……日出而言之，日中不決。……毛遂按劍歷階而上，謂平原君曰：「從之利害，兩言而決耳。今日出而言從，日中不決，何也？」……楚王叱曰：「胡不下？吾乃與而君言，汝何爲者也？」毛遂按劍而前曰：「王之所以叱遂者，以楚國之衆也，今十步之内，王不得恃楚國之衆也。王之命懸於遂手，吾君在前，叱者何也？……今楚地方五千里，持戟百萬，此霸王之資也。以楚之強，天下弗能當，白起小豎子耳，率數萬之衆，興師以與楚戰，一戰而舉鄢、郢，再戰而燒夷陵，三戰而辱王之先人，此百世之怨，而趙之所羞，而王勿知惡焉，合從者爲楚，非爲趙也。」……楚王曰：「唯唯，誠若先生之言。謹奉社稷以從。」……毛遂謂楚王之左右曰：「取雞狗馬之血來。」毛遂奉銅盤而跪進之楚王，曰：「王當歃血而定從，次者吾君，次者遂。」遂定從於殿上。……楚使春申君將兵赴救趙。

〔三窟〕戰國策齊策：馮煖……爲（孟嘗君）收責於薛，……矯命以責賜諸民，因燒其券，……長驅到齊。……孟嘗君……見之曰：「責畢收乎？」曰：「收畢矣。」「以何市而反？」煖曰：「君云視吾家所寡有者，臣竊計……君家所寡有者以義耳。竊以爲君市義。」……孟嘗君不悦。……期年，……孟嘗君就國於薛，未至百里，民扶老攜幼迎君道中。孟嘗君顧謂馮煖：「先生所爲文市義者，乃今日見之。」馮煖曰：「狡兔有三窟，僅得免其死耳，今有一窟，未得高枕而卧也，請爲君復鑿二窟。」……西遊於梁，謂惠王曰：「齊放其大臣孟嘗君，諸侯先迎之者國富而兵強。」於是梁王……遣使者……聘孟嘗君。……梁使三反。……齊王聞之，……遣太傅謝孟嘗君曰：「寡人不祥，……開罪於君。寡人不足爲也，願君顧先王之宗廟，反國統萬人乎！」馮煖戒孟嘗君曰：「願請先王之祭器，立宗廟於薛。」廟成，還報孟嘗君曰：「三窟已就，君姑高枕爲樂矣。」孟嘗君爲相數十年無纖芥之禍者，馮煖之計也。

〔春申〕史記春申君列傳：李園……陰養死士，欲殺春申君以滅口，而國人頗有知之者。……

朱英謂春申君曰：「世有無望之福，又有無望之禍。今君處無望之世，事無望之主，安可以無無望之人乎？」春申君曰：「何謂無望之福？」曰：「君相楚二十餘年矣，雖名相國，實楚王也。今楚王病，旦暮且卒，卒而君相少主，因而代立當國，如伊尹周公，王長而反政，不即遂南面稱孤而有楚國，此所謂無望之福也。」春申君曰：「何謂無望之禍？」曰：「李園不治國而君之仇也，不爲兵而養死士之日久矣。楚王卒，李園必先入據權，而殺君以滅口，此所謂無望之禍也。」春申君曰：「何謂無望之人？」曰：「君置臣郎中，楚王卒，李園必先入，臣爲君殺李園，此所謂無望之人也。」春申君曰：「李園弱人也，僕又善之，且又何至此？」朱英知言不用，恐禍及身，乃亡去。後十七日，考烈王卒，李園果先入，伏死士於棘門之内，春申君入棘門，死士俠刺春申君，斬其頭，投之棘門外。

【評箋】

王云：「『田家養老馬』以下十四句，蓋歷言古人好士之美而雜以『春申一何愚，刎首爲李園』，似非倫類。下文又接以『賢哉四公子』云云，譬之李家娘子纔入墨池，忽登雪嶺矣。太白斗酒百篇，信筆疾書，不無疵纇，然不應數句之間，黑白不分明至此，苟非缺文，則爲訛筆，蓋無疑矣。

按：王說非是。詩中引春申君事，以明春申君雖不用客之言，而客終有益於春申君。所賢者好士，不問其謀身之智與愚也。

單父東樓秋夜送族弟沈之秦

爾從咸陽來，問我何勞苦。沐猴而冠不足言，身騎土牛滯東魯。沈弟欲行凝弟留，孤飛一雁秦雲秋。坐來黄葉落四五，北斗已挂西城樓。絲桐感人絃亦絶，滿堂送客皆惜别。卷簾見月清興來，疑是山陰夜中雪。明日斗酒别，惆悵清路塵。遥望長安日，不見長安人。長安宫闕九天上，此地曾經爲近臣。一朝復一朝，髮白心不改。屈平憔悴滯江潭，亭伯流離放遼海。折翮翻飛隨轉蓬，聞弦虚墜下霜空。聖朝久棄青雲士，他日誰憐張長公？

【校】

〔題〕此下王本注云：一作西京，太白自注：時凝弟在席。兩宋本、繆本時凝弟在席五字爲大字，與題相連。蕭本注云：一作西京，時凝弟在席。

〔族弟沈〕沈，兩宋本、繆本、咸本俱作況。王本注云：繆本作況。

〔之秦〕秦，兩宋本、繆本俱注云：一作西京。

〔已挂〕已，兩宋本、繆本、王本俱注云：一作稍。

〔亦絶〕亦，兩宋本、繆本、王本俱注云：一作已。

〔送客〕客，蕭本作君。咸本注云：一本滿堂送客一句在絶字下。王本注云：蕭本作君。

〔折翮〕此句兩宋本、繆本、王本俱注云：一作翼短天長去不窮。咸本與一作同。

〔他日〕此句兩宋本、繆本、王本俱注云：一作誰肯相思張長公。

【注】

〔單父〕舊唐書地理志：河南道宋州單父：古邑，隋於縣置戴州。貞觀十七年，戴州廢，縣屬宋州。△單音善，父音甫。

〔沐猴〕王云：史記：説者曰：人言楚人沐猴而冠耳。張晏曰：沐猴，獮猴也。漢書：蓼太子以爲漢廷公卿列侯皆如沐猴而冠耳。言其雖著衣冠，但微似人形，無他才能也。

〔土牛〕見卷十二贈宣城趙太守悦詩注。

〔坐來〕張相詩詞曲語辭匯釋云：坐來猶云適纔或正當其時也。亦猶云登時或一時也。李白單父東樓秋夜送族弟沈之秦詩：「沈弟欲行凝弟留，孤雲一雁秦雲秋。坐來黄葉落四五，北斗已挂西城樓。」言其時適當黄葉初落也。

〔亭伯〕見卷十四宣州九日……詩注。

〔長公〕史記張釋之列傳：其子曰張摯，字長公，官至大夫免，以不能取容當世，故終身不仕。

【評箋】

今人詹鍈云：錢牧齋謂此詩爲白去朝後與杜甫偕遊梁宋時作，見杜甫寄李十二白二十韻詩注。王譜云：有「長安宮闕九天上，此地曾經爲近臣」，又曰：「屈平顦顇滯江潭，亭伯流離竄江海。」知是去朝後復歸東魯之作。

送族弟凝至晏堌單父三十里

雪滿原野白，戎裝出盤遊。揮鞭布獵騎，四顧登高丘。兔起馬足間，蒼鷹下平疇。喧呼相馳逐，取樂銷人憂。捨此戒禽荒，徵聲列齊謳。鳴雞發晏堌；別雁驚淶溝。西行有東音，寄與長河流。

【校】

〔題〕胡本題下注云：自注：單父三十里。

〔雪滿〕雪，咸本作霜，注云：一作雪。

〔徵聲〕徵，兩宋本、蕭本、咸本俱作微。王本從繆本，注云：蕭本作微。

【注】

〔淶溝〕王云：魏書：東平郡范縣有淶溝。山東通志：單縣東門外有淶河，源出汴水，晉時所開，北抵濟河，南通徐沛，元以後漸湮，惟下流入沛者僅存水道。

〔東音〕呂氏春秋：夏后氏孔甲作破斧之歌，實始爲東音。

【評箋】

蕭云：白此詩睠顧宗國之意深矣。

魯城北郭曲腰桑下送張子還嵩陽

送别枯桑下，凋葉落半空。我行懵道遠，爾獨知天風。誰念張仲蔚，還依蒿與蓬？何時一杯酒，更與李膺同？

【注】

〔枯桑〕文選古樂府：「枯桑知天風。」李善注：枯桑無枝，尚知天風。

〔懵〕説文云：懵，不明也。△懵音夢。

〔仲蔚〕高士傳：張仲蔚者，平陵人也，與同郡魏景卿俱修道德，隱身不仕。明天官博物，善屬文，好詩賦，常居窮素，所處蓬蒿没人，閉門養性，不治榮名，時人莫識，惟劉龔知之。三輔決録：張仲蔚，平陵人也，與同郡魏景卿俱隱身不仕，所居蓬蒿没人。

李白集校注卷十七

古近體詩四十四首

送魯郡劉長史遷弘農長史

魯國一杯水，難容横海鱗。仲尼且不敬，況乃尋常人。白玉换斗粟，黄金買尺薪。閉門木葉下，始覺秋非春。聞君向西遷，地即鼎湖鄰。寶鏡匣蒼蘚，丹經埋素塵。軒后上天時，攀龍遺小臣。及此皆惠愛，庶幾風化淳。魯縞如白烟，五縑不成束。臨行贈貧交，一尺重山岳。相國齊晏子，贈行不及言。託陰當樹李，忘憂當樹萱。他日見張禄，綈袍懷舊恩。

【校】

〔閉〕閉，兩宋本、繆本、咸本俱作閑。王本注云：繆本作閑。

〔遺小臣〕遺，兩宋本、繆本、咸本、王本俱注云：一作唯。

【注】

〔長史〕王云：魯郡即兖州，弘農郡即虢州，俱屬河南道，爲上州。上州刺史别駕之下有長史一人，從五品。

〔横海鱗〕王云：抱朴子：寸鮒遊牛跡之水，不貴横海之巨鱗。謝世基詩：「偉哉横海鱗，壯矣垂天翼。」

〔鼎湖〕見卷三飛龍引第二首注。

〔寶鏡〕王云：太平廣記：黄帝鑄十五鏡，其第一横徑一尺五寸，法滿月之數也。以其相差各校一寸。路史：黄帝范十有二鏡，六乳四獸，變異得以占焉。羅苹注：應十有二次，隨有得者，以占日蝕，刻分無差。

〔丹經〕抱朴子極言篇：黄帝……陟王屋而授丹經。

〔魯縞〕漢書卷五二韓安國傳：强弩之末，力不能入魯縞。顔師古注：縞，素也。曲阜之地俗善作之，尤爲輕細。故以取喻也。

〔五縑〕王云：説文：縑，并絲繒也。琦按二句相承而言，上句既用縞字，則下句不當又用縑字，疑縑乃兼字之譌也。六書故：二丈爲端，二端爲匹，爲兩爲兼，兼匹兩之義一也。今人猶以匹爲兼，是五兼者爲五匹歟！鄭玄周禮注：十箇爲束。又儀禮注：凡物十曰束。胡三省通鑑注：唐制，帛以十端爲束。今止五匹，故不成束也。

〔相國〕晏子春秋内篇：曾子將行，晏子送之曰：「君子贈人以軒，不若以言，吾請以言乎，以軒乎？」曾子曰：「請以言。」晏子曰：「……嬰聞之，君子居必擇居，游必就士。擇居所以求士，求士所以避患也。嬰聞汩常移質，習俗移性，不可不慎也。」

〔樹李〕見卷九贈徐安宜詩注。

〔樹萱〕王云：詩國風：焉得諼草，言樹之背。毛傳曰：諼草令人忘憂。徐勉萱草賦：惟平章之萱草，欲忘憂而樹之。上言長史以魯縞五匹見贈，下言己無所答而效晏子以言贈行。託陰當樹李二句，即所贈之言，蓋勉以樹人之義。李以喻人之有德能可以庇蔭者，萱以喻人之有才華可以欣賞者也。

〔綈袍〕史記范雎列傳：范雎既相秦，秦號曰張禄，而魏不知。……魏聞秦且東伐韓魏，魏使須賈於秦。范雎聞之，爲微行，敝衣閒步之邸，見須賈，……須賈意哀之，留與坐飲食，曰：「范叔一寒如此哉！」乃取一綈袍以賜之。索隱曰：綈，厚繒也，音啼，蓋今之絁也。正義曰：今之麤袍。

送族弟單父主簿凝攝宋城主簿至郭南月橋却回棲霞山留飲贈之

吾家青萍劍，操割有餘閑。往來糾二邑，此去何時還？鞍馬月橋南，光輝岐路間。賢豪相追餞，却到棲霞山。羣花散芳園，斗酒開離顏。樂酣相顧起，征馬無由攀。

【注】

〔單父〕見卷十六單父東樓……詩注。

〔主簿凝〕按：卷十六有送族弟凝之滁求婚崔氏。又有單父東樓秋夜送族弟沈（況）之秦注云：時凝弟在席。又有送族弟凝至晏堌單父三十里，可參看。

〔宋城〕舊唐書地理志：河南道宋州宋城：郭下。治古睢陽城。

〔青萍〕劍名，見卷九鄴中王大勸入高鳳石門山幽居詩注。

〔操割〕用左傳子産事，見卷九贈徐安宜詩注。

魯郡東石門送杜二甫

醉别復幾日，登臨徧池臺。何時石門路，重有金樽開？秋波落泗水；海色明徂徠。飛蓬各自遠，且盡手中杯。

【校】

〔何時〕時，兩宋本、繆本、咸本俱作言。王本注云：繆本作言。

〔石門路〕路，兩宋本、繆本、王本俱注云：一作下。

〔手中〕手，兩宋本、繆本俱作林。王本注云：繆本作林。

【注】

〔石門〕王云：居易録：孔博士東塘言曲阜縣東北有石門山，即杜子美詩題張氏隱居所謂「春山無伴獨相求」，劉九法曹鄭瑕丘石門宴集所謂「秋水清無底」者，是也。李太白有石門送杜二甫詩：「何時石門路，更有金樽開？」亦其地。山麓今尚有張氏莊，相傳爲唐隱士張叔明舊居。張蓋與太白、孔巢父輩同隱徂徠，稱竹溪六逸者也。山不甚高大，石峽對峙如門，故名。中有石門寺。寺後曰涵峯，峯頂有泉，流入溪澗，往往成瀑布。

〔泗水〕王云：元和郡縣志：泗水源出兖州泗水縣東陪尾山。其源有四，四泉俱導，因以爲名。

一統志：泗水源發陪尾山，四泉並發，循泗水縣北八里始合爲一。西經曲阜縣，貫兖州府城下，至濟寧分流南北，南流入徐州境，北流入會通河。

〔徂徠〕王云：水經注：鄒山記曰：徂徠山在梁甫、奉高、博三縣界，猶有美松，亦曰尤來之山。一統志：徂徠山在泰安州東南四十里。上有紫原池、玲瓏山、獨秀峯、天平東西二寨。

【評箋】蕭云：杜工部嘗有詩贈太白曰：「何時一樽酒，重與細論文？」今觀此篇，豈一時酬答之詩邪！

今人詹鍈云：錢謙益少陵年譜：白有魯郡石門别杜二子美詩，或（天寶）四五載之秋也。居易録云……按其説是也，錢謙益於杜甫劉九法曹鄭瑕丘石門宴集詩下引水經注云，石門在臨邑縣，仇兆鰲又引新唐書地理志云在平陰縣，均誤。

魯郡堯祠送張十四遊河北

猛虎伏尺草，雖藏難蔽身。有如張公子，骯髒在風塵。豈無横腰劍？屈彼淮陰人。擊筑向北燕，燕歌易水濱。歸來太山上，當與爾爲鄰。

【注】

〔河北〕王云：唐書地理志：河北道蓋古幽冀二州之境，有孟、懷、魏、博、相、衛、貝、澶、邢、洺、惠、鎮、冀、深、趙、滄、景、德、定、易、幽、涿、瀛、莫、平、嬀、檀、薊、營二十九州。

〔骯髒〕後漢書卷一一〇文苑傳：「伊優北堂上，骯髒倚門邊。」注：骯髒，高亢婞直之貌。

〔擊筑〕史記刺客列傳：太子及賓客知其事者，皆白衣冠以送之，至易水之上。既祖取道，高漸離擊筑，荆軻和而歌，爲變徵之聲。

杭州送裴大澤時赴廬州長史

西江天柱遠，東越海門深。去割辭親戀，行憂報國心。好風吹落日，流水引長吟。五月披裘者，應知不取金。

【校】

〔題〕兩宋本、繆本題下俱注云：吴中。又澤時，兩宋本、繆本俱作擇時。

〔辭親〕辭，蕭本、胡本俱作慈。王本注云：許本作慈。

【注】

〔杭州〕王云：唐時杭州餘杭郡屬江南東道，廬州廬江郡屬淮南道。

〔天柱〕王云：漢書：廬江郡灊縣天柱山在南。三國志：灊中有天柱山，高峻二十餘里，道險狹，步徑裁通。一統志：霍山在廬州府六安州西南九十里，一名衡山，一名天柱。漢武帝南巡至盛唐，以南岳衡山遠阻，乃移岳神於霍而祀焉。又名南岳山，山頂有天池、龍湫、風洞、岳井、試心崖、凌霄樹。

〔海門〕王云：咸淳臨安志：海門在仁和縣東北六十五里，有山曰赭山，與龕山對峙，潮生出其間。輟耕録：浙江之口有兩山焉，其南曰龕山，其北曰赭山，蓋峙於江海之會，謂之海門。參見卷十六送王屋山人魏萬還王屋詩注。

〔五月〕論衡書虚篇：傳書言延陵季子出遊，見路有遺金，當夏五月，有披裘而薪者，季子呼薪者曰：「取彼地金來。」采薪者投鎌於地，瞋目拂手而言曰：「何子居之高，視之下，儀貌之壯，語言之野也！吾當夏五月，披裘而薪，豈取金者哉！」季子謝之，請問姓字，薪者曰：「子皮相之士也，何足語姓名？」遂去不顧。

【評箋】今人詹鍈云：詩云：「去割辭親戀，行憂報國心。」似亦禄山亂起後作。

灞陵行送别

送君灞陵亭，灞水流浩浩。上有無花之古樹，下有傷心之春草。我向秦人問路岐，云是王粲南登之古道。古道連綿走西京，紫闕落日浮雲生。正當今夕斷腸處，驪歌愁絕不忍聽。

【校】

〔題〕兩宋本、繆本題下俱注云：長安。

〔紫闕〕闕，兩宋本、繆本俱作關。胡本作關，注云：一作闕。王本注云：繆本作關。

〔驪歌〕蕭本作黃鸝。咸本、胡本俱注云：一作黃鸝。王本注云：蕭本作黃鸝。

【注】

〔灞陵〕王云：太平寰宇記：霸陵在咸陽縣東北二十五里。水經注：灞水歷白鹿原東，即霸川西故芷陽矣，是謂之霸上。漢文帝葬其上，謂之霸陵。上有四出道以瀉水，在長安東南三十里。故王仲宣賦詩云：「南登霸陵岸，迴首望長安。」王粲，字仲宣，以西京擾亂，乃之荊州依劉表，作七哀詩，即「南登灞陵岸，回首望長安」一首。

〔驪歌〕漢書卷八八王式傳：王式曰：聞之於師，客歌驪駒，主人歌客無庸歸。注：服虔曰：驪駒，逸詩篇名也，見大戴禮，客欲去歌之。方穎曰：其辭曰：驪駒在門，僕夫具存。驪駒在路，僕夫整駕也。

【評箋】

按：以下數首皆似在長安時酬酢之作。

送賀監歸四明應制

久辭榮禄遂初衣，曾向長生説息機。真訣自從茅氏得；恩波寧阻洞庭歸？瑶臺含霧星辰滿；仙嶠浮空島嶼微。借問欲棲珠樹鶴，何年却向帝城飛？

【校】

〔寧阻〕寧，蕭本作應。王本注云：蕭本作應。胡本注云：一作應許。

〔欲棲〕欲，兩宋本、繆本俱作候。王本注云：繆本作候。

【注】

〔賀監〕王云：册府元龜：賀知章爲祕書監，授銀青光禄大夫。天寶三載，因老疾恍惚不醒，若神游洞天三清上，數日方覺，遂有志入道。乃上疏請度爲道士，歸捨本鄉宅爲觀。玄宗許之，仍拜其子典設郎曾爲會稽郡司馬使侍養，御製詩以贈行。皇太子以下咸就執别。御製詩并序云：天寶三載，太子賓客賀知章鑒止足之分，抗歸老之疏，解組辭榮，志期入道。朕以其夙有微尚，年在遲暮，用循挂冠之事，俾遂赤松之游。正月五日，將歸會稽，遂餞東路，乃命六卿庶尹大夫供帳青門，寵行邁也。豈惟崇德尚齒，抑亦勵俗勸人。無令二疏，獨光漢册。乃賦詩贈行云：「遺榮期入道，辭老竟抽簪。豈不惜賢達？其如高尚心。環中得祕要，方外散幽襟。獨有青門餞，羣英悵别深。」又云：「筵開百壺餞，詔許二疏歸。仙記題金籙，朝章换羽衣。悄然承睿藻，行路滿光輝。」按詩紀載知章之歸越也，詔令供帳東門外，百僚祖餞於長樂坡，自李適以下作詩送之。今詩存者三十七首，太白其一也。按：本卷有送賀賓客歸越，卷二十三有對酒憶賀監二首及重憶一首，皆可參看。

〔初衣〕楚辭離騷：進不入以離尤兮，退將復修乎初服。製芰荷以爲衣兮，集芙蓉以爲裳。王逸注：初服，初始潔清之服也。

〔茅氏〕王云：太玄真人傳：茅盈仙去，與家人及親戚辭歸句曲，二弟聞之，棄官還家。漢元帝永光元年，渡江求兄於東山，遂與相見。兄曰：「卿已老矣，欲難可補，縱得真訣，適可成地上主者耳。」

〔洞庭〕王云：水經注：太湖中有大雷、小雷三山，亦謂之三山湖，又謂之洞庭湖。吴地記：揚州記曰：太湖一名震澤，一名洞庭。

〔珠樹〕見卷二古風第三十首注。

【評箋】

王闓運云：「借問欲棲珠樹鶴，何年却向帝城飛」，俗意能雅，無寒儉氣。（湘綺樓説詩）

吴瑞榮云：謫仙之目季真爲青蓮第一知己，故青蓮此詩倍覺淋漓痛快。按青蓮長律止七首，七首中前輩止推此首，此首又止推一結。今之易言七律者可鑒矣。（唐詩箋要）

送竇司馬貶宜春

天馬白銀鞍，親承明主歡。鬬雞金宮裏；射雁碧雲端。堂上羅中貴，歌鍾清夜闌。何言謫南國，拂劍坐長嘆？趙璧爲誰點；隨珠枉被彈。聖朝多雨露，莫厭此行難。

【校】

〔金宮〕宮，兩宋本、繆本、王本俱注云：一作闈。

〔羅中〕中，兩宋本、繆本俱作巾。王本注云：繆本作巾。

【注】

〔宜春〕王云：按唐時宜春郡即袁州也。隸江南西道爲上州。上州刺史長史之下有司馬一人，從五品。

〔趙璧〕王云：史記，趙惠文王時得楚和氏璧。陳子昂詩：「青蠅一相點，白璧遂成冤。」

〔隨珠〕搜神記：隨侯出行，見大蛇被傷中斷，疑其靈異，使人以藥封之，蛇乃能去。因號其處爲斷蛇丘。歲餘，蛇啣明珠以報之，珠盈徑寸，純白而夜有光明，如月之照，可以燭室，故謂之隋侯珠，亦曰靈蛇珠，又曰明月珠。

送羽林陶將軍

將軍出使擁樓船，江上旌旗拂紫烟。萬里横歌探虎穴；三杯拔劍舞龍泉。莫道詞人無膽氣，臨行將贈繞朝鞭。

【注】

〔羽林〕新唐書百官志：左右羽林軍大將軍各一人，正三品，將軍各三人，從三品，掌統北衙禁兵，督攝左右廂飛騎儀仗。

〔虎穴〕見卷十五留别于十一兄……詩注。

〔龍泉〕見卷十一在水軍宴贈幕府諸侍御詩注。

〔繞朝鞭〕見卷十二贈宣城宇文太守兼呈崔侍御詩注。

【評箋】

王云：唐仲言曰：此篇全是律體，疑龍泉下脱一聯。方弘静曰：此篇當是近體八句，而逸其五六也。今以爲古詩，或以爲六句律。琦按：六句近體唐人時有之，本於六朝人，或號爲小律。

送程劉二侍御兼獨孤判官赴安西幕府

安西幕府多才雄，喧喧唯道三數公。繡衣貂裘明積雪；飛書走檄如飄風。朝辭明主出紫宫，銀鞍送别金城空。天外飛霜下蔥海，火旗雲馬生光彩。胡塞塵清計日歸，漢家草緑遥相待。

【校】

〔題〕侍御，蕭本作侍郎，誤。御下王本注云：蕭本作郎。

〔明積雪〕明，敦煌殘卷作照。

〔朝辭〕辭，咸本注云：一作隨。

〔出紫宫〕咸本注云：一作紫宫出。

〔銀鞍〕敦煌殘卷作瓊筵。

〔金城〕敦煌殘卷作金樽。

〔火旗〕火，咸本注云：一作大。

〔塵清計日歸〕蕭本作清塵幾日歸，咸本注云：一作功成幾日歸。王本注云：蕭本作清塵幾日歸。

【注】

〔幕府〕王云：按舊唐書封常清傳：開元末安西四鎮節度使夫蒙靈詧判官有劉眺、獨孤峻，蓋其人也。程則無考。通鑑唐紀：安西節度撫寧西域，統龜茲、焉耆、于闐、疎勒四鎮，治龜茲城，兵二萬四千。册府元龜：周禮六官六軍並有吏屬，大則命於朝廷，次則皆自辟除。春秋諸國有軍司馬尉候之職，而未有幕府之名。戰國之際，始謂將帥所治爲幕府。唐節度使之屬有副使一人，行軍司馬一人，判官二人，掌書記一人，參謀無員，隨軍四人，自是正爲幕府之職，皆奏請有出身人及六品以下正員官爲之。

〔飛書〕西京雜記：枚皋文章敏疾。……揚子雲曰：軍旅之際，戎馬之間，飛書馳檄用枚皋。

〔葱海〕王云：通典：安西郡西至疎勒鎮守使軍三千里，去葱嶺七百里。涼州異物志：葱嶺水分流東西，西入大海，東爲河源。

送姪良攜二妓赴會稽戲有此贈

攜妓東山去，春光半道催。遥看若桃李，雙入鏡中開。

【校】

〔若〕兩宋本、繆本、絶句俱作二。王本注云：繆本作二。

【注】

〔東山〕見卷十書情贈蔡舍人雄詩。

〔姪良〕按：卷二十有與從姪杭州刺史良遊天竺寺詩。據勞格讀書雜識杭州刺史考，以良爲開元間刺史。

【評箋】

葛立方云：李白送姪良攜二妓赴會稽云：「遥看二桃李，雙入鏡中開。」别河西劉少府云：「自有兩少妾，雙騎駿馬行。」以是知劉李二君皆不羈之士也。東坡作臨江仙有「細馬遠馱雙侍女，紅巾玉帶鑾靴」之語，其斯人之徒與。（韻語陽秋）

按：卷九早秋贈裴十七仲堪詩亦有「復攜兩少妾，豔色驚荷葩」，恐是詩人信口之語，非必爲實事。

送賀賓客歸越

鏡湖流水漾清波，狂客歸舟逸興多。山陰道士如相見，應寫黄庭换白鵝。

【校】

〔題〕敦煌殘卷題上有陰盤驛三字。

〔漾清波〕兩宋本、繆本俱注云：一作春始波。敦煌殘卷作春始波。王本漾清下注云：一作春始。

〔狂客〕英華作征客。

【注】

〔賓客〕王云：舊唐書：天寶二年十二月乙酉，太子賓客賀知章請度爲道士還鄉。三載正月庚子，遣左右相以下祖别賀知章於長樂坡，賦詩贈之。法書要録：賀知章字維摩，會稽永興人，太子洗馬德仁之孫。少以文辭知名，工草隸書，進士及第，歷官禮部侍郎，集賢學士，太子右庶子兼皇子侍讀，檢校工部侍郎，遷祕書監，太子賓客，慶王侍讀。知章性放善謔，晚年尤縱，無復規檢。年八十六，自號四明狂客。每興酣命筆，好書大字，或三百言，或五百言，詩筆惟命。問有幾紙，報十紙，紙盡語亦盡。二十紙、三十紙，紙盡語亦盡。忽有好處，與造化相争，非人工所可到也。天寶二年，以年老上表請入道，歸鄉里，特詔許之。重令入閣，儲皇以下拜辭，上親製詩序，令所司供帳，百僚餞送，賜詩叙别。知章表謝，手詔答曰：卿儒才舊業，德著老成，方欲乞言，以光東序，而乃高蹈世表，歸心妙門。雖雅意難違，良深耿嘆。眷言離祖，是用贈詩。宜保松喬，慎行李也。兒子輩常所執經，故令親别，尊師之義，何以謝爲？仍拜其子典設郎曾子（本傳無子字）爲朝散大夫本郡司馬，以伸侍養。通典：皇太子賓客四人，掌調護侍從規諫，凡太子有賓客之事，則爲上齒，蓋取象於四皓焉。

資位閑重，其流不雜。

〔白鵝〕王云：野客叢書：西清詩話曰：太白詩：「山陰道士如相見，應寫黄庭换白鵝。」按晉書：右軍寫道德經换道士鵝，非黄庭也，僕觀陶穀跋黄庭經曰：山陰道士劉君以鵝羣獻右軍，乞書黄庭經，此是也。穀亦謂黄庭得非承太白之誤乎？黄魯直詩：「爲君寫就黄庭了，不博山陰道士鵝。」梅聖俞詩：「道士難换黄庭經。」又曰：「黄庭换白鵝。」皆承此謬。或謂晉史但言道士鵝羣，不知穀何以知其爲道士劉君也。僕考晉帖，獻之有劉道士鵝羣亦復歸也，無乃據此乎？米元章書史：黄素黄庭經一卷，是六朝人書。陶穀跋云：山陰道士劉君以鵝羣獻右軍，乞書黄庭經，此即是也。晉史載爲寫道德經，當舉羣相贈，因李白詩送賀監云：「山陰道士如相見，應寫黄庭换白鵝。」世人遂以黄庭經爲换鵝經，甚可笑也。黄伯思東觀餘論：世傳黄庭真帖爲逸少書，僕嘗考之非也。按陶隱居真誥翼真撿論上清真經始末云：晉哀帝興寧二年南岳魏夫人所授弟子司徒公府長史楊君使作隸字寫出，以傳護軍長史許君及子上計掾，掾以付子黄民，民以傳孔默，後爲王興先竊寫之，始濟浙江，遇風淪漂，惟黄庭一篇得存，蓋此經也。僕按逸少以晉穆帝昇平五年卒，是年歲在辛酉，後二年歲在甲子，即哀帝興寧二年，始降黄庭於世，安得逸少預書之？又按梁虞龢論書表云：山陰曇礦村養鵝道士謂羲之曰：「久欲寫河上公老子，縑素早辦而無人能書。府君若能自屈書道德經兩章，便合羣以奉。」於是羲之便停半日，爲寫畢攜鵝去。晉書本傳，亦著道士云爲寫道德經當舉羣相贈耳，初未嘗言寫黃庭也。以二書考之，則黃庭非逸少書無疑。然陶隱居與梁武帝啓云：逸少有名之蹟不過數首，黃庭、勸進、告誓等，不審猶有存否。蓋此啓在著真誥前，故未之考證耳。至唐張懷瓘作書估云：樂毅黃庭但得幾篇，即爲國寶，遂誤以爲逸少書。李太白承之作詩，「山陰道士如相見，應寫黃庭換白鵝」，苟欲隨之耳，初未嘗考之。而韓退之第云「數紙尚可博白鵝」，而不云黃庭，豈非覺其謬與？王氏法書苑：伯思之論似若詳悉，以予考之，其説非也。蓋書黃庭經換鵝與書道德經換鵝自是兩事。伯思謂黃庭之傳在右軍死後，此最失於詳審也。道家有黃庭内景經、黃庭外景經及黃庭遁甲緣身經、黃庭玉軸經，世俗例稱爲黃庭經。内景經乃大道玉晨君所作，扶桑大帝君命暘谷神王傳魏夫人，凡三十六章，即真誥所言者。外景經三篇乃老君所作，即右軍所書者，與魏夫人所傳初不同。予家舊藏右軍所書外景經石刻一卷，凡六十行，末云：永和十三年五月二十五日在山陰縣寫。與小歐陽集古録目校之，與文忠所藏本同，則右軍之寫黃庭甚曉然，緣諸公考之未詳，故未免紛紜如此。伯思謂與梁武啓在著真誥之前，此又曲爲之辨也。予又嘗於道藏中得務成子注外景經一卷，有序云：晉有道士好黃庭之術，意專書寫，常求序人，聞王右軍精於草隸，而復愛白鵝，遂以數頭贈之，得其妙翰。右軍逸興自縱，未免脱漏，但美其書耳。張君房所進雲笈七籤亦載此序，此最爲的據也。蓋道德經是偶悦道士之鵝，因爲之寫，若黃庭是道士聞其善書，且喜鵝，故以是爲贈，以求其書。此是兩事，頗分明，緣俱以寫經得鵝，遂使後人指爲一事而妄起異論。唯李太白知其爲二事，故其書右軍一篇云：「右軍本清真，瀟洒出風塵。山陰過羽客，要此好鵝賓。掃素寫道經，筆精妙入神。書罷籠鵝去，何曾别主人？」此言書道德經得鵝也。送賀賓客歸越一篇云：「山陰道士如相見，應寫黄庭换白鵝。」此言書黄庭經得鵝也。太白於兩詩亦各言之，都未嘗誤，乃後人自誤也。又程文簡演繁露云：王羲之本傳以書换鵝者道德經也。文士用作黄庭，人皆以爲誤。張彦遠法書要録載褚遂良右軍書目正書第二卷有黄庭經六十行，與山陰道士。其時真蹟故在，既可以見，其爲黄庭無疑。又武平一徐氏法書記：親在禁中，見武后曝太宗時法書六十餘函，所記憶者，扇書樂毅、告誓、黄庭。又徐浩古蹟記：玄宗時，大王正書三卷，以黄庭爲第一，不聞道德經，則傳之所云却誤。程云晉書傳誤者，蓋未詳太白之詩，故不知爲二事也。琦按白氏六帖：右軍王羲之嘗見山陰道士有羣鵝求之，乃邀右軍書黄庭經以换，遂書之。太平御覽：何法盛晉中興書曰：山陰有道士養羣鵝，羲之意甚悦，道士云：爲寫黄庭經當舉羣相贈。乃爲寫訖，籠鵝而去。仙傳拾遺：山陰道士管霄霞籠紅鵝一雙遺羲之，請書黄庭經。太白所用，似非誤記，即謂仙傳拾遺或出於僞撰，白氏六帖所引，又不著本自何書，自當以晉書所載爲信。然太平御覽所引何法盛晉中興書則又晉史之先鞭也。豈亦不足信乎？夫一經也，或以爲黄庭，或以爲道德，一道士也，或以爲劉，或以爲管，一鵝也，或以爲舉羣，或以爲一雙，蓋所謂傳聞異辭之故。遐考一事兩傳者，載籍固多有也。乃取其一説而以訾其餘，或以爲太白之誤，或以爲晉書之誤，或以爲右軍換鵝本有二事，或以爲右軍初未嘗書黄庭經，皆失之執矣。又洪容齋四筆謂太白眼高四海，衝口成章，必不規規然檢閲晉史，看逸少傳，然後落筆。正使誤以道德爲黄庭，於理正自無害。夫詩之美劣，原不關乎用事之誤與否，然白璧微瑕，不能不受後人之指摘。若太白此詩則固未嘗有瑕者也。故歷引昔人之論而辯晰之，且以見考古者之不易也。按：吴曾辨誤録云：按本傳，逸少聞山陰道士好養鵝，往觀焉，非山陰道士訪逸少也。前詩不特誤使黄庭事，嘗疑以爲世俗所增。

【評箋】

沈濤云：蔡絛西清詩話以李太白詩「山陰道士如相訪，爲寫黄庭博白鵝」爲誤，云逸少所寫乃道德經。能改齋漫録主其説，廣川書跋亦云，世疑黄庭經非羲之書，以傳考之，知嘗書道德經，不言寫黄庭也。濤案太平御覽職官部引何法盛晉中興書：山陰有道士養羣鵝，羲之意甚悦。道士云，爲寫黄庭經，當舉羣鵝相贈。乃爲寫訖，籠鵝而去。乃知太白用事不誤，後人少見多怪耳。（交翠軒筆記）

送張遥之壽陽幕府

壽陽信天險，天險横荆關。苻堅百萬衆，遥阻八公山。不假築長城，大賢在其間。戰夫若熊虎，破敵有餘閑。張子勇且英，少輕衛霍孱。投軀紫髯將，千里望風顔。勗爾効才略，功成衣錦還。

【校】

〔苻堅〕苻，郭本、王本俱誤作符，據兩宋本、繆本、蕭本改正。

【注】

〔壽陽〕王云：唐書地理志：淮南道有壽州壽春郡，中都督府，本淮南郡，天寶元年更名。琦按壽春之名本自戰國。史記楚世家：考烈王徙都壽春。正義曰：壽春在南壽州壽春縣是也。壽陽之名起自東晉。通典：東晉以鄭皇后諱改壽春曰壽陽，宜春曰宜陽，富春曰富陽，凡名春者悉改之。唐時名壽春而太白用壽陽，蓋襲用舊名耳。

〔幕府〕史記索隱：凡將軍謂之幕府者，蓋兵門合施帷帳，故稱幕府。崔浩曰：古者出征爲將帥，軍還則罷，理無常處，以幕帟爲府署，故曰幕府。

〔八公山〕太平寰宇記卷一二九：（壽陽）城臨淝水，北有八公山，山北即淮水，自東晉至今，常爲要害之地。

〔苻堅〕十六國春秋前秦録：（苻）堅遣征南大將軍陽平公融……下書曰：吴人敢恃江山，屢寇王境，宜時進討。……率步騎二十五萬，（號稱三十萬）爲前鋒。……堅發長安，戎卒六十餘萬，騎二十七萬，前後千里，旌鼓相望，（衆號百萬）……晉遣都督謝石……等，水陸七萬，相繼拒融。堅……望見八公山上草木，皆類人形，……顧謂融曰：「此亦勁敵，何謂少乎？」按：王注引十六國春秋，有號稱三十萬及衆號百萬二句，皆湯球輯録本所無，晉書及通鑑亦不載。

〔孱〕漢書卷三二張耳傳：吾王，孱王也。注：孟康曰：冀州人謂懦弱爲孱。△孱，士連切，音近殘。

〔紫髯〕見卷四司馬將軍歌注。

〔衣錦〕南史卷三八柳慶遠傳：出爲雍州刺史加都督，帝餞於新亭，謂曰：「卿衣錦還鄉，朕無西顧憂矣。」

【評箋】

按：詩意，必淮南已有軍事，故有破敵之語。詹氏繫此詩於天寶三載，恐非。

送裴十八圖南歸嵩山二首

何處可爲別？長安青綺門。胡姬招素手，延客醉金樽。臨當上馬時，我獨與君言。風吹芳蘭折，日没鳥雀喧。舉手指飛鴻，此情難具論。同歸無早晚，潁水有清源。

【校】

〔延客〕延，兩宋本、繆本、王本俱注云：一作留。

〔我獨〕獨，兩宋本、繆本、王本俱注云：一作因。

〔風吹〕吹，兩宋本、繆本、王本俱注云：一作驚。

【注】

〔青綺門〕見卷六相逢行詩注。

〔飛鴻〕王云：晉書：郭瑀隱於臨松薤谷，張天錫遣使者孟公明持節，以蒲車玄纁備禮徵之。公明至山，瑀指翔鴻以示之曰：「此鳥安可籠哉？」遂深逃絶迹。舉手指飛鴻，蓋用其事，以明己將去之意。

【評箋】

王夫之云：只寫送別事，託體高，著筆平，風驚芳蘭折以下即所與君言者也。寒山指裂石壁便去，豈有步後塵踪。（唐詩評選）

其二

君思潁水緑，忽復歸嵩岑。歸時莫洗耳，爲我洗其心。洗心得真情，洗耳徒買名。謝公終一起，相與濟蒼生。

【校】

〔買名〕買，咸本作賣，注云：一作買。

〔一起〕起，咸本作報，注云：一作起。

【注】

〔洗耳〕見卷二古風第二十四首注。

【評箋】

沈德潛云：言真能洗心，則出處皆宜，不專以忘世爲高也。借洗耳引洗心，無貶巢父意。（唐詩别裁）

同王昌齡送族弟襄歸桂陽二首

秦地見碧草；楚謡對清樽。把酒爾何思？鷓鴣啼南園。予欲羅浮隱，猶懷明主恩。躊躇紫宫戀；孤負滄洲言。終然無心雲，海上同飛翻。相期乃不淺，幽桂有芳根。

【校】

〔題〕兩宋本、繆本、王本俱注云：一作同王昌齡崔國輔送李舟歸郴州。

〔王昌齡〕按：卷十三有聞王昌齡左遷龍標遥有此寄，可參證。

【注】

〔桂陽〕舊唐書地理志：江南西道郴州：天寶元年改爲桂陽郡。

〔羅浮〕見卷八當塗趙炎少府粉圖山水歌及卷十五留别賈舍人至詩第一首注。

〔紫宫〕見卷二古風第二首注。

〔幽桂〕王云：吴均詩：「桂樹多芳根。」太白雖用其句，然詩意則用淮南招隱士「桂樹叢生山之幽」也。按：幽桂似暗指桂陽，别無深意。

其二

爾家何在瀟湘川，青莎白石長江邊。昨夢江花照江日，幾枝正發東窗前。覺來欲往心悠然，魂隨越鳥飛南天。秦雲連山海相接，桂水横烟不可涉。送君此去令人愁，風帆茫茫隔河洲。春潭瓊草緑可折，西寄長安明月樓。

【校】

〔江日〕日，蕭本作國。胡本作月。王本注云：蕭本作國。

【注】

〔瀟湘〕王云：瀟水出湖廣道州之九疑山，湘水出廣西桂林之海陽山，至永州城西而合流焉。自湖而南，二水所經之地甚廣，至長沙湘陰縣始達青草湖注洞庭，與岷江之流合。故湖之北漢沔是主，不得謂之瀟湘，若湖之南皆可以瀟湘名之。此詩送人歸桂陽，而言「爾家何在瀟湘川」，止是約略所近之地而言之耳。其實瀟湘之水在桂陽之下，不能逆流而經桂陽也。

〔青莎〕王云：楚辭：青莎雜樹兮薠草靃靡。按莎草有二：一是雀頭香，其葉似幽蘭而絶細，耐水旱，樂蔓延，雖拔心隕葉弗之能絶。今之香附子是也。一是夫須，可爲衣以遇雨，今謂之蓑衣。詩云：南山有臺。臺即此草是也。△莎音梭。

〔桂水〕王云：水經注：桂水出桂陽縣北界山，山壁高聳，三面特峻，石泉懸注瀑布而下。北徑南平縣，而東北流，屆鍾亭，右會鍾水，通爲桂水也。故應劭曰：桂水出桂陽東北入湘。按桂水出郴州桂東縣之小桂山，下流合於耒水，耒水至衡州府城北始與瀟湘合。

【評箋】

今人詹鍈云：（詩題）一作同王昌齡崔國輔送李舟歸郴州。文苑英華選録第一首題與前者同。按杜甫送李校書二十六韻云：「代北有豪鷹，生子毛盡赤。渥洼騏驥兒，尤異是虎脊。」李舟名父子，清峻流輩伯。人間好少年，不必須白皙。十五富文史，十八足賓客。十九授校書，二十聲輝赫。衆中每一見，使我潛動魄。」老杜詩乾元元年作（詳見仇兆鰲杜少陵集詳注）。彼時李舟年方弱冠，而此詩第一首云：「秦地見碧草，楚謡對清尊，……予欲羅浮隱，猶懷明主恩。躊躇紫宫戀，孤負滄洲言。」當是本年春在翰林作，時李舟不過五六歲耳。當以文苑英華爲是。

按：據此二首知白與昌齡往還在長安。

送外甥鄭灌從軍三首

六博争雄好彩來，金盤一擲萬人開。丈夫賭命報天子，當斬胡頭衣錦迴。

【注】

〔六博〕見卷六猛虎行注。

其二

丈八蛇矛出隴西，彎弧拂箭白猿啼。破胡必用龍韜策，積甲應將熊耳齊。

【注】

〔蛇矛〕晉書劉曜載記：（陳）安善於撫接，吉凶夷險，與衆同之。及其死，隴上歌之曰：「隴上壯士有陳安，……丈八蛇矛左右盤，十盪十決無當前。」

〔猿啼〕淮南子說山訓：楚王有白蝯，王自射之，則搏矢而熙。使養由基射之（王注引作項由基），始調弓矯矢，未發而蝯擁柱號矣。

〔積甲〕後漢書卷四二劉盆子傳：赤眉忽遇大軍，驚震不知所爲，乃遣劉恭乞降，……積兵甲宜陽城西，與熊耳山齊。

其三

月蝕西方破敵時，及瓜歸日未應遲。斬胡血變黄河水，梟首當懸白鵲旗。

【注】

〔白鵲旗〕王云：白鵲旗未詳。按：唐六典有白澤旗，鵲或即澤之誤。

〔及瓜〕左傳莊八年：齊侯使連稱管至父戍葵丘，瓜時而往，曰：及瓜而代。

送于十八應四子舉落第還嵩山

吾祖吹橐籥，天人信森羅。歸根復太素，羣動熙元和。炎炎四真人，摛辯若濤波。交流無時寂，楊墨日成科。夫子聞洛誦，誇才才故多。爲金好踊躍，久客方蹉跎。道可束賣之，五寶溢山河。勸君還嵩丘，開酌盼庭柯。三花如未落，乘興一來過。

【校】

〔束賣〕束，兩宋本、繆本俱作東。王本注云：繆本作東。

【注】

〔四子舉〕王云：通典：開元二十九年，始於京師置崇玄館，諸州置道舉生徒有差，謂之道舉。舉送課試與明經等。京都各百人，諸州無常員，習老、莊、文、列，謂之四子。蔭第與國子監同。唐會要：開元二十九年正月十五日，於玄元皇帝廟置崇玄學，令習道德經、莊子、文子、列子，待習成後，每年隨舉人例送名至省，准明經考試，通者准及第人處分。

〔吾祖〕楊云：吾祖，老子也。老子云：天地之間，其猶橐籥乎？

〔太素〕王云：列子：太素者，質之始也。白虎通：始起先有太初，後有太始，形兆既成，名曰太素。混沌相連，視之不見，聽之不聞。潛夫論：太素之時，元氣窈冥，形兆未成。淮南子：偃其聰明，抱其太素。

〔真人〕舊唐書玄宗紀：天寶元年，莊子號爲南華真人，文子號爲通玄真人，列子號爲沖虛真人，庚桑子號爲洞虛真人，其四子所著書改爲真經。

〔摛辯〕文選班固答賓戲：馳辯如濤波，摛藻如春華。注：韋昭曰：摛，布也。勑施切。

〔楊墨〕胡云：劉少彝云：楊墨疑作副墨。

〔洛誦〕莊子大宗師篇：副墨之子，聞諸洛誦之孫。陸德明音義：李云：副墨，可以副貳玄墨也，洛誦，誦通也，苞落無所不通也。崔云：皆古人姓名，或寓言耳，無其人也。

〔五寶〕未詳。

〔三花〕蕭云：三花聚頂，五氣朝元，道家脩養法也。三花落則死矣，三花未落，乘興來過，言有生之年，未死之日，猶有再會之期也。王云：初學記：漢世有道士從外國將貝多子來，於嵩高西脚下種之，有四樹，與衆木有異，一年三花，白色香異。

【評箋】

今人詹鍈云：王譜：按開元二十九年始立崇玄學，置生徒，令習老子、莊子、列子、文子，每年准明經例考試。天寶元年二月，號莊子爲南華真人，……太白有送于十八應四子舉落第還嵩山詩，中有「炎炎四真人」句，應爲是時以後之作。按于十八既是落第還嵩山，則送別之地當在京師。唐音癸籤卷十八詁箋三：舉場每歲開於二月，此詩之作蓋在天寶三載春間，太白供奉翰林時也。

送別

尋陽五溪水，沿洄直入巫山裏。勝境由來人共傳，君到南中自稱美。送君別有八月秋，颯颯蘆花復益愁。雲帆望遠不相見，日暮長江空自流。

【注】

〔沿洄〕楊云：江賦注：逆流而上曰泝洄，順流而下曰沿洄。

〔巫山裏〕蕭云：尋陽五溪水沿洄直入巫山裏者，詩意蓋謂由尋陽上五溪而入巫山也。巫山界于夔、峽二州之間，峽有青溪、赤溪、緑蘿溪、滄茫溪、姜詩溪爲峽之五溪，必知別者由九江徑之三峽而入巫山也。王云：琦按詩句，五溪當在尋陽，然無所考據，按一統志：五溪水在池州青陽縣西二十里，源出九華山。五溪：龍溪、池溪、漂溪、雙溪、瀾溪。合流北入大江。尋陽或是青陽之誤未可知。楊氏以武陵之五溪，蕭氏以巫峽之五溪當之，恐皆非是。

送族弟綰從軍安西

漢家兵馬乘北風，鼓行而西破犬戎。爾隨漢將出門去，剪虜若草收奇功。君王按劍望邊色，旄頭已落胡天空。匈奴繫頸數應盡，明年應入蒲桃宫。

【校】

〔題〕敦煌殘卷此首題作送族弟琯赴安西作。詩第三句作爾揮白刃出門去，第七八句作當令匈奴百萬衆，明年歸入蒲桃宫。

〔綰〕兩宋本、繆本、王本俱注云：一作琯。

〔而西〕而，兩宋本、繆本、王本俱注云：一作向。

〔隨漢將〕兩宋本、繆本、王本俱注云：一作揮長劍。

〔邊色〕色，胡本注云：一作邑。

〔應入〕應，兩宋本、繆本、王本俱注云：一作驅。

【注】

〔綰〕今人詹鍈云：按新唐書宰相世系表：綰，吏部郎中，出隴西李氏姑臧房。（按新書作琯，不作綰，據郎官題名考爲吏部郎中。）

〔安西〕王云：通典：安西都護府本龜兹國也。大唐明（顯）慶中置。東接焉耆，西連疏勒，南鄰吐蕃，北拒突厥。

〔鼓行〕漢書卷三一項羽傳：我鼓行而西，必舉秦矣。顔注：鼓行，謂擊鼓而行，無畏懼也。

〔犬戎〕國語周語：穆王將征犬戎。韋昭注：犬戎，西戎之别名，在荒服。

〔繫頸〕漢書卷四八賈誼傳：陛下何不試以臣爲屬國之官，以主匈奴，行臣之計，請必繫單于之頸而制其命。

〔蒲桃宫〕三輔黄圖：蒲桃宫在上林苑西，漢哀帝元壽三年，單于來朝，以太歲厭勝所在舍之。

即此宫也。

送梁公昌從信安王北征

入幕推英選，捐書事遠戎。高談百戰術，鬱作萬夫雄。起舞蓮花劍，行歌明月宫。將飛天地陣，兵出塞垣通。祖席留丹景，征麾拂綵虹。旋應獻凱入，麟閣佇深功。

【校】

〔題〕信安下，蕭本、胡本、咸本俱無王字。王本注云：蕭本缺王字。

〔北征〕舊唐書玄宗紀：開元二十年，以禮部尚書信安王禕率兵討契丹。

【注】

〔蓮花劍〕王云：漢書音義：晉灼曰：古長劍首，以玉作井鹿盧形，上刻木作山，形如蓮花初生未敷時。吴均詩：「玉鞭蓮花劍。」

〔天地陣〕太平御覽卷三〇一六韜曰：武王問太公曰：「凡用兵爲天陣，……地陣，奈何？」太公曰：「日月星辰斗杓一左一右，一迎一背，謂之天陣。丘陵水泉，亦有左右前後之利，此謂地陣。」

〔丹景〕楊云：丹景，日也。
〔麟閣〕見卷四司馬將軍歌注。

【評箋】

按：高適集中有信安王幕府詩，序云：開元二十年，國家有事林胡，詔禮部尚書信安王總戎大舉，時考功郎中王公、司勳郎中劉公、主客郎中魏公、侍御史李公、監察御史崔公咸在幕府，梁名未見，蓋尚未列於幕僚也。又儲光羲集中亦有詩題云：貽鼓吹李丞，時信安王北伐，李公，王之所器者也。以上皆其時幕僚之可考者。

送白利從金吾董將軍西征

西羌延國討，白起佐軍威。劍決浮雲氣，弓彎明月輝。馬行邊草緑，旌卷曙霜飛。抗手凜相顧，寒風生鐵衣。

【校】

〔題〕兩宋本、繆本題下俱注云：長安。
〔旌〕胡本注云：一作旗。

【注】

〔金吾〕新唐書百官志：左右金吾衛上將軍各一人，大將軍各一人，將軍各二人。

〔西羌〕王云：後漢書：西羌之本出自三苗，姜姓之别也。其國近南岳。及舜流四凶，徙之三危，河、關之西南羌地是也。濱於賜支，至於河首，綿地千里，南接蜀漢徼外蠻夷，西北鄯善、車師諸國。所居無常，依隨水草，地少五穀，以産牧爲業。唐時則槩指吐蕃爲西羌。

送張秀才從軍

六駁食猛武，恥從駑馬羣。一朝長鳴去，矯若龍行雲。壯士懷遠略，志存解世紛。周粟猶不顧，齊珪安肯分？抱劍辭高堂，將投霍冠軍。長策掃河洛，寧親歸汝墳。當令千古後，麟閣著奇勳。

【校】

〔武〕蕭本作虎。按唐人避諱，虎皆作武，作虎者後人所改。

〔霍〕宋乙本、咸本、蕭本俱作崔。王本注云：蕭本作崔。

【注】

〔張秀才〕按：卷十八送張秀才謁高中丞詩序云：秀才張孟熊藴滅胡之策，當即此人。國史補：進士通稱謂之秀才。

〔六駁〕王云：詩國風：隰有六駮。毛萇傳：駮如馬，鋸牙食虎豹。孔穎達正義：釋畜云：駮如馬，銀牙食虎豹。郭璞引山海經云：有獸名駮，如白馬，黑尾，鋸牙，音如鼓，食虎豹。然則此獸名駮而已。言六駮者，王肅曰：言六據所見而言也。北史：張華原爲兗州刺史。先是州境數有猛獸爲暴，自華原臨政，州東北七十里甑山中忽有六駮食猛獸，咸以爲化感所致。

〔汝墳〕王云：詩國風：遵彼汝墳。鄭康成周禮注：水涯曰墳。汝墳謂汝水之涯也。後漢書郡國志：汝陰本胡國。注曰：詩所謂汝墳也。又應奉傳贊：二應克聰，亦表汝墳。蓋凡汝水之濱皆可謂之汝墳矣。

【評箋】

王云：此詩當作於禄山寇陷洛陽之後。

今人詹鍈云：詩云：「抱劍辭高堂，將投霍冠軍。長策掃河洛，寧親歸汝墳。」楊齊賢曰：時禄山、思明據洛陽。按張秀才當即前詩（送張秀才謁高中丞）序中所稱之張孟熊，而霍冠軍蓋指高適。此詩疑與上首（送張秀才謁高中丞）爲同時之作。

送崔度還吴度故人禮部員外國輔之子

幽燕沙雪地，萬里盡黄雲。朝吹歸秋雁，南飛日幾羣。中有孤鳳雛，哀鳴九天聞。我乃重此鳥，綵章五色分。胡爲雜凡禽，雞鶩輕賤君。舉手捧爾足，疾心若火焚。拂羽淚滿面，送之吴江濆。去影忽不見，躊躇日將曛。

【校】

〔題〕兩宋本、繆本題下俱注云：幽燕。

〔國輔〕蕭本作輔國。王本注云：蕭本作輔國，誤。

〔朝吹〕朝，胡本作朔，似是。

【注】

〔國輔〕王云：唐書藝文志：崔國輔應縣令舉，投許昌令、集賢直學士、禮部員外郎，坐王鉷近親，貶竟陵郡司馬。唐詩（刻本誤作唐書，今改。）品彙：崔國輔，吴郡人。按：新書世系表，崔氏清河青州房，海、沂等州司馬惟怦子國輔，禮部員外郎。英華卷九二三李軫泗州刺史李君神道碑：今夫人清河崔氏，弟國輔秀才擢第，制舉登科，歷補闕、起居、禮部員外郎。

又按：孟浩然有宿永嘉江寄山陰崔少府國輔詩云：「我行窮水國，君使入京華。」當在李白與崔相識之前。

【評箋】

今人詹鍈云：王譜天寶十一載下附考云：是年四月，御史大夫王鉷賜死，禮部員外郎崔國輔以鉷近親，貶竟陵郡司馬。白有送崔度還吴，度故人禮部員外國輔之子云云，乃是年以後之作。按詩云：「幽燕沙雪地，萬里盡黄雲。朝吹歸秋雁，南飛日幾羣。」當是本年（天寶十一載）十月間，太白初至幽燕時作。

送祝八之江東賦得浣紗石

西施越溪女，明豔光雲海。未入吴王宫殿時，浣紗古石今猶在。桃李新開映古查，菖蒲猶短出平沙。昔時紅粉照流水，今日青苔覆落花。君去西秦適東越，碧山清江幾超忽。若到天涯思故人，浣紗石上窺明月。

【校】

〔題〕兩宋本、繆本題下俱注云：峽西。

〔未入〕未，兩宋本、繆本、王本俱注云：一作來。

〔古石〕兩宋本、繆本、王本俱注云：一作石古。

〔古查〕古，兩宋本、繆本、王本俱注云：一作杳。

〔出平沙〕出，英華作未。咸本亦作未，注云：一作出。

【注】

〔浣紗石〕王云：太平御覽：孔曄會稽記曰：勾踐索美女以獻吴王，得諸暨苧羅山賣薪女西施鄭旦，先教習於土城山，山邊有石，云是西施浣紗石。太平寰宇記：諸暨縣有苧羅山，上下有石跡，云是西施浣紗之所，浣紗石猶在。

〔查〕王云：廣韻：查，水中浮木也。

〔超忽〕文選王屮頭陀寺碑：東望平皐，千里超忽。吕向注：超忽，遠貌。

送侯十一

朱亥已擊晉，侯嬴尚隱身。時無魏公子，豈貴抱關人？余亦不火食，遊梁同在陳。空餘湛盧劍，贈爾託交親。

【校】

〔題〕兩宋本、繆本題下俱注云：梁宋。

〔遊梁〕咸本作絶糧。

【注】

〔湛盧劍〕吴越春秋：楚昭王卧而寤，得吴王湛盧之劍於牀，昭王不知其故。乃召風胡子而問曰：「寡人卧覺而得寶劍，不知其名，是何劍也？」風胡子曰：「此謂湛盧之劍，……五金之英，太陽之精，寄氣託靈，出之有神，服之有威，可以折衝拒敵。然人君有逆理之謀，其劍即出，故去無道，以就有道。今吴王無道，殺君謀楚，故湛盧入楚。」

魯中送二從弟赴舉之西京

魯客向西笑，君門若夢中。霜凋逐臣髮，日憶明光宫。復羨二龍去，才華冠世雄。平衢騁高足；逸翰凌長風。舞袖拂秋月；歌筵聞早鴻。送君日千里，良會何由同？

【校】

〔題〕兩宋本、繆本俱注云：再至魯中，一作送族弟鍠。王本注云：一作送族弟鍠。

【注】

〔族弟鍠〕今人詹鍈云：按趙郡李氏東祖房系之後有名鍠者三人。

〔明光宫〕王云：《雍録》：漢有明光宫三：一在北宫，與長樂宫相連者。武帝太初四年起，即王商之所指借欲以避暑者也。别有明光宫在甘泉宫中，亦武帝所起，發燕、趙美女三千人充之。至尚書郎主作文書起草，更直於建禮門内，則近明光殿矣。建禮門内得神仙門，神仙門内得明光殿。省中皆胡粉塗壁，以丹漆地，謂之丹墀。尚書郎握蘭含雞舌香奏事，此明光殿，約其方向必在未央正宫殿中。不與北宫甘泉設爲奇玩者比。則臣下奏事之地也。

琦按：太白所用正指明光殿，而借用宫字以趁韻耳。

〔二龍〕世説賞譽篇：謝子微見許子將兄弟，曰：「平輿之淵有二龍焉。」

【評箋】

今人詹鍈云：當是去朝以後，秋季於魯中作。二從弟或指幼成、令問，或指凝與洌。

奉餞高尊師如貴道士傳道籙畢歸北海

道隱不可見，靈書藏洞天。吾師四萬劫，歷世遞相傳。别杖留青竹；行歌躡紫烟。離心無遠近，長在玉京懸。

【校】

〔題〕兩宋本、繆本此下俱注云：齊州。

【注】

〔高尊師如貴〕見卷十訪道安陵遇蓋寰爲予造真籙臨别留贈詩注。

〔道籙〕見卷十訪道安陵遇蓋寰爲予造真籙臨别留贈詩注。

〔北海〕舊唐書地理志：河南道青州：天寶元年改青州爲北海郡。

〔道隱〕王云：老子：道隱無名。河上公注：道潛隱，使人無能指名也。莊子：道不可聞，聞而非也，道不可見，見而非也。

〔青竹〕後漢書卷一一二費長房傳：……長房遂欲得道，而顧家人爲憂，翁乃斷一青竹，度與長房身齊，使懸之舍後，家人見之，即長房形也，以爲縊死。……長房辭歸，翁與一竹杖，曰：「騎此任所之，則自至矣，既至可以杖投葛陂中也。」

【評箋】

今人詹鍈云：按太白就高尊師受道籙確在何時，史無明文。李陽冰草堂集序云：天子知其不可留，乃賜金歸之，遂就從祖陳留採訪大使彦允，請北海高天師授道籙於齊州紫極宫。知受道籙事，蓋在出關後未久。唐會要卷四一：天寶五載七月二十三日，河南道採訪使張倚奏：諸州府今後應緣春秋二時私社，望請不得宰殺，如犯者請科違勅罪，從之。河南採訪使駐陳留郡，故亦得稱陳留採訪大使。據此，李彦允之爲河南採訪使似應在天寶五載以前。太白集兼有夏秋及嚴冬在梁宋一帶所賦詩。少陵先生年譜會箋云：白至齊州於紫極宫從高天師受道籙，疑在歸兗以前，天寶三載秋冬之際。

金陵送張十一再遊東吴

張翰黄花句，風流五百年。誰人今繼作？夫子世稱賢。再動遊吴棹，還浮入海船。春光白門柳，霞色赤城天。去國難爲别，思歸各未旋。空餘賈生淚，相顧共悽然。

【校】

〔題〕兩宋本、繆本題下俱注云：金陵。

〔十一〕咸本無一字。

【注】

〔張翰〕王云：張翰詩：「青條若總翠，黄花如散金。」

〔白門〕王云：胡三省通鑑注：白門，建康城西門也。西方色白，故以爲稱。古楊叛曲：「暫出白門前，楊柳可藏鴉。」

〔赤城〕見卷七同族弟金城尉叔卿燭照山水壁畫歌注。

【評箋】

宋長白云：張季鷹雜詩：「暮春和氣應，白日照園林。青條若總翠，黄花如散金。」文旨未爲高麗，而太白送張十一遊東吳詩曰：「張翰黄花句，風流五百年。誰人今繼作？夫子世稱賢。」以供奉仙才，而傾倒至此，殊足爲步兵長價也。（柳亭詩話）

送紀秀才遊越

海水不滿眼；觀濤難稱心。即知蓬萊石；却是巨鰲簪。送爾遊華頂；令余發鳥吟。仙人居射的；道士住山陰。禹穴尋溪入；雲門隔嶺深。緑蘿秋月夜，相憶在鳴琴。

【注】

〔巨鰲〕見卷四登高丘而望遠海詩注。

〔華頂〕明一統志卷四七：華頂峯在天台縣東北六十里，周圍百餘里，高萬丈，絶頂東望滄海，俗稱望海尖，草木薰郁，都非人世，下有積雪。

〔射的〕王云：藝文類聚：孔曄會稽記曰：縣東南十八里有射的山，遠望的的有如射候，故謂之射的。射的之西有石室，可方二丈，謂之射室。傳云羽客之所遊憩，土人常以此占穀食貴賤。射的明則米賤，暗則貴。諺曰：射的白，斛一百。射的玄，斛一千。又云：孔靈符會稽山記曰：射的山西南水中有白鶴，常爲仙人取箭，曾刮壤尋索，遂成此山也。按：嘉泰會稽志卷九：射的山在（會稽）縣南一十五里。

〔禹穴〕王云：方輿勝覽：禹穴在紹興府龍瑞宫之側。東萊云：大石中斷成罅，殊不古。殆非司馬子長所探也。輟耕録：會稽陽明洞天在秦望山後禹廟之西南，云即古禹穴，越之勝境也。諸峯環聳，鬱盤空曲。施宿會稽志：會稽山與委宛相接，宛委山即禹穴，號陽明洞天。按舊經引吴越春秋：東南天柱號委宛，乃禹藏書處，在會稽山南三里，則宛委别一山也。參見卷二十四越中秋懷詩注。

〔雲門〕施宿會稽志卷九：雲門山在會稽縣南三十里。舊經云：晉義熙二年，中書令王子敬居此，有五色雲見，詔建寺，號雲門。山有謝敷宅、何公井、好泉亭、王子敬山亭、永禪師臨書閣。

送長沙陳太守二首

長沙陳太守，逸氣淩青松。英主賜五馬，本是天池龍。湘水迴九曲，衡山望五峯。榮君按節去，不及遠相從。

【校】

〔五馬〕五，兩宋本、繆本俱作玉。王本注云：繆本作玉。

〔不及〕及，兩宋本、繆本俱作得。王本注云：一作得。

【注】

〔五馬〕見卷六子夜吴歌第二首及卷十一博平鄭太守……詩注。

〔九曲〕水經注湘水：衡山東南二面，臨映湘川，自長沙至此，江湘七百里中有九背，故漁者歌曰：帆隨湘轉，望衡九面。

〔五峯〕王云：通鑑地理通釋：衡岳在潭州衡山縣西三十里，衡州衡陽縣北七十里。有五峯，曰紫蓋、天柱、芙蓉、石廩、祝融。

〔按節〕史記司馬相如列傳：案節未舒。索隱：郭璞曰：言頓轡也。司馬彪云：按轡而行得節，故曰按節。漢書同傳顔師古注：案節猶弭節也。

【評箋】

今人詹鍈云：詩云：「英主賜五馬，本是天池龍。……」疑亦供奉翰林時作。按：五馬正指陳爲太守，非白自謂，詹氏似誤會詩意。

其二

七郡長沙國，南連湘水濱。定王垂舞袖，地窄不迴身。莫小二千石，當安遠俗人。洞庭鄉路遠，遥羨錦衣春。

【校】

〔定王〕定，胡本作吴，注云：吴，今本作定。按：此用漢書長沙定王傳，不應作吴。

【注】

〔七郡〕王云：按唐時潭州長沙郡、衡州衡陽郡、永州零陵郡、連州連山郡、道州江華郡、郴州桂陽郡、邵州邵陽郡，此七郡者，在秦、漢時皆長沙故地。

〔定王〕見卷十五感時留別……詩注。

送楊燕之東魯

關西楊伯起，漢日舊稱賢。四代三公族，清風播人天。夫子華陰居，開門對玉蓮。何事歷衡霍，雲帆今始還。君坐稍解顔，爲我歌此篇。我固侯門士，謬登聖主筵。一辭金華殿，蹭蹬長江邊。二子魯門東，别來已經年。因君此中去，不覺淚如泉。

【校】

〔三公〕三，王本注云：一作五。宋乙本作五。

〔爲我〕我，兩宋本、繆本、王本俱注云：一作君。

〔我固〕此句咸本注云：一作此我後門士。

〔如泉〕此句下咸本注云：一本無此二句。

【注】

〔四代〕王云：後漢書：楊震，字伯起，弘農華陰人。少好學，明經博覽，無不窮究，諸儒謂之語曰：關西孔子楊伯起。永寧元年，代劉愷爲司徒。延光三年，代劉愷爲太尉。震子秉，延熹五年代劉矩爲太尉。秉子賜，熹平二年代唐珍爲司空，五年代袁隗爲司徒，光和五年拜太尉。賜子彪，中平六年代董卓爲司空，其冬，代黄琬爲司徒。興平元年代朱儁爲太尉。自震至彪，四世太尉，德業相繼，與袁氏俱爲東京名族云。三公舊本或有作五公者，楊注以三公爲是。琦按：後漢書：諸袁事漢，四世五公。陳子昂梓州司馬楊君神道碑：迨震、秉、彪、賜四代五公，光烈昭於漢室，盛德充於海内。李頎詩：漢家名臣楊德祖，四代五公享茅土。五公，謂太傅、太尉、司徒、司空、大將軍也。楊氏四世但爲三公，未有登太傅大將軍之位。不知諸書何以言之。然其語則有所本，未可以爲誤也。

〔玉蓮〕王云：太平寰宇記：華州華陰縣，以在太華山之陰故名之。華山有蓮花峯，以形似蓮花故名。玉蓮蓋指此。或謂指玉女、蓮花二峯而言。或謂華山記云：山頂有池，生千葉蓮花，服之羽化。昌黎詩所謂「太華峯頭玉井蓮，花開十丈藕如船」，玉蓮似指玉井蓮也。

〔衡霍〕王云：太平寰宇記：霍山一名衡山，一名天柱山，在壽州六安縣南五里。爾雅：霍山爲南岳，注云：即天柱也。漢武帝以衡山遼遠，讖緯皆以霍山爲南岳，故祭其神於此，今其土俗皆呼南岳大山。黄庭内景玉經曰：霍山下有洞房二百里，司命君之府也。有西北、東南二門，其中有五香芝飛華金瓶之寶，神瞻靈瓜，食之者至玄。

〔金華殿〕三輔黄圖：未央宮有金華殿。

【評箋】

今人詹鍈云：詩云：「……二子魯門東，別來已經年。」按白於天寶五載冬去魯南下，則此詩當是天寶六七載間作，二子蓋指伯禽與女平陽而言。又詩中問楊燕云：「何事歷衡霍，雲帆今始還。」蓋二人相遇之地即在衡霍附近之江邊，故太白作此問也。

送蔡山人

我本不棄世，世人自棄我。一乘無倪舟，八極縱遠柂。燕客期躍馬，唐生安敢譏？採珠勿驚龍，大道可暗歸。故山有松月，遲爾翫清暉。

【注】

〔蔡山人〕按：卷二十七有早春於江夏送蔡十還家雲夢序，當即其人。

〔柂〕王云：郭璞江賦：淩波縱柂。釋名：船，其尾曰柂。柂，拖也，後見拖曳也，且弼正船，使順流不使他戾也。玉篇：柂，正船木也，設於船尾，與舵同，一作柂。△柂，徒可切。

〔唐生〕史記范雎蔡澤列傳：蔡澤者，燕人也。游學干諸侯小大甚衆，不遇而從唐舉相……曰：「若臣者何如？」唐舉孰視而笑曰：「先生曷鼻巨肩魋顔蹙齃膝攣，吾聞聖人不相，殆先生乎！」蔡澤知唐舉戲之，乃曰：「富貴吾所自有，吾所不知者壽也。願聞之。」唐舉曰：「先生之壽，從今以往者四十三歲。」蔡澤笑謝而去，謂其御者曰：「吾持粱刺齒肥，躍馬疾驅，懷黄金之印，結紫綬於腰，揖讓人主之前，食肉富貴，四十三年足矣。」

〔採珠〕見卷九贈丹陽横山周處士惟長詩注。

送蕭三十一之魯中兼問稚子伯禽

六月南風吹白沙，吴牛喘月氣成霞。水國鬱蒸不可處，時炎道遠無行車。夫子如何涉江路？雲帆嫋嫋金陵去。高堂倚門望伯魚，魯中正是趨庭處。我家寄在沙丘旁，三年不歸空斷腸。君行既識伯禽子，應駕小車騎白羊。

【校】

〔鬱〕兩宋本、繆本、王本俱注云：一作歊。

【注】

〔白沙〕晉書五行志：元康中，京洛童謡曰：「南風起，吹白沙，遥望魯國何嵯峨？千歲髑髏生齒牙。」

〔吴牛〕王云：埤雅：風俗通曰：吴牛望月而喘，言使之苦於日，故見月而喘。蓋傷禽驚於虚弦，疲牛望月而喘，物之憚怯見似而驚有如此者。參見卷六丁都護歌注。

〔倚門〕戰國策齊策：王孫賈年十五，事閔王，王出走，失王之處，其母曰：「汝朝出而晚來，則吾倚門而望。」

〔伯魚〕家語本姓解：（伯）魚之生也，魯昭公以鯉魚賜孔子，榮君之貺，故因名鯉而字伯魚。

〔沙丘〕見卷十三沙丘城下寄杜甫詩注。

〔白羊〕世説容止篇注：（衞玠）齠齔時，乘白羊車於洛陽市上，咸曰誰家璧人。

送楊山人歸嵩山

我有萬古宅，嵩陽玉女峯。長留一片月，挂在東溪松。爾去掇仙草，菖蒲花紫茸。歲晚或相訪，青天騎白龍。

【校】

〔爾去〕以下二句，兩宋本、繆本、蕭本、王本俱注云：一作君行到此峯，餐霞駐衰容。胡本注云：送君行到此，餐霞駐衰容。

〔楊山人〕按：卷九有駕去温泉宫後贈楊山人，當即其人，或即由長安歸山。

【注】

〔玉女峯〕王云：登封縣志：太室二十四峯，有玉女峯，峯北有石如女子，上有大篆七字，人莫能識。

〔菖蒲〕王云：神仙傳：嵩山石上菖蒲一寸九節，服之長生。抱朴子：菖蒲須得生石上，一寸九節以上，紫花者尤善。謝靈運詩：「新蒲含紫茸。」李善注：倉頡篇曰：茸，草貌，然此茸謂蒲花也。　參見卷二十五嵩山採菖蒲者注。

〔白龍〕王云：廣博物志：瞿武，後漢人也。七歲絶粒，服黄精紫芝，入峨眉山，天竺真人授以真訣，乘白龍而去。

【評箋】

今人詹鍈云：按高常侍集有送楊山人歸嵩陽詩，疑與此首俱爲本年（天寶四載）遊梁宋時作。

送殷淑三首

海水不可解，連江夜爲潮。俄然浦嶼闊，岸去酒船遥。惜别耐取醉，鳴榔且長謡。天明爾當去，應有便風飄。

【校】

〔有便〕蕭本作便有。　王本注同。

【注】

〔殷淑〕王云：顔真卿元静先生廣陵李君碑：真卿與先生門人中林子殷淑、遺名子韋渠牟嘗接采真之游，緒聞含一之德云云，是即此人也。　按：卷十四有三山望金陵寄殷淑詩，卷十八又有五松山送殷淑詩，可見二人交誼之切。又卷八之酬殷明佐見贈五雲裘歌，及卷二十二之夜泊黄山聞殷十四吴吟，亦疑皆一人。

〔鳴榔〕王云：潘岳西征賦：鳴榔厲響。李善注：説文云：榔，高木也，以長木叩船爲聲，所以驚魚，令入網也。一説：榔，船板也，船行則響，謂之鳴榔。駱賓王詩：「鳴榔下貴洲」，沈佺期詩：「鳴榔曉帳前」，是也。若太白此篇送客非觀漁，停舟飲酒非挂帆長行，所謂鳴榔者，當是擊船以爲歌聲之節，猶叩舷而歌之義。

其二

白鷺洲前月，天明送客迴；青龍山後日，早出海雲來。流水無情去，征帆逐吹開。相看不忍别，更進手中杯。

【注】

〔白鷺洲〕王云：六朝事跡：白鷺洲，圖經云：在城西南八里，周迴十五里，對江寧之新林浦。景定建康志：青龍山在城東南三十五里，周迴二十里，高九十丈。又溧陽縣界别有青龍山。

其三

痛飲龍筇下，燈青月復寒。醉歌驚白鷺，半夜起沙灘。

【注】

〔龍筇〕未詳。

送岑徵君歸鳴皋山

岑公相門子，雅望歸安石。奕世皆夔龍，中台竟三拆。至人達機兆，高揖九州伯。奈何天地間，而作隱淪客。貴道能全真，潛輝卧幽鄰。探元入窅默；觀化遊無垠。光武有天下；嚴陵爲故人。雖登洛陽殿；不屈巢由身。余亦謝明主，今稱偃蹇臣。登高覽萬古，思與廣成鄰。蹈海寧受賞？還山非問津。西來一摇扇，共拂元規塵。

【校】

〔竟三拆〕竟，兩宋本、繆本、蕭本、王本俱注云：一作有。咸本作有。

〔能全真〕能，兩宋本、繆本俱作皆，注云：一作能。蕭本、王本俱注云：一作皆。

〔幽鄰〕鄰，兩宋本、繆本、咸本、王本俱注云：一作鱗。

〔偃蹇〕蹇，咸本作仰，注云：一作蹇。

〔西來〕兩宋本、繆本、王本俱注云：一作終期。

【注】

〔岑徵君〕岑勛。見卷七鳴皐歌送岑徵君詩注。

〔鳴皐山〕王云：唐書地理志，河南府陸渾縣有鳴皐山。

〔三拆〕王云：琦按岑參感舊賦序云：國家六葉，吾門三相矣。江陵公爲中書令，輔太宗。鄧國公爲文昌右相，輔高宗。汝南公爲侍中，輔睿宗。相承寵光，繼出輔弼。逮乎武后臨朝，鄧國公由是得罪。先天中，汝南公又得罪。朱輪翠轂如夢中矣。按唐書：岑文本，鄧州棘陽人。祖善方，後梁吏部尚書，父之象，隋邯鄲令。貞觀中，文本歷官中書令，封江陵縣子。從子長倩，永淳中累官兵部侍郎、同中書門下平章事。垂拱中，拜文昌右相，封鄧國公。爲來俊臣所誣陷，斬於市。文本孫羲，累官至同中書門下三品。景雲間，進侍中，封南陽郡公。羲兄獻，爲國子司業，弟仲翔，陜州刺史，仲休商州刺史，兄弟子姓在清要者數十人。羲嘆曰：「物極則反，可以懼矣。」然不能抑退，坐豫太平公主謀，誅，籍其家。

〔元規〕晉書卷六五王導傳：時(庾)亮雖居外鎮，而執朝廷之權。既據上流，擁強兵，趣向者多歸之。導内不能平，常遇西風塵起，舉扇自蔽，徐曰：「元規塵污人。」

〔窅默〕王云：莊子：至道之精，窈窈冥冥，至道之極，昏昏默默。△窅音杳。

〔無垠〕王云：淮南子：上游於霄雿之野，下出於無垠之門。高誘注：無垠，無形狀之貌。

〔偃蹇臣〕王云：袁宏後漢紀：伏見太原周黨，使者三聘乃肯就車，陛下親見諸庭，黨伏而不謁，偃蹇自高，逡巡求退。後漢書：偃蹇反俗。章懷太子注：偃蹇，驕傲也。

送范山人歸太山

魯客抱白鶴，别余往太山。初行若片雪，杳在青崖間。高高至天門，日觀近可攀。雲生望不及，此去何時還。

【校】

〔白鶴〕鶴，兩宋本、繆本、咸本、胡本俱作雞，注云：一作鶴。英華作鶴。王本注云：一作雞。

〔片雪〕雪，兩宋本、繆本、胡本、王本俱注云：一作雲。蕭本注云：一作雪。

〔日觀〕兩宋本、繆本、胡本俱作海日，注云：一作日觀。咸本作海日。蕭本、王本俱注云：一作海日。

〔雲生〕生，咸本、蕭本俱作山。王本注云：蕭本作山。

【注】

〔范山人〕按：卷二十有尋魯城北范居士……，疑即此人。

〔太山〕王云：地里今釋：泰山在今山東濟南府泰安州北五里。

〔白雞〕抱朴子仙藥篇：欲求芝草，入名山，……帶靈寶符，牽白犬，抱白雞，以白鹽一斗及開山符檄著大石上。

〔日觀〕王云：後漢書祭祀志：馬第伯封禪儀記曰：是朝上泰山，至中觀，去平地二十里。南向極望無不覩，仰望天關，如從谷底仰觀抗峯。其爲高也如視浮雲，其峻也石壁窅窱，如無道徑。遥望其人，端如行朽兀，或如白石，或如雪，久之白者移過樹，乃知是人也。初學記：太山記云：盤道屈曲而上，凡五十餘盤，經小天門、大天門，仰視天門，如從穴中視天窗矣。自下至古封禪處，凡四十里。山頂西巖爲仙人石閭，東巖爲介丘，東南巖名日觀。日觀者，雞一鳴時見日始欲出，長三丈所。　參見卷二十遊太山詩第四首注。

李白集校注卷十八

古近體詩三十五首

送韓侍御之廣德

昔日繡衣何足榮？今宵貰酒與君傾。暫就東山賒月色，酣歌一夜送泉明。

【校】

〔題〕兩宋本、繆本、咸本廣德下俱多一令字。王本注云：繆本德字下多一令字。

〔韓侍御〕按：卷十九有至陵陽山登天柱石酬韓侍御見招隱黄山，卷二十五有金陵聽韓侍御吹笛等篇，當是一人。

【注】

〔廣德〕舊唐書地理志：江南西道宣州廣德：漢故漳縣。

〔繡衣〕漢書百官公卿表：侍御史有繡衣直指。顔注：衣以繡者，尊寵之也。

〔貰酒〕王云：漢書高帝紀：嘗從王媪武負貰酒。顔師古注：貰，賒也。陶淵明嘗爲彭澤令，故用之以擬韓侍御也。

〔泉明〕王云：野客叢書：海録碎事謂：淵明一字泉明。李白詩多用之，不知稱淵明爲泉明者，蓋避唐高祖諱耳。猶楊淵之稱楊泉，非一字泉明也。齊東野語：高祖諱淵，淵字盡改爲泉。楊升菴曰：今人改泉明爲泉聲，可笑。

【評箋】

今人詹鍈云：詩云：「暫就東山賒月色，酣歌一夜送泉明。」東山當指謝安東山，詩則於金陵作也。王譜於至德二載下附考云：舊唐書：至德二年九月，改宣州綏安縣爲廣德縣，以縣界廣德故城爲名。白有送韓侍御之廣德詩，爲是年以後之作。按白自尋陽出獄後，至流夜郎之前，未嘗一至金陵，此詩之作當在白流夜郎歸後復遊金陵時。又此詩繆本題作送韓侍御之廣德令，太白集有至陵陽山登天柱石酬韓侍御見招隱黄山詩，知太白之廣德，乃欲作歸隱之計，非韓往任縣令，後人蓋據「酣歌一夜到（送）泉明」句妄增，不知此句乃以淵明喻韓侍御之將歸隱，非以縣令稱之也。

白雲歌送友人

楚山秦山多白雲，白雲處處長隨君。君今還入楚山裏，雲亦隨君渡湘水。水上女蘿衣白雲，早卧早行君早起。

【評箋】蕭云：此詩已見七卷，特首尾數語不同，而此則尾語差拙，恐是初本未經改定者，今兩存之。

按：胡本附注在白雲歌送劉十六歸山詩後，云：小有異同，并附于此。

送通禪師還南陵隱静寺

我聞隱静寺，山水多奇蹤。巖種朗公橘；門深杯渡松。道人制猛虎，振錫還孤峯。他日南陵下，相期谷口逢。

【注】

〔隱静寺〕王云：太平府志：隱静寺在繁昌縣東南二十里隱静山，一名五峯寺。山有碧霄、桂月、鳴磬、紫氣、行道五峯，寺當五峯之會。巑岏拱合，林木幽奇，古澗委折，殷雷轟地。相傳寺爲杯渡禪師所建，飛錫定基，江神送木，現諸神異。寺外有十里松徑，傳云禪師手植。或曰：距寺二里許有雙松對峙，勢若虬龍者，即師手澤。又嘗取新羅五葉松種寺西，迄今尚存。舊誌又言寺有朗公橘，杯渡所攜頻伽鳥一雙，皆晉、宋遺跡。又有木米鹽醬等池，言創寺時諸物皆從此出云。舊額云：江東第二禪林。按繁昌縣南唐時析南陵分置，在唐時尚屬南陵。按：輿地紀勝卷一八：隱静山在繁昌縣東南七十里，乃杯渡建道場之所，爲普惠寺。山有五峯，碧霄峯泉出其下，中有魚金鬣。桂月峯乃杯渡經行之地，有桂樹，每月夜宴坐其下，坐石今在。鳴磬峯當杯渡時，每至秋夕，自然有磬聲。猿巖多棲猿狖，噴雲泉在寺北，通海寺在寺東。

〔杯渡〕楊云：傳燈録：婺州有木陳，從朗禪師劉宋時杯渡者，不知姓名，常乘木杯渡水。惠忠禪師居禪祚寺，有供僧穀兩廩，盜若窺，虎即守之。縣令張遜至山頂，謁問師有何徒弟，師曰：有三五人。遜曰：「如何得見？」師敲禪牀，有三虎哮吼而出，遜驚怖而退。

〔道人〕釋氏要覽：智度論云：得道者名爲道人，餘出家未得道者亦名道人。

〔猛虎〕法苑珠林卷九九：後梁南襄陽景空寺釋法聰……所坐繩牀兩邊各有一虎，王（晉安王）不敢進，聰乃以手按頭著地，閉其兩目。

〔振錫〕王云：沈約法王寺碑：振錫經行，祇林宴坐。錫，釋家所執錫杖，一名德杖，一名智杖，有金環繞之，作錫錫聲，行時以節步趨者。

【評箋】

今人詹鍈云：詩云：「他日南陵下，相期谷口逢。」蓋是時太白方至宣城，尚未遊南陵也。

送友人

青山横北郭，白水遶東城。此地一爲别，孤蓬萬里征。浮雲遊子意，落日故人情。揮手自兹去，蕭蕭班馬鳴。

【注】

〔浮雲〕王云：浮雲一往而無定跡，故以比游子之意。落日銜山而不遽去，故以比故人之情。

〔馬鳴〕王云：詩小雅：蕭蕭馬鳴。左傳：有班馬之聲。杜預注：班，别也。主客之馬將分道而蕭蕭長鳴，亦若有離羣之感。畜猶如此，人何以堪？

送别

斗酒渭城邊，壚頭醉不眠。梨花千樹雪，楊葉萬條烟。惜别傾壺醑，臨分贈馬鞭。看君潁上去，新月到應圓。

【校】

〔到應〕應，兩宋本、繆本俱作家。王本注云：繆本作家。

【注】

〔渭城〕王云：水經注：長安，故咸陽也。漢高帝更名新城。武帝元鼎三年別爲渭城，在長安西北渭水之陽。史記正義：括地志云：咸陽故城亦名渭城，在雍州北五里，今咸陽縣東十五里。太平寰宇記：故渭城在今縣東北二十二里渭水北，即秦之杜郵。其城周八里。秦自孝公至始皇皆都於此城。武帝元鼎三年，更名渭城，後漢省併，地入長安，故此城存。

〔壚頭〕漢書卷五七司馬相如傳：迺令文君當盧。注：郭璞曰：盧，酒盧。師古曰：賣酒之處累土爲盧，以居酒瓮，四邊隆起，其一面高，形如鍛盧，故名盧耳。而俗之學者皆謂當盧爲對温酒火盧，失其義矣。補注：先謙曰：盧，史記作鑪。集解引韋昭曰：鑪，酒肆也。以土爲墮，邊高似鑪，與顏説同，字當作壚，通作鑪，盧則省文也。本書趙廣漢傳注：盧所以居罌。食貨志下注：盧者，賣酒之區也。與此義並合。食貨志注又引臣瓚曰：盧，酒瓮也，即顏所謂温酒火盧矣。

〔潁上〕王云：河南道潁州汝陰郡有潁上縣。太平寰宇記：潁上縣，以地枕潁水上游爲名。

【評箋】

王云：滄浪詩話：太白詩「斗酒渭城邊，壚頭醉不眠」，乃岑參之詩誤編入。琦按：文苑英華亦以此詩爲岑參作，題云送楊子，岑集亦載之。按：本集本卷即有送別一詩同爲五律。兩相對勘，即知此篇風格近岑而不近李，誠可定爲誤收也。詩人玉屑亦有「岑參之詩誤入公集」語。

江上送女道士褚三清遊南岳

吴江女道士，頭戴蓮花巾。霓衣不濕雨，特異陽臺雲。足下遠遊履，淩波生素塵。尋仙向南岳，應見魏夫人。

【校】

〔題〕英華題上無江上二字。

〔霓衣〕衣，兩宋本、繆本、胡本俱作裳。王本注云：繆本作裳。

〔陽臺雲〕雲，兩宋本、繆本俱作神。王本注云：繆本作神。

〔尋仙〕咸本、蕭本俱作倦尋。王本注云：蕭本作倦尋。

【注】

〔蓮花巾〕太平御覽卷六七五登真隱訣曰：太玄上丹霞（王引作靈）玉女又戴紫華芙蓉巾。

〔淩波〕文選曹植洛神賦：踐遠游之文履，曳霧綃之輕裾。……淩波微步，羅襪生塵。吕向

注：遠遊，履名，步於水波之上，如生塵也。

〔魏夫人〕太平廣記卷五八南岳魏夫人傳：魏夫人者，任城人也。晉司徒劇陽文康公舒之女，名華存，字賢安。幼而好道，静默恭謹，……志慕神仙，味真耽玄，欲求沖舉，……吐納氣液，攝生夷静。凡住世八十三年，以晉成帝咸和九年，歲在甲午，……太乙玄仙遣飇車來迎，夫人乃託劍化形而去。……位爲紫虚元君領上真司命南岳夫人，比秩仙公，使治天台大霍山洞臺中主下訓奉道教授當爲仙者，男曰真人，女曰元君。

【評箋】

今人詹鍈云：起句云「吴江女道士……」，疑送别之地當去金陵不遠。

送友人入蜀

見説蠶叢路，崎嶇不易行。山從人面起，雲傍馬頭生。芳樹籠秦棧，春流遶蜀城。升沉應已定，不必問君平。

【校】

〔問〕兩宋本、繆本俱作訪。王本注云：繆本作訪。

【注】

〔蠶叢〕見卷三蜀道難注。

〔秦棧〕王云：史記：去輒燒絶棧道。索隱曰：棧道，閣道也，音士諫反，包愷音士版反。崔浩云：險絶之處，傍鑿山巖而施板梁爲閣。琦按：入蜀之道，山路懸險，不容坦行，架木而度，名曰棧道。以其自秦入蜀之道，故曰秦棧。

〔君平〕漢書卷七二王貢兩龔鮑傳：蜀有嚴君平，……君平卜筮於成都市，以爲卜筮者賤業，而可以惠衆，……各因勢導之以善，從吾言者已過半矣。裁日閲數人，得百錢足自養，則閉肆下簾而讀老子。

【評箋】

王云：徐而庵曰：山從二句，是承上崎嶇不易行五字，勿作好景看。

唐宋詩醇云：此五律正宗也。李夢陽曰：疊景者意必工，闊大者筆必細，極得詩家微旨。此詩頷聯承接次句，語意奇險，五六則穠纖矣。頷聯極言蜀道之難，五六又見風景可樂，以慰征夫，此兩意也。一結翻案，更饒勝致。

送趙雲卿

白玉一杯酒，緑楊三月時。春風餘幾日，兩鬢各成絲。秉燭唯須飲，投竿也未遲。如逢渭川獵，猶可帝王師。

【評箋】

王云：此篇與十二卷内贈錢徵君少陽詩無一字差異，蓋編者重入未删。

按：胡本在贈錢徵君少陽詩下注云：一作送趙雲卿。

送李青歸華陽川

伯陽仙家子，容色如青春。日月祕靈洞；雲霞辭世人。化心養精魄；隱几窅天真。莫作千年别，歸來城郭新。

【校】

〔歸華陽川〕蕭本、咸本俱作南葉陽川。

〔莫作〕英華作莫非，誤。

【注】

〔華陽川〕王云：胡三省通鑑注：華陽川在虢州華陽山南。雍勝略：華陽水在漢中府褒城縣西二十五里，源出牛頭山，南流與漢水合。蕭本作南葉陽川，誤。

〔伯陽〕史記老莊申韓列傳：老子者，……姓李氏，名耳，字伯陽。

〔隱几〕莊子齊物論篇：南郭子綦隱几而坐。陸德明音義：隱，憑也。

〔城郭〕搜神後記：丁令威本遼東人，學道於靈虚山，後化鶴歸遼，集城門華表柱，時有少年舉弓欲射之，鶴乃飛，徘徊空中而言曰：「有鳥有鳥丁令威，去家千年今始歸。城郭如故人民非，何不學仙冢纍纍？」

送舍弟

吾家白額駒，遠别臨東道。他日相思一夢君，應得池塘生春草。

【校】

〔白額〕額，郭本、王本俱注云：一作馬。

【注】

〔白額駒〕王云：魏志：曹休間行北歸，見太祖，太祖謂左右曰：「此吾家千里駒也。」「吾家白額駒」，即吾家千里駒之意，而改用李氏事耳。晉書：武昭王諱暠，字玄盛，姓李氏，漢前將軍廣之十六世孫也。嘗與太史令郭黁及其同母弟宗繇同宿，黁起謂繇曰：「君當位極人臣，李君有國土之分，家有騧草馬生白額駒，此其時也。」吕光末，京兆段業自稱涼州牧，以燉煌太守孟敏爲沙州刺史，署玄盛效穀令，敏尋卒，護軍郭謙等以玄盛温毅有惠政，推爲燉煌太守，玄盛初難之，宗繇言於玄盛曰：「君忘郭黁之言耶？白額駒今生矣。」玄盛乃從之。

〔春草〕見卷十一贈從弟南平太守之遥詩第一首注。

【評箋】

按：白不聞有母弟，此蓋從弟，集中從弟甚多，不知誰指也。

送别

水色南天遠，舟行若在虚。遷人發佳興，吾子訪閑居。日落看歸鳥，潭澄羡躍魚。聖朝思賈誼，應降紫泥書。

【校】

〔題〕兩宋本、繆本、蕭本、胡本、王本題下俱注云：得書字。

〔羡〕兩宋本、繆本俱作憐，注云：一作羡。蕭本、胡本、王本俱注云：一作憐。

【注】

〔紫泥〕見卷七玉壺吟注。

送鞠十少府

試發清秋興，因爲吴會吟。碧雲斂海色，流水折江心。我有延陵劍，君無陸賈金。艱難此爲别；惆悵一何深！

【注】

〔延陵〕見卷十二陳情贈友人詩注。

〔陸賈〕漢書卷二三陸賈傳：有五男，迺出所使越槖中裝，賣千金分其子，子二百金，令爲生産。

送張秀才謁高中丞 并序

余時繫尋陽獄中，正讀留侯傳，秀才張孟熊藴滅胡之策，將之廣陵謁高中丞。余喜子房之風，感激於斯人，因作是詩以送之。

秦帝淪玉鏡；留侯降氛氲。感激黄石老；經過倉海君。壯士揮金槌，報讎六國聞。智勇冠終古，蕭陳難與羣。兩龍争鬬時，天地動風雲。酒酣舞長劍，倉卒解漢紛。宇宙初倒懸，鴻溝勢將分。英謀信奇絶，夫子揚清芬。胡月入紫微，三光亂天文。高公鎮淮海，談笑却妖氛。採爾幕中畫，戡難光殊勳。我無燕霜感，玉石俱燒焚。但灑一行淚，臨岐竟何云？

【校】

〔題〕兩宋本、繆本有序下注云：尋陽。

〔孟熊〕咸本注云：一本無孟熊二字。

〔喜〕英華作嘉，注云：一作希。咸本亦注云：一作希。

〔秦帝〕此句兩宋本、繆本、蕭本、王本俱注云：一作六雄滅金虎。

〔倉海君〕倉，各本俱誤作滄，今改正。

〔六國〕國，兩宋本、繆本俱作合。王本注云：繆本作合。

〔爭鬬〕鬬，咸本作輝，注云：一作鬬。

〔酒酣〕兩宋本、繆本、蕭本、王本俱注云：一作縱横。

〔鴻溝〕鴻，兩宋本、繆本、咸本俱作洪。王本注云：繆本作洪。

〔清芬〕此句下兩宋本、繆本、蕭本、王本俱注云：一作夫子稱卓絶，超然繼清芬。

〔胡月〕胡，咸本注云：一作古。

〔却妖氛〕却，兩宋本、繆本、咸本俱作廓。此句下咸本注云：一本無此二句。王本注云：繆本作廓。

〔燕霜〕燕，咸本作烟。

【注】

〔張秀才〕按：卷十七有送張秀才從軍，語意頗同，似即一人。

〔留侯傳〕王云：史記世家第二十五爲留侯世家，曰留侯傳，蓋變稱也。

〔高中丞〕舊唐書卷一一一高適傳：高適者，渤海蓨人也。……負氣敢言，……上皇以諸王分鎮，適切諫不可，……及是永王叛，肅宗聞其論諫有素，召而謀之。適因陳江東利害，永王必敗。上奇其對，以適兼御史大夫、揚州大都督府長史、淮南節度使，詔與江東節度來瑱率本部兵平江淮之亂。會於安州，師將渡而永王敗，……適喜言王霸大略，務功名，尚節義，逢時多難，以安危爲己任，然言過其實，爲大臣所輕。

〔玉鏡〕太平御覽卷七一七尚書帝命期曰：桀失其玉鏡，用之噬虎。鄭注：玉鏡謂清明之道。參見卷十二獻從叔當塗宰陽冰注。

〔倉海君〕王云：史記留侯世家：留侯張良者，其先韓人也。秦滅韓，良悉以家財求客刺秦王，爲韓報仇。以大父父五世相韓故。良嘗學禮淮陽，東見倉海君，得力士，爲鐵椎重百二十斤，秦皇帝東遊，良與客狙擊秦皇帝博浪沙，誤中副車。秦皇帝大怒，大索天下，求賊甚急。良乃更姓名亡匿下邳。漢書音義：倉海君，晉灼曰：海神也。如淳曰：秦郡縣無倉海，或曰東夷君長也。顔師古曰：二説並非，蓋當時賢者之號也。琦按：史記漢書載博浪沙事並云鐵椎，惟水經注云：張良爲韓報仇於秦，以金椎擊秦始皇不中，中其副車。駱賓王詩：「金椎許報韓」，蓋出於此。

〔智勇〕漢書張良傳贊：聞張良之智勇，以爲其貌魁梧奇偉，反若婦人女子。

〔兩龍〕史記彭越列傳：兩龍方鬬，且待之。

〔戡難〕王云：廣韻：戡，勝也，克也。△戡音堪。

〔燕霜〕太平御覽卷一四淮南子曰：鄒衍事燕惠王盡忠，左右譖之，王繫之獄（王引無此字），仰天而哭，夏五月天爲之降霜。按：文選江淹詣建平王上書注引此文與王氏所引同。

【評箋】今人詹鍈云：按適有還京次睢陽祭張巡許遠文，内云：維乾元元年五月日，太子詹事御史中丞高適……。則適本官御史中丞，舊書謂兼御史大夫，微誤。

尋陽送弟昌峒鄱陽司馬作

桑落洲渚連，滄江無雲烟。尋陽非剡水，忽見子猷船。飄然欲相近，來遲杳若仙。人乘海上月，帆落湖中天。一覩無二諾，朝歡更勝昨。爾則吾惠連，吾非爾康樂。朱紱白銀章，上官佐鄱陽。松門拂中道，石鏡迴清光。摇扇及干越，水亭風氣涼。與爾期此亭，期在秋月滿。時過或未來，兩鄉心已斷。吴山對楚岸，彭蠡當中州。相思定如此，有窮盡年愁。

【校】

〔昌峒〕兩宋本、繆本俱作昌峘。王本注云：繆本作峘。今人詹鍈云：當以昌峘爲是，大鄭王亮之六世孫昌峘爲辰錦觀察使。

〔飄然〕兩宋本、繆本俱作了見。王本注云：繆本作了見。

〔來遲〕來，宋乙本作末。

【注】

〔鄱陽〕王云：鄱陽，唐時郡名，即饒州也。隸江南西道，爲上州。有司馬一人，從五品。

〔桑落洲〕王云：太平寰宇記：桑落洲在舒州宿松縣西南一百九十四里。江水始自鄂陵分派爲九，於此合流，謂之九江口。此洲與江州尋陽縣分中流爲界。一統志：桑落洲在九江府城東北過江五十里，昔江水泛漲，流一桑於此，因名。

〔剡水〕見卷九淮海對雪贈傅靄詩注。

〔惠連〕〔康樂〕宋書卷六七謝靈運傳：惠連幼有才悟而輕薄，不爲父方明所知，……靈運嘗自始寧至會稽造方明，過視惠連，大相咨賞，……謂方明曰：阿連才悟如此，而尊作常兒遇之。同書又云：祖玄，晉車騎將軍，……襲封康樂郡公。

〔上官〕王云：凡除官到任，謂之上官。司馬，州之佐職。

〔松門〕王云：江西通志：松門山在南昌府城西北二百十五里，枕鄱湖之東。兩岸悉生松，遥望如門，故名。上有石鏡，光可照人。謝康樂詩：「攀崖照石鏡，牽葉入松門」，是也。

〔干越〕王云：太平寰宇記：干越渡在餘干縣西南一百二十步，置津吏主守，四時不絶。干越亭在餘干縣東南三十步，屹然孤立，古今游者多留題章句焉。江西通志：干越亭在饒州府餘干縣羊角山。文公談苑云：前瞰琵琶洲，後枕思禪寺。林麓森鬱，千峯競秀，唐初張彦俊建。

〔彭蠡〕王云：通鑑地理通釋：彭蠡在江州潯陽縣。括地志：在縣東南五十里。六典注：一名宫亭湖，在南康軍星子縣南，江州彭澤縣西。地理志：在豫章郡彭澤縣西。郡縣志：在都昌縣西六十里，與潯陽縣分湖爲界。禹貢揚州：彭蠡既瀦，即江、漢所匯之澤，合江西江東諸水，跨豫章饒州南康軍三州之地。又云：江西志：鄱陽湖在南昌府城東北一百五十里，即禹貢之彭蠡也。一名宫亭湖，一名揚瀾湖，跨南昌、饒州、南康三郡，合上流諸水入焉，周圍數百里，闊四十里，長三百里。每春夏之間，江、漢水漲，則彭蠡之水鬱不得流，而逆回倒積，遂成巨浸，瀰渺數百餘里，無復畔岸，逮夫二水漸消，則彭蠡之水始出大江，循南岸而行，與二水頡頏趨海。

餞校書叔雲

少年費白日，歌笑矜朱顔。不知忽已老，喜見春風還。惜别且爲懽，徘徊桃李間。看花飲美酒，聽鳥臨晴山。向晚竹林寂，無人空閉關。

【注】

〔叔雲〕按：新書世系表有道王元慶之曾孫，嗣數城郡公雲。恐非其人。參見本卷宣州謝朓樓餞别校書叔雲詩。　又按：全唐文七三八沈亞之李紳傳中有李雲，云：李錡之賊江東也，其抗節者有李雲、李紳，雲則山中（疑當作中山）劉騰爲文以大之。則此李雲在元和初年，距李白之晚年已四十年，恐非其人矣。

〔竹林〕見卷十六對雪奉餞任城六父秩滿歸京詩注。

〔閉關〕王云：閉關猶閉門也，江淹恨賦：閉關却掃，塞門不仕。　按：此詩上句有竹林語，自是用顔延之五君詠中「劉靈善閉關」，與江淹恨賦之指馮衍者無涉，此王氏誤解也。

送王孝廉覲省

彭蠡將天合，姑蘇在日邊。寧親候海色，欲動孝廉船。窈窕晴江轉，參差遠岫連。相思無晝夜，東注似長川。

【校】

〔題〕兩宋本、繆本題下俱注云：廬江。

〔東注〕注，咸本、蕭本、胡本俱作泣。王本注云：蕭本作泣。

【注】

〔日邊〕楊云：姑蘇臺隸唐蘇州吳郡，以其近東海日出之地，故云日邊。

〔孝廉船〕世説文學篇：張憑舉孝廉出都，負其才氣，謂必參時彦，欲詣劉尹，鄉里及同舉者共笑之。張遂詣劉，……清言彌日，因留宿至曉。劉曰：「卿且去，正當取卿共詣撫軍。」張還船，同侶問何處宿，張笑而不答。須臾，真長遣傳教覓張孝廉船，同侶惋愕。按：孝廉之稱，蓋以鄉貢比漢代之察孝廉，借用之。或其時制科有孝廉方正一類而王曾應之，未能遽定也。

【評箋】

今人詹鍈云：蓋王孝廉將由彭蠡附近往姑蘇省親，太白送之。故下文云「相思無晝夜，東注似長川」也。繆本題下注有廬江二字，當是廬山之誤。

同吴王送杜秀芝舉入京

秀才何翩翩！王許回也賢。暫别廬江守；將遊京兆天。秋山宜落日；秀木出寒烟。欲折一枝桂，還來雁沼前。

【注】

〔杜秀芝〕王云：按詩題當是送杜秀才赴舉入京，芝字疑譌。按：杜秀芝當是其人姓名，送舉入京，不必加赴舉字，王説非。

〔廬江〕舊唐書地理志：淮南道廬州：天寶元年改爲廬江郡。

〔桂枝〕晉書卷五二郤詵傳：臣舉賢良對策爲天下第一，猶桂林之一枝，崑山之片玉。

〔雁沼〕西京雜記：梁孝王……築兔園，……園中有雁池，池間有鶴洲鳧渚，其諸宫觀相連，延亘數十里。奇果異樹瑰禽怪獸畢備，王與宫人賓客弋釣其中。

洞庭醉後送絳州吕使君杲流澧州

昔别若夢中，天涯忽相逢。洞庭破秋月，縱酒開愁容。贈劍刻玉字，延平兩蛟龍。送君不盡意，書及雁迴峯。

【校】

〔題〕兩宋本、繆本題下俱注云：江夏。

〔杲〕蕭本作果。王本注云：蕭本作果。

〔忽〕咸本作或，注云：一作忽。

【注】

〔洞庭〕元和郡縣志卷二七：洞庭湖在（岳州巴陵）縣西南一里五十步，周迴二百六十里。

〔絳州〕新唐書地理志：河東道絳州絳郡。（按：舊書不言改郡，闕文。）

〔澧州〕舊唐書地理志：江南西道澧州：天寶元年改爲澧陽郡，乾元元年復爲澧州。

〔蚊龍〕見卷二古風第十六首注。

〔雁迴〕王云：方輿勝覽：回雁峯在衡陽之南，雁至此不過，遇春而回，故名。或曰：峯勢如雁之回。湖廣志：回雁峯在衡州府城南里許，相傳雁不過衡陽，至此而回。然聞桂林間尚有雁聲，知此説非矣。或謂峯之形勢如雁回轉者是也。南岳周環八百里，迴雁爲首，岳麓爲足云。

【評箋】

按：詩題稱絳州、澧州，不稱絳郡、澧陽，揆之李集通例，作詩必在乾元改郡爲州以後。

與諸公送陳郎將歸衡陽 并序

仲尼旅人，文王明夷，苟非其時，聖賢低眉。況僕之不肖者，而遷逐枯槁，固非其宜！朝心不開，暮髮盡白，而登高送遠，使人增愁。陳郎將義風凜然，英思逸發。來下曹城之榻，去邀才子之詩。動清興於中流，泛素波而徑去。諸公仰望不及，連章祖之。序慙起予，輒冠名賢之首。作者嗤我，乃爲撫掌之資乎！

衡山蒼蒼入紫冥，下看南極老人星。迴飈吹散五峯雪，往往飛花落洞庭。氣清岳秀有如此，郎將一家拖金紫。門前食客亂浮雲，世人皆比孟嘗君。江上送行無白璧，臨歧惆悵若爲分？

【校】

〔題〕咸本無與諸公三字，注云：一作春於南浦與諸公。

〔固非〕固，咸本作誠。王本注云：非字疑當作亦。

〔序慙起予〕咸本作以序屬予，注云：一作序慙起予。

〔岳秀〕岳，胡本作目。

【注】

〔郎將〕王云：按唐書百官志：左右十四衛及太子左右六率府皆有郎將，乃五品官也。

〔衡陽〕舊唐書地理志：江南西道衡州：天寶元年改爲衡陽郡。

〔明夷〕王云：周易：明入地中明夷，内文明而外柔順，以蒙大難，文王以之。周易集解：鄭玄曰：夷，傷也，日出地上，其明乃光，至其入地，明則傷矣，故謂之明夷。日之明傷，猶聖人君子，有明德而遭亂世，抑在下位，則宜自艱，無幹政事，以避小人之害也。荀爽曰：明在地下，爲坤所蔽，大難之象。文王君臣相事，故當大難也。王弼易注：文王明夷，則主可知矣。仲尼旅人，則國可知矣。

〔撫掌〕晉書卷九二左思傳：……賦三都。初陸機入洛，欲爲此賦，聞思作之，撫掌而笑。與弟雲書曰：此間有傖父欲作三都賦，須其成，當以覆酒甕耳。及思賦出，機絶嘆伏，以爲不能加也，遂輟筆焉。

〔衡山〕王云：方輿勝覽：南岳一名衡山，在衡山縣西三十里。晉因山以名郡。湘中記：度應斗衡，位值離宫，故曰衡山。又名霍山。南岳記：衡山者，朱陵之靈臺，大虚之寶洞，上承翼軫，鈐總萬物，故名衡山。下踞離宫，統攝火鄉，故號南岳。赤帝館其嶺，祝融宅其陽，逮於軒轅，以潛、霍二山副焉。長沙記：衡山軒翔聳拔九千餘丈，尊卑參差七十二峯，巖洞溪澗泉石之勝，交錯其中，又有數十洞、十五巖、三十八泉、二十五溪、九池、九潭、六源、八橋、六井、三穿、三漏，此最著者。七十二峯最大者五：祝融、紫蓋、雲密、石廩、天柱，而祝融爲最高。水經注：湘水又北逕衡山縣東，山在西南有三峯：一名紫蓋，一名石廩，一名容峯。容峯最爲竦傑，自遠望之，蒼蒼隱天。故羅含云：望若陳雲，自非清霽素朝，不見其峯。丹水湧其左，醴泉流其右，山經謂之岣嶁山，爲南岳也。

〔老人星〕王云：史記天官書：狼北地有大星，曰南極老人，老人見治安，常以秋分時候之於南郊。晉書：老人一星在弧南，一曰南極，常以秋分之旦見於景，春分之夕而没於丁，見則治平，主壽昌。

〔金紫〕文選陸機謝平原内史表：懷金拖紫。李善注：揚子法言曰：使我紆朱懷金，其樂不可量也。解嘲曰：紆青拖紫。拖，徒我切。

【評箋】

黄本驥云：詩人寫景有不必親至其地而適肖者，如太白足迹未至衡山，其送陳郎將歸衡山詩云：「迴飈吹散五峯雪，往往飛花落洞庭。」洞庭去衡山五百餘里，及登祝融峯頂視之，雪隨風散，其氣勢真足以達之也。（癡學）

今人詹锳云：文苑英華、唐文粹選録此詩序文，俱題作春於南浦與諸公送陳郎將歸衡嶽序，集本蓋有脱誤。按唐山南東道萬州南浦郡有南浦縣，但太白流夜郎是否曾至南浦縣，固未可必，且即至南浦縣，倉卒間恐亦難得有詩酒之會也。太白贈漢陽輔録事第二首云：「南浦登樓不見君。」南浦在武昌城南三里。太平寰宇記云：其源出景首山，西入江。……商旅往來皆於浦停泊，在郭之南，故名。此詩序云：登高送遠，使人增愁。登高者，即於南浦登樓也。此詩當與贈漢陽輔録事二首爲前後之作。

送趙判官赴黔府中丞叔幕

廓落青雲心，結交黄金盡。富貴翻相忘，令人忽自哂。蹭蹬鬢毛斑，盛時難再還。巨源咄石生，何事馬蹄間？緑蘿長不厭，却欲還東山。君爲魯曾子，拜揖高堂裏；叔繼趙平原，偏承明主恩。風霜推獨坐，旌節鎮雄藩。虎士秉金鉞，蛾眉開玉樽。才高幕下去，義重林中言。水宿五溪月，霜啼三峽猿。東風春草緑，江上候歸軒。

【校】

〔推〕兩宋本、繆本俱注云：一作催。郭本作擢。蕭本作摧。王本注云：一作摧，非。

【注】

〔黔府〕王云：册府元龜：趙國珍天寶中爲黔府都督本管經略等使。國珍有武略，習知南方地形，在五溪凡十餘年，中原興師，惟黔中封境無虞。通鑑：黔中節度使趙國珍，本牂柯夷也。胡三省注：趙國珍，牂柯別部充州蠻酋趙君道之裔。楊國忠兼劍南節度，以國珍有方略，授黔中都督，護五溪十餘年。天下方亂，其所部獨寧，所謂黔府中丞者，即其人歟！中丞是其兼銜耳。唐書地理志：黔州黔中郡下都督府，本黔安郡，天寶元年更名。

〔石生〕晉書卷四三山濤傳：山濤字巨源，河内懷人也。……州辟部河南從事，與石鑒共宿，濤夜起蹴鑒曰：「今爲何等時而眠耶？知太傅卧何意？」鑒曰：「宰相三不朝，與尺一令歸第，卿何慮也？」濤曰：「咄石生！無事馬蹄間耶！」投傳而去。未二年，果有曹爽之事。

〔曾子〕史記仲尼弟子列傳：曾參，南武城人，……孔子以爲能通孝道，故授之業，作孝經。正義：韓詩外傳云：曾子曰：「吾嘗仕爲吏，禄不過鍾釜，尚猶欣欣而喜者，非以爲多也，樂道養親也。親没之後，吾嘗南遊於越，得尊官，堂高九仞，……然猶北向而泣者，非爲賤也，悲不見吾親也。」

〔獨坐〕王云：漢時御史中丞與司隸校尉尚書令會同，得專席而坐。

〔旌節〕新唐書百官志：節度使辭日，賜雙旌雙節，行則建節豎六纛，入境州縣築節樓，迎以鼓角。

〔水宿〕文選謝靈運游赤石進帆海詩：「水宿淹晨暮。」吕延濟注：水宿，宿舟中也。

〔五溪〕見卷十三聞王昌齡左遷龍標遥有此寄詩注。

〔三峽〕見卷八峨眉山月歌注。

【評箋】

今人詹鍈云：……舊唐書高適傳：（哥舒）翰兵敗，適西馳奔赴行在，及河池郡謁見玄宗，因陳潼關敗亡之勢曰：魯靈、何履光、趙國珍屯南陽，而一二中人監軍更用事，是能取勝哉？臣數爲楊國忠言之，不肯聽，故有今日之行。知安禄山亂起後，國珍即北上勤王。楊國忠兼領劍南節度使在天寶十載十一月，則國珍之爲黔府中丞當在天寶十一載後十四載前。詩云：「……叔繼趙平原，偏承明主恩。」而不及安禄山作亂事，蓋斯時國珍爲黔府中丞未久，趙判官方赴黔中之任，故太白送之耳。詩又云：「東風春草緑，江上候歸軒。」此數載間太白於春季寓江邊者唯有本年（天寶十三載）在金陵時，則送別之地當在金陵無疑矣。

送陸判官往琵琶峽

水國秋風夜，殊非遠別時。長安如夢裏，何日是歸期？

【校】

〔遠〕蕭本作還，誤。

【注】

〔琵琶峽〕方輿勝覽卷五七：琵琶峽在巫山，對蜀江之南，形如琵琶。此鄉婦女皆曉音律。

【評箋】楊慎云：太白詩：「天山三丈雪，豈是遠行時。」又曰：「水國秋風夜，殊非遠別時。」豈是、殊非，變幻二字，愈出愈奇。孟蜀韓琮詩：「晚日低霞綺，晴山遠畫眉。青青河畔草，不是望鄉時。」亦祖太白句法。（李詩選）

送梁四歸東平

玉壺挈美酒，送別強爲歡。大火南星月，長郊北路難。殷王期負鼎；汶水起垂竿。莫學東山卧，參差老謝安。

【校】

〔挈〕王本誤刊作契，今依各本改。

〔起〕咸本注云：一作豈。

【注】

〔東平〕舊唐書地理志：河南道鄆州：天寶元年改鄆州爲東平郡。

〔大火〕左傳昭四年：火（詩疏引火下有星字）中而寒暑退。杜注：心以季夏昏中而暑退，季冬旦中而寒退。

〔負鼎〕史記殷本紀：阿衡欲干湯而無由，乃爲有莘氏媵臣，負鼎俎以滋味説湯，致於王道。

〔汶水〕王云：春秋正義釋例曰：汶水出泰山萊蕪縣西南，經濟北至東平須昌縣入濟。行水金鑑：述征記云：泰山郡水皆名汶，今縣界有五汶，皆源別而流同。其原山之汶水，西南流經乾封縣治南，去縣三里，又西南流九十里，入鄆州中都縣。按五汶者，曰北汶、小汶、柴汶、牟汶，其一則經流也。參見卷十三沙丘城下寄杜甫詩注。

【評箋】

今人詹鍈云：玩詩意似在魯中。

江夏送友人

雪點翠雲裘，送君黄鶴樓。黄鶴振玉羽，西飛帝王州。鳳無琅玕實，何以贈遠遊？徘徊相顧影，淚下漢江流。

【注】

〔玉羽〕文選鮑照舞鶴賦：振玉羽而臨霞。

送郄昂謫巴中

瑶草寒不死，移植滄江濱。東風洒雨露，會入天地春。予若洞庭葉，隨波送逐臣。思歸未可得，書此謝情人。

【校】

〔天地〕兩宋本、繆本、王本俱注云：一作天池。

【注】

〔郄昂〕王云：按羊士諤詩集有詩題云「乾元初嚴黃門自京兆少尹貶巴州刺史」云云，詩下注云：時郄詹事昂自拾遺貶清化尉，黃門年三十餘，且爲府主，與郄意氣友善，賦詩高會，文字猶存。又李華楊騎曹集序：刑部侍郎長安孫公逖以文章之冠，爲考功員外郎，精試羣材，君與南陽張茂之，京兆杜鴻漸，琅琊顔真卿，蘭陵蕭穎士，河東柳芳，天水趙驊，頓丘李琚，趙郡李崿、李頎，南陽張階，常山閻防，范陽張南容，高平郄昂等，連年登第。

〔情人〕按：唐人以友好之人爲情人，如張九齡詩「情人怨遥夜」，杜甫詩「情人來石上」，錢起詩「情人一笑稀」，不可勝舉。本集卷十一贈漢陽輔録事詩有「令傳尺素報情人」之句，卷十三春日獨坐寄鄭明府詩亦有「情人道來更不來」之句。

【評箋】

今人詹鍈云：通鑑：乾元元年六月，京兆尹嚴武貶巴州刺史。按詩云：「予若洞庭葉，隨波送逐臣。」送郄昂之地似在洞庭附近。蓋嚴郄等遭貶之詔雖在六月，而郄氏之抵江陵則當届秋季矣。

江夏送張丞

欲别心不忍，臨行情更親。酒傾無限月，客醉幾重春？藉草依流水，攀花贈遠人。送君從此去，迴首泣迷津。

【注】

〔張丞〕按：卷二十七有暮春江夏送張祖監丞之東都序（唐文粹作張承祖），當即爲此詩作序。

〔藉草〕文選孫綽天台山賦：藉萋萋之纖草。李善注：以草薦地而坐曰藉。

賦得白鷺鷥送宋少府入三峽

白鷺拳一足，月明秋水寒。人驚遠飛去，直向使君灘。

【注】

〔使君灘〕王云：水經注：江水東經羊腸虎臂灘。楊亮爲益州刺史，至此舟覆，懲其波瀾，蜀人至今猶名之爲使君灘。太平寰宇記：使君灘在萬州東二里大江中，昔楊亮赴任益州，行船至此覆没，故名。一統志：使君灘在荆州府夷陵州西百十里。

【評箋】

今人詹鍈云：宋少府疑即溧陽尉宋陟。

按：宋陟見卷十贈溧陽宋少府陟詩。又卷二十九溧陽瀨水貞義女碑銘序亦有宋陟之名。

送二季之江東

初發強中作，題詩與惠連。多慚一日長；不及二龍賢。西塞當中路；南風欲進船。雲峯出遠海；帆影挂清川。禹穴藏書地；匡山種杏田。此行俱有適，遲爾早歸旋。

【注】

〔強中〕王云：謝靈運有登臨海嶠初發強中與從弟惠連詩。劉履曰：強中地名，今嵊山下有強口，疑即此也。按：文選李善注：謝靈運名山志曰：桂林頂遠則嵊尖彊中。

〔二龍〕見卷十七魯中送二從弟赴舉之西京詩注。

〔西塞〕楊云：西塞山在鄂州。陸游入蜀記卷四：晚過道士磯，石壁數百尺，色正青，了無竅穴，而竹樹迸根，交絡其上，蒼翠可愛。自過小孤，臨江峯嶂，無出其右。磯一名西塞山，即玄真子漁父辭所謂「西塞山前白鷺飛」者。李太白送弟之江東云：「西塞當中路，南風欲進船。」必在荆楚作，故有中路之句。張文潛云：「危磯插江生，石壁劈青玉。」殆爲此山寫真。又云：「已逢嫵媚散花峽，不怕艱危道士磯。」蓋江行推馬當及西塞最爲湍險難上。

〔禹穴〕見卷十七送紀秀才遊越詩注。

〔種杏〕王云：廬山記：匡續結廬於山，故號匡廬山。神仙傳：董奉還豫章廬山下居，不種田，日爲人治病，亦不取錢，重病愈者使栽杏五株，輕者一株。如此數年，計得十餘萬株。鬱鬱成林，乃使山中百禽羣獸游戲其下，卒不生草，常如芸治。杏子熟，於林中作一草倉，示人曰：欲買杏者不須報奉，但將穀一器置倉中，即自往取一器杏去。常有人置穀少而取杏多者，林中羣虎出吼逐之，大怖，急挈杏走，路旁傾覆，至家量杏，一如穀多少。或有人偷杏者，虎逐之到家嚙至死，家人知其偷杏，乃送還奉，叩頭謝過，乃却使活。

〔遲〕王云：韻會：遲，待也。謝靈運有南樓中望所遲客詩云「臨江遲來客」，是也。△遲音治。

江西送友人之羅浮

桂水分五嶺；衡山朝九疑。鄉關眇安西，流浪將何之？素色愁明湖，秋渚晦寒姿。疇昔紫芳意；已過黄髮期。君王縱疎散，雲壑借巢夷。爾去之羅浮；我還憩峨眉。中闊道萬里，霞月遥相思。如尋楚狂子，瓊樹有芳枝。

【校】

〔題〕兩宋本、繆本題下俱注云：南昌。

〔已過〕過，咸本注云：一作遥。

【注】

〔桂水〕見卷十七同王昌齡送族弟襄歸桂陽詩第二首注。

〔五嶺〕王云：漢書：南有五嶺之戍。顔師古注：西自衡山之南，東窮於海，一山之限耳。而别標名則有五焉。裴氏廣州記曰：大庾、始安、臨賀、桂陽、揭陽，是爲五嶺。鄧德明南康記曰：大庾嶺一也，桂陽騎田嶺二也，九真都龐嶺三也，臨賀萌渚嶺四也，始安越成嶺五也。戴凱之竹譜：五嶺之説，互有異同。余往交州，行路所見，兼訪舊老，考諸古志，則今南康、始安、臨賀爲北嶺，臨漳、寧浦爲南嶺，五郡界内，各有一嶺，以隔南北之水，俱通南越之地。南康、臨賀、始安三郡通廣州，寧浦、臨漳二郡在廣州西南，通交州。或趙佗所通，或馬援所併，厥跡在焉。故陸機請伐鼓五嶺，表道九真也。徐廣雜記以剡、松陽、建安、康樂爲五嶺，其謬遠矣。俞益期與韓康伯以晉興所統南移大營九岡爲五嶺之數，又其謬也。

〔九疑〕見卷一悲清秋賦及卷三遠别離注。

〔安西〕王云：楊齊賢曰：唐安西大都護府，初治西州，後徙治高昌故地，又徙治龜兹，而故府復爲西州交河郡。琦按文義，安西字疑訛，指爲隴右道安西大都護府者，恐未是。

〔紫芳〕文選江淹雜體詩：「終覲紫芳心。」李善注：紫芳，紫芝也。

〔黄髮〕王云：爾雅：黄髮，壽也。郭璞注：黄髮，髮落更生黄者。邢昺疏：舍人曰：黄髮，老人髮白更黄也。曹植詩：「王其愛玉體，俱享黄髮期。」張銑注：黄髮期，謂壽考也。

〔楚狂〕見卷十四廬山謡寄盧侍御虚舟注。

宣州謝朓樓餞别校書叔雲

棄我去者昨日之日不可留。亂我心者今日之日多煩憂。長風萬里送秋雁，對此可以酣高樓。蓬萊文章建安骨，中間小謝又清發。俱懷逸興壯思飛，欲上青天覽明月。抽刀斷水水更流，舉杯消愁愁更愁。人生在世不稱意，明朝散髮弄扁舟。

【校】

〔題〕咸本題上多一於字，兩宋本、繆本、蕭本、胡本、王本俱注云：一作陪侍御叔華登樓歌。

〔不可留〕可，英華作復。

〔多煩〕英華作足繁，注云：集作多繁。

〔酣高樓〕酣，英華作酧，注云：集作酣。

〔蓬萊〕英華作蔡氏，注云：集作蓬萊。

〔青天〕天，兩宋本、繆本、王本俱注云：一作雲。
〔明月〕明，蕭本作日。王本注云：蕭本作日。
〔更愁〕更，兩宋本、繆本、蕭本、王本俱注云：一作復。郭本作復。
〔人生〕兩宋本、繆本、蕭本、王本俱注云：一作男兒。
〔在世〕咸本作在代。
〔散髮〕以下五字，兩宋本、繆本、胡本、王本俱注云：一作舉棹還滄洲。

【注】

〔謝脁樓〕王云：江南通志：疊嶂樓在寧國府郡治後，即謝脁爲宣城太守時之高齋地，一名北樓，亦稱謝公樓。唐咸通間，刺史獨孤霖改建，易今名。按：輿地紀勝卷一九寧國府：疊嶂樓在府治，唐咸通中刺史獨孤霖建。記曰：郡以溪山著，而溪少負，則疊嶂之名爲宜。

〔蓬萊〕後漢書卷五三竇章傳：是時學者稱東觀爲老氏藏室道家蓬萊山。章懷太子注：……言東觀經籍多也，蓬萊，海中神山，爲仙府，幽經祕録並皆在焉。

〔建安〕楊云：建安末，鄴中有魏太子、王粲、陳琳、徐幹、劉楨、應瑒、阮瑀、平原侯植等詩文皆入文選，故云建安骨也。

〔小謝〕王云：鍾嶸詩品論謝惠連云：小謝才思富捷，恨其蘭玉夙凋，故長轡未騁。按：小謝謂謝脁，王注引詩品謂爲謝惠連，非。

【評箋】

方東樹云：於宣州謝脁樓餞別校書叔雲：起二句，發興無端。「長風」二句，落入。如此落法，非尋常所知。「抽刀」二句，仍應起意爲章法。「人生」二句，言所以愁。（昭昧詹言）

今人詹鍈云：此詩文苑英華題作陪侍御叔華登樓歌，當以一作爲是。按詩云：「蓬萊文章建安骨，中間小謝又清發。」則所登者必係謝脁樓無疑也。舊唐書李華傳：天寶中登朝爲監察御史，累轉侍御。新唐書李華傳：天寶十一載遷監察御史，……賊平，貶杭州司户參軍。……遂屏居江南，上元中以左補闕司封員外郎召之，稱疾不拜。獨孤及趙郡李華集序：天寶十一年，拜監察御史，會權臣竊政柄，貪猾當路，公入司方書，出按二千石，持斧所嚮，列郡爲肅，爲姦黨所嫉，不容於御史府，除右補闕，禄山之難云云。三者所記稍有出入，然此詩之作必在天寶十一載之後無疑也。

按：新書所謂賊平貶杭州者，乃以曾爲安禄山鳳閣舍人之故。詩中「人生在世不稱意」或即指此。若然，則白於安史平後，曾有一度仍在宣州，故得與華相遇於此。本卷有餞校書叔雲一詩，是春時所作，恐一人不當春秋兩度餞別，英華之題較合。

又按：唐文粹卷九六李華雲母泉序云：潁川陳公，天寶中與華同爲諫官，……乾元初，公貶清江丞，移武陵丞，華貶杭州司功，恩復左補闕。上元中俱奉詔徵，公自清江至武陵，道路多虞，制書不至。華泝江而西，次于岳陽。白與華相見或即以是時，未可知也。

又按：新書世系表，趙郡李氏西祖房景昕子仲雲，左司員外郎，叔雲監察御史。太平廣記卷二七九引述異記云：監察御史李叔霽與兄仲雲俱進士擢第，有名當代。大曆初，叔霽卒後數年，仲雲亦卒。按其時代頗符，叔霽似即叔雲。李詩題或漏一叔字。亦可互參。並參見本卷餞校書叔雲詩箋。

宣城送劉副使入秦

君即劉越石，雄豪冠當時。凄清橫吹曲，慷慨扶風詞。虎嘯俟騰躍，雞鳴遭亂離。千金市駿馬，萬里逐王師。結交樓煩將，侍從羽林兒。統兵捍吴越，豺虎不敢窺。大勳竟莫叙，已過秋風吹。秉鉞有季公，凛然負英姿。寄深且戎幕，望重必台司。感激一然諾，縱横兩無疑。伏奏歸北闕，鳴騶忽西馳。列將咸出祖，英寮惜分離。斗酒滿四筵，歌笑宛溪湄。君攜東山妓，我詠北門詩。貴賤交不易，恐傷中園葵。昔贈紫騮駒，今傾白玉巵。同驩萬斛酒，未足解相思。此别又千里，秦吴眇天涯。月明關山苦，水劇隴頭悲。借問幾時還，春風入黄池。無令長相思，折斷緑楊枝。

【校】

〔忽西馳〕忽，咸本作急。

〔中園〕宋乙本作中國，誤。

〔此別〕此句兩宋本、繆本、蕭本俱注云：一作此外別千里。王本別又下注云：一作外別。

〔相思〕思，咸本作憶，注云：一作思。

【注】

〔副使〕王云：按唐書百官志：節度使之下有副使一人，同節度副使十人；又安撫使、觀察使、團練使、防禦使之下，皆有副使一人。

〔越石〕晉書卷六二劉琨傳：劉琨，字越石，……少得儁朗之目，與范陽祖納俱以雄豪著名。……在晉陽，嘗爲胡騎所圍數重，城中窘迫無計，琨乃乘月登樓清嘯。賊聞之，皆淒然長嘆。中夜奏胡笳，賊又流涕歔欷，有懷土之切，向曉復吹之，賊並棄圍而走。

〔橫吹曲〕王云：劉越石有扶風歌「朝發廣莫門，暮宿丹水山。左手彎繁若，右手揮龍淵」云云。凡九首，其橫吹曲今逸不存。或指吹胡笳而言，恐未的。

〔雞鳴〕王云：世説注：晉陽秋曰：祖逖與劉琨俱以雄豪著名，年二十四，與琨同辟司州主簿，情好綢繆，共被而寢。中夜聞雞鳴，俱起曰：此非惡聲也。

〔樓煩〕史記灌嬰列傳：所將卒斬樓煩將五人。集解：李奇曰：樓煩，縣名，其人善騎射，故以名射士爲樓煩，取其美稱，未必樓煩人也。張晏曰：樓煩，胡國名。

〔羽林〕見卷十七送羽林陶將軍詩注。

〔吴越〕王云：上元中，宋州刺史劉展舉兵反，其黨張景超、孫待封攻陷蘇湖，進逼杭州，爲温晁、李藏用所敗，見後二十八卷注。劉副使於時亦在兵間，而功不得録，故有「統兵捍吴越，豺虎不敢窺。大勳竟莫叙，已過秋風吹」之句。

〔季公〕王云：季公謂季廣琛。舊唐書：上元二年正月，温州刺史季廣琛爲宣州刺史，充浙江西道節度使。

〔台司〕文選羊祜讓開府表：伏聞恩詔，拔臣使同台司。李善注：台司，三公也。

〔然諾〕漢書卷三二張耳傳：廷尉以貫高辭聞，上曰：「壯士，誰知者，以私問之。」中大夫泄公曰：「臣素知之，此固趙國立名義不侵爲然諾者也。」

〔北闕〕見卷十三憶舊遊寄譙郡元參軍詩注。

〔東山〕見卷十書情贈蔡舍人雄詩注。

〔北門〕詩邶風北門序：北門，刺仕不得志也。言衛之忠臣，不得其志耳。

〔中園葵〕古詩：「採葵莫傷根，傷根葵不生。結交莫羞貧，羞貧交不成。」

〔隴頭〕見卷一愁陽春賦注及卷二古風第二十二首注。

〔黄池〕王云：胡三省通鑑注：宣州當塗縣有黄池鎮。一統志：黄池河在太平府城南六十里，東接固城河，西接蕪湖縣河，入大江，南至黄池鎮，北至宣城縣界。江南通志：黄池河在池州當塗縣南七十里，寧國府城北一百二十里，一名玉溪。郡東南之水，皆聚此出大江，河心分界，南屬宣城，北屬當塗。

【評箋】

今人詹鍈云：王譜繫此詩上元二年下，注云：舊唐書（肅宗紀）上元二年正月辛卯，温州刺史季廣琛爲宣州刺史，充浙江西道節度使。詩中所謂「秉鉞有季公」，正指季廣琛也。所謂「統兵捍吴越，豺虎不敢窺」，指劉展餘黨張景超、孫待封占據蘇湖，將犯杭州之事，所謂「大勳竟莫叙，已過秋風吹」，是送餞之時約在冬時矣。今從其説。

按：「已過秋風吹」，似非指時令而言，詳詩意蓋劉未獲獎叙，季廣琛有意使之入朝以圖機遇。此處不當雜一叙時令之語。

涇川送族弟錞

涇川三百里，若耶羞見之。錦石照碧山，兩邊白鷺鷥。佳境千萬曲，客行無歇時。上有琴高水，下有陵陽祠。仙人不見我，明月空相知。問我何事來，盧敖結幽期。蓬山振雄筆，繡服揮清詞。江湖發秀色，草木含榮滋。置酒送惠連，吾家稱白眉。媿無海嶠作；敢闕河梁詩。見爾復幾朝，俄然告將離。中流漾綵鷁；列岸叢金羈。嘆息蒼梧鳳；分棲瓊樹枝。清晨各飛去，飄落天南垂。望極落日盡；秋深暝猿悲。寄情與流水，但有長相思。

【校】

〔題〕兩宋本、繆本題下俱注云：時盧校書草序，常侍御爲詩。王本注同，加太白自注四字。

【注】

〔涇川〕王云：涇川即涇溪也。在涇縣西南一里。唐時隸宣城郡，源出石埭，流經南陵宣城，踰蕪湖，入大江。

〔錞〕按：新書世系表，趙郡李氏東祖房有錞，爲河南參軍。

〔若耶〕見卷四採蓮曲及卷十六送王屋山人魏萬還王屋詩注。

〔琴高水〕王云：江南通志：琴溪在寧國府涇縣，源出自寧國諸山，與溪頭水合。西過琴高山下，乃名琴溪，傳是仙人琴高控鯉之地。

〔陵陽〕見卷十二自梁園至敬亭山……詩注。

〔蓬山〕王云：「蓬山振雄筆」，謂盧校書草叙也。「繡服揮清詞」，謂常侍御作詩也。

〔海嶠〕文選謝靈運登臨海嶠與從弟惠連詩：「與子別山阿，含酸赴修畛。中流袂就判，欲去情不忍。」

〔河梁〕王云：文選李陵與蘇武詩：「攜手上河梁，遊子暮何之？」劉良注：河梁，橋也。魏書：中山王熙之鎮鄴也，知友才學之士，袁翻、李琰、李神儁、王誦兄弟、裴敬憲等，咸餞於河梁，賦詩告別。吴均詩：「有客告將離，贈言重蘭蕙。」

〔綵鷁〕文選司馬相如子虛賦：浮文鷁。張揖注：鷁，水鳥也，畫其像於船首。

【評箋】

今人詹鍈云：按太白贈常侍御詩云：「登朝若有言，爲訪南遷賈。」此篇之作當在其前。詩云：「望極落日盡，秋深暝猿悲。」知是秋季作。

五松山送殷淑

秀色發江左，風流奈若何？仲文了不還，獨立揚清波。載酒五松山，頹然白雲歌。中天度落月，萬里遥相過。撫酒惜此月，流光畏蹉跎。明日別離去，連峯鬱嵯峨。

【校】

〔惜此〕惜，郭本作借，誤。

【注】

〔殷淑〕參見卷十四三山望金陵寄殷淑、卷十七送殷淑三首詩注。

〔仲文〕晉書卷九九殷仲文傳：殷仲文，南蠻校尉顗之弟也。少有才藻，美容貌。

〔五松山〕楊云：五松山在宣州南陵。參見卷二十與南陵常贊府遊五松山詩注。

送崔氏昆季之金陵

放歌倚東樓，行子期曉發。秋風渡江來，吹落山上月。主人出美酒，滅燭延清光。二崔向金陵，安得不盡觴？水客弄歸棹，雲帆卷輕霜。扁舟敬亭下，五兩先飄揚。峽石入水花，碧流日更長。思君無歲月，西笑阻河梁。

【校】

〔題〕兩宋本、繆本俱注云：一作秋夜崔八丈水亭送崔二。

〔放歌〕放，兩宋本、繆本、蕭本、胡本、王本俱注云：一作吴。咸本作吴。

【注】

〔五兩〕王云：韻會：綄，船上候風羽，楚人謂之五兩。

【評箋】

今人詹鍈云：詩中稱「二崔向金陵，安得不盡觴」，當是送崔氏昆季者，非止送崔二一人也。詩又云「扁舟敬亭下，五兩先飄揚」，則送別之地當在宣城，而崔氏昆季或即是崔司户文昆季也。（見卷十）

按：卷二十二有過崔八丈水亭詩，有云「簷飛宛溪水，窗落敬亭雲」，與此詩皆是在宣城時事，一本不爲無據，或二崔誤作崔二耳。

登黄山凌歊臺送族弟溧陽尉濟充汎舟赴華陰

鸞乃鳳之族，翱翔紫雲霓。文章輝五色，雙在瓊樹棲。一朝各飛去，鳳與鸞俱啼。炎赫五月中，朱曦爍河堤。爾從汎舟役，使我心魂悽。秦地無草木，南雲喧鼓鼙。君王減玉膳，早起思鳴雞。漕引救關輔，疲人免塗泥。宰相作霖雨，農夫得耕犂。静者伏草間，羣才滿金閨。空手無壯士，窮居使人低。送君登黄山，長嘯倚天梯。小舟若鳧雁，大舟若鯨鯢。開帆散長風，舒卷與雲齊。日入牛渚晦，蒼然夕烟迷。相思在何許，杳在洛陽西。

【校】

〔題〕兩宋本、繆本題下俱注云：當塗。淩，兩宋本、繆本俱作陵。王本注云：繆本作陵。

〔充汎舟〕充，兩宋本、繆本俱注云：一作統。

〔輝五色〕輝，兩宋本、繆本俱注云：一作耀。王本注云：一作耀五采。

〔草木〕咸本注云：一作碧草。

〔鳴雞〕此下王本注云：當是民饑之訛。

〔空手〕手，王本注云：許本作乎。蕭本作乎。

〔倚天梯〕倚，兩宋本、繆本、蕭本、王本俱注云：一作上。

〔舒卷〕卷，咸本注云：一作散。

〔在何許〕兩宋本、繆本俱作在何所，注云：一作定何許。蕭本許下注云：一作所。王本注云：一作在何所，一作定何許。胡本作定何許。

【注】

〔淩歊臺〕王云：楊齊賢曰：太白自注，時在當塗，即今之太平也。黄山在城北，淩歊臺在其上。太平府志：黄山在郡治北五里，高四十丈，山如初月形，舊傳浮丘公牧雞於此，亦名浮丘山。上有宋孝武避暑離宮及淩歊臺遺址。陸游入蜀記卷二：淩歊臺正如鳳凰、雨花之類，特因山巔爲之。宋高祖所營，面勢虚曠，高出氛埃之表。南望青山、龍山、九井諸峯，如在几席。……稍西江中二小山相對，云東梁、西梁也。北户臨和州新城，樓櫓歷歷可辨，蓋自絶江至和州財十餘里。李太白有黄山淩歊臺送族弟泛舟赴華陰詩，即此地也。參見卷十二書懷贈南陵常贊府詩注。

〔濟〕今人詹鍈云：按宗室世系表，定州刺史乞豆之五世孫濟，其姪麟相肅宗，郇王禕之四世孫濟爲宗正卿，又有趙郡李氏東祖房系之十世孫濟，三人俱爲涼武昭王十世孫。

〔汎舟〕左傳僖十四年：秦於是乎輸粟于晉，自雍及絳相繼，命之曰汎舟之役。

〔朱曦〕文選郭璞游仙詩：「朱羲將由白。」李善注：朱羲，日也。

〔秦地〕王云：舊唐書：天寶六載，自五月不雨至秋七月乙酉，以旱命宰相臺寺府縣録繫囚，死罪決杖配流，徒以下特免。庚寅始雨。九載三月，時久旱，制停封西岳。五月庚寅，以旱録囚徒。蓋天寶時京師之旱見於史者有二，未詳此詩作於何年。按：楊注引裴耀卿傳，開元二十一年秋雨害稼事，殊不切。

〔關輔〕文選鮑照升天行：「家世宅關輔。」李善注：關，關中也。漢書曰：右扶風、左馮翊、京兆尹是爲三輔。

〔霖雨〕書説命：若歲大旱，用汝作霖雨。

〔金闉〕文選江淹别賦：金闉之諸彦。李善注：金闉，金馬門也。

〔牛渚〕見卷七勞勞亭歌及卷十二獻從叔當塗宰陽冰詩注。

【評箋】

沈德潛云：說轉漕處見關係軍國，此一篇主意。末寫送行，亦不草草。（唐詩別裁）

今人詹鍈云：溧陽瀨水貞義女碑銘云：縣尉廣平宋陟、丹陽李濟也，充字疑衍。韻語陽秋曰：如弟凝、錞、濟、況、綰各贈詩，以致其雍穆之情。贈濟之詩即指此首而言。詩云：「送君登黄山，長嘯依天梯。」書懷贈南陵常贊府詩云：「置酒淩歊臺，歡娛未曾息。歌動白紵山，舞迴天門月。」或即此時事，則此首之作應在南陵常贊府詩之前。詩又云：「炎赫五月中，朱曦爍河隄。爾從汎舟役，使我心魂悽。秦地無草木，南雲喧鼓鼙。君王減玉膳，早起思鳴雞。」王注謂鳴雞當是民饑之訛，其釋喧鼓鼙引後漢書謂指公卿求雨事。按其說非也。南雲當是雲南二字誤倒。「雲南喧鼓鼙」與書懷贈南陵常贊府詩所云「雲南五月中，頻喪渡瀘師」，同指一事。鳴雞二字指鳴雞起舞而言，以喻君王對國事之關切，並非訛舛。

按：詹說甚確，王氏不知唐人用韻最嚴，苟非全首通押數韻，則齊韻中決不能雜支微韻字。惟「早起思鳴雞」，是用詩齊風：雞既鳴矣，朝既盈矣，匪雞則鳴，蒼蠅之聲。詹氏以爲指鳴雞起舞，猶有微誤。

送儲邕之武昌

黄鶴西樓月，長江萬里情。春風三十度，空憶武昌城。送爾難爲別，銜杯惜未傾。湖連張樂地；山逐汎舟行。諾謂楚人重；詩傳謝朓清。滄浪吾有曲，寄入棹歌聲。

【校】

〔西樓〕西，胡本注云：一作高。

【注】

〔儲邕〕按：卷十五有別儲邕之剡中詩。

〔黃鶴〕王云：潛確居類書：黃鶴山在武昌府城西南，俗呼蛇山，一名黃鵠山。昔仙人王子安騎黃鶴憩此。地志云：黃鶴山蛇行而西吸於江，其首隆然，黃鶴樓枕焉，其下即黃鶴磯。

〔武昌〕楊云：孫權破關羽，自公安徙都鄂，改名武昌，今鄂州之東百二十里武昌縣，即權故宮，與黃州相對。

〔張樂地〕文選謝朓新亭渚別范零陵詩：「洞庭張樂地，瀟湘帝子游。」

【評箋】

王夫之云：供奉於此體本非勝場，乃此一篇則又一空萬古，唯胸中無排律名目也。銜口雲煙，無端縈繞。（唐詩評選）

沈德潛云：以古風起法運作長律，太白天才，不拘繩墨乃爾！（唐詩別裁）

今人詹鍈云：詩云「湖連張樂地」，謝朓詩有「洞庭張樂地」之句，則送別之地似在巴陵附近。又云「春風三十度，空憶武昌城」，知在春季，與初遊武昌時相去已三十載矣。按：謝朓詩乃於丹陽送別，則白詩亦未可據洞庭二字以定送別之地。

李白集校注卷十九

古近體詩三十二首

酬談少府

一尉居倏忽，梅生有仙骨。三事或可羞，匈奴哂千秋。壯心屈黄綬；浪跡寄滄洲。昨觀荆峴作；如從雲漢遊。老夫當暮矣，蹀足懼驊騮。

【校】

〔題〕兩宋本、繆本題下俱注云：襄漢。

【注】

〔一尉〕見卷九贈瑕丘王少府詩注。

〔三事〕詩小雅雨無正：三事大夫，莫肯夙夜。正義：鄭言三公者，以經三事大夫爲三公也。

〔千秋〕見卷十一經亂離後天恩流夜郎……詩注。

〔黄綬〕漢書百官表：比二百石以上皆銅印黄綬。按：漢丞尉秩四百石至二百石，故稱黄綬。

〔蹀足〕文選顔延年赭白馬賦：望朔雲而蹀足。張銑注：蹀足，疾行也。△蹀音疊。

酬宇文少府見贈桃竹書筒

桃竹書筒綺繡文，良工巧妙稱絶羣。靈心圓映三江月，彩質疊成五色雲。中藏寶訣峨眉去，千里提攜長憶君。

【注】

〔桃竹〕王云：苕溪漁隱叢話：桃竹，葉如椶，身如竹，密節而實中，犀理瘦骨，天成拄杖也。嶺外人多種此。胡三省通鑑注：桃竹，桃枝竹也，今江南有之。

〔書筒〕楊慎丹鉛總録卷八：李太白集有桃竹書筒，元微之以竹爲詩筒寄白樂天，亦莊子之所謂竿也。按：詩意似謂爲藏書之筒，蓋唐時書皆作卷而不作册，故可入筒，楊氏意以爲寄書之筒，恐非。又按：宋長白柳亭詩話云：梁簡文書：五離九折，出桃枝之翠筩。李太白有酬宇文少府贈桃竹書筒詩，結曰：「中藏寶訣峨眉去，千里提攜長憶君。」按桃枝，竹譜云：皮赤滑勁，可編爲席。姚辱庵謂即顧命之篾席也。老杜有桃竹杖引，韓君平詩：「銀角桃枝杖，東門贈别初。」但製爲書筒則未經見。

【評箋】

今人詹鍈云：當是少年居蜀時作。

五月東魯行答汶上翁

五月梅始黄，蠶凋桑柘空。魯人重織作，機杼鳴簾櫳。顧余不及仕，學劍來山東。舉鞭訪前塗，獲笑汶上翁。下愚忽壯士，未足論窮通。我以一箭書，能取聊城功。終然不受賞，羞與時人同。西歸去直道，落日昏陰虹。此去爾勿言，甘心如轉蓬。

【校】

〔題〕兩宋本、繆本題下俱注云：魯中。

〔汶上翁〕蕭本、胡本俱作汶上君。

〔梅始黄〕兩宋本、繆本俱注云：一作禾黍緑。王本、咸本俱注云：一作梅子黄，一作禾黍緑。蕭本始下注云：一作子。

〔山東〕山，咸本注云：一作關。
〔下愚〕兩宋本、繆本、王本俱注云：一作宵人。
〔陰虹〕此句下咸本注云：一本無此二句。
〔此去〕此，兩宋本、繆本、蕭本、胡本、王本俱注云：一作我。

【注】

〔聊城〕見卷十四江夏寄漢陽輔録事詩注。
〔陰虹〕楊云：白意指林甫、國忠輩昏蔽其君。

【評箋】

今人詹鍈云：詩曰：「顧余不及仕，學劍來山東。」是初遊魯地之作。……楊齊賢注謂「陰虹」指林甫、國忠輩昏蔽其君。按二語當是實寫，並無寓意。如楊氏之説，則當爲太白被讒後歸魯之作，與「顧余不及仕，學劍來山東」二語牴牾矣。

按：此語意似晦澀，故咸本云：一本無此二句。

早秋單父南樓酬竇公衡

白露見日滅；紅顏隨霜凋。别君若俯仰，春芳辭秋條。太山嵯峨夏雲在，疑是白波漲東海。散爲飛雨川上來，遥帷却卷清浮埃。知君獨坐青軒下，此時結念同所懷。我閉南樓看道書，幽簾清寂若仙居。曾無好事來相訪，賴爾高文一起予。

【校】

〔同所懷〕兩宋本、繆本俱作同懷者。王本注云：繆本作同懷者。胡本作同懷者，注云：一作同所懷。

〔看道書〕看，兩宋本、繆本俱作著。王本注云：繆本作著。

〔若仙居〕若，蕭本作在。王本注云：蕭本作在。

【注】

〔竇公衡〕王云：太平廣記：崔圓開元二十三年應將帥舉科，又於河南府充鄉貢進士。其日正於福唐觀試，遇敕下，便於試場中喚將拜執戟參謀河西軍事。應制時與越州剡縣尉竇公衡同場並坐，親見其事，公衡之名位略見於此。按：王氏引廣記一條出卷二二二定命録。郎官石柱題名考卷一二户部員外郎：復齋碑録：唐宇文顒山陰述，唐竇公衡撰，杜陵史懷則八分書并篆額。天寶十四載甲午夏四月立，在山陰。（寶刻叢編卷一三）文載會稽掇英總集二十。首云，天寶甲午歲夏四月，宇文顒莅山陰令。

〔好事〕漢書卷八八揚雄傳：家素貧耆酒，人希至其門。時有好事者載酒肴從游學。

【評箋】

黃徹云：老杜贈李祕書：「觸目非論故，新文尚起予。」太白酬竇公衡云：「曾無好事來相訪，賴爾高文一起予。」韋蘇州：「每一覩之子，高詠尚起予。」昌黎酬張韶州：「將經貴郡煩留客，先惠高文謝啓予。」豈非用事偶合？數公非蹈襲者。（䂬溪詩話）

山中問答

問余何意棲碧山，笑而不答心自閑。桃花流水窅然去，別有天地非人間。

【校】

〔題〕兩宋本、繆本、絶句俱作山中答俗人，注云：一云答問。

〔何意〕意，兩宋本、繆本、蕭本、王本俱注云：一作事。胡本作事。

〔不答〕答，兩宋本、繆本、王本俱注云：一作語。

〔窅〕兩宋本、繆本、王本俱注云：一作宛。

【評箋】

李東陽云：詩貴意，意貴遠不貴近，貴淡不貴濃；濃而近者易識，淡而遠者難知。如杜子美「鈎簾宿鷺起，丸藥流鶯囀」，「不通姓字麤豪甚，指點銀瓶索酒嘗」，「銜泥點涴琴書内，更接飛蟲打著人」，李太白「桃花流水杳然去，別有天地非人間」，王摩詰「返景入深林，復照青苔上」，皆淡而愈濃，近而愈遠，可與知者道，難與俗人言。（麓堂詩話）

王闓運云「爲政心閒物自閒，朝看飛鳥暮飛還。寄書河上神明宰，羨爾城頭姑射山」，此篇超妙，爲絶句上乘。所謂羚羊挂角不著一字者也。欲知其超，但看太白詩「問余何事棲碧山」一首世所謂仙才者，與此相比，覺李詩有意作態，不免村氣。李選字皆姸麗，此則拉雜，如「神明宰」等字，比之「桃花流水」等字雅俗相遠，而俗者反雅，雅者反俗何耶？（湘綺樓説詩）

今人詹鍈云：嘉慶寧國府志卷十：碧山舊作在碧山，隔溪與石門山對峙，沿溪窄徑，別自幽奇，是産名茶，多瑞香奇石。李白詩「問余何事棲碧山」即此。（涇縣志、乾隆府志略同。）蓋亦附會之詞。此詩河岳英靈集題作答俗人問，當是天寶十二載以前所作。

答友人贈烏紗帽

領得烏紗帽，全勝白接䍦。山人不照鏡，稚子道相宜。

【注】

〔紗帽〕王云：中華古今注：武德九年太宗詔曰：自今以後，天子服烏紗帽，百官士庶皆同服之。按：本卷翫月金陵城西一詩有「著紫綺裘烏紗巾」之語，當即此物。

〔白接䍦〕王云：接䍦，白帽也。按：海録碎事卷五冠冕門：爾雅注：鷺頭翅背上皆有長翰毛，江東取爲接䍦，名曰白接䍦。參見卷五襄陽曲四首詩注。

【評箋】

今人詹鍈云：疑是已得玄宗徵詔後作。

酬張司馬贈墨

上黨碧松烟，夷陵丹砂末。蘭麝凝珍墨，精光乃堪掇。黄頭奴子雙鴉鬟，錦囊養之懷袖間。今日贈余蘭亭去，興來灑筆會稽山。

【校】

〔題〕兩宋本、繆本題下俱注云：吴中。

【注】

〔上黨〕王云：唐時上黨郡，即潞州也，屬河東道。夷陵郡，即峽州也，屬山南東道。江淹扇上彩畫賦：粉則南陽鉛澤，墨則上黨松心。晁氏墨經：古用松烟石墨二種，石墨自晉魏以後無聞。松烟之製尚矣。漢貴扶風隃麋終南山之松，晉貴九江廬山之松，唐則易州潞州之松。上黨松心尤先見貴。曹植詩：「墨出青松烟。」

〔蘭麝〕齊民要術卷九：合墨法：墨麴一斤，以好膠五兩，……可下雞子白去黄五顆，亦以真硃砂一兩，麝香一兩，別治細篩，都合調下鐵臼中，寧剛不宜澤，擣三萬杵，杵多益善。

〔錦囊〕王云：晁氏墨經：凡蓄故墨亦利頻風日時，以手潤澤之，時置於衣袖中彌善。

〔蘭亭〕王云：水經注：會稽山陰縣湖口有亭，號曰蘭亭，亦曰蘭上里。太守王羲之、謝安兄弟數往造焉。太守王廙之移亭在水中。晉司空何無忌之臨郡也，起亭於山椒，極高盡眺矣。太平寰宇記：蘭亭在山陰縣西南二十七里。輿地志云：山陰縣西有蘭渚，渚有蘭亭，王羲之所謂曲水之勝境，製序於此。

〔會稽山〕元和郡縣志卷二六：會稽山在越州會稽縣東南一十里。

【評箋】

按：詩意明言將往越中。

答湖州迦葉司馬問白是何人

青蓮居士謫仙人，酒肆藏名三十春。湖州司馬何須問？金粟如來是後身。

【注】

〔湖州〕王云：湖州唐時隸江南東道，爲上州，上州之佐職有司馬一人，從五品下。

〔迦葉〕王云：通志氏族略：迦葉氏，西域天竺人，唐貞觀中有涇原大將試太常卿迦葉濟，司馬殆其裔族歟！

〔青蓮〕楊云：青蓮居士，太白自號也。楊慎丹鉛續録卷三：李白生於彰明縣之青蓮鄉，其詩云「青蓮居士謫仙人」是也。

〔金粟〕王云：五色線：净名經義鈔：梵語維摩詰，此云净名，般提之子，母名離垢，妻名金機，男名善思，女名月上，過去成佛號金粟如來。

【評箋】

今人詹鍈云：薛仲邕譜繫此詩開元十六年下。王譜開元十八年注云：答湖州迦葉司馬詩云：「青蓮居士謫仙人，酒肆藏名三十春。」恐是長安遇賀監以後之稱，故有謫仙人之稱。其曰三十春者，是言放浪酒中約三十年，非謂是時年甫及三十也。開元十三年，白二十五歲，出遊襄、漢。倘以酒隱安陸之年計起，則三十春爲五十六七歲，適在至德元載左右。按是年春間自宣城避地剡中，此詩蓋途經湖州時作也。

答長安崔少府叔封遊終南翠微寺太宗皇帝金沙泉見寄

河伯見海若，傲然誇秋水。小物昧遠圖，寧知通方士？多君紫霄意，獨往蒼山裏。地古寒雲深，巖高長風起。初登翠微嶺，復憩金沙泉。踐苔朝霜滑，弄波夕月圓。飲彼石下流，結蘿宿谿煙。鼎湖夢渌水，龍駕空茫然。早行子午關，却登山路遠。拂琴聽霜猿，滅燭乃星飯。人烟無明異；鳥道絶往返。攀崖倒青天，下視白日晚。既過石門隱，還唱石潭歌。涉雪搴紫芳；濯纓想清波。此人不可見，此地君自過。爲余謝風泉，其如幽意何！

【校】

〔題〕兩宋本、繆本題下俱注云：長安。

〔昧遠圖〕昧，繆本作暗。

〔寧知〕此句兩宋本、繆本、王本俱注云：一作寧識通方理。

〔寒雲〕雲，兩宋本、繆本、王本俱注云：一作雪。

〔夕月〕夕，咸本注云：一作碎。

〔下流〕流，兩宋本、繆本、王本俱注云：一作潭。

〔空茫然〕空，兩宋本、繆本、蕭本、王本俱注云：一作何。

〔子午關〕關，兩宋本、繆本俱作間，注云：一作開，又作峯。按：一作開之開字，宋甲本作關，宋乙本字漫漶，恐係繆刻承其誤。蕭本、王本俱注云：一作間，一作峰。

〔却登〕此句兩宋本、繆本、王本俱注云：一作却歎山路遠。又作頗識關路遠。胡本兩句下注云：一作早行子午間，頗識關路遠。

〔拂琴〕拂字與下句滅燭之滅字，英華及宋乙本均互易，誤。
〔明異〕明，胡本注云：一作同。
〔倒青天〕兩宋本、繆本、王本俱注云：一作到青山。
〔既過〕過，兩宋本、繆本、蕭本、王本俱注云：一作遇，英華作遇。
〔還唱〕唱，兩宋本、繆本、蕭本、王本俱注云：一作聞。胡本作聞。
〔搴紫芳〕兩宋本、繆本、蕭本、王本俱注云：一作采紫莖。
〔想清波〕想，兩宋本、繆本、蕭本、胡本、王本俱注云：一作掬。
〔此人〕此，兩宋本、繆本、王本俱注云：一作斯。

【注】

〔叔封〕按：卷九有讀諸葛武侯傳書懷贈長安崔少府叔封昆季詩，即其人。
〔翠微寺〕王云：唐書：長安縣南五十里太和谷有太和宮。武德八年置，貞觀十年廢，二十一年復置，曰翠微宮。籠山爲苑，元和中以爲翠微寺。元和郡縣志：太和宮在長安縣南五十五里終南山太和谷。武德八年造，貞觀十年廢，二十一年以時熟，公卿重請修築，於是使將作大匠閻立德繕理焉，改爲翠微宮，今廢爲寺。雍録：翠微宮，武德八年造，改名太和，在終南山上。貞觀二十一年改翠微宮，寢名含風殿。蘇文忠詩曰：「植立含風廣殿」，用此也。太宗於此宮上仙。楊大年談苑曰：宮在驪山絶頂，太宗嘗避暑於此，後改爲寺，寺亦廢。

法苑珠林：今上皇帝恭膺寶位，慶祚惟新。思罔極於先皇，濡惠津於羣品。鼎湖之駕，邈矣不追；長陵之魂，悠然滋永。聿興浄業，標樹福田。先帝所幸之宮，翠微、玉華並捨爲寺，供施殷厚，緣設彫華。據此所稱今上皇帝是指高宗而言，則唐書所云元和中爲翠微寺者非矣。又諸書皆云在終南山，而談苑云在驪山者又非矣。太白詩題亦其一證。金沙泉湮沒無可考。

〔海若〕莊子秋水篇：秋水時至，百川灌河。涇流之大，兩涘渚涯之間，不辨牛馬。於是焉河伯欣然自喜，以天下之美爲盡在己。順流而東行，至於北海，東面而視，不見水端。於是焉河伯始旋其面目，望洋向若而嘆曰：「野語有之曰：聞道百以爲莫己若者，我之謂也。……吾非至子之門則殆矣，吾長見笑於大方之家。」北海若曰：「井蛙不可以語於海者，拘於虚也。夏蟲不可以語於冰者，篤於時也。曲士不可以語於道者，束於教也。今爾出於涯涘，觀於大海，乃知爾醜。」陸德明注：若，海神也。

〔通方〕見卷十贈從孫義興宰銘詩注。

〔鼎湖〕王云：舊唐書太宗紀：貞觀二十三年四月己亥，幸翠微宮。五月己巳，上崩於含風殿。鼎湖龍駕黄帝昇天事見三卷（飛龍引）注，以喻太宗上仙也。

〔子午關〕王云：唐書地理志：長安縣南有子午關。漢書：王莽以皇后有子孫瑞，通子午道，子午道從杜陵直絶南山徑漢中。顔師古注：子，北方也；午，南方也。言通南北道相當，故謂之子午耳。今京城直南山有谷，通梁漢道，名子午谷。又宜州西界慶州東界有山，名子午嶺，計南北直相當，此則北山是子，南山是午，共爲子午道。元和郡縣志：子午關在長安縣南一百里，王莽通子午道，因置此關也。一統志：子午谷在西安府城南一百五里，子午關在子午谷中，漢平帝時置關。

〔搴紫芳〕王云：廣雅：搴，取也。史記注：臣瓚曰：拔取曰搴。江淹詩：「終覿紫芳心。」李善注：紫芳，紫芝也。

酬崔五郎中

朔雲橫高天，萬里起秋色。壯士心飛揚，落日空嘆息。長嘯出原野，凛然寒風生。幸遭聖明時，功業猶未成。奈何懷良圖，鬱悒獨愁坐。杖策尋英豪，立談乃知我。崔公生民秀，緬邈青雲姿。制作參造化，託諷含神祇。海岳尚可傾，吐諾終不移。是時霜飈寒，逸興臨華池。起舞拂長劍，四坐皆揚眉。因得窮歡情，贈我以新詩。又結汗漫期，九垓遠相待。舉身憩蓬壺，濯足弄滄海。從此凌倒景，一去無時還。朝遊明光宫，暮入閶闔關。但得長把袂，何必嵩丘山？

【校】

〔題〕兩宋本、繆本題下俱注云：崔詩附。

〔空歎〕咸本注云：一作雲光。

〔獨愁坐〕兩宋本、繆本俱注云：一作空獨坐。愁下王本注云：一作空。

〔生民〕民，兩宋本、繆本、咸本俱作人。王本注云：繆本作人。按：此是唐人避諱原本未經後人改易者。

〔海岳二句〕咸本注云：一本無此二句。

【注】

〔崔五郎中〕按：即崔宗之。卷十有贈崔郎中宗之，卷十三有月夜江行寄崔員外宗之，卷二十三有憶崔郎中宗之遊南陽……，皆可參證。

〔生民秀〕文選顏延年五君詠：仲容青雲器，實稟生民秀。李善注：青雲言高遠也。

〔造化〕後漢書卷八九張衡傳：崔瑗之稱平子曰：數術窮天地，制作侔造化。

〔明光〕王云：王褒九懷：朝發兮葱嶺，夕至兮明光。王逸注：暮宿東極之丹巒也。又遠遊注云：丹丘晝夜常明也。九懷云：夕宿乎明光。明光即丹丘也。阮籍詩：「朝起瀛洲野，日夕宿明光。」

〔閶闔〕見卷一明堂賦注。

【評箋】

按：卷十有贈崔郎中宗之詩，崔此詩有「把袂苦不早」句，似相識未久。而李之答詩，有「幸遭聖明時，功業猶未成」之句，似猶有望於崔之提挈。彼首云「時哉苟不會，草木爲我儔」，則彼此皆不得志矣。詹氏繫於一年，似非。

贈李十二

左司郎中崔宗之

涼秋八九月，白露空園亭。耿耿意不暢，梢梢風葉聲。思見雄俊士，共話今古情。李侯忽來儀，把袂苦不早。清論既抵掌，玄談又絶倒。分明楚漢事，歷歷王霸道。擔囊無俗物，訪古千里餘。袖有匕首劍，懷中茂陵書。雙眸光照人，詞賦凌子虛。酌酒絃素琴，霜氣正凝潔。平生心事中，今日爲君説。我家有别業，寄在嵩之陽。明月出高岑，清溪澄素光。雲散窗户静，風吹松桂香。子若同斯游，千載不相忘。

【校】

〔梢梢〕兩宋本、繆本俱作捎捎，注云：一作悄悄。咸本亦作悄悄。王本注云：一作悄悄，繆本作捎捎，俱誤。蕭本作梢梢，注云：一作悄悄。

〔心事中〕咸本作心中事，似是。

【注】

〔左司〕王云：舊唐書：尚書省有左司郎中一員，從五品上。

〔絶倒〕晉書卷三六衞玠傳：琅玡王澄有高名，少所推服。每聞玠言輒嘆息絶倒。故時人爲之語曰：衞玠談道，平子絶倒。

〔茂陵書〕王云：史記司馬相如家居茂陵，口吃而善著書。茂陵書蓋用此事。

〔子虚〕西京雜記：司馬相如爲上林、子虚賦，意思蕭散，不復與外事相關。控引天地，錯綜古今，忽然如睡，焕然而興，幾百日而後成。

【評箋】

今人詹鍈云：杜工部草堂詩箋外集酬唱附録引此詩題作金陵月夜喜李白至。崔祐甫齊昭公崔府君（日用）集序：公嗣子宗之，……仕於開元中，爲起居郎，再爲尚書禮部員外郎，遷本司郎中。時文國禮，十年三月（據全唐文。文苑英華月字作人，王注引作入，均誤。）終於右司郎中。年位不充，海内嘆息。按十年三月當指天寶十載三月而言，是白與宗之贈答諸詩均當作於天寶十載以前。舊唐書李白傳云：（白）嘗沉醉殿上，引足令高力士脱靴，由是斥去。乃浪跡江湖，終日沉飲。時侍御史崔宗之謫官金陵，與白詩酒唱和。今詩題下注明左司郎中崔宗之作，官階略有牴牾，蓋宗之由侍御史謫官左司郎中也。……

按：詹説未諦。第一，崔府君集序所云時文國禮者，時文指仕起居郎，國禮指仕尚書禮部，一爲起居郎，再爲禮部員外郎，必左遷或去官後復補原職，故下文云十年三入。猶劉知幾所謂三爲史臣，再入東觀，劉禹錫所謂待公三入拂埃塵也。王氏所見不誤，全唐文校刊草率何足據？唐人文字以儷體爲主，四字單行，已不能成句，前無天寶一語，不能必指爲天寶十年。何況此爲集序，非是爲宗之作傳，何必叙其卒之年月乎？第二，侍御史階從六品下，左右司郎中階從五品上，左右司秩在尚書諸郎中之首，必無由侍御史謫官之理。且郎中亦據其所終之官而題，不應過泥。詳觀李崔二人交誼，必不始於在金陵時，據卷十九憶崔郎中宗之遊南陽詩，似同有棲隱之志，此卷中贈答之作亦似在白尚無遇合之時。惟卷十之贈崔郎中之金陵詩乃有鎩羽而歸之意耳。

以詩代書答元丹丘

青鳥海上來，今朝發何處？口銜雲錦字，與我忽飛去。鳥去凌紫烟，書留綺窗前。開緘方一笑，乃是故人傳。故人深相勖，憶我勞心曲。離居在咸陽，三見秦草緑。置書雙袂間，引領不暫閑。長望杳難見，浮雲横遠山。

【校】

〔青鳥〕鳥，兩宋本、繆本、蕭本、胡本、王本俱注云：一作烏。

〔錦字〕字，兩宋本、繆本、蕭本、王本俱注云：一作書。英華作書。

〔方一笑〕方，兩宋本、繆本、蕭本、胡本、王本俱注云：一作時。

〔長望〕望，兩宋本、繆本、蕭本、胡本、王本俱注云：一作歎。

【注】

〔元丹丘〕按：本卷又有酬岑勛見尋就元丹丘對酒相待……一詩，其已見前者，則卷七西嶽雲臺歌送丹丘子及元丹丘歌，卷十三聞丹丘子於城北門營石門幽居……，卷十五潁陽別元丹丘之淮陽等篇。見後者則卷二十三與元丹丘方城寺談玄作及尋高鳳石門山中元丹丘，卷二十四觀元丹丘坐巫山屏風，卷二十五題元丹丘山居、題元丹丘潁陽山居、題嵩山逸人元丹丘等篇。

〔青鳥〕漢武故事：七月七日，忽有青鳥飛集殿前，東方朔曰：此西王母欲來。按：青鳥借喻傳書之使，爲詞章家所常用。

〔心曲〕王云：詩國風：亂我心曲。韻會：懷抱曰心曲。

【評箋】

按：此詩云：「離居在咸陽，三見秦草緑。」據此可知白之入長安至少凡歷三春。而天寶元年白尚在泰山，三年即出京，終不能三見秦草緑，此實白行蹤中之疑未能定者。

金門答蘇秀才

君還石門日，朱火始改木。春草如有情，山中尚含緑。折芳愧遥憶，永路當自勗。遠見故人心，平生以此足。巨海納百川，麟閣多才賢。獻書入金闕，酌醴奉瓊筵。屢忝白雲唱，恭聞黄竹篇。恩光照拙薄，雲漢希騰遷。銘鼎儻云遂，扁舟方渺然。我留在金門，君去卧丹壑。未果三山期，遥欣一丘樂。玄珠寄罔象，赤水非寥廓。願狎東海鷗，共營西山藥。栖巖君寂滅，處世余龍蠖。良辰不同賞，永日應閑居。鳥吟簷間樹，花落窗下書。緣谿見緑篠，隔岫窺紅蕖。採薇行笑歌，眷我情何已？月出石鏡間，松鳴風琴裏。得心自虚妙，外物空頽靡。身世如兩忘，從君老烟水。

【校】

〔光照〕照，兩宋本、繆本俱作煦。王本注云：繆本作煦。

〔君去〕君，兩宋本、繆本俱作不。王本注云：繆本作不。

〔寂滅〕滅，兩宋本、繆本俱作蔑。王本注云：繆本作蔑。

〔處世〕世，蕭本作士。王本注云：蕭本作士。

〔眷我情〕咸本注云：一作春情我。

【注】

〔金門〕見卷二古風第三十首注。

〔改木〕王云：張華詩：「朱火青無光。」張協詩：「鑽燧忽改木。」吕向注：改木謂改其鑽火之木也。

〔巨海〕〔麟閣〕王云：三輔黄圖：漢宫殿疏云：麒麟閣，蕭何造，以藏祕書，處賢才也。巨海二句，是正喻對寫句法，言麟閣之廣集才賢，猶巨海之受納百川，甚言其多也。

〔白雲〕王云：白雲唱，即「白雲在天，山陵自出」一篇。西王母與穆天子相唱和者，詳見大獵賦注。穆天子傳：日中大寒，北風雨雪，有凍人，天子作詩三章以哀民曰：我徂黄竹，口員閟寒，帝收九行。嗟我公侯，百辟冢卿，皇我萬民，旦夕勿忘。我徂黄竹，口員閟寒，帝收九行。嗟我公侯，百辟冢卿，皇我萬民，旦夕無窮。有皎者鴼，翩翩其飛，嗟我公侯，口勿則遷。居樂甚寡，不如遷土，禮樂其民。天子曰：余一人則淫，不皇萬民。口登，乃宿於黄竹。

〔銘鼎〕禮記祭統：夫鼎有銘，銘者自名也。自名以稱揚其先祖之美，而明著之後世者也。

〔一丘〕漢書卷一〇〇叙傳：漁釣於一壑，則萬物不奸其志；栖遲於一丘，則天下不易其樂。

〔玄珠〕見卷一大獵賦詩注。

〔海鷗〕見卷二古風第四十二首注。

〔西山〕王云：魏文帝詩：「西山一何高！高高殊無極。上有兩仙童，不飲亦不食。與我一丸藥，光耀有五色。」沈約詩：「若蒙西山藥，頽齡倘能度。」

〔龍蠖〕周易繫辭傳：尺蠖之屈，以求信也。龍蛇之蟄，以存身也。

〔采薇〕王云：詩國風：陟彼南山，言采其薇。未見君子，我心傷悲。朱傳曰：薇似蕨而差大，有芒而味苦。韻會：説文：薇似藿菜之微者也。徐鉉曰：一云似萍。陸璣曰：山菜也，莖葉皆似小豆蔓生，味如小豆，藿可作羹。項氏曰：今之野豌豆苗也，蜀謂之巢菜。

〔石鏡〕王云：方弘静曰「月出石鏡間，松鳴風琴裹」，言月出石若鏡，風入松若琴也。琦謂石鏡風琴蓋是蘇秀才山中之地名耳，若如方氏所解，恐大家未必有此句法。按：方説爲詩中常見之句法，王説殊滯。

酬坊州王司馬與閻正字對雪見贈

遊子東南來，自宛適京國。飄然無心雲，倏忽復西北。訪戴昔未偶，尋嵇此相得。愁顔發新歡，終宴叙前識。閻公漢庭舊，沉鬱富才力。價重銅龍樓，聲高重門側。寧期此相遇？華館陪遊息。積雪明遠峯，寒城鎖春色。主人蒼生望，假我青雲翼。風水如見資，投竿佐皇極。

【校】

〔題〕兩宋本、繆本題下俱注云：陝右。

〔鎖春色〕鎖，兩宋本、繆本俱作沍。王本注云：繆本作沍。胡本作沍，注云：一作鎖。

【注】

〔坊州〕舊唐書地理志：關内道坊州：武德二年，分鄜州置坊州，以馬坊爲名。

〔王司馬〕按：卷十五有留別王司馬嵩，語意相似，當即一人。

〔正字〕王云：唐書百官志：司經局正字二人，從九品上，掌校刊經史。按：寳刻叢編：天寳中，太子正字閻寬撰襄陽令盧僎德政碑，未知即此閻正字否。

〔宛〕王云：宛即南陽縣地，在周時爲申伯國。戰國時爲韓之宛邑。秦爲宛縣，至後魏時改上陌縣，後周改上宛縣，隋改南陽縣，唐因之，隸鄧州。

〔尋嵇〕世説簡傲篇：嵇康與吕安善，每一相思，千里命駕。

〔銅龍〕漢書成帝紀：上嘗急召太子，出龍樓門。張晏曰：門樓上有銅龍，若白鶴飛廉之爲名也。

〔皇極〕書洪範：建用皇極。孔安國傳：皇，大也。極，中也。凡立事當用大中之道。

【評箋】今人詹鍈云：詩云：「遊子東南來，自宛適京國。飄然無心雲，倏忽復西北。」蓋白由江東經南陽入京，又自京師西北遊，經邠州而至坊州也。又云「積雪明遠峯，寒城鎖春色」，則已屆初春矣。

按：白之遊邠州坊州必非在天寶初出京之後，説見卷二十春陪商州裴使君遊石娥溪詩。

酬中都小吏攜斗酒雙魚于逆旅見贈

魯酒若琥珀，汶魚紫錦鱗。山東豪吏有俊氣，手攜此物贈遠人。意氣相傾兩相顧，斗酒雙魚表情素。雙鰓呀呷鰭鬣張，跋剌銀盤欲飛去。呼兒拂几霜刃揮，紅肥花落白雪霏。爲君下筯一餐飽，醉著金鞍上馬歸。

【校】

〔題〕兩宋本、繆本題下俱注云：齊魯。按：敦煌殘卷題作：魯中都有小吏逢七朗以斗酒雙魚贈余於逆旅因鱠魚飲酒留詩而去。詩作：魯魚若虎魄，汶魚紫錦鱗。山東豪吏有俊氣，手攜此物贈遠人。酒來我爲傾，□作別離處。雙鰓呀呷鰭鬣張，跋刺銀盤欲飛去。呼兒拂机霜刃揮，紅肌花落白雪霏。爲君下筯一餐罷，醉著金鞭上馬歸。

〔若琥珀〕兩宋本、繆本、蕭本、王本俱注云：一作琥珀色。
〔手攜〕攜，兩宋本、繆本、蕭本、王本俱注云：一作持。
〔情素〕此下兩宋本、繆本、胡本俱有酒來我飲之，膾作別離處二句。胡本注云：一本無此二句。王本注云：繆本此下多酒來我飲之，膾作別離處二句。
〔霜刃〕刃，英華作刀。
〔紅肥〕肥，胡本作肌，似是。
〔白雪霏〕霏，英華作飛。
〔餐飽〕飽，兩宋本、繆本、蕭本、王本俱注云：一作罷。英靈作罷。
〔醉著〕英華作羞看。
〔鞍〕英華作鞭。
〔上馬〕上，兩宋本、繆本、王本俱注云：一作走。

【注】

〔中都〕舊唐書地理志：河南道鄆州中都：漢平陸縣，天寶元年改爲中都。
〔汶魚〕王云：元和郡縣志：汶水北去中都縣二十四里。行水金鑑：尚書説云：汶水五源皆出襲慶奉符縣界，至東北中都縣貫鉅澤入濟。
〔呀呷〕文選木華海賦：猶尚呀呷。李善注：呀呷，波相呑吐之貌。

〔跋刺〕王云：野客叢書：撥刺者，劃烈震激之聲，善誘文：撥刺，上音鉢，下音辣，魚掉尾聲。謝靈運賦：魚水深而拔刺。杜子美詩：「船尾跳魚撥刺鳴。」曰跋刺，曰拔刺，曰撥刺，字雖少異，其義同也。按：方以智通雅卷七云：跋刺即撥刺。杜詩：「跳魚撥刺。」張衡賦：「彎威弧之撥刺」，注：力達反。李白詩：「跋刺銀盤欲飛去。」皆言其聲，何必分箭與魚邪？

〔白雪〕王云：劉勰新論：白羽相望，霜刃競接。張協七命：命支離，飛霜鍔。紅肌綺散，素膚雪落。太白意本於此，謂其紅者如花、白者如雪也。按據王注，詩中作紅肥，必爲紅肌之誤。

【評箋】

王云：天寶元年改鄆州平陸縣爲中都縣。白有別中都明府兄詩，酬中都小吏攜斗酒雙魚于逆旅見贈詩，皆是年以後所作。

酬張卿夜宿南陵見贈

月出魯城東，明如天上雪。魯女驚莎雞，鳴機應秋節。當君相思夜，火落金風高。河漢挂户牖，欲濟無輕舠。我昔辭林丘，雲龍忽相見。客星動太微，朝去洛陽殿。爾來得茂彦，七葉仕漢餘。身爲下邳客，家有圯橋書。傅説未夢時，終當起巖野。萬古騎辰星，光輝照天下。與君各未遇，長策委蒿萊。寶刀隱玉匣，繡澀空莓苔。遂令世上愚，輕我土與灰。一朝攀龍去，蛙黽安在哉？故山定有酒，與爾傾金罍。

【校】

〔鳴機〕咸本作齊鳴，注云：一作鳴機。蕭本作鳴雞。王本於機下注云：蕭本作雞。

〔客家〕客，咸本注云：一作宰。

〔繡〕兩宋本、繆本俱作鏽。王本注云：繆本作鏽。

【注】

〔火落〕王云：火，大火也。即心星，至秋則落而西流。參見卷五黄葛篇注。

〔太微〕見卷一明堂賦注。

〔茂彦〕文選任昉出郡傳舍哭范僕射詩：「濬沖得茂彦，夫子值狂生。」李善注：傅暢讚曰：王戎字濬沖，戎爲選官時，江夏李重字茂曾，汝南李毅字茂彦，重以清尚，毅淹而通，二人操異，俱處要職，戎以識會待之，各得其用。唐覲延州筆記卷三云：濬沖，晉王戎字也。茂彦，晉李毅字也。戎爲吏部尚書時，毅爲吏部郎，范雲爲吏部尚書時，任彦昇亦爲吏部郎，故彦昇（任昉）哭雲而引以相比。今太白用得茂彦事酬張卿，豈張卿作吏部耶？

〔七葉〕王云：左思詩：「金張藉舊業，七葉珥漢貂。」漢書張湯傳：張氏自宣元以來，爲侍中中常侍諸曹散騎列校尉者十餘人。

〔辰星〕王云：太平御覽：帝王世紀曰：武丁思建良輔，夢天賜賢人，姓傅名説，乃使工寫其像，求諸天下。見築者胥靡衣褐帶索，役於虞虢之間，傅巖之野，是爲傅説，登以爲相。淮南子：此傅説之所以騎辰尾也。高誘注：言殷王武丁夢得賢人，使工寫其象旁求之，得傅説於傅巖，遂以爲相。爲高宗成八十一符，致中興，死託精於辰尾之星，一名策也。

〔蠅黽〕王云：國語：鼃黽之與同陼。韋昭解：鼃黽，蝦蟆也。顔師古急就篇注：鼃一名螻蟈，色青小形而長股。爾雅：在水者黽。郭璞注：耿黽也，似青蛙，大腹，一名土鴨。

【評箋】

今人詹鍈云：詩云：「月出魯城東，明如天上雪。魯女驚莎雞，鳴機應秋節。」當是秋季魯城作。

按：此詩之張卿當即卷九玉真公主别館苦雨贈衛尉張卿詩中所指之人，此云：「我昔辭林丘，雲龍忽相見。」是二人在長安相識也。

酬岑勛見尋就元丹丘對酒相待以詩見招

黄鶴東南來，寄書寫心曲。倚松開其緘，憶我腸斷續。不以千里遥，命駕來相招。中逢元丹丘，登嶺宴碧霄。對酒忽思我，長嘯臨清飇。蹇余未相知，茫茫緑雲垂。俄然素書及，解此長渴飢。策馬望山月，途窮造堦墀。喜兹一會面，若覩瓊樹枝。憶君我遠來，我歡方速至。開顔酌美酒，樂極忽成醉。我情既不淺，君意方亦深。相知兩相得，一顧輕千金。且向山客笑，與君論素心。

【校】

〔酌美〕酌，蕭本作政，誤。

【注】

〔岑勛〕王云：世傳顔魯公所書西京千福寺多寶佛塔碑及天寶十一載所建，其文爲南陽岑勛所撰，疑即此人。今人詹鍈云：勛蓋李詩中岑徵君也。

〔蹇〕楚辭九歌雲中君：蹇將憺兮壽宫。王逸注：蹇，詞也。王云：蓋發語聲也。

〔瓊樹〕王云：李陵詩：「思得瓊樹枝，以解長渴飢。」江淹詩：「願一見顔色，不異瓊樹枝。」李周翰注：瓊樹，玉樹也，在崑崙山，故難見。言君行之遠，思見之難，不異瓊樹枝也。

【評箋】

按：詹氏以卷七之鳴皋歌送岑徵君既爲在梁園作，而卷三之將進酒起句云「君不見黄河之水天上來」，則其地或作梁宋，去黄河不遠。故與卷十八之送岑徵君歸鳴皋山凡四首均列爲同時之作。然此詩云「黄鶴東南來」，又云「不以千里遥，命駕來相招」，又云「中逢元丹丘」，則三人實未相聚，是否一年所作，尚未可定。

答從弟幼成過西園見贈

一身自瀟洒，萬物何囂諠！拙薄謝明時，棲閑歸故園。二季過舊壑，四鄰馳華軒。衣劍照松宇，賓徒光石門。山童薦珍果，野老開芳樽。上陳樵漁事，下叙農圃言。昨來荷花滿，今見蘭苕繁。一笑復一歌，不知夕景昏。醉罷同所樂，此情難具陳。

【注】

〔幼成〕按：卷十三有秋夜宿龍門香山寺奉寄王方城十七丈奉國瑩上人從弟幼成令問詩，當即其人。

〔具陳〕陳，兩宋本、繆本俱作論。

〔蘭苕〕文選郭璞遊仙詩：「翡翠戲蘭苕。」李善注：蘭苕，蘭秀也。張銑注：苕枝鮮明也。△苕音條。

【評箋】

今人詹鍈云：西園蓋魯中地。……二季指幼成、令問。

按：此是出長安後作，故云「樓閑歸故園」，惟不知故園究何所指。「昨來荷花滿，今見蘭苕繁」，當已經一年矣。

酬王補闕惠翼莊廟宋丞泚贈別

學道三十春，自言羲皇人。軒蓋宛若夢；雲松長相親。偶將二公合；復與三山鄰。喜結海上契；自爲天外賓。鸞翮我先鎩；龍性君莫馴。朴散不尚古；時訛皆失真。勿踏荒溪波，朅來浩然津。薜帶何辭楚；桃源堪避秦。世迫且離別，心在期隱淪。酬贈非炯誡，永言銘佩紳。

【校】

〔三十〕十，咸本、蕭本俱作千。王本注云：蕭本作千。

〔羲皇〕皇，蕭本作和。王本注云：蕭本作和。

〔尚古〕尚，咸本、蕭本俱作向。王本注云：一作向。

〔波〕胡本作坡。

【注】

〔惠翼〕王云：詩題疑有舛錯。按睿宗子申王撝，開元八年薨，謚惠莊太子。宋泚必爲惠莊太子陵廟丞者也。翼則王補闕之名耳，惠翼當作翼惠爲是。

〔鸞翮〕文選顔延年五君詠：「鸞翮有時鎩，龍性誰能馴？」李善注：許慎曰：鎩，殘羽也。

〔朴散〕王云：朴散謂淳朴之風散失也。

〔竭來〕見卷十三禪房寄友人岑倫詩注。

〔薜帶〕王云：王勣游北山賦：荷衣薜帶，藜杖葛巾。薜帶用屈原語，屈原既爲楚所放逐，遷於沅湘之間，作九歌。其山鬼一章云：被薜荔兮帶女蘿，蓋指山鬼而言。此用其意，指屈原以薜荔爲帶矣。

〔烱誡〕文選班固幽通賦：又申之以烱戒。注：曹大家曰：烱，明也。

〔佩紳〕論語衛靈公篇：子張書諸紳。何晏注：紳，大帶也。邢昺疏：子張以孔子之言書之紳帶，意其佩服毋忽亡也。以帶束腰，垂其餘以爲飾謂之紳。

酬裴侍御對雨感時見贈

雨色秋來寒，風嚴清江爽。孤高繡衣人，蕭灑青霞賞。平生多感激，忠義非外獎。禍連積怨生，事及徂川往。楚邦有壯士，鄢郢翻掃蕩。申包哭秦庭，泣血將安仰？鞭尸辱已及，堂上羅宿莽。頗似今之人，蝨賊陷忠讜。渺然一水隔，何由税歸鞅？日夕聽猿愁，懷賢盈夢想。

【校】

〔題〕兩宋本、繆本、蕭本題下俱注云：金陵。

〔積怨〕積，英華作成，注云：集作積。

〔蟊賊〕賊，胡本作蠈。

〔稅〕咸本注云：一作思。

〔猿愁〕愁，蕭本作怨。王本注云：蕭本作怨。

【注】

〔裴侍御〕按：本卷又有酬裴侍御留岫師彈琴見寄及答裴侍御先行至石頭驛……，卷二十有夜泛洞庭尋裴侍御清酌，卷二十二有至鴨欄驛上白馬磯贈裴侍御詩，皆當是一人。

〔青霞〕文選江淹恨賦：鬱青霞之奇意。李善注：青霞奇意，志意高也。

〔外獎〕文選謝靈運擬魏太子鄴中集詩：客心非外獎。李善注：獎，勸也。江淹詩：得失非外獎。張銑注：得失由心，非外物所能獎勸。

〔壯士〕王云：壯士謂伍胥。按史記，伍子胥者，楚人也。父曰伍奢，爲太子太傅。楚平王信費無極之讒，殺伍奢及其子尚，伍子胥奔吴，闔廬以爲行人，與謀國事。九年，悉興師伐楚，乘勝而前，五戰遂至郢。時平王已卒，子昭王出奔，伍子胥求昭王不得，乃掘楚平王墓，出其尸，鞭之三百，然後已。於是申包胥走秦告急，求救於秦，秦不許，申包胥立於秦庭，晝夜哭，七日七夜不絶其聲。秦哀公憐之，曰：「楚雖無道，有臣若是，能無存乎？」乃遣車五百乘，救楚擊吴。

〔鄢郢〕王云：通鑑地理通釋：鄢故城在襄州率道縣南九里，今襄陽府宜城縣。郢城在荆州江陵縣東北六里。林氏曰：江陵，郢也。襄陽，鄢也。

〔宿莽〕楚辭離騷：夕攬洲之宿莽。王逸注：草冬生不死者，楚人名曰宿莽。

〔蟊賊〕王云：蟊賊皆害苗之蟲也。食根曰蟊，食節曰賊。又詩詁：蟊賊一蟲，以禾將黄而蟲害之，故曰蟊賊，取以喻讒惡之人。

〔歸鞅〕文選謝朓京路夜發詩：「無由税歸鞅。」李周翰注：税，息也。鞅，駕也。

【評箋】

今人詹鍈云：似爲流夜郎事有感而作，其地或在巴陵，曾鞏以爲在金陵作非也。

按：「壯士」至「宿莽」皆寓復國之意，李白以參永王軍事自比於包胥之哭秦庭，語已屢見，如卷十一之流夜郎……示息秀才詩，卷二十二之奔亡道中詩皆是。鞭尸之辱，則以喻安禄山殺唐宗室毁唐宗廟也。若以壯士爲指伍子胥，則與感激忠義之意不侔，且以伍子胥鞭尸爲壯士，恐亦非唐之臣子所宜言。王氏云壯士謂伍胥，殆誤會詩意。

酬崔侍御

嚴陵不從萬乘遊，歸卧空山釣碧流。自是客星辭帝坐，元非太白醉揚州。

【校】

〔題〕此首繆本列在崔詩之前，兩宋本、蕭本、王本俱列在崔詩之後，今從繆本改。

【注】

〔崔侍御〕按：卷九有贈崔侍御二詩，卷十二有贈宣城宇文太守兼呈崔侍御，卷十四有宣城九日聞崔四侍御……二首、寄崔侍御、遊敬亭寄崔侍御，卷十五有聞李太尉……留別金陵崔侍御十九韻，卷二十一有登敬亭北二小山余時客逢崔侍御等篇，本卷別有翫月金陵城西……訪崔四侍御，皆可參證。

【評箋】

楊云：逸史：章仇兼瓊領西川，嘗令搜訪道術士，有一鬻酒者，不急于利。每有紗帽藜杖四人來飲酒至數斗，積至十餘石即併還之。其言愛説孫思邈，或報章仇公，公傳令探問。忽一日又來，公遂潛往，從者三四人，公至前，躍出再拜，自稱姓名，相顧徐起，唯柴燼四枚在座前，不復見矣。時玄宗好道，公奏其事，詔召孫問之，曰：「此太白酒星仙，仙格絶高，每遊人間飲酒，處處皆至，尤樂蜀中。」

按：楊氏引此殊荒誕，且與此詩無涉，然當時有此風氣，亦讀白詩者所不可不知也。杜甫飲中八仙歌謂白自稱臣是酒中仙。亦必非漫言之也。

贈李十二

攝監察御史崔成甫

我是瀟湘放逐臣，君辭明主漢江濱。天外常求太白老，金陵捉得酒仙人。

【校】

〔題〕兩宋本成甫下無附字。今從刪。

【注】

〔成甫〕王云：按李華崔孝公文集序云：長子成甫進士擢第，校書郎，陝縣尉，知名當時，不幸早世。其攝侍御史無考。而唐詩品彙載崔宗之名成輔，以字行，日用之子。開元中，官至右司郎中侍御，謫金陵，與李白以詩酒倡和云云，蓋以成甫宗之爲一人，非也。

【評箋】

今人詹鍈云：李華崔孝公文集序：長子成甫進士擢第，校書郎，陝縣尉，知名當時，不幸早世。顔真卿崔孝公宅陋室銘記：長子成甫，倜儻有才名。進士，校書郎，早卒。以上二文均記成甫爲崔沔之子，祐甫之兄。崔祐甫上宰相箋：……左右提挈，仰於兄姊，屬中夏覆没，舉家南遷，内外相從，百有餘口。長兄宰豐城，間歲遭罹不淑，仲姊寓吉郡，……是成甫之卒當在至德元二載間，此詩必天寶中作無疑也。

翫月金陵城西孫楚酒樓達曙歌吹日晚乘醉著紫綺裘烏紗巾與酒客數人棹歌秦淮往石頭訪崔四侍御

昨翫西城月，青天垂玉鈎。朝沽金陵酒，歌吹孫楚樓。忽憶繡衣人，乘船往石頭。草裹烏紗巾；倒被紫綺裘。兩岸拍手笑，疑是王子猷。酒客十數公，崩騰醉中流。謔浪掉海客；喧呼傲陽侯。半道逢吴姬，卷簾出揶揄。我憶君到此，不知狂與羞。月下一見君，三杯便迴橈。捨舟共連袂，行上南渡橋。興發歌緑水，秦客爲之摇。雞鳴復相招，清宴逸雲霄。贈我數百字，字字凌風飇。繫之衣裘上，相憶每長謡。

【校】

〔金陵酒〕金陵，蕭本作金門。

〔掉〕蕭本、咸本俱作棹。王本注云：蕭本作棹。

〔月下〕蕭本作一月。王本注云：蕭本作一月。
〔秦客〕客，郭本作君。
〔摇〕咸本、王本俱注云：一作謳。
〔字字〕王本誤作百字，今依各本改。

【注】

〔孫楚樓〕見卷七金陵城西樓月下吟注。
〔秦淮〕王云：景定建康志：舊傳秦始皇時望氣者言，五百年後金陵有天子氣，於是東游以厭之。乃鑿方山，斷長壟爲瀆，入於江，是曰秦淮。按實録注：本名龍藏浦。其水有二源：一發自華山，經句容西南流。一發自東廬山，經溧水西北流入江寧界。二源合自方山埭，西注大江。分派屈曲，不類人工，疑非秦皇所開。或曰：方山西瀆直屬土山三十里，是秦開，又鑿石硊山西而疏決此浦，因名秦淮。江南通志：秦淮在江寧府上元縣東南，以秦始皇所開，故曰秦淮。有二源：一出句容縣之華山，一出溧水縣之東廬山，合流由方山埭北流，西入通濟水門，南經武定、鎮淮、飲虹三橋，又西出三山水門，沿石城以達於江。　並參見卷十五留别金陵諸公詩注。
〔石頭〕王云：胡三省通鑑注：石頭城在今建康城西二里。張舜民曰：石頭城者，天生城壁，有如城然。在清涼寺北覆舟山上，江行自北來者循石頭城轉入秦淮。六朝事跡：吴孫權沿淮立栅，又於江岸必争之地築城，名曰石頭，嘗以腹心大臣鎮守之。輿地志云：環七里一百步，在縣西五里，去臺城九里，南抵秦淮口，今清凉寺之西是也。諸葛亮論金陵地形云：鍾阜龍盤，石城虎踞，真帝王之宅。正謂此也。

〔玉鉤〕文選鮑照翫月城西門廨中詩：「始見西南樓，纖纖如玉鉤。」

〔陽侯〕漢書卷八七揚雄傳：陵陽侯之素波兮。注：應劭曰：陽侯古之諸侯也，有罪自投江，其神能爲大波。

〔揶揄〕王云：後漢書：王霸至市中募人，市人皆大笑，舉手邪揄之。章懷太子注：説文曰：歋瘉，手相笑也，歋音弋大反，瘉音踰，或音由。此云邪揄，語輕重不同。按：方以智通雅卷七云：邪揄，舉手笑也。……李白詩：「謔浪掉海客，喧呼傲陽侯。半道逢吴姬，捲簾出揶揄。」則讀揄爲尤。湘素雜記引李左車傳「邪瘉」，蘇鶚曰：即今俗謂之冶由也。今誤刻冶田。按賈誼新書：冶由，女子笑貌，即邪揄轉尤之聲。

〔橈〕王云：廣韻：橈，楫也。△橈音饒。

〔緑水〕見卷四白紵辭注。

【評箋】

今人詹鍈云：王譜天寶十三載下注云：崔四侍御未詳其名。太白又有酬崔侍御詩云：「自是客星辭帝座，元非太白醉揚州。」此是攝監察御史崔成甫，未知與此崔四侍御即一人否。

舊唐書曰：侍御史崔宗之謫官金陵，與白詩酒唱和，嘗月夜乘舟，自采石達金陵，白衣宫錦袍，於舟中顧瞻笑傲，旁若無人。按崔宗之乃崔日用之子，唐書但言其襲封齊國公而不紀其官爵（爵當作職）。崔祐甫作日用集序云：嗣子宗之，開元中爲起居郎，再爲尚書禮部員外郎，遷本司郎中，終於右司郎中。其爲侍御史及謫官金陵，莫之載也。新唐書削去侍御史及謫官等字，……似已知舊史之誤。考太白集中有與崔宗之詩三首，皆云郎中，又叙其同遊南陽之白水，過菊潭上，遺孔子琴事，而遊金陵采石事不及焉，恐舊唐書所載者是侍御史崔成甫而誤以爲宗之耳。按崔四侍御即是崔成甫，曾子固次此詩於酬崔侍御之後，蓋亦此意。唐人排行不僅限於同胞兄弟，故成甫雖爲沔之長子而亦得稱崔四也。

江上答崔宣城

太華三芙蓉，明星玉女峯。尋仙下西岳，陶令忽相逢。問我將何事，湍波歷幾重？貂裘非季子；鶴氅似王恭。謬忝燕臺召；而陪郭隗蹤。水流知入海；雲去或從龍。樹繞蘆洲月；山鳴鵲鎮鐘。還期如可訪，台嶺蔭長松。

【校】

〔明星〕星，英華作皇，誤。

〔雲去〕去，英華作出，注云：集作去。

〔繞蘆〕英華作色曉，注云：集作繞蘆。此句咸本作樹色曉洲月，注云：一作樹繞蘆洲月。

〔鳴鵲鎮〕英華作鵲鳴夜。

【注】

〔崔宣城〕見後評箋。

〔太華〕見卷七西嶽雲臺歌注。

〔季子〕王云：戰國策：李兑送蘇子黑貂之裘，黄金百鎰，蘇子得以爲用，西入於秦。季子，蘇秦字也，見史記注。

〔王恭〕晉書卷八四王恭傳：嘗被鶴氅裘，涉雪而行，孟昶窺見之，嘆曰：「此真神仙中人也。」

〔燕臺〕見卷二古風第十五首注。

〔蘆洲〕王云：蘆洲，舊注指爲樊口之蘆洲。琦按：鮑照還都道中詩：「昨夜宿南陵，今旦入蘆洲。」是蘆洲當在南陵之下。若樊口之蘆洲，舊傳爲伍子胥所渡處，其地乃在武昌，與南陵宣城殊遠，恐未是。

〔鵲鎮〕王云：元和郡縣志：鵲頭鎮在宣州南陵縣西一百一十里，即春秋時楚伐吴敗于鵲岸是也。沿流八十里有鵲尾洲，吴時屯兵處。

〔台嶺〕文選孫綽游天台山賦：苟台嶺之可攀，亦何羡於層城？又曰：藉萋萋之纖草，蔭落落之長松。

【評箋】

今人詹鍈云：崔宣城名欽，見趙公西候亭頌。……王譜於經亂後將避地剡中留贈崔宣城詩下注云：太白又有江上答崔宣城詩曰：「太華三芙蓉，明星玉女峯，羣仙來西岳，陶令忽相逢。」當是前此之作，疑另是一崔宣城。按太華四句本序來處，與崔欽事不相牴牾，王氏以爲另是一崔宣城，非也。

按：卷十二有經亂後將避地剡中留贈崔宣城，當即此人。

又按：此當爲天寶初自江南入長安前所作。

答族姪僧中孚贈玉泉仙人掌茶 并序

余聞荆州玉泉寺近清溪諸山，山洞往往有乳窟，窟中多玉泉交流。其中有白蝙蝠，大如鴉。按仙經：蝙蝠一名仙鼠，千歲之後，體白如雪，棲則倒懸，蓋飲乳水而長生也。其水邊處處有茗草羅生，枝葉如碧玉，惟玉泉真公常采而飲之。年八十餘歲，顏色如桃花，而此茗清香滑熟異於他者，所以能還童振枯，扶人壽也。余遊金陵，見宗僧中孚示余茶數十片，拳然重疊，其狀如手，號爲仙人掌茶，蓋新出乎玉泉之山，曠古未覿。因持之見遺，兼贈詩要余答之，遂有此作。後之高僧大隱知仙人掌茶發乎中孚禪子及青蓮居士李白也。

常聞玉泉山，山洞多乳窟。仙鼠如白鵶，倒懸清溪月。茗生此中石，玉泉流不歇。根柯灑芳津，採服潤肌骨。叢老卷緑葉，枝枝相接連。曝成仙人掌，似拍洪崖肩。舉世未見之，其名定誰傳。宗英乃禪伯，投贈有佳篇。清鏡燭無鹽，顧慚西子妍。朝坐有餘興，長吟播諸天。

【校】

〔其中有〕兩宋本、繆本、咸本俱無其字。王本注云：繆本無其字。有，兩宋本、繆本、王本俱注云：一作見。

〔如雪〕雪，兩宋本、繆本、王本俱注云：一作銀。

〔常采〕采，蕭本作來。王本注云：蕭本作來。

〔滑熟〕熟，兩宋本、繆本俱作熱。

〔扶人〕扶，兩宋本、繆本俱作壯，注云：一作扶。王本注云：一作壯。

〔發乎〕此句咸本注云：一作發乎中孚及李白也。

〔鵶〕英華作鶴。

〔清溪〕清，兩宋本、繆本俱作深，注云：一作清。咸本作深。王本注云：一作深。

〔叢〕兩宋本、繆本俱作楚。

〔卷〕咸本作來，注云：一作卷。

〔禪伯〕伯，英華作客，咸本注云：一作客。

〔投贈〕贈，英華作僧。

【注】

〔玉泉〕王云：方輿勝覽：玉泉寺在荆門軍當陽縣西南二十里玉泉山。陳光大中，浮屠智顗自天台飛錫來居此山。寺雄于一方，殿前有金龜池。一統志：玉泉寺在當陽縣西三十里。隋大業間建。清溪山在南漳縣臨沮城界内，其山高峻，東有泉。

〔蝙蝠〕王云：抱朴子：千歲蝙蝠，色如白雪，集則倒懸，腦重故也。述異記：荆州清溪秀壁諸山，山洞往往有乳窟，窟中多玉泉交流，中有白蝙蝠大如鴉。按仙經云：蝙蝠一名仙鼠，千載之後，體白如銀，棲即倒懸，蓋飲乳水而長生也。太白此序所謂余聞者，蓋本之此。

〔乳水〕王云：本草拾遺：乳穴水，近乳穴處流出之泉也。人多取水作飲，釀酒大有益。其水濃者稱之重於他水，煎之上有鹽花，此真乳液也。

〔茗草〕王云：説文：茗，茶芽也。郭璞爾雅注：茶樹小如梔子，冬生葉，可煮作羹飲，今呼早採者爲茶，晚取者爲茗。

〔真公〕王云：吕温南岳彌陀寺承遠和尚碑：開元二十三年，至荆州玉泉寺謁真公也。

〔洪崖〕文選張衡西京賦：洪涯立而指麾。薛綜注：洪崖，三皇時伎人，倡家託作之。又郭璞遊仙詩：「右拍洪崖肩。」

〔無鹽〕見卷四于闐採花詩注。

〔西子〕趙岐孟子注：西子，古之好女西施也。

〔諸天〕王云：佛書言三界共有三十二天，自四天王天至非有想非無想天，總謂之諸天。

酬裴侍御留岫師彈琴見寄

君同鮑明遠，邀彼休上人。鼓琴亂白雪，秋變江上春。瑶草緑未衰，攀翻寄情親。相思兩不見，流淚空盈巾。

【校】

〔白雪〕雪，咸本注云：一作雲。

【注】

〔裴侍御〕見本卷酬裴侍御對雨感時見贈詩箋。

〔明遠〕王云：鮑照，字明遠，與休上人以詩相贈答。

〔白雪〕王云：初學記：琴歷曰：琴曲有幽蘭白雪。樂府詩集：謝希逸琴論曰：劉涓子善歌琴，制陽春白雪曲。琴集曰：白雪，師曠所作商調曲也。唐書樂志曰：白雪，周曲也。張華博物志曰：白雪者，太帝使素女鼓五十弦瑟曲名也。

【評箋】

今人詹鍈云：按夜泛洞庭尋裴侍御清酌詩云：「抱琴出深竹，爲我彈鵾雞。」則裴侍御亦工於琴者。詩云：「鼓琴亂白雪，秋變江上春。」疑與上首爲前後之作。光緒重修湖南通志流寓人物傳：裴隱官侍御，謫居岳州，與岫道人鼓琴自娱，李白流夜郎過之，相與唱和遊宴。按李集有寄裴隱詩一首，又有與裴侍御贈答詩五首，李詩曰：「已先投沙伴。」王琦曰：疑亦當時逐臣，故用賈誼投沙事。合對雨感時一篇觀之，琦言可信。

張相公出鎮荆州尋除太子詹事余時流夜郎行至江夏與張公相去千里公因太府丞王昔使車寄羅衣二事及五月五日贈余詩余答以此詩

張衡殊不樂，應有四愁詩。慚君錦繡段，贈我慰相思。鴻鵠復矯翼，鳳凰憶故池。榮樂一如此，商山老紫芝。

【校】

〔題〕兩宋本、繆本俱注云：流夜郎至江夏。

〔相去〕蕭本無相字。王本注云：蕭本缺相字。

【注】

〔張相公〕王云：舊唐書：肅宗以張鎬不切事機，遂罷相位，授荆州大都督府長史，尋徵爲太子賓客。按：卷十一有贈張相公鎬二首，可參證。

〔詹事〕王云：職官志：東宮官屬有太子賓客四員，正三品，太子詹事一員，正三品。太府寺有丞四人，從六品上。

〔張衡〕文選張衡四愁詩序：張衡不樂久處機密。陽嘉中，出爲河間相。……時天下漸弊，鬱鬱不得志，爲四愁詩。四思曰：「美人贈我錦繡段。」……

〔故池〕晉書卷三九荀勗傳：勗自中書監除尚書令，人賀之。勗曰：「奪我鳳凰池，諸君何賀耶？」

〔商山〕王云：愼蒙名山記：商山在陝西商州東九十里，一名楚山，一名商洛山，漢四皓隱處。四皓采芝操：莫莫高山，深谷逶迤。曄曄紫芝，可以療飢。

【評箋】

今人詹鍈云：王譜繫乾元元年下，注云：按張鎬爲太子賓客，新、舊唐書皆不載年月，獨孤及所作洪州刺史張公鎬遺愛頌曰：拜公荆州大都督府長史，明年元良肇建，上曰：疇咨若余樂正父師之職，汝作賓客，卒調護太子，嘉言惟允。於是授太子賓客。則似在乾元二年中也。考舊唐書云：乾元元年五月戊子，以河南節度使中書侍郎平章事張鎬爲荆州大都督府長史，本州防禦使。庚寅，立成王俶爲皇太子。則二事相去不過兩日，獨孤及所云明年元良肇建者誤也。若云張公之爲太子賓客在明年則可，然與此題所云尋除又不合。其云詹事或傳聞之誤，或先除詹事，後除賓客，亦未可知。按高適還京次睢陽祭張巡許遠文云：維乾元元年五月日，太子詹事御史中丞高適，……我辭淮、楚，將赴伊、洛，途出此邦。又謝上彭州刺史表云：始拜宫允，今列藩條，以今月七日到所部上訖。知適自詹事出刺彭州。又春酒歌云：「前年持節將楚兵，去年留司在東京。今年復拜二千石，盛夏五月西南行。……」則適爲太子詹事在乾元元年五月至乾元二年五月。據舊唐書職官志，東宫官屬有太子賓客四員，正三品，太子詹事一員，正三品。太子詹事既僅一員，斯時鎬莫得而任之也。又舊唐書肅宗紀：上元元年，四月，以太子賓客平章事張鎬爲左散騎常侍。則詹事必爲賓客二字傳聞之誤明矣。又舊唐書杜鴻漸傳：兩京平，遷荆州大都督府長史荆南節度使。襄州大將康楚元張嘉延盜所管兵據襄州城叛，……鴻漸聞之，棄城而走。新唐書杜暹傳所記略同。通鑑：乾元二年，八月乙巳，襄州將康楚元、張嘉延據州作亂。……九月甲午，張嘉延襲破荆州，荆南節度使杜鴻漸棄城走。是張鎬亦未至荆州也。意者，鎬受出鎮荆州之命不久，尚未至任所即除太子賓客，而自兩京克復至乾元二年九月杜鴻漸固始終爲荆州長史，未嘗更易也。王譜繫此詩乾元元年下，今從之。

醉後答丁十八以詩譏予搥碎黄鶴樓

黄鶴高樓已搥碎，黄鶴仙人無所依。黄鶴上天訴玉帝，却放黄鶴江南歸。神明太守再雕飾，新圖粉壁還芳菲。一州笑我爲狂客，少年往往來相譏。君平簾下誰家子？云是遼東丁令威。作詩調我驚逸興，白雲遶筆窗前飛。待取明朝酒醒罷，與君爛漫尋春暉。

【校】

〔調我〕調，兩宋本、繆本俱作掉。

【注】

〔黄鶴樓〕見卷十五黄鶴樓送孟浩然之廣陵詩注。

〔君平〕見卷二古風第十三首注。

〔令威〕見卷十八送李青歸南華陽川詩注。

【評箋】

王云：楊升菴曰：李白過武昌見崔顥黄鶴樓詩，嘆服之，不復作，去而賦金陵鳳凰臺。其後禪僧用此事作一偈曰：「一拳搥碎黄鶴樓，一脚踢翻鸚鵡洲。眼前有景道不得，崔顥題詩在上頭。」旁一游僧亦舉前二句而綴之曰：「有意氣時消意氣，不風流處也風流。」又一僧云：「酒逢知己，藝壓當行。」原是借此一事設辭，非太白詩也。流傳之久，信以爲真。宋初有人僞作太白醉後答丁十八詩「黄鶴高樓已搥碎」一首。樂史編太白遺詩遂收入之。近世解學士作弔太白詩云「也曾搥碎黄鶴樓，也曾踢翻鸚鵡洲」，殆類優伶之語。太白一何不幸耶！琦按太白江夏贈韋南陵詩原有「我且爲君搥碎黄鶴樓，君亦爲吾倒却鸚鵡洲」之句。要是設言之辭，而玩此詩則真有搥碎一事矣。要之禪僧偈語，本用贈韋詩中語，非醉答丁十八一詩本禪僧之偈而僞撰也。升菴因彼而疑此，殆亦目睫之見也夫！

按：王氏引江夏贈韋南陵詩，謂爲設言之辭，誠是。而又云玩此詩則真有搥碎一事，似亦太泥，黄鶴樓豈真李白所能搥碎者？詩人設想，豈可刻舟求劍？胡氏李詩通編入附録中。

答裴侍御先行至石頭驛以書見招期月滿泛洞庭

君至石頭驛，寄書黄鶴樓。開緘識遠意，速此南行舟。風水無定準，湍波或滯留。憶昨新月生，西簷若瓊鈎。今來何所似？破鏡懸清秋。恨不三五明，平湖泛澄流。此歡竟莫遂，狂殺王子猷。巴陵定近遠，持贈解人憂。

【校】

〔或滯留〕或，兩宋本、繆本、王本俱注云：一作成。

〔新月〕新，兩宋本、繆本、王本俱注云：一作初。

〔三五明〕明，咸本作時。

〔狂殺〕狂，胡本作枉。注云：一作狂。

〔解人〕解，宋甲本作解。繆本作何。王本注云：繆本作何。

【注】

〔石頭驛〕王云：方輿勝覽：汪彦章石頭驛記云：自豫章絶江而西，有山屹然並江而出者，石頭渚也。阻江負城，十里而近。胡三省通鑑注：石頭驛在豫章江之西岸。按：舊注似誤，見下引詹氏説。又景定建康志卷一六：張九齡有候使石頭驛樓詩，李白答裴侍御先行至石頭驛以書見招詩云：「君至石頭驛，寄書黄鶴樓。」

〔破鏡〕王云：古樂府：「破鏡飛上天。」古詩：「三五明月滿。」張銑注：三五謂十五日也。

【評箋】

今人詹鍈云：求闕齋讀書録：石頭驛在嘉魚之上，白螺磯之下，去岳州百五十里。公時在江夏，裴以月之初三四至石頭驛，約公速行，將以十五同泛洞庭，公答此詩時當已過十五矣。原注稱石頭驛在金陵，失之矣。按其説是也。王注引方輿勝覽及胡三省通鑑注謂石頭驛在豫章江之西岸，與詩旨不合。太白集有至鴨欄驛上白馬磯贈裴侍御、酬裴侍御對雨感時見贈、夜泛洞庭尋裴侍御清酌諸詩，與此首當爲前後之作。詩云：「今來何所似，破鏡懸清秋。」其時當在秋季。

答高山人兼呈權顧二侯

虹霓掩天光，哲后起康濟。應運生夔龍，開元掃氛翳。太微廓金鏡，端拱清遐裔。輕塵集嵩岳，虛點盛明意。謬揮紫泥詔，獻納青雲際。讒惑英主心，恩疏佞臣計。彷徨庭闕下，歎息光陰逝。未作仲宣詩，先流賈生涕。挂帆秋江上，不爲雲羅制。山海向東傾，百川無盡勢。我於鴟夷子，相去千餘歲。運闊英達稀，同風遥執袂。登艫望遠水，忽見滄浪枻。高士何處來？虛舟渺安繫。衣貌本淳古，文章多佳麗。延引故鄉人，風義未淪替。顧侯達語默，權子識通蔽。曾是無心雲，俱爲此留滯。雙萍易飄轉，獨鶴思凌厲。明晨去瀟湘，共謁蒼梧帝。

【校】

〔英達〕達，咸本注云：一作遠。

【注】

〔虹霓〕楊云：虹霓指太平公主輩，哲后指玄宗。

〔仲宣〕王云：仲宣，王粲字也，作七哀詩：「南登灞陵岸，回首望長安。」

〔鴟夷〕史記越王勾踐世家：范蠡浮海出齊，變姓名，自謂鴟夷子皮。

〔枻〕王云：謝朓詩：「早玩華池陰，復鼓滄浪枻。」廣韻：枻，檝也。滄浪枻，用楚辭漁父事。參見卷六沐浴子詩注。

〔虚舟〕文選謝靈運游赤石進帆海詩：虚舟有超越。李周翰注：輕舟而進曰虚舟。

〔權子〕按：卷二十七有金陵與諸賢送權十一序，卷十三有獨酌清溪江石山寄權昭夷詩，皆當即其人。

〔淩厲〕王云：班固覽海賦：遵霓霧之掩藹，登雲塗以淩厲。博雅：淩，馳也。廣韻：淩，歷也。漢書息夫躬傳：鷹隼横厲。顔師古注：厲，疾飛也。淩厲，猶横厲也。

〔蒼梧〕王云：蒼梧帝謂虞舜。

【評箋】

按：此詩當是出京未久時作，所云「明晨去瀟湘」，亦擬議之詞，未必即爲實事。

答杜秀才五松山見贈

昔獻長楊賦，天開雲雨歡。當時待詔承明裏，皆道揚雄才可觀。勅賜飛龍二天馬，黄金絡頭白玉鞍。浮雲蔽日去不返，總爲秋風摧紫蘭。角巾東出商山道，採秀行歌詠芝草。路逢園綺笑向人，兩君解來一何好。聞道金陵龍虎盤，還同謝朓望長安。千峯夾水向秋浦，五松名山當夏寒。銅井炎爐歊九天，赫如鑄鼎荆山前。陶公矍鑠呵赤電，回禄睢盱揚紫烟。此中豈是久留處？便欲燒丹從列仙。愛聽松風且高卧，颼颼吹盡炎氛過。登崖獨立望九州，陽春欲奏誰相和？聞君往年游錦城，章仇尚書倒屣迎。飛箋絡繹奏明主，天書降問迴恩榮。骯髒不能就珪組，至今空揚高蹈名。夫子工文絶世奇，五松新作天下推。吾非謝尚邀彦伯，異代風流各一時。一時相逢樂在今，袖拂白雲開素琴。彈爲三峽流泉音。從兹一别武陵去，去後桃花春水深。

【校】

〔題〕此下兩宋本、繆本俱注云：五松山，南陵銅坑西五六里，宣城。山字蕭本無。王本注云：蕭本缺山字。

〔兩君〕兩，兩宋本、繆本俱作而。王本注云：繆本作而。

〔矍鑠〕兩宋本、繆本俱作攫爍。王本注云：繆本作攫爍。

〔颼颼〕兩宋本、繆本俱作颼飅。王本注云：繆本作颼飅。

〔高蹈〕兩宋本、繆本俱作高道。王本蹈下注云：繆本作道。

【注】

〔長楊〕漢書卷八七揚雄傳：孝成帝時，客有薦雄文似相如者，……召雄待詔承明之庭。……從至射熊館還，上長楊賦，聊因筆墨之成文章。故藉翰林以爲主人，子墨爲客卿以諷。顔師古注：承明殿在未央宮。長楊，宮名也，在盩厔縣。其中有射熊館。

〔飛龍〕王云：唐制：學士初入院，例賜飛龍廄馬一匹。天馬，御廄之馬也。參見卷九駕去温泉宮後贈楊山人詩注。

〔採秀〕見卷十六送温處士歸黄山白鵝峯舊居詩。

〔園綺〕漢書卷七二王貢兩龔鮑傳：漢興有園公、綺里季、夏黄公、角里先生，此四人者，當秦之世，避而入商洛深山以待天下之定也。

〔龍虎盤〕見卷七金陵歌注。

〔謝朓〕王云：謝朓有晚登三山還望京邑詩：「灞涘望長安，河陽視京縣。」

〔銅井〕王云：唐書地理志：南陵有銅官冶。元和郡縣志：銅井山在南陵縣西南八十五里。出銅。一統志：銅官山在銅陵縣南十里，又名利國山，山有泉源，冬夏不竭，可以浸鐵煮銅，舊嘗于此置銅官場。

〔荆山〕見卷三飛龍引第一首注。

〔陶公〕搜神記：陶安公者，六安鑄冶師也。數行火，火一散上，紫色冲天。公伏冶下求哀，須臾，赤雀止冶上曰：「安公安公！冶與天通。七月七日，迎汝以赤龍。」至時安公騎從東南去，城邑數萬人豫祖安送之，皆辭訣。

〔矍鑠〕王云：矍鑠勇健貌，漢光武稱馬援語。

〔回禄〕左傳昭十八年：禳火於玄冥回禄。杜預注：回禄，火神。

〔睢盱〕王云：莊子：而睢睢而盱盱。郭象注：睢睢盱盱，跋扈之貌。△睢音綏，盱音吁。

〔章仇〕王云：通鑑：天寶五載，以劍南節度使章仇兼瓊爲户部尚書。寶刻叢編：章仇兼瓊，魯郡任城人，官至户部尚書，殿中監，謚曰忠。

〔倒屣〕三國志魏志王粲傳：時（蔡）邕才學顯著，貴重朝廷，常車騎填巷，賓客盈坐，聞王粲在門，倒屣迎之。粲至，年既幼弱，容狀短小，一坐盡驚。邕曰：「此王公孫也，有異才，吾不如也。」

〔彦伯〕晉書卷九二袁宏傳：袁宏字彦伯，……宏有逸才，文章絶美，曾爲詠史詩，是其風情所寄。少孤貧，以運租自業。謝尚時鎮牛渚，秋夜乘月，率爾與左右微服泛江。會宏在舫中諷詠，聲既清會，辭又藻拔，遂駐聽久之。遣問焉，答曰：「是袁臨汝郎誦詩。」即其詠史之作也。」尚傾率有勝致，即迎升舟，與之談論，申旦不寐，自此名譽日茂。尚爲安西將軍、豫州刺史，引宏參其軍事。

〔流泉〕王云：樂府詩集琴集曰：三峽流泉，晉阮咸所作也。

【評箋】

按：此詩有「銅井炎爐」及「回祿睢盱」之句，疑白之居南陵實爲從事鑛冶，而託之於鍊丹，當與秋浦歌同看。又此詩爲出京後南遊之作無疑。

今人詹鍈云：王譜，天寶五載云：是年五月，以劍南節度使章仇兼瓊爲户部尚書。白有答杜秀才五松山見贈詩：「聞君往年遊錦城，章仇尚書倒屣迎。飛箋絡繹奏明主，天書降問回恩榮。」是時以後之作。詩云：「聞道金陵龍虎盤，還同謝脁望長安。千峯夾水向秋浦，五松名山當夏寒。」知太白由金陵經秋浦抵南陵五松山，時方當夏季。按：李集中於五松山所賦詩甚多，俱是前後之作。

至陵陽山登天柱石酬韓侍御見招隱黄山

韓衆騎白鹿，西往華山中。玉女千餘人，相隨在雲空。見我傳祕訣，精誠與天通。何意到陵陽，游目送飛鴻。天子昔避狄，與君亦乘驄。擁兵五陵下，長策馭胡戎。時泰解繡衣，脱身若飛蓬。鸞鳳翻羽翼，啄粟坐樊籠。海鶴一笑之，思歸向遼東。黄山過石柱，巘崿上攢叢。因巢翠玉樹，忽見浮丘公。又引王子喬，吹笙舞松風。朗詠紫霞篇，請開蕊珠宫。步綱繞碧落，倚樹招青童。何日可攜手？遺形入無窮。

【校】

〔韓衆〕衆，咸本作晨，注云：一作衆。

〔千餘〕千，英華作十，注云：集作千。

〔五陵〕五，英華作玉，注云：集作五。

〔馭胡〕馭，兩宋本、繆本俱作遏。王本注云：繆本作遏。

〔羽翼〕羽，兩宋本、繆本俱作翕。王本注云：繆本作翕。

〔請開〕英華作情關，注云：集作請開。

〔步綱〕綱，英華作岡。

【注】

〔陵陽〕王云：楊齊賢曰：陵陽山在涇縣西南百里，乃竇子明釣得白龍放之之處。按地志：陵陽山在池州府石埭縣之北，寧國府宣城縣之西，三峯連接，迤邐屈盤，天柱石是其山之一峯也。輿地紀勝卷一九寧國府：陵陽山在宣城，一峯爲疊嶂樓，一峯爲郡譙樓，又一峯爲景德寺。郭祥正雙溪樓詩云：「陵陽之峯壓千里，百尺危樓勢相倚。」涇縣亦有陵陽山。元和郡縣志：在涇縣西南一百三十里。陵陽子明得仙處。……太平縣亦有陵陽山。

〔韓侍御〕按：卷十八有送韓侍御之廣德，卷二十五有金陵聽韓侍御吹笛等篇，當是一人。

〔黄山〕王云：洪焱祖新安續志：新安廣録云：郡西北黄山有三十六峯，與宣池接境，巖岫秀麗可愛。仙翁釋子多隱其中。山有湯泉，色紅可以澡瀹。一統志：黄山在寧國府太平縣南三十里，昔黄帝與浮丘仙人煉丹於此山，當宣徽二郡界，有三十二峯，三十六源，二十四溪，十八洞，八大巖。

〔韓衆〕見卷二古風第四首注。

〔飛鴻〕嵇康贈秀才入軍詩：目送歸鴻，手揮五絃。

〔乘驄〕見卷九贈韋侍御黄裳詩注。

〔五陵〕見卷八永王東巡歌第五首注。

〔紫霞篇〕蕭云：紫霞篇即黄庭内景經也。經曰：上清紫霞虚皇前，太上大道玉晨君，閑居蘂珠作七言，散化五形變萬神，是爲黄庭曰内篇，詠之萬徧升三天。祕要經曰：仙宫中有寥陽之殿，蘂珠之闕，翠瓔之房，道君在中而説經。

〔步綱〕蕭云：綱，罡氣也，即禹步交乾履斗之法。

〔碧落〕王云：度人經：道言：昔於始青天中碧落空歌。注云：始青天乃東方第一天，有碧霞偏滿，是云碧落。

【評箋】

吴翌鳳云：太白詩「步綱遶碧落」，即道家罡風之罡。（遜志堂雜鈔）

王云：琦按：太白武昌宰韓君碑云：雲卿文章冠世，拜監察御史，朝廷呼爲子房。李翱韓夫人韋氏墓誌銘：禮部郎中雲卿好立節義，有大功於昭陵，其事跡史傳不載。觀此詩所謂「天子昔避狄，與君亦乘驄，擁兵五陵下，長策馭胡戎」之句相合。韓侍御之爲雲卿殆無疑矣。但太白未嘗作侍御，何以云「與君亦乘驄」耶？豈他人之作誤採入集，抑字句少有訛謬歟！

今人詹鍈云：按文苑英華已載此詩，且字句間亦無大出入，倘是他人之作誤採入集，則其誤亦必出於唐人之手，非宋人所得而僞也。

按：白非但未嘗加憲銜，且身未至北方，無所謂「擁兵五陵下」，與字疑當作許與之與解，專指韓言之。

酬崔十五見招

爾有鳥跡書，相招琴溪飲。手跡尺素中，如天落雲錦。讀罷向空笑，疑君在我前。長吟字不滅，懷袖且三年。

【注】

〔鳥跡〕楊云：書斷曰：古文者黄帝史蒼頡所造，頡首有四目，通於神明，仰觀奎星圓曲之勢，俯察龜文鳥跡之象，采衆美合而爲字，是曰古文。水經注穀水：古文出于黄帝之世，倉頡本鳥跡爲字，取其孳乳相生，故文字有六義焉。

〔琴溪〕王云：一統志：琴溪在寧國府涇縣東北二里。溪側有石臺，相傳琴高控鯉之所。

〔三年〕古詩：「置書懷袖中，三歲字不滅。」

答王十二寒夜獨酌有懷

昨夜吴中雪，子猷佳興發。萬里浮雲卷碧山，青天中道流孤月。孤月滄浪河漢清，北斗錯落長庚明。懷余對酒夜霜白，玉牀金井冰峥嶸。人生飄忽百年内，且須酣暢萬古情。

【校】

〔題〕兩宋本、繆本題下俱注云：再入吴中。王十二，咸本作友人，注云：一作王十二。

〔滄〕兩宋本、繆本俱作蒼。王本注云：繆本作蒼。

〔浪〕兩宋本、繆本、王本俱注云：一作波。

〔冰〕蕭本作水，誤。

【注】

〔長庚〕王云：廣雅：太白謂之長庚。曹憲音釋：金星也，晨見東方爲啓明，昏見西方爲長庚。

〔玉牀〕王云：牀，井欄也。玉牀金井者，言其美麗之飾，如玉如金也。

君不能狸膏金距學鬭雞，坐令鼻息吹虹霓。君不能學哥舒，横行青海夜帶刀，西屠石堡取紫袍。吟詩作賦北窗裏，萬言不直一杯水。世人聞此皆掉頭，有如東風射馬耳。

【校】

〔聞此〕此，兩宋本、繆本、王本俱注云：一作之。

【注】

〔狸膏〕王云：藝文類聚：莊子謂惠子曰：「羊溝之雞，三歲爲株，相者視之，則非良雞也。然而數以勝人者，以狸膏塗其頭。」爾雅翼：鬭雞，私取狸膏塗其頭，輒鬭無敵。此非有厭勝，特是狸能捕雞，異雞聞狸之氣則畏而走。

〔金距〕左傳昭二十五年：季郈之雞鬭，季氏介其雞，郈氏爲之金距。按：高誘注：吕氏春秋云：金距，施金芒於距也。

〔鬭雞〕王云：梁簡文帝雞鳴篇：陳思助鬭協狸膏，郈昭妒敵安金距。玄宗好鬭雞，時以鬭雞供奉者若王準、賈昌之流，皆赫奕可畏。

〔馬耳〕按：各家注均未詳。翟灝通俗編卷一：李白詩：「世間聞此皆掉頭，有如東風射馬耳。」按宋元人又有西風貫驢耳語，當即因此轉變。

〔石堡〕王云：舊唐書：哥舒翰，天寶七載，築神威軍於青海上，吐蕃至，攻破之。又築城於青海中龍駒島，吐蕃屏跡，不敢近青海。吐蕃保石堡城，路遥而險，久不拔。八載，以朔方河東監牧十萬衆委翰總統，攻石堡城，翰使麾下將高秀巖、張守瑜進攻，不旬日而拔之。上録其功，拜特進鴻臚員外卿，與一子五品官，賜物千匹，莊宅各一所，加攝御史大夫。太平廣記：哥舒翰爲安西節度，控地數千里，甚著威令。故西鄙人歌之曰：「北斗七星高，哥舒夜帶刀。吐蕃總殺盡，更築兩重濠。」胡三省通鑑音注：石堡城本吐蕃鐵仞城也。宋白曰：石堡城在龍支縣西，四面懸崖數十仞，石路盤屈長三四里，西至赤嶺三十里。

魚目亦笑我，請與明月同。驊騮拳跼不能食，蹇驢得志鳴春風。折楊黄華合流俗，晉君聽琴枉清角。巴人誰肯和陽春；楚地猶來賤奇璞。黄金散盡交不成；白首爲儒身被輕。一談一笑失顏色，蒼蠅貝錦喧謗聲。曾參豈是殺人者？讒言三及慈母驚。

【校】

〔請與〕請，兩宋本、繆本、蕭本、王本俱注云：一作謂。

〔巴人〕巴，兩宋本、繆本、王本俱注云：一作幾。

〔謗聲〕咸本注云：舊本無此二句。

【注】

〔騂騮〕穆天子傳：天子之駿，赤驥、盜驪、白義、踰輪、山子、渠黄、華騮、緑耳。郭璞注：華騮，色如華而赤，今名馬標赤者爲棗騮，棗騮赤也。

〔黄華〕莊子天地篇：大聲不入里耳。折楊皇華則嗑然而笑。陸德明注：折楊、皇華，皆古歌曲也。

〔清角〕韓非子十過篇：晉平公曰：「音莫悲于清徵乎！」師曠曰：「不如清角。」平公曰：「清角可得而聞乎？」師曠曰：「不可。昔日黄帝合鬼神于太山之上，駕象車而六蛟龍，畢方並轄，蚩尤居前，風伯進掃，雨師洒道，虎狼在前，鬼神在後，騰蛇伏地，鳳凰覆上，大合鬼神，作爲清角。今主君德薄，不足聽之，聽之將恐有敗。」平公曰：「寡人老矣，所好者音也，願遂聽之。」師曠不得已而鼓之，一奏而有玄雲從西北方起，再奏之大風至，大雨隨之，裂幃幕，破俎豆，隳廊瓦，坐者散走。平公恐懼，伏於廊室之間，晉國大旱，赤地三年，平公之身遂癃病。

〔蒼蠅〕王云：蒼蠅即青蠅也。詩小雅：營營青蠅，止於樊。豈弟君子，無信讒言。又萋兮斐兮，成是貝錦。彼譖人者，亦已太甚。

與君論心握君手，榮辱於余亦何有？孔聖猶聞傷鳳麟；董龍更是何雞狗？一生傲岸苦不諧，恩疎媒勞志多乖。嚴陵高揖漢天子，何必長劍拄頤事玉階。達亦不足貴，窮亦不足悲。韓信羞將絳灌比，禰衡恥逐屠沽兒。君不見，李北海，英風豪氣今何在！君不見，裴尚書，土墳三尺蒿棘居！少年早欲五湖去，見此彌將鐘鼎疎。

【校】

〔蒿棘〕棘，兩宋本、繆本、王本俱注云：一作下。蕭本注云：于作下。

【注】

〔鳳麟〕王云：史記：孔子將西見趙簡子，至於河而聞竇鳴犢、舜華之死也，曰：「竇鳴犢、舜華晉國之賢大夫也，趙簡子未得志之時，須此兩人而後從政。及其已得志，殺之乃從政。丘聞之也，刳胎殺夭，則麒麟不至郊。竭澤涸漁，則蛟龍不合陰陽。覆巢毀卵，則鳳凰不翔。何則？君子諱傷其類也。夫鳥獸之於不義也，尚知避之，而況乎丘哉！」乃還息乎陬鄉，作爲陬操以哀之。又孔子嘗嘆鳳鳥之不至，悲西狩之獲麟，或指此二事而言亦可也。

〔雞狗〕通鑑卷一〇〇：秦司空王墮性剛峻，右僕射董榮，……以佞幸進，墮疾之如仇。每朝見，榮未嘗與之言，（按十六國春秋，此句作略不與言，於文義較合。）或謂墮曰：「董君貴幸無比，公宜小降意接之。」墮曰：「董龍是何雞狗！而令國士與之言乎！」榮聞而慙恨。會有天變，榮言於苻生曰：「天譴甚重，宜以貴臣應之。」乃殺墮。龍，榮之小字也。

〔拄頤〕史記田單列傳：大冠若箕，長劍拄頤。

〔絳灌〕史記淮陰侯列傳：居常鞅鞅，羞與絳灌等列。

〔屠沽〕後漢書卷一一〇禰衡傳：……來游許下。……是時許都新建，賢士大夫四方來集。或問衡曰：「盍從陳長文、司馬伯達乎？」對曰：「吾焉能從屠沽兒耶！」

〔北海〕新唐書卷二〇二李邕傳：李邕，字泰和，揚州江都人。……開元二十三年，起爲栝州刺史，後歷淄、滑二州刺史，上計京師。始邕早有名，重義愛士，久斥外，不與士大夫接。既入朝，人間傳其眉目瓌異，至阡陌聚觀，後生望風内謁，門巷填隘，中人臨問，索所爲文章，且進上，以讒媢不得留，出爲汲郡、北海太守。天寶中，左驍衛兵曹參軍柳勣有罪下獄，邕嘗遺勣馬，……宰相李林甫素忌邕，因傳以罪，……就郡杖殺之。……邕雖詘不進，而文名天下，時稱李北海。盧藏用嘗謂邕如干將鏌耶，難與争鋒，但虞其傷缺耳。後卒如言。……邕資豪放，不能治細行，所在賄謝田游自肆，終以敗云。

〔裴尚書〕王云：江鄰幾雜志：李白詩：「君不見，裴尚書，古墳三尺蒿棘居。」問修唐書吕縉叔，云是灌，又云是冕。宋次道云：是檢校官，與李北海作對，非齷齪人也。琦按玄宗朝，裴耀卿爲尚書左僕射，裴光庭爲吏部尚書，裴漼爲吏部尚書，裴伷先爲工部尚書，裴寬爲户禮二部尚書，裴敦復爲刑部尚書，凡六裴尚書。太白所指稱未知何人。考裴敦復以平海賊功爲李林甫所忌，貶淄川太守，與李邕皆坐柳勣事同時杖死，今與李北海並稱，或者正指其人而言，似爲近之。若裴冕之爲尚書左僕射，則又在肅宗時矣。

【評箋】

今人詹鍈云：王譜天寶八載附考云：是年六月，隴右節度使哥舒翰攻吐蕃石堡城，拔之。白有答王十二寒夜獨酌有懷詩云：「君不能學哥舒，横行青海夜帶刀，西屠石堡取紫袍。」又云：「君不見，李北海，英風豪氣今何在！君不見，裴尚書，土墳三尺蒿棘居。」知爲是時以後之作。樂史李翰林别集序曰：白有歌云：「吟詩作賦北窗裏，萬言不及一杯水。」蓋嘆乎有其時而無其位。嗚呼，以翰林之才名，遇玄宗之知見，而乃飄零如是。即指此詩而言。……此詩起句云：「昨夜吴中雪，子猷佳興發。」乃用王子猷訪戴安道事，未必實居吴中，曾子固於題下注云再入吴中所作，失其旨矣。蕭曰：按此篇造語叙事，錯亂顛倒，絶無倫次，董龍一事尤爲可笑，決非太白之作。乃先儒所謂五季間學太白者所爲耳。李詩辨疑曰：士贇此論，大概得之。裴尚書即行儉也，高宗時爲禮部尚書。胡震亨李詩通則逕以此詩編入附録。江鄰幾雜志曰：李白詩，君不見，裴尚書，古墳三尺蒿棘居。問修唐書吕縉叔，云是漼，又云是冕。宋次道云，是檢校官，與李北海作對，非齷齪人也。王注則以爲裴尚書應指裴敦復。按王説是也。樂史、吕縉叔皆宋初人，而及見之，似非五代間人所可僞造。朱諫竟以裴尚書指裴行儉，尤爲巨誤。